# CANTIGA DE SANGUE

MELVIN BURGESS

# CANTIGA DE SANGUE

Tradução de Amanda Orlando

Rocco

Título original
BLOODSONG



Direitos para a língua portuguesa reservados
com exclusividade para o Brasil à
EDITORA ROCCO LTDA.
Av. Presidente Wilson, 231 – 8º andar
20030-021 – Rio de Janeiro – RJ
Tel.: (21) 3525-2000 – Fax:(21) 3525-2001
rocco@rocco.com.br
www.rocco.com.br

*Printed in Brazil*/Impresso no Brasil

CIP-Brasil. Catalogação na fonte.
Sindicato Nacional dos Editores de Livros, RJ.

B971c Burgess, Melvin, 1954-
Cantiga de sangue/ Melvin Burgess; tradução de Amanda Orlando. Rio de Janeiro: Rocco, 2012.
14 x 21 cm

Tradução de: Bloodsong
ISBN 978-85-325-2737-0
1. Ficção inglesa. I. Orlando, Amanda. II. Título.

11-8145 CDD-823
CDU-821.111-3

Para Mary,
a rainha dos publicitários.

# 1

# SIGURD

— Está na hora. – Regin estalou os lábios. Um cara velho como ele e isso era tudo o que ele conseguia falar. Aventura! Vivia sempre carrancudo, como se houvesse algum problema com os radiadores.

– Um monstro, Sigurd. Uma verdadeira máquina de lutar ambulante. É perfeito. – Ele lambeu o rosto como se estivesse escorrendo molho de carne de sua pele.

– Sou jovem demais – eu disse.

– Jovem demais – zombou ele.

– Tenho quinze anos. Não passo de um menino.

– Muito menino, Sigurd! E daí? – Regin cruzou os braços e deixou-se cair. Regin é um porco velho e magro, mas não é firme como a maioria dos da sua espécie. Tem um pescoço longo e curvado como o de um cachorro, por isso consegue deitar-se reto no chão, erguer a cabeça e olhar diretamente para a gente.

– Não vou fazer nada maravilhoso, Sig – disse-me ele. – Quero só estar por perto para observar enquanto você faz isso. – Regin inclinou a cabeça para um dos lados e sorriu. – Qual é? Está com medo? – provocou-me.

– Agindo assim, você não conseguirá me convencer a participar de nenhum desses seus planos malucos.

Para uma pessoa prática, Regin é muito romântico. Ele sempre se põe entre mim e meus inimigos, confere tudo duas vezes e sempre se assegura de que eu tenha cuecas suficientes em minhas malas – mas, na verdade, ele está vivendo num mundo de fantasia. Matar dragões! Tenho uma aventura em mente, não duvide de mim. Sou um Volson, é isso que fazemos. Mas matar dragões? Fala sério!

Olhe ao redor. O que você vê? Não muito, você pode pensar. Este é um lugar bonito – dunas, mar, o rio serpenteando montanha abaixo. Alf é um bom governante. Meu pai Sigmund sabia o que estava fazendo quando mandou a mim e a minha mãe para cá quando a guerra explodiu.

Sigmund era um grande homem. Transformou os inimigos em amigos, a guerra em paz. Curou este país. É isso que fazem os bons governantes.

E então os aviões estrangeiros chegaram e detonaram Londres com armas nucleares, levando meu pai e todos os planos e arranjos dele com a cidade – evaporaram o pacote completo. Dizem que até mesmo as fundações dos edifícios do Centro de Londres derreteram. Ninguém mais vive lá. Até a poeira foi soprada para longe. Há um rastro de árvores carbonizadas pelo calor da explosão que vai até Slough, mas os princípios dos Volsons ainda estão vivos aqui no País de Gales. Há crianças brincando e pessoas cuidando de suas vidas, todos vivendo em paz uns com os outros – pelo menos até o próximo pequeno tirano querer esse pedaço de praia e alguns escravos, ou até que algum poder estrangeiro decida que estamos nos envaidecendo.

Quero que todos os lugares sejam assim. Esta é a minha aventura. Quero unir essa terra novamente. Quero que as crianças cresçam sabendo que os seus filhos terão mais do que elas, nada menos do que isso. Glória? Esqueça isso. A guerra é o único dragão que quero combater.

– Isso fará o seu nome – comentou Regin. – Há anos eles estão tentando dar um fim a Fafnir. Ele é o que há. É a sua chance! Você poderá mostrar a todos do que é feito.

– Monstros não existem, o que existe é gente que dá errado. – Esse é um provérbio dos homens-porcos que, nesse caso, é bem verdadeiro. Fafnir realmente é uma pessoa que deu errado. Ele mudou muito, mas sempre se pode dizer onde uma criatura começou. Ele se tornou enorme, deu a si mesmo todos os tipos de sentidos conectados a uma rede – infravermelho, sonar, radar. Ele é um dos organismos mais tecnologicamente avançados sobre a Terra – mas, um dia, ele já foi um homem.

Isso nos faz pensar. Quem gostaria de fazer isso consigo mesmo?

Você conhece a história. O dragão de Hampstead Heath? Todos pensavam que isso era uma bobagem, até que as primeiras fotografias amadoras apareceram. Foi quando Regin começou a investigar. Ele é um porco velho muito esperto. E voltou com evidências adequadas.

– Crá! Ele deve ter uns dez metros de comprimento – Regin grasnou. – Coberto por uma armadura. Algum tipo de cristal líquido. Veja.

Ele revirou o bolso e tirou o que, bem, parecia uma pedra preciosa opaca – essa é a melhor forma com que consigo descrever a escama de Fafnir. Era lisa, dividida em três lóbulos; brilhava e resplandecia como um joia. As cores disparavam de algum lugar de dentro dela enquanto Regin a girava levemente entre os dedos. Mais tarde, descobri que ela reluzia até mesmo no escuro. Talvez ainda esteja viva.

– Diamante não a arranha, balas não a penetram, mas é tão flexível quanto pele.

– Uau! – Aquilo me instigou. Minha vontade era descer, naquela mesma hora, até a praia e atirar nela até abrir buracos, mas Regin não permitiria que eu fizesse isso.

– Nada disso – disse ele. – Quero fazer alguns testes. – Ele afastou a escama e sacudiu-a no ar. Parecia um lenço de papel. Se fosse jogada no ar, flutuava como uma folha. Dava para enrolá-la como se fosse couro. Aquilo só podia ser obra da engenharia.

– Esse é o segredo para derrotá-lo – bufou ele. – Assim que descobrir como atravessar a pele dele, posso construir uma arma que o mate.

Ri dele, mas senti um calafrio atravessar meu corpo.

– Parece muito risco para pouca recompensa – eu disse.

– Não se trata apenas de glória. Será uma grande proeza, Sig! Ele aterroriza toda a área.

Dei de ombros:

– Há outras fontes de sofrimento aqui perto de casa. Por que começar logo por ele?

Regin ficou de pé e se sacudiu.

– Ele tem as barras de ouro. – Regin encarou-me e me lançou um sorrisinho.

Olhei para ele. Eu não estava sorrindo.

– Como você sabe disso?

– Tenho certeza absoluta.
– Então acho que devemos ir até lá.

Uma nação precisa de ouro. Como construímos estradas? Com ouro. Como construímos escolas e hospitais? Com ouro. Como alimentamos e vestimos as pessoas? Como conseguimos as coisas boas da vida? Como reunimos um exército? Ouro, ouro e mais ouro. A bomba não destruiu apenas os centros comerciais e o governo. Também destruiu as reservas de ouro. Temos vivido como mendigos desde então.

Algumas pessoas dizem que o ouro simplesmente derreteu, foi vaporizado. Outra história conta que o primeiro filho de meu pai, Styr, voltou para levá-lo embora antes que a bomba caísse. Tudo que sei é o seguinte: uma nação precisa de ouro. Sigmund passou uma vida inteira reunindo a riqueza necessária para unir este país. Caso Regin esteja certo, posso recuperá-la essa noite.

O ouro. Esse é o começo de tudo.

Regin começou a trabalhar imediatamente, mas não seria fácil. Fafnir era tudo que havia de mais avançado. Ele estava recodificando células – usando vírus para carregarem DNA para dentro das células no intuito de mudar as pessoas por dentro. Tão fácil quanto pegar um resfriado, bem mais avançado que os velhos tanques que serviam como úteros artificiais. No início, muitas pessoas não gostaram disso – você deve se lembrar do estardalhaço nos jornais. Vírus significam doenças e as pessoas acharam difícil aceitar que eles poderiam ser usados para nosso próprio benefício. Mas essa coisa é mesmo muito habilidosa. Podemos continuar com nossas vidas enquanto as mudanças ocorrem. Muito avançado. E o que é melhor: com a recodificação, nunca precisamos parar. Podemos mudar dia a dia. À medida que o tempo passava, Fafnir tornava-se cada vez maior, mais mortal e mais difícil de ser morto. Muitas pessoas já haviam tentado derrotá-lo e falharam – mas elas não eram Regin. Se havia alguém que poderia fazer isso, esse alguém era ele.

Primeiro problema: aquela escama era mais ou menos indestrutível. Não podia ser dissolvida ou queimada, não era possível lixá-la, arranhá-la ou despedaçá-la. Não apresentava nenhuma reação. Regin não conseguia arrancar-lhe nem mesmo uma única molécula. Sem uma amostra, como poderia fazer os testes? Enquanto o pobre e velho Regin continuava com suas pesquisas – genética, física, química, bom-senso –, nada acontecia. Isso o deixava louco porque... Bem, como ele não parava de repetir, se aquela coisa não reagia a nada, não poderia estar ali. Ninguém seria capaz de vê-la, pois a luz passaria direto através dela. Ninguém seria capaz de tocá-la, pois ela não reagiria com a pele ou a carne. Nem mesmo faria barulho. Mas a escama fazia todas essas coisas. Nada reagia a ela – mas lá estava a escama. Impossível.

Mas de onde aquilo havia saído?

Você já ouviu falar daquelas velhas histórias sobre o fosso do elevador no antigo edifício Galaxy, onde costumava funcionar o quartel-general do meu avô? Nada podia arranhá-lo ou amassá-lo, ele nem mesmo ficava sujo, pois nada era capaz de grudar nele. Ainda brilhava como novo mesmo depois de cem anos. Ele também desaparecera com a bomba – então, talvez a coisa não fosse indestrutível, no fim das contas. E se Fafnir tiver posto as mãos nele? Nada a respeito do qual eu já ouvira falar possuía aquele nível de rigidez.

A teoria de Regin é que havia algum tipo de estrutura cristalina, muito parecida com diamante, mas unida de outra maneira.

– De que maneira? – perguntei.

– Como a respiração de um peixe. Ou o som de um gato andando, ou as raízes de uma montanha – grunhiu ele e então começou a rir para si mesmo baixando o focinho. – Oinc, oinc, oinc!

– Mesmo? De verdade, Regin? Você está brincando? – Pelo poder de Deus! Regin diz que este mundo está cheio de objetos que nunca podemos ver ou ouvir. Ele diz que os deuses andam entre nós o tempo todo, mas nunca conseguimos vê-los porque não podemos interagir com eles – apenas eles podem interagir conosco. É assim que eles guiam vidas e nos afetam de maneiras que nunca poderemos entender. Ele diz que há vários universos, todos eles dispostos exatamente no mesmo lugar que este. Alguém – algum deus – fez esta escama se mover de um universo para o outro. Era um objeto divino.

– Fafnir só pode ser morto por um deus? É isso que você está querendo dizer? – eu quis saber.

Regin olhou para mim por cima dos óculos.

– Não. Estou dizendo que ele só pode ser morto por algo de outro mundo. Mas o que isso poderia ser? E eu não contei? Ela foi feita para você. – Ele balançou a cabeça. – É hora de encontrá-la.

Nesse momento, senti um calafrio atravessar meu corpo. Ele estava certo: ela era minha. Ele devia saber disso o tempo todo. Qual foi a única coisa capaz de romper o fosso do elevador do Galaxy? O que mais poderia abrir um buraco na couraça de Fafnir além da faca de meu pai? O nosso legado, é isso.

A faca foi dada a meu pai pelo próprio Odin. No dia em que minha tia casou-se com o rei Conor, ele apareceu e a enterrou no fosso do elevador; apenas meu pai foi capaz de tirá-la de lá. Todos conheciam essa história e a da guerra terrível que se seguiu. Mas não eram muitos que conheciam a história de como a faca fora destruída.

Foi na aurora da guerra final. De acordo com minha mãe, Hiordis, meu pai estava confiante naquela manhã. A população era leal, estávamos todos armados, ele era um general brilhante. Houve muitas outras guerras anteriormente em seu longo reinado, e ele ganhou todas elas. Não havia razão para supor que aquela seria diferente – até Odin aparecer.

Ele surgiu no banheiro deles – não me pergunte por quê, pois esse não é o tipo de lugar que associamos a ele. Minha mãe estava sentada na cama, observando meu pai fazer exercícios. Zombo dela por causa disso. Ela olha para mim de cima, baixa suas grandes pálpebras e ruge levemente – há algo de leão nela, na minha mãe – e não diz nada, mas acho que talvez ela gostasse de ficar ali na cama, observando o rei pegar no tranco. Ela era quantos anos mais nova do que ele? Oito ou nove? Ah, reis podem viver por mais tempo sem envelhecerem. Ele usava os tanques para isso. Mais dez anos, e ele teria ficado no poder por um século.

E então Odin abriu a porta e entrou no quarto, trazendo um cheiro de putrefação com ele. Minha mãe puxou as cobertas para cobrir o rosto. Ele caminhou até meu pai e segurou a mão dele.

O rosto de meu pai simplesmente enrugou-se. É assim que minha mãe descreve; ele enrugou-se. De repente, ele aparentou todos os seus cento e vinte anos. Imediatamente soube que o deus queria de volta a faca que lhe pertencia. Isso significava o fim.

Ele nunca se interessou muito pelos deuses, o velho Sigmund. Minha mãe diz que, sempre que o assunto vinha à baila, ele costumava encostar um dedo numa narina e afirmava que havia algumas questões a serem respondidas antes que ele tivesse qualquer relacionamento com aqueles escroques. Ele fazia apenas uma única oração: "Concedanos a graça de nos deixar cuidar de nossos próprios assuntos. Amém!"

Não podemos culpá-lo. Um deus que ama a guerra e a morte, e chama isso de poesia? Qual é? Um deus que rouba segredos dos mortos? De que lado ele está? Não é o dos vivos, sem dúvida. Então, em vez de entregá-la tranquilamente para o deus, Sigmund apanhou a faca que estava sobre uma mesa, bem à mão, e o apunhalou. Ele era meu pai. Ele tentou assassinar um deus! E quer saber de uma coisa? Acho que o deus o amou por isso.

Aquela faca cortou diamante e tungstênio como se fossem bananas. Odin se afastou mas, com toda a certeza, a faca esfolou seu pescoço, deixando um longo arranhão vermelho. Calmo, Odin tirou a faca da mão de meu pai. Sigmund não viu raiva pelo que acontecera; Odin simplesmente sorriu. E então esfregou a faca entre as mãos. Uma poeira fina e cinzenta caiu no chão – e isso foi tudo o que sobrou do indestrutível símbolo do poder dos Volsons.

– Vejo você depois – disse Odin, antes de dar meia-volta e ir até a porta.

Mas meu pai ainda não havia terminado. Nu como estava, correu atrás de Odin, agarrou-o pelos ombros, puxou-o e o arremessou ao chão.

– Eu avisei – sibilou ele. – Fique longe dos nossos assuntos.

– Eu *sou* o seu assunto – rosnou o deus. Ele ficou de pé, empurrou Sigmund para que saísse do caminho e deixou o cômodo.

No momento em que meu pai levantou-se e abriu a porta, o corredor já estava vazio.

Naquele mesmo dia, Sigmund enviou Hiordis, ainda grávida de mim, para ficar com Alf nos confins da costa sul do País de Gales. No dia seguinte, eles lançaram a bomba em Londres. Puff! Tudo havia sido destruído. Hiordis diz que os radares chegaram a captar traços de aviões bem alto na estratosfera. Para nós eles apenas estavam dando uma olhada em como andavam as coisas, o mesmo lance de sempre. Mas estávamos nos tornando muito poderosos naquela época; eles vieram para nos detonar.

A princípio, Hiordis e Alf não me queriam entregá-la. Eu era jovem demais. Poderia esperar alguns anos, Fafnir ainda estaria lá quando eu estivesse mais velho. Blá-blá-blá, espere, espere, espere. Eles tinham um propósito – eu faria isso com minhas próprias mãos para Regin. Tudo bem, tudo bem, eu queria ir e lutar contra o monstro mais terrível sobre o qual já tivemos notícia só porque minha mãe dissera que eu não deveria fazer isso – então talvez eu seja jovem e idiota. Bem, talvez a gente tenha de ser jovem e idiota para fazer uma coisa como essa. Lutar contra um dragão! Logo que a disputa começou, senti a força dentro de mim, senti a certeza. Eu estava preparado.

– Você ainda não está no auge da força – queixou-se Alf.

– É a minha hora – eu lhe disse. E, afinal, segui meu caminho. Nenhum deles podia me negar nada. As pessoas não podem fazer isso. Não sei por quê, mas ninguém nunca me disse não. Então era melhor que eu estivesse certo, não é?

Minha mãe recolheu a poeira – tudo o que restara da lâmina. Quando ela me deu isso, minha vida teve início. Estava numa estrada que se desenrolava dali até a minha morte. Não havia desvios, nem retrocesso. Eu já começara e nada poderia me conter até que estivesse morto e acabado. Podia sentir o peso dos anos passados e vindouros atravessando aquele momento. O destino estava lá, e não era apenas o meu. Eu sou o destino de toda esta nação.

Você pode pensar que sou arrogante; não sou. Fui feito para isso – literalmente. Meu pai me projetou para isso. Cada um dos genes do meu corpo foi selecionado exatamente para esse propósito. Minha mãe me criou para isso, os deuses me moldaram como se eu fosse a pedra fundamental deste tempo e lugar. Isso não é mérito meu. Tive menos escolha do que qualquer outra pessoa. Sou mais uma máquina do que um ser humano. Às vezes penso até se sou mesmo humano.

Hiordis guardou a poeira numa pequena caixa de madeira, dentro de outra caixa, dentro de outra caixa. Originalmente houve apenas uma única caixa de aço. Minha mãe só percebeu o que estava acontecendo quando, um dia, olhou dentro da caixa e parecia que a poeira havia aumentado. Na época, Hiordis ficou muito empolgada, ela me contou, até se dar conta do que estava acontecendo. Enquanto a poeira se movia, ela desgastava o aço e gradualmente se misturava com o metal. É por isso que ela passou a guardá-la na caixa de madeira – era fácil de separar. Em certa ocasião, a poeira acabou corroendo a caixa – e, quando ela a pegou, seu conteúdo se espalhou por todo o chão; ela levou séculos para catar tudo. Por isso, passou a guardar a poeira dentro de várias caixas, para mantê-la segura.

Abri a caixa – e lá estava a poeira, esperando por mim. Era como areia – bem, de certa forma, era areia. Um punhado de areia. Pesquei um pouquinho entre os dedos e esfreguei na fivela do meu cinto. Era como polir uma maçã com palha de aço, a fivela simplesmente desintegrou-se. Então, esfreguei uma pitada nos meus dentes; nada aconteceu. E como se eu não tivesse certeza antes, mas lá estava eu. Aquilo estava comigo da mesma forma que esteve com meu pai. A poeira podia cortar qualquer coisa – mas não me afetava. Estava afinada comigo. Era *minha.*

Pensei que Regin passaria o resto da vida realizando experimentos com aquela poeira, mas não tinha tempo para aquilo. Tudo o que me importava era em que tipo de arma poderia transformar aquela coisa e como utilizá-la.

Passamos horas tentando calcular qual seria o melhor modo de ataque. Assistimos a alguns fragmentos de filmes que mostravam Fafnir e lemos tudo o que foi escrito sobre ele. Quais eram seus hábitos, o que comia, o que fazia, tudo. E sabe de uma coisa? Ninguém sabia praticamente nada. Ninguém nem ao menos o havia visto alimentando-se. Ele fazia tudo em particular. A única coisa que poderíamos chamar de peculiaridade na vida de Fafnir era o seguinte: ele gostava de nadar. Havia uma piscina em Heath, não muito longe da cidadela onde ele vivia, e uma ou duas vezes por semana ele ia até lá para nadar. Um grande caminho havia sido construído para que ele pudesse se arrastar até o local, que se transformava num lamaçal quando molhado.

Isso não era muito, mas já era o suficiente. O nosso plano era o seguinte: cavaríamos um buraco nesse caminho no qual eu pudesse me esconder, cobriríamos o fosso com algum tipo de tampa, e depois lama, então alisaríamos o terreno para não deixar nenhuma pista. Quando Fafnir passasse por mim, seria a minha chance.

– O que você acha?

Regin me olhou de lado. Estávamos sentados próximos à janela do laboratório dele. Havia aquele odor acre de laboratório, mas, lá fora, a chuva forte caía em placas cinzentas e dava para sentir o cheiro de terra molhada e de ar fresco.

– Isso deve funcionar – disse ele.

Foi então que um pensamento asqueroso passou pela minha mente:

– E se ele estiver conectado a algum aparelho de raios X? Poderia me localizar debaixo da terra.

Regin pensou a respeito.

– Há milhares de esqueletos enterrados na terra. Homens que ele matou. Você será apenas mais um. O infravermelho poderia ser mais perigoso, mas, de qualquer forma, podemos descobrir alguma coisa para ocultá-lo. O que você acha? Podemos desenterrar um dos esqueletos e substituí-lo por você, assim Fafnir não poderá percebê-lo nem mesmo se for capaz de lembrar do que repousa debaixo da terra.

Gostei daquilo! O verme pensaria que um de seus próprios mortos havia se levantado para pegá-lo. E Odin gostaria disso. Deus da morte, deus dos assassinatos, deus da poesia. Este seria um plano que lhe caberia muito bem.

Mas ainda tínhamos um problema: que arma usaríamos? Isso também não era assim tão óbvio quanto parecia. As extremidades de uma armadura perfurante? E se perdêssemos? E se a explosão espalhasse a poeira antes que ela pudesse penetrá-lo? Se isso acontecesse, a pele de Fafnir não seria nem ao menos rompida – a rajada lançaria a poeira para baixo, fazendo com que caísse em cima de mim.

E balas?

Tentamos isso – uma bala de titânio com uma camada de poeira na superfície. Ela atravessou bem a escama, mas depois se desintegrou. A bala caiu do outro lado como uma lesma saindo de uma folha de alface. Então tentamos fazer uma bala de titânio mesclado com poeira em todo o corpo do projétil. Conseguimos um resultado melhor. Ela varou a escama, mas não gostei. Não tínhamos tanta poeira assim, só poderíamos fazer um punhado de balas. O risco de errar os tiros era grande demais.

Acho que cogitamos todos os tipos de arma de fogo existentes antes que a resposta viesse de súbito à minha mente.

A ideia era, na verdade, ridícula. Regin achou-a hilária:

– É óbvio. Por que não pensei nisso antes?

Com essa arma, poderia fazer um buraco de dois ou três metros de comprimento, indo do coração até as nádegas do monstro. Poderia ter as tripas dele no chão antes que ele percebesse o que acontecia. Quando ele passasse por cima de mim, eu usaria a própria força e o peso dele para rasgá-lo. Tudo que eu precisava fazer era botá-la para fora do buraco quando ele passasse por cima da minha cabeça e o próprio impulso de Fafnir faria o resto. Fantástico. Fafnir era praticamente o produto mais avançado gerado pela tecnologia de nosso planeta e nós iríamos matá-lo – com uma espada!

Nós dois rimos como maníacos, mas, quer saber de uma coisa? Dentro de mim, meu coração congelava. Matar um dragão assim, mano a mano. Essa seria a história mais ousada que já se ouviu.

# 2

# A ESPADA

Então a faca de Odin tornou-se uma espada. Regin a forjou a partir de uma liga de metal, estendendo-a e cingindo-a várias e várias vezes, como se fosse uma fita, para que se tornasse forte e flexível. Enquanto martelava, salpicou os restos da faca de Odin envolvidos em invólucros microscópicos feitos com o próprio DNA de Sigurd, tratados para que suportassem o calor. O DNA mantinha a poeira segura, a liga de aço mantinha o DNA seguro. O resultado era uma lâmina delgada, elegante e flexível, capaz de cortar qualquer substância, exceto a carne de seu dono.

Mas ela possuía um único e pequeno defeito. Quando Regin estava trabalhando nos foles, uma mosca-varejeira pousou em sua testa e o picou em uma das pálpebras. Com um uivo, o velho homem-porco largou os foles para espantá-la e enxugar o sangue – apenas por um segundo, mas naquele momento quase insignificante o calor diminuiu. Mais tarde, ele examinou a lâmina com muito cuidado e não conseguiu ver nada, mas tinha certeza de que poderia haver algum defeito escondido nas profundezas do metal, bem no meio da lâmina. Regin fez bem o seu trabalho e nada nesta terra poderia derreter o metal, já que estava misturado à poeira; então, ele não contou nada a Sigurd. Podia simplesmente torcer para que o dano fosse pequeno e que a lâmina ainda conservasse força suficiente para realizar seu trabalho.

Quando entregou a espada a Sigurd, Regin sentiu como se oferecesse uma prece ao garoto. Para início de conversa, Sigurd era tão brilhante e perfeito! Ele entregava o futuro àquela criança dourada – não apenas seu próprio futuro, mas o de todo o seu povo. Ele tinha certeza de que Sigurd era capaz de realizar qualquer tarefa que lhe fosse pedida.

Sigurd segurou o punho da arma e a arma segurou a mão dele de volta como fizera com as mãos do pai dele, mais de cem anos antes. Era mais do que ele; era parte dele. A primeira preocupação do garoto era simples. Virando-se para a parede ao lado dele, pressionou levemente um ponto no muro de tijolos. A espada deslizou com facilidade para o interior dos tijolos com um assobio leve e desagradável.

Do bolso, Regin sacou um pequeno punhado de velo que ele arrancara de um arame farpado durante uma caminhada no dia anterior e deixou que caísse no corte da lâmina enquanto Sigurd a segurava. A lã flutuou no ar, dividiu-se ao tocar o fio da espada e, sem nem ao menos alterar sua velocidade, caiu em duas metades perfeitas graças ao seu peso. Nada poderia fazer frente àquela lâmina, a não ser o próprio Sigurd. Regin testou isso também, tentado cortar as mãos e os braços do rapaz. Logo, o velho estava golpeando-o com alguma força, mas a espada apenas escorregava, caindo primeiro no chão e depois cravando-se na rocha como se fizesse parte de algum conto de fadas.

Eles se prepararam para partir.

Viagens longas numa época em que não havia estradas já eram, por si só, uma grande aventura. Sigmund construíra estradas, mas, naquele dia, quinze anos antes, quando seu regime fora pulverizado, os programas de construção e reparos foram suspensos. Por todo o caminho, havia chefes de gangues, foras da lei, homens que poderiam ser reis, homens que poderiam comer outros homens, ladrões, refugiados e uma população apavorada para ser confrontada.

Havia muitos homens-porcos que não esperavam pelo retorno de Sigurd. Deixar uma criança de quinze anos realizar um trabalho que pequenos exércitos tinham falhado em executar – isso era absurdo! A própria Hiordis estava apavorada, mas ela não era capaz de contê-lo. Sigurd era um prodígio. O pai o planejara com ciência, orações e amor, e ninguém, nem mesmo a própria mãe do rapaz, fora algum dia capaz de contrariá-lo. Mas naquele momento, quando a hora havia finalmente chegado, o próprio Sigurd estava incerto. Na última noite de sua infância, quando foi ver a mãe, estava pálido e infeliz.

Hiordis pensou que seu garoto estava triste por ter de deixá-la; mas, quando o tomou nos braços, ele começou a tremer e a chorar.

Sigurd sempre havia sido uma pessoa aberta, pronta para dividir suas preocupações e seus medos, mas ela nunca o vira tão aflito desde quando era pequeno.

– O que é isso? – perguntou ela ao filho.

Sigurd balançou a cabeça; mas, quando ela pressionou o rosto dele contra seu pescoço marrom-amarelado, ele sussurrou:

– Estou com medo. Estou com tanto medo!

O coração de Hiordis partiu-se. Ela apertou o filho com força e acariciou-lhe a cabeça.

– Então... – murmurou ela, mas as palavras "não vá" falharam em sua garganta. Sigurd poderia estar a caminho da morte, naquele exato momento, ainda no início da vida. Ela chorou, mas a certeza de que o filho havia sido feito para aquilo era ainda mais forte do que seu amor de mãe.

– Tudo vai dar certo, você sabe que sim – disse Hiordis finalmente. Era o melhor que podia fazer.

Houve uma longa pausa e então ele assentiu com a cabeça. Ele era Sigurd, filho do grande rei e a esperança do futuro. Havia sido tão independente, a vida inteira tão seguro de si, e às vezes Hiordis achara sua missão difícil; ela queria ser uma mãe para seu filho. Mas, quando Sigurd finalmente foi até ela como uma criança, Hiordis empurrou-o para que seguisse seu caminho. A mãe não tinha palavras de conforto para oferecer ao filho. Sempre fora assim com Sigurd – tão vulnerável, um jovem que se magoava com tanta facilidade, indo tão bravamente rumo a um destino sobre o qual ninguém nem ousava falar a respeito, nem mesmo o próprio Sigurd. Ela nunca soube se deveria ou não tê-lo deixado ir naquele dia.

Pela manhã, ele estava com os olhos secos. As despedidas já tinham sido feitas. Houve tempo apenas para alguns novos abraços antes que ele subisse em sua montaria e sumisse junto com Regin nas brumas da manhã.

## 3

## A JORNADA PARA O LESTE

A jornada os levou até a costa sul do País de Gales; dali seguiram rumo ao leste pela mesma rota onde há duzentos anos atrás ficava a velha rodovia M4. As campinas de flores selvagens que cobriam aquelas vias quando Sigmund era jovem deram lugar primeiro a vidoeiros que romperam o asfalto; depois, a plátanos e carvalhos. Uma trilha central havia sido preservada por um longo tempo; mas, quando o asfalto do qual era feita foi quebrado por raízes, ela se tornou deteriorada demais para servir para o que quer que fosse. Sigmund reconstruíra uma estrada de cascalhos decente ao lado da faixa de matagal que tomou conta do lugar onde um dia estivera a rodovia, mas, naqueles dias, até mesmo aquela nova estrada encontrava-se destroçada, ainda que continuasse a ser utilizada. Aqueles que passavam de carroça ou a pé tinham de lidar com a lama. Sigurd e Regin estavam sobre montarias, por isso, eram capazes de atravessar as campinas e correrem pelas florestas.

Pelo caminho, tiveram de passar por cinco administrações independentes, que variavam de coalizões de cidades e vilarejos, que se uniram em nome da própria segurança, a organizações corporativas, aspirantes a nações autônomas e áreas dominadas por chefes de gangues. A comida era escassa; a riqueza, ainda mais rara, e atravessar o país era um imenso empreendimento. O pequeno reino de Alf no extremo oeste estava muito longe para incomodar os grandes figurões, mas todo o país sabia que Sigmund havia projetado um filho para substituí-lo. Ele era um Volson, um ponto de controvérsia para qualquer um que se interessasse tanto pela paz quanto pela guerra. Muitas pessoas o seguiriam, mas muitas outras o queriam morto. Os dois viajantes precisavam estar com boas montarias e bem armados.

Montaria? Para o filho de um rei naquele estágio da ciência? Mas, carro ou cavalo, qual é a diferença? Alguns bombeiam sangue; outros, petróleo; alguns são movidos a feno; outros, a combustível. Alguns fazem todas essas coisas. Naqueles dias, não havia nada além de algumas milhas de estrada em todo o país que fossem capazes de serem utilizadas por carros ou caminhões. Havia tratores e veículos com tração nas quatro rodas para os que queriam dirigir, mas eram para os ricos – e a riqueza chama atenção. Cavalos eram a maneira comum de se viajar por longas distâncias: eles podiam ser alimentados com facilidade, eram baratos de serem mantidos. Os melhores apresentavam aperfeiçoamentos: esqueletos de liga metálica, sistemas musculares de fibra de carbono e coisas do gênero. A vantagem de animais como esses para pessoas como Sigurd e Regin – ricos, viajando sozinhos – era a mesma de se dirigir um carro de corrida e um tanque combinados, mas aparentando viajar num velho pangaré.

Regin estava montado em algo desse tipo: um animal que recebera tantos aperfeiçoamentos (esqueleto, músculos, sistema nervoso e outros) que nada mais do que o sistema nervoso central e o sistema hormonal permaneceram os mesmos de sua base orgânica. A montaria de Sigurd era algo de outra ordem: um verdadeiro ciborgue, completamente vivo.

Havia sido um presente de Sigmund para Alf muitos anos antes, e Alf, por sua vez, repassara-o para o filho de Sigmund. Ele se chamava Chinelo, nome que Sigurd havia lhe dado quando tinha apenas quatro anos. Ninguém vivo possuía as habilidades para construir algo como aquilo. Os dois sistemas de Chinelo trabalhavam juntos, lado a lado, por si só. Se a carne fosse destruída, a máquina assumiria o controle; se a máquina quebrasse, a fera ficava no comando. Em ambos os casos, as partes danificadas cresciam novamente, regeneravam-se, eram consertadas ou substituídas. Ele se alimentava de grama, carne ou refugos, tanto um sistema quanto o outro, autorreparando, autorregulando, autoconstruindo. Era o único de sua espécie que restara, um dos três produzidos no auge do reinado do velho rei. Tecnologia apenas não era suficiente para construir aquelas criaturas. Dizia-se que o próprio Odin ajudara na criação.

O nome Chinelo surgira da seguinte forma: Hiordis gostava de contar histórias para o filho e as que Sigurd mais admirava eram as que falavam dos velhos mitos, dos contos de heróis. Uma de suas favoritas era a de Perseus e a Medusa de Gorgon. O povo de Alf não usava sapatos, pois gostavam de sentir a terra e a lama na sola dos pés e entre os dedos; por isso, Hiordis sempre fazia com que o filho lavasse os pés e usasse chinelos dentro de casa. E já que ele não fazia ideia da existência de nenhum outro tipo de calçado, Hiordis chamava de chinelos as sandálias aladas usadas por Perseus. Então, quando viu o cavalo correndo pela praia, Sigurd dissera que o animal era mais rápido que um chinelo voador. E, daquele dia em diante, Chinelo ele se tornou.

Em um compartimento secreto dentro dos cavalos, Sigurd e Regin carregavam um grande número de equipamentos sofisticados. Regin estava atrás de outro tesouro além das barras de ouro – era tecnologia o que ele buscava. Fafnir havia vagado por lugares próximos e distantes, além do mar, talvez até além do oceano. A tecnologia genética nunca havia sido disseminada pela população em nenhum outro lugar além da Grã-Bretanha e isso, somado à proximidade com o mundo dos deuses, fez com que o país se tornasse um lugar que os poderes estrangeiros sentiam precisar reprimir. Mas, em termos de tecnologia pura, a Grã-Bretanha era atrasada, um mercado internacional de terceiro mundo, que comprava bens baratos e antiquados. Regin tinha um grande desejo de importar ciência. Companhias como a Destiny Corporation e o Norn Group em particular fabricavam produtos que ele queria, aparelhos destinados à ciência governamental que manipulavam humores e mentes. Havia rumores de que Fafnir se apossara de máquinas como Medo, Ganância e Pavor, capazes de estimular e manipular os sentimentos que as nomeavam. E se fosse verdade – como o velho Sigmund costumava especular – que as superpotências africanas possuíam outros equipamentos ainda mais sofisticados? Será que Odin realmente existia? Jesus? Poderia a Destiny Corporation gerar divindades?

E também havia o anel de Andvari. Um pequeno dispositivo sólido, disfarçado como um anel de ouro. Havia rumores de que Fafnir o roubara durante uma invasão a uma das superpotências asiáticas, mas ele não sabia o que estava afanando, ou como ele funcionava. Anéis desse tipo eram invenções com finalidades mais práticas do que as que geravam emoções e divindades. Foram criadas para fazer com que o futuro funcionasse de acordo com as vontades de seu proprietário. Eram máquinas de destino, que controlavam o caos do acaso e o transformavam em ventura – nem boa, nem má. Diziam que os reis e presidentes da Nigéria, China e África do Sul usavam anéis similares nos dedos, podendo mudar o fluxo dos eventos a seu favor. Mas o anel de Andvari era o oposto. Ele punha o acaso contra quem o usasse. Dentro do seu campo de influência, nada daria certo, no fim das contas.

Em outras palavras, o anel era uma maldição.

Moldar o futuro de acordo com sua própria vontade – este era um prêmio digno da morte, na opinião de Regin. Esse anel, caso realmente existisse, precisava ser destruído; estava na Terra apenas para tornar os anos vindouros tão amargos quanto os que passaram, uma passagem que conduziria o destino até a mais completa escuridão. Ele fechava portas, destroçava esperanças, acabava com todas elas. Mas, antes de destruí-lo, Regin queria entendê-lo, desvendar como havia sido feito. Sua esperança é que pudesse aprender como fazer outro anel que servisse para a boa sorte e favorecesse o mercado local.

Mas Regin não dissera nada a respeito disso a Sigurd. Estava preocupado que o menino pensasse que o anel era muito perigoso e ordenasse sua destruição antes que Regin descobrisse como funcionava.

O próprio Sigurd carregava um pequeno arsenal escondido no interior de Chinelo. Ele não iria apenas cortar as entranhas do dragão; iria fazer pedacinho dele. Só Odin sabia como um monstro daquele era difícil de matar – e ser mantido morto. A ressurreição não era mais uma ciência impossível.

Foi assim que Sigurd deu início à sua primeira aventura – disfarçado, num cavalo que não era um cavalo, com sacos de areia repletos de ciência e uma espada forjada com brita vinda do mundo dos deuses. Havia segredos que não lhe eram contados. E, queimando em seu coração, uma esperança de que podia, com a força de suas mãos nuas e seu amor pelo mundo, transformar a escuridão em luz, má sorte em boa-aventurança e tristeza em felicidade.

Ele então lançou-se naquela jornada, junto a seu mentor, que o levaria a conquistar o ouro necessário para levar esperança através do coração de uma terra despedaçada.

Quanto mais viajavam para o leste, mais a terra mudava. Fora do território de Alf, viam-se ainda sinais de conflito: pessoas famintas e feridas, edifícios em ruínas, campos envenenados e hospitais de campanha. Havia vilarejos compostos inteiramente de escravos, populações mal alimentadas, mal mantidas, mal utilizadas. E para quê? Os proprietários podiam aproveitar bem suas pessoas sem fazer com que elas buscassem independência. Mas eles consideravam que, em primeiro lugar, estavam fazendo um favor a elas simplesmente por permitirem que vivessem naquelas terras. Poderiam ter criado alguma máquina meio humana idiota que trabalhasse noite e dia durante um século, alimentando-se apenas de luz solar e repolhos, sem nunca reclamar. O silêncio era um luxo na força de trabalho.

Quanto mais adentravam no leste, mais escasso era o povoamento e menos humanos eram os habitantes: de homens-cachorros a cachorros, de homens-porcos a porcos. Eles agora se aproximavam do coração envenenado do país: cercas vivas e árvores retorcidas e escuras, o acostamento da estrada e os descampados repletos de plantas de aparência estranha. Começaram a ver sinais de meio homens desajustados: monstros amputados implorando por ajuda nas cercas ou rugindo nas estradas; revoadas de pássaros estranhos planando sobre eles, gritando promessas e oferecendo suborno, tentando fazer com que os seguissem até o poleiro onde viviam. Havia apenas um fim para aquelas promessas. Então, quando eles avançaram ainda mais, as grandes criaturas começaram a desaparecer, sendo substituídas por coisinhas pequenas: ratos com caras estranhas, insetos gigantes e répteis inválidos. Assim como há muito tempo os exércitos costumavam esterilizar com sal os campos ao redor de uma cidade conquistada para evitar que as pessoas retornassem algum dia e cultivassem lavouras, os novos conquistadores se asseguraram de que nada que nascesse ali se desenvolvesse da maneira correta, espalhando produtos químicos e deformando assim os códigos da vida.

As plantas começavam a morrer. Sigurd observou as árvores secando mais a cada dia que avançavam, as folhas tornando-se amarelas, as cascas rachadas. O entulho e as ruínas da velha cidade se acumulavam; mas, onde um dia antes eles viam arbustos e trepadeiras, havia uma vegetação amarelada e doente. Os arbustos eram mais finos, repletos de ervas daninhas e malformados, até que desapareceram. O entulho foi coberto por uma camada de musgo – o que era belo mas, ainda assim, fantasmagórico. Por fim, até isso desapareceu.

O dragão era um horror, mas aquela devastação criada pelo homem deixou mais claro do que nunca para Sigurd que Fafnir era insignificante. É possível matar um dragão, mas uma sociedade doente era uma aberração com um milhão de cabeças. Se matar uma, há mais cem com os mesmos pensamentos e ambições prontas para tomar o lugar da outra. A humanidade, ele pensou, é um monstro que nunca poderemos matar; e seria inumano até mesmo tentar.

Quando atravessaram o que restou das muralhas da velha cidade – resquícios dos dias em que os homens e os meio homens eram inimigos mortais –, não havia mais nada além de um deserto de tijolos e areia vitrificada. Ocasionalmente viam algo mirrado que lembrava um lagarto correndo entre as rochas, uma barata ou um besouro esquisito, alguns liquens retorcidos e pequenas plantas rígidas, mas isso era tudo.

Regin parecia não ser afetado pelos horrores daquele cenário em ruínas. Empolgava-se com os tesouros que estavam à frente. Imaginava quais seriam os novos poderes que poderiam se apropriar quando conquistassem o tesouro do dragão.

– Poder! Que bem isso nos trará? – perguntou Sigurd, enojado pelo que parecia ter sido a glória naquele lugar.

Regin ficou impressionado com a atitude do garoto:

– Não é bom ser forte?

– Você começa sendo mais humano do que os humanos, mas termina sendo menos. Olhe para Fafnir. Dizem que ele já foi um homem algum dia – retrucou Sigurd.

– Isso nunca vai acontecer com você – afirmou Regin, convicto.

Mas Sigurd não tinha tanta certeza assim. Era estranho, Regin pensou, que mesmo Sigurd, que recebera todos os dons, ainda encontrasse um defeito em si mesmo – sua própria força.

# 4

# DESESPERO

Sigurd estava certo. Todos os tiranos perderam um pouco de sua humanidade ao longo do caminho, mas nenhum deles tinha ido tão longe quanto Fafnir. Seu domínio era exercido através de rochas e ouro; ele dera o seu melhor para destruir qualquer ser pensante que se aproximasse, e, para isso, ele se transformara numa arma de guerra. Seria necessário contratar um taxonomista para deduzir sua humanidade; mas, há apenas cinquenta anos, ele andava sobre suas pernas. Sua pele miraculosa, como Sigurd imaginava, viera do fosso do elevador da Torre Galaxy; era verdade, Fafnir sabia tudo sobre os Volsons e a faca de Sigmund. Se ele soubesse que resquícios dela ainda existiam, já teria ido até a costa do País de Gales, há muito tempo, para negociar com Sigurd, Hiordis, Alf e todos que pudessem ter acesso a eles. Assim, Fafnir acreditava que nenhuma criatura viva possuía meios para feri-lo. E tinha seus próprios planos para a nação – possuí-la. Mas não tinha pressa. Tinha o tempo nas mãos. O monstro considerava-se imortal.

Mesmo assim ele precavia-se com incontáveis mecanismos de defesa. Como Regin especulara, Fafnir possuía radar, infravermelho e imagem magnética acoplados a seu sistema nervoso, conectados a diversos sistemas de segurança permanentemente em alerta, ao redor da cidadela, enquanto ele dormia. A segurança orgânica utilizava plantas ou até mesmo animais para captar vibrações e transmitir-lhe informações. Talvez fosse melhor para Fafnir viver numa floresta, onde tantas coisas vivas poderiam protegê-lo, mas ele gostava da desolação de Londres. Ali, não havia tráfego, nem nenhuma ambiguidade. As únicas pessoas que iam até ali, o faziam por causa dele.

Fafnir era esperto, mas para todo truque sempre há outra artimanha. Pelo fato de também ser um especialista em tecnologia, Regin era um inimigo à altura de Fafnir. A invisibilidade e o silêncio eram artes que ele conhecia muito bem. O monstro dormia despreocupado enquanto eles se aproximavam.

Em Heath, o cenário era ainda mais degradado. Estavam perto do epicentro da explosão; ali, até mesmo as pedras haviam derretido. Uma grotesca superfície vítrea cintilava ao redor deles, eternamente na forma dada a ela, quinze anos atrás, pelo calor intolerável da bomba que floresceu no céu. Um dia, aquele já havia sido o coração do país. Era difícil imaginar alguém vivendo ali, novamente.

Como formigas caminhando pela terra calcinada, subiram até Hampstead Heath, começando a ver os sinais da ocupação de Fafnir. Ele erguera fortificações, cavara trincheiras, estendera rolos de arame farpado em círculos brilhantes, que iam de um ponto ao outro do horizonte. Sigurd e Regin cruzavam campos minados em zigue-zague, tentando evitar os sensores colocados por todos os lados. Como ele deve ser assustado, Sigurd pensou. Que louco miserável! Imagine só, viver sozinho acumulando todo aquele ouro.

Quando o sol começou a se pôr, depararam-se com a mais extraordinária das visões. Os dois levantaram a ponta de um pedaço de entulho vitrificado e lá, escondido num declive na terra, estava o esqueleto de uma imensa criatura, que devia ter aproximadamente oito metros. Os ossos eram iridescentes, tingidos com as cores da liga de metal e de polímeros de carbono. Ligando-os havia fios, fibras e outros materiais – orgânicos, manufaturados, ou ambos. Os ossos imensos pareciam ter penetrado na rocha logo abaixo graças ao seu peso, e, mesmo assim, quando Sigurd ergueu um deles, quase caiu para trás. O osso era leve como uma pluma.

– Polímeros. Esperto. Então é assim que algo tão imenso consegue voar – observou Regin.

– Fafnir – sussurrou Sigurd. Um raio de esperança surgiu dentro dele. O monstro já estava morto?

Mas Regin balançou a cabeça.

– Fafnir, como ele foi um dia, ou pode ter sido. Ele se clonou em algum momento.

– Clonou-se? Para quê?

– Por várias razões. Talvez ele tenha encontrado alterações que o forçaram a retroceder a uma versão anterior dele mesmo. Deve ter estocado material genético e guardado esquemas de vários estágios de seu desenvolvimento, para garantir sua segurança.

– Mas ele não precisaria armazenar sua própria mente, suas memórias para fazer isso? Seria possível uma coisa dessas?

– Existem histórias. – Regin roncou e deu de ombros. – Fafnir esteve em outros países.

Pela primeira vez, Sigurd sentiu um arranhão em sua esperança. Fafnir era infinita e irremediavelmente perigoso. Um cientista, um mago, um monstro, um tanque, uma imensa peça de artilharia... Havia alguma coisa que ele não fosse? Que chance teria de matar uma coisa daquelas com uma espada, não importando o quanto fosse afiada? Começou então a revirar os ossos, com se fosse encontrar ali pistas que o ajudariam a resolver seu dilema. Mas ele nada encontrou que o tirasse daquela situação.

A luz começou a desaparecer. No dia seguinte, eles construiriam a armadilha, deixando-a pronta para funcionar logo de manhã cedo, quando Fafnir fosse até o lago tomar banho. A cova do esqueleto estava escondida num declive. Era um lugar tão bom quanto qualquer outro para armarem acampamento. Sigurd preferiria ter dormido em qualquer outro lugar, mas estava com vergonha do medo que crescia dentro dele a cada instante e, por isso, não disse nada.

Enquanto montavam o acampamento, o medo começou a dominá-lo. Lutou contra o sentimento, mas era impossível contê-lo. Quando o pequeno abrigo estava pronto, sentiu vontade de chorar. Regin lhe avisara que Fafnir poderia ter Medo, Terror e outros aparelhos trabalhando para ele. Contou ao velho mentor que estava se sentindo desconfortável e Regin ligou seus bloqueios, mas isso não fez a menor diferença.

O vórtice aterrorizante em seu estômago não o impediu de cair no sono; mas, enquanto dormia, um paredão de terror continuou a crescer dentro dele. Na escuridão da noite, ele acordou de um sonho terrível, tentando forçar o vômito na esperança de liberar o medo, molhado com a própria urina, confrontado com a ideia de que estava totalmente despreparado para aquilo. Ele foi planejado, concebido e criado para ser um herói, mas, sozinho na noite, a verdade mostrou-se a ele. Havia tido uma vida muito agradável brincando na arrebentação das praias do sul do País de Gales, enquanto todos ao redor lhe prometiam que o mundo cairia aos seus pés assim que ele levantasse o braço. Mas naquele momento, naquele terrível cenário, armado apenas com uma espada, encarando um inimigo capaz de espantar exércitos, Sigurd percebeu que tomara para si uma missão completamente imbecil. O mundo era imenso, antigo e malvado; sentia-se paralisado – ainda era muito jovem. Que esperança tinha? Ele vinha enganando a si mesmo. Pior, havia sido enganado. Por que seus amigos e suas famílias permitiram que ele acreditasse em tais mentiras?

Sigurd abriu os olhos e contemplou o céu brilhante e inumano. Ele havia sido apresentado ao fracasso. A intenção de seu pai era que ele herdasse o poder, não o ganhasse do nada. Ele desapontaria a todos se morresse ali, ensopado no próprio mijo. Em algumas horas estaria enfrentando o dragão. Podia sentir o gosto da morte, de sua própria morte, na boca.

Incapaz de permanecer imóvel por mais tempo, sentou-se de repente. Próximo a ele, Regin se mexeu.

– O que houve? – sussurrou.

Sigurd virou-se para olhar para Regin.

– Não posso fazer isso – exasperou-se.

– O quê? – Regin não conseguiu decifrar as palavras. Estava semiacordado. Mesmo se tivesse ouvido bem, Regin, como todos os outros, tinha certeza de que o destino do menino era vencer. Aquilo não fazia o mínimo sentido para ele.

Sigurd fez uma pausa.

– Preciso mijar.

– Tome cuidado quando estiver no descampado – disse ele.

Sigurd assentiu com um movimento de cabeça, saiu do saco de dormir e abriu caminho entre os ossos do clone de Fafnir. Vagou distraído, tentando pensar que diabos poderia fazer para escapar daquela morte terrível, quando ouviu um ruído trás de si. Concluindo que devia ser o dragão vindo para pegá-lo, Sigurd virou-se com um grito – mas era apenas Regin. A voz do garoto o alarmara. Sigurd se aproximou e acabou urinando na cara do homem-porco.

– Sigurd? – chamou Regin. O menino olhou para trás e tentou sorrir e dizer-lhe que estava tudo bem, mas, em vez de palavras, tudo que jorrou foram lágrimas.

# 5
# REGIN

O que eu poderia dizer? Eu o amo, mas tenho ordens a ser cumpridas. Alf não é um homem mau, é ambicioso da melhor maneira possível. Ele só quer ser o melhor padrasto possível, aquele que criou o grande rei e o fez seguir seu caminho. Jamais trairia Sigurd. Ninguém nunca poderia fazer isso. Nós o amávamos muito.

Ele era apenas uma criança. Eu mesmo tenho as minhas crianças, cinco, mas não os vejo muito. A mãe deles diz que trabalho demais para levar uma vida em família, mas Sigurd tem sido como um filho para mim. Tudo que eu queria era pegá-lo nos braços e dizer: "Shhh, eu entendo. É a sua escolha. É claro que pode ir para casa!" Mas não fiz isso. Estamos todos convencidos de sua grandeza. Até mesmo a mãe de Sigurd nunca lhe disse para não fazer coisas perigosas. Pensamos que ele era algum tipo de grande herói; parecia que ele era apenas um bom menino, sempre bem-sucedido nos esportes. Ele terá que encarar a maior merda do mundo porque esperávamos que ele fizesse isso; mas agora eu percebo também: a coisa está além do alcance dele.

Mas não podíamos permitir que ele traísse a si mesmo. Eu não poderia fazer isso.

Então sentei-me com Sigurd e conversei um pouco com ele. Uma conversa estimulante. Disse-lhe o quanto ele era corajoso, como Odin o amava, como ele havia sido destinado à grandeza. A espada que apenas ele poderia usar, tudo isso. E durante toda a conversa ele balançou a cabeça, concordando. Ótimo, tudo bem, ele entendeu – mas, de qualquer modo, ele não podia fazer isso. Estava muito assustado. Falhou antes mesmo de chegar ali: isso era tudo.

"Sigurd, veja só", eu disse. "Esses pensamentos negros que você está tendo – não são *reais*. Fafnir possui algumas coisas estranhas escondidas por aqui. Homens já se mataram por causa do medo que sentiram só por vagarem por essas redondezas. Ele guarda o segredo de como controlar as mentes humanas." Tenho equipamentos em funcionamento para conter isso, mas Sigurd está provando que não é forte como esperávamos, e sim tão sensível quanto um patinho. Isso é muito útil para um herói, não é? Como seria para ele ficar sem os meus instrumentos, deitado num buraco debaixo da terra esperando a vinda do dragão? Outros já esperaram por Fafnir antes, e nenhum deles estava vivo quando o dragão chegou. Alguns fugiram; outros morreram, houve ainda os que se suicidaram. Que chance Sigurd teria? Nosso maravilhoso garoto de ouro! Ele não chegaria nem mesmo perto o suficiente para sentir o bafo do monstro.

Não que eu tenha contado isso a ele. Disse apenas: "Então, isso não é sua culpa, meu caro. Não é real, todo esse medo. É algo gerado. São esses aparelhos. Fafnir os utiliza para fazer com que você se sinta assim tão fraco e apavorado, isso é tudo."

Ele olhou para mim e balançou a cabeça, mas, ao mesmo tempo, estava ficando irritado. Era maior que Sigurd. Ele não tinha direitos. Que outra escolha havia? E se outro se apoderasse de todo aquele armamento, toda aquela riqueza? Ele tinha de *tentar*! Afinal de contas, não era por isso que a vida dele era tão valiosa? Se poderia controlar o coração de qualquer homem vivo com o que Fafnir guardava naquela cidadela negra, para o bem ou para o mal. Nós somos os bons. Somos os verdadeiros donos. Qualquer um pode ver.

Ele chorou sem parar. Todo encatarrado, lacrimoso e com as calças mijadas. Abracei-o apesar de seu estado deplorável, e ele se aconchegou em mim – exatamente como quando era pequeno. Não falei: "Sim, meu caro, pedimos muito, você é jovem demais. Vamos para casa e deixemos tudo isso para daqui a um ano ou dois." Nem que: "Bem, é claro, na verdade Fafnir é tecnicamente quase impossível de ser morto." Apenas disse que as coisas estariam melhores pela manhã, como se aquilo fosse um sonho ruim ou uma provação para seus nervos. Não sei por que ele simplesmente não fez as malas e voltou para casa. A verdade é que, em algum lugar dentro de mim, compartilho a crença de todos os outros idiotas de que ele é o escolhido. Coisa engraçada. Não consigo suportar a ideia de que Sigurd não seja melhor que eu. Ele precisa ser melhor do que todos nós.

Ele partiu meu coração naquela noite. Que carinha mais idiota! Não acho que ele saiba o que é uma mentira. Todo o tempo eu o estava encorajando a se jogar nas garras da morte pelo bem da humanidade; mas, na verdade, tudo aquilo era por *mim* mesmo. Queria que ele vencesse para mim. Sim, eu queria os produtos da Destiny Corporation e a tecnologia do Norn Group. Queria o anel de Andvari; mas não era só isso. Eu queria acreditar nele. Sou um porco velho e cínico. Tenho quebrado o meu focinho com tanta frequência diante de realidades duras, que não acredito mais em muitas coisas, mas ainda assim quero pensar que um coração puro pode sobrepujar toda a maldade do mundo. Por isso eu não tinha pena, embora isso partisse meu coração.

Sabe o que mais temo? Que um dia eu o traia. Alguém fará isso, mais cedo ou mais tarde. E se for eu? Enquanto o abraçava e confortava, pensava nisso sem parar. Não deixe que seja eu. Por favor, não deixe que seja eu.

No fim, acabei levando-o de volta para o saco de dormir. Duvido que ele tenha dormido. Eu mesmo só consegui cochilar por algumas horas. Então veio o amanhecer e o início de um longo dia. Estava ocupado montando o equipamento de vigilância, de bloqueio e todo o resto. Ele simplesmente ficou deitado dentro do saco de dormir, como um cadáver, sem falar nem se mexer – mas sem fugir também, imagine. Estava irritado com ele por ter que fazer tudo sozinho – ele podia ter ajudado.

Sim, aquele foi um dia longo. Parecia que nunca terminaria, mas ele chegou ao fim e, então, era o momento.

– Está na hora – avisei. Ele não se moveu, apenas ficou ali deitado, olhando para o nada. Deus sabe o que estava pensando. Não sabia se ficava furioso ou aliviado. Isso seria a morte de todas as minhas ambições – nenhum anel, nada de nada – e como eu explicaria isso no País de Gales? Ninguém entenderia. Pelo menos não teria a morte de Sigurd pesando na minha consciência, acho eu. Sentei-me ao lado dele. Não o importunei. Já era tarde para isso. Simplesmente sentei e esperei.

Depois de uma hora, insisti:

– Está na hora, Sigurd. Já passou da hora. Você vai?

Ele ficou de pé e limpou a boca. Olhou para a escuridão e depois para mim:

– Deseje-me sorte.

– Boa sorte? Você não precisa disso.

– Morrerei esta noite – sussurrou Sigurd.

Fez então uma careta – não sei qual emoção expressou – e, antes que eu pudesse dizer qualquer outra palavra, ele correu para a noite.

# 6

# SIGURD

Eu corria com o tronco dobrado até quase encostar com a testa no chão, acompanhando um muro de pedra, indo tão depressa que quase tombava para frente. Já estava morto, não tinha nada a perder. Lancei-me de cara na terra. Vomitei de novo, bílis pura. Merda! O medo deveria me dar uma trégua já que tinha decidido seguir em frente. Tirei a cabeça da lama e olhei para trás. Regin já estava fora de vista, escondido em segurança longe dali.

Sentia-me tão *traído*. Todos permitiram que eu fizesse aquilo. É por isso que não posso dizer não, por isso que não posso fugir. Não era eu fazendo aquilo – eram eles. Meu pai, meu padrasto, meus amigos. Regin, minha própria mãe. Eles estavam me mandando para a morte e fui na deles. Covarde, disse a mim mesmo. Covarde! Fiz o que mandaram porque faltou-me coragem para fazer qualquer outra coisa.

Levantei e comecei a rastejar, mantendo-me abaixado, acompanhando os limites do muro. Quando cheguei ao final do paredão, sentia-me enjoado novamente. Segui o vômito jorrando de minha boca e pensei: ainda estou aqui. O que não queria dizer que ainda estava vivo. Entenda: ainda era eu mesmo. Morto ou vivo, aquele era o meu destino. A hora, o lugar e a maneira da minha morte – isso já estava determinado. Tudo o que me restou era a maneira como eu encararia a situação. E foi assim: de quatro, com vômito verde vertendo da minha boca, me cagando de medo.

– Hoje é um bom dia para morrer – sussurrei para mim mesmo. Estava tentado a apenas andar pelo resto do caminho só para manter a pose. Mas precisava ir adiante. Aquela era a coisa certa a se fazer, não era? Precisamos avançar. Idiota. Mesmo naquele momento eu tinha esperança de sobreviver.

Fiquei de pé e corri pela ladeira lamacenta que levava até o lago. Vi o rastro de Fafnir – um sulco lodoso, de dois metros de largura, com o barro levantado dos lados onde seu peso cingira a terra. Pelos deuses! Ele era tão imenso! Foi por ali que ele deslizara até chegar ao lago para nadar. Vi isso no filme. Era uma gravação de baixa qualidade, filmada de mais de um quilômetro e meio de distância, mas dava para ver a maneira com que ele chegava até lá, como se fosse uma criança num escorregador, rolando e se contorcendo na lama até que atingia a água como um navio se lançando ao mar. Dessa vez, ele seria estripado ao descer.

Não. Ele me enterraria no chão como um texugo sepulta filhotes de coelho.

Já havíamos escolhido o lugar onde um esqueleto estava enterrado para que os raios X do monstro não detectassem nada de estranho. Tirei a mochila das costas, desafivelei a espada da correia e comecei a cavar.

Aquilo era uma piada. Heróis e dragões! Fafnir era o mais avançado espécime de hardware militar do planeta. O que eu tinha? Uma espada. Eu já estava morto!

Na verdade, tinha algumas outras coisas. Uma metralhadora Dranby-Cocke com quinhentos tiros e uma pistola com balas explosivas. Também poderia ter sido um projétil. Precisava de uma frota de helicópteros de artilharia e um míssil nuclear para me livrar daquele bastardo. Ainda assim, precisava tentar. Enquanto cavava, pensei comigo mesmo, tudo bem, se eu tinha de morrer, eu morreria como se a minha vida dependesse disso. Isso faz algum sentido? Essa escavação no barro úmido, o vômito, o mijo, o medo e a solidão. Isso tudo era *meu*. Era a *minha* morte. Era tudo que eu tinha e não perderia nem mesmo uma gota de bílis. Não tinha escolha. A vida era assim. Uma merda de vida, mas era tudo que eu tinha.

Lá fora, sob o brilho das luzes de proteção, eu era como uma mosca negra num prato branco. Estava confiando na sacola de truques de Regin. Ele avaliou que poderia utilizar a Tecnologia Silenciosa para me ocultar do sistema de segurança de Fafnir da pequena área onde ele estava escondido até o lugar onde eu cavava. Aquele trabalho estava acabando com as minhas costas. O peso de Fafnir tinha transformado a lama num barro denso; precisava erguer grandes quantidades de terra. A cada segundo esperava que ele aparecesse, mas ou Regin fizera bem seu trabalho ou o dragão estava desacordado, brincando comigo ou algo do tipo. Gradualmente, abri uma tumba com mais de um metro de profundidade e com um comprimento suficiente apenas para que eu deitasse lá dentro. Apesar disso, eu ainda não terminara. Precisava camuflá-la. Trouxera em minha mochila alguns pequenos apoios de plástico transparente – não quero dizer que eles eram transparente aos olhos, mas invisíveis a raios X e coisas do tipo – e algumas lâminas de látex. Coloquei os apoios sobre o buraco e esfreguei o látex na lama antes de estendê-lo sobre a tumba e alisá-lo.

Gostaria que Regin estivesse lá. Não queria morrer sozinho. Mas aquele buraco era o meu lugar; ele tinha o dele. Eu tinha de morrer; ele tinha de assistir.

Apesar de tudo, já tinha chegado até ali.

Já estava prestes a empurrar minha mochila para dentro e depois segui-la quando ouvi um som. Olhei para cima e vi um velho de pé, ao lado da trilha, olhando para mim.

Meu coração saltou dentro do peito. Fafnir? Poderia ser ele? Será que ele podia mudar de forma? Nunca ninguém dissera isso. Então, o que aquele velho estava fazendo ali, de pé, me observando como se eu fosse um operário cavando um buraco numa estrada?

– O que você está fazendo? – perguntei ficando de pé. Então pensei: um espião! Procurei a faca em meu cinto.

O velho pareceu não dar a mínima. Simplesmente apontou para minha trincheira.

– Você não pensou no que acontecerá quando o sangue de Fafnir fluir para dentro desse buraco e o corpo dele tombar sobre a entrada? O que acontecerá então, Sigurd? Como você escapará?

Eu estava prestes a agarrá-lo, mas ele me lançou um olhar de advertência.

– Ouça o que eu digo, garoto – repreendeu-me ele. Estaquei. Havia algo nele. Mas eu não conseguia descobrir o que era.

Olhei de relance para a ladeira de onde o dragão viria. Precisava me esconder. Mas o velho tinha razão. Olhei-o com raiva, sem saber o que fazer com ele.

– Você se afogará no sangue dele – observou o velho. – Cave um canal num dos lados, como o sulco para o sangue numa faca. O sangue fluirá para fora e você terá como sair.

– Mas eu não tenho mais látex. Ele perceberá.

Eu já estava em pânico, mas o velho balançou a cabeça.

– Cave bem aqui, onde a lama se inclina. Ficará escondido de Fafnir quando ele descer a trilha vindo da cidadela... se não for tarde demais.

Ele tinha razão mais uma vez. Mas eu suspeitava dele.

– Como você sabe tanto a respeito de Fafnir?

O velho sorriu e olhou para mim. Usava um chapéu de abas muito largas e um casaco espinha de peixe, encharcado por causa da chuva. Tinha uma barba cinza e curta e um único olho.

– Sigurd, meu amor. Você desejou não estar sozinho. Eu estou aqui agora. Faça o que digo.

Franzi as sobrancelhas para ele, tentando entender suas palavras. Que diabos era aquilo – no meio daquela terra destruída com o dragão a menos de um quilômetro, e esse velho aparece com seu casaco espinha de peixe como se estivesse na rua principal de uma cidadezinha de interior, falando a respeito de sulcos de facas e lendo minha mente? Mas o que ele dissera fazia sentido. Pensei que talvez estivesse me mantendo ocupado enquanto Fafnir não chegava, mas, de qualquer forma, fiz o que ele aconselhara. Estava tão cansado, mas peguei a pá e comecei a erguer mais montes de barro tão duro quanto pedra. Ele ficou ali parado, com as mãos nas costas, observando.

– Mas não tente evitar o sangue de Fafnir. Se você se banhar nele herdará suas qualidades. Nenhuma arma jamais será capaz de feri-lo, Sigurd.

– Você sabe demais – eu disse, e, assim que pronunciei essas palavras, caí em mim. Meu deus! Quem poderia saber tanto? Quem tinha um único olho? Ele era Odin, o Pai de Todos, Odin! Ele viera até ali em pessoa para me ajudar.

Como posso descrever aquele sentimento? Odin estava comigo! Isso não significava que eu sobreviveria – não com ele ali do meu lado. Odin é o deus da morte violenta. Talvez ele tenha vindo para me levar com ele – não que eu precisasse de qualquer ajuda para morrer ali em Heath, esperando para enfrentar um dragão. Mas... o deus estava comigo. Ele viera para ficar comigo.

Meu primeiro pensamento foi me ajoelhar diante dele. Mas então pensei em meu pai, que nunca aceitara o próprio destino; ao contrário: lutara contra isso. Eu lembrava da história de como ele brigara com o deus, no chão de seu quarto, em sua última noite no mundo dos vivos. Isso significa algo – lutar com um deus! Sempre achei que isso era a coisa mais gloriosa que já ouvira. E não sei por quê, talvez por eu já ter decidido que iria morrer, que tudo já estava perdido – mas, de repente, larguei a espada, pulei por cima da trincheira aberta entre nós e o agarrei. Eu tinha o deus nas minhas mãos. Fiz com que se virasse e forcei-o a se abaixar. Ele rosnou e vi seu rosto tornar-se rubro de raiva. Ele era forte, mas eu era ainda mais vigoroso; senti que ele recuava. Estava em meu poder. Ele estava virado para a lama e...

E então eu estava segurando apenas o casaco dele. O homem havia sumido. Pensei comigo mesmo: que idiota! Tentar lutar contra os deuses! Mas talvez não fosse pior do que lutar contra um dragão.

– Obrigado – gritei na chuva. – Obrigado, velho! – Não sabia o motivo pelo qual deveria agradecê-lo depois de tentar lutar contra ele. Odin era o meu deus – meu destino. Tudo que eu havia sentido naquele dia viera dele: o medo e sua poesia, o desejo pelo sangue e a adoração pela morte. Eu o amava quase como a um amante. Mas, apesar de tudo isso, precisava aceitar, não silenciar; evitar pensar que ele planejara aquilo como uma armadilha para mim, embora eu o tenha feito escorregar na lama e perder o casaco.

Abaixei-me então, com as costas arqueadas, para realizar a tarefa que ele me dera. Cavei um duto que conduzia para baixo, escondido por uma montanha de lama e, finalmente, eu estava pronto. Ofereci-lhe uma oração – a oração de meu pai. "Conceda-nos a graça de nos deixar cuidar de nossos próprios assuntos. Amém!" Escorreguei terra abaixo, rumo à misericórdia do túmulo. Puxei o látex para cima do buraco por onde entrei, peguei minhas provisões, minha água e minhas armas, e esperei.

# 7
# PRIMEIRA MORTE

Regin dissera a Sigurd que o dragão sairia para banhar-se no lago, naquela noite ou talvez na próxima, mas ele estava errado. Fafnir mudava de hábitos a cada semana, a cada dia, até mesmo a cada hora; por isso, era impossível prever seus passos. Para azar de Sigurd, ele não passou por ali naquela noite, nem na noite seguinte e nem na próxima. Sigurd tinha apenas um punhado de frutas secas e uma garrafa d'água, e esses suprimentos logo acabaram. Na total escuridão do subsolo, sentindo um medo crescente, sem nenhum alimento nem uma única gota d'água, o garoto logo perdeu todo o senso de tempo e razão. Nenhuma luz ou som se arrastava até sua pequena prisão. O odor da lama gélida preencheu suas narinas e em seguida penetrou em todo o seu corpo, como se fizesse parte dele.

As horas passavam e ele já não tinha certeza de há quantos dias estava ali. No fim da primeira noite, Sigurd estava tão enlouquecido por causa do medo e da escuridão, que seus sonhos se tornaram tão reais quanto a terra gelada sobre a qual estava deitado. Em sua mente, o dragão viera dezenas de vezes e ainda assim ele permanecia ali parado, sofrendo, sentindo o corpo se enrijecendo como se fosse um cadáver.

Mergulhado na merda, no mijo, na lama gelada, na escuridão que sua mente povoava com fantasmas – com toda a certeza nenhum deles era pior do que a realidade que o esperava na superfície –, Sigurd pelo menos parecia ter despertado; alguém, alguma coisa, se aproximava. Sabia que não era Fafnir; os passos eram leves demais. Era o velho. Ele ficou de pé em cima de Sigurd, em silêncio, por um minuto ou dois, antes de começar a trabalhar. Viera para pôr mais terra sobre o látex, aplainando-a, sepultando Sigurd com ainda mais eficiência em seu túmulo. Grato por ter algo para ouvir, Sigurd deitou, imóvel, sem falar nada enquanto o velho trabalhava. Era uma longa tarefa. Odin parecia querer ter certeza de que nem mesmo o ar pudesse entrar e sair do pequeno túmulo subterrâneo. Enquanto a lama se amontoava sobre ele, Sigurd permanecia sem se mexer, apenas ouvindo, até que o serviço acima de sua cabeça estivesse terminado e a figura tivesse ido embora.

E então veio o ar ruim. O peso no peito, a dor lancinante e o desespero. Seria outro pesadelo? A escuridão penetrou além de seus olhos, infiltrando-se em sua alma; o corpo implorando por ar fresco. Mas não havia nenhum. O deus lacrou a tumba para que ele não entrasse. Ainda assim, Sigurd esperou, esperançoso com seu destino. Os pulmões começaram a estremecer e se convulsionar, as mãos involuntariamente arranhavam e agarravam a cobertura da cova – mas era tarde demais, o peso era imenso, a lama muito condensada, a lâmina de fibra muito rígida para causar qualquer tipo de impacto. Finalmente, sufocado e com suas forças se exaurindo, Sigurd parou de respirar e sua pele tornou-se azulada.

Naquele momento, o que poderíamos dizer? O túmulo é o lugar mais privado que existe. Que palavras são ouvidas? Quem nos visita além dos vermes? Dizem que há segredos que apenas os mortos são capazes de entender e que o Pai de Todos sabe como fazê-los falar. Talvez seja por isso que Odin assassinara seu favorito no subterrâneo. Entretanto, após a morte, vem o divino. Odin abriu o duto que aconselhara Sigurd a cavar, entrou na cova e deitou-se com ele. O que se passou entre eles? Não ouse perguntar! Assim é a morte: está além da compreensão dos vivos. Para nós, há apenas o silêncio a ser ouvido. Odin veio; isso é o suficiente. O que quer que ele tenha perguntado ou se sussurrou seus próprios segredos para o garoto morto, nunca saberemos. Mas, então, ele soprou uma nova vida para o rapaz. Odin, o deus que transforma soldados em sacerdotes, poetas e anjos, soprou a morte para longe, reverteu a decadência e transformou a amargura do medo e da dor em prazer – o prazer de viver, o prazer dos vivos. Sigurd nunca mais temeria a morte.

Depois que o deus o deixou, Sigurd permaneceu deitado completamente imóvel, sem nem mesmo respirar; ele não precisava. Ficou deitado por mais outro dia, na escuridão profunda, até que, finalmente, sentiu o chão tremer ao redor e soube que o dragão se aproximava.

Então levantou a cabeça, içou-se para cima, mostrou os dentes para o céu que não conseguia ver e preparou-se para morrer mais uma vez, numa torrente de sangue.

Era um plano simples e como muito do que é simples, tinha de ser feito da melhor maneira possível. Sigurd teria que fazer sua espada brotar através da lama no momento certo. Fafnir seguia depressa. Em poucos momentos, o monstro veria a espada e se lançaria para o lado. Se demorasse demais, não acertaria os órgãos vitais. Em sua cela escura debaixo da terra, Sigurd tinha apenas os tremores ao seu redor a guiá-lo.

Fafnir escorregava, como uma lontra, num escorredor de lama que terminava no lago. Nos quinze anos em que havia governado Hampstead Heath e tudo que sobrara de Londres ao redor daquela área, esse era o único esporte que praticava – escorregar de bruços para fora da cidadela, mergulhando de cabeça na água lá embaixo. Para Sigurd, o som era semelhante ao de um trem vindo em sua direção – a cada segundo pensava que o monstro estava acima dele, mas ainda assim o barulho aumentava, fazendo com que ele tivesse que esperar, imóvel, pelo momento perfeito. Odin lhe diria qual seria a hora certa, ele pensou. De repente, o látex se abaloou sobre ele. Por um milésimo de segundo, Sigurd pensou que aquilo havia sido um golpe de sua mente: Espere, deite-se bem aqui embaixo, você ainda pode viver. Ele então arremessou-se para cima, com sua espada, utilizando toda a sua força, atravessando o látex e a lama, atravessando a pele impossível de ferir, intransponível, cravando a lâmina nas entranhas mais profundas de Fafnir.

A espada foi puxada, com toda a força, na direção em que o dragão escorregava; Sigurd viu-se violentamente empurrado contra o fundo da câmara com tanta força que o aço da arma estalou. Atordoado, esperou por mais um momento, enquanto o dragão, forçando as garras profundamente na lama para tentar conter a descida, continuou a escorregar e a espada seguiu com seu trabalho mortal. Quando ela atingiu os ossos pélvicos, a lâmina rachou. Sigurd ouviu um grito terrível como se uma bomba estivesse caindo, e uma torrente de sangue e entranhas começou a cair dentro da trincheira, cobrindo os olhos de Sigurd e enchendo sua boca. Encaixando a bainha da espada no cinto, ele começou a abrir caminho para a superfície rumo ao ar e à vida.

Ele brotou na superfície, num imenso fluxo de sangue, como um bebê vindo ao mundo. Fafnir conseguiu parar próximo à água e deitou-se bem ao lado de Sigurd, retorcendo-se no chão, balançando a longa cauda de um lado para o outro e erguendo os braços a esmo, diante do garoto, num esforço desesperado para tentar fazer com que as entranhas derramadas voltassem para a cavidade de seu corpo. Havia um ferimento de três metros em sua barriga, do esterno até a cauda. Ele viu Sigurd sair da lama e balançou-se na direção dele com um urro, mas o garoto pulou para o outro lado da trilha, fora de seu alcance, e sacou uma metralhadora das costas varrendo diretamente a ferida de cima abaixo, cem tiros em três segundos. Fafnir urrou de dor e tombou. Dentro do imenso ferimento aberto, Sigurd podia ver o diafragma se movendo enquanto os pulmões trabalhavam e, mais acima, o coração pulsante. Havia um talho profundo no esterno, a primeira parte do corpo de Fafnir a ser atingida pela lâmina. Na mosca.

O garoto abaixou a metralhadora, colocou-a de volta nas costas, caminhou até o monstro, empurrou uma granada dupla para debaixo do esterno de Fafnir até sentir a pressão do músculo pulsante guardado lá dentro. E preparou ambos os explosivos.

– Tome isso, seu filho da puta. Morra agora! – Sigurd gritou e pulou para trás para observar. O ferimento palpitou violentamente quando os projéteis explodiram. Fafnir gritou e lançou as garras para o garoto, mas Sigurd estava encolhido num dos lados da trilha, enquanto uma fonte de sangue estourava em cima dele. O dragão rugiu de novo e rolou mais uma vez para ficar de barriga para cima, estendendo a mão repleta de garras numa última tentativa para recapturar suas entranhas derramadas. Ele soltou um longo suspiro, que Sigurd achou que seria o seu último, rolou de forma que o ferimento ficasse enterrado na lama e repousou a grande e bela cabeça sobre o solo coberto de sangue. Mas os olhos amarelos ainda estavam semiabertos, e ele fixou a imagem de Sigurd. Encarou-o por um longo e silencioso momento. E, então, o dragão disse:

– Uma criança, uma bela criança – sussurrou ele. – Quem é você?

– Sigurd Volson, filho de Sigmund.

Fafnir, que fechara os olhos por causa da dor, abriu-os novamente para encarar seu assassino. Sigurd franziu a testa como resposta. Ele pensava: "Fiz pedacinho do seu coração! Por que você não está morto? O que está acontecendo?"

O dragão tossiu e rangeu os dentes.

– Irmão... – sibilou ele.

– Eu não tenho nenhum irmão.

– Esse é o tipo de herói que você é. Sou Styr. Você me conhece, garoto?

– Eles o chamam de Fafnir.

– Eles não sabem de nada.

Styr! Seria verdade? O primeiro filho de Sigmund, que fugiu depois de matar a tia e seu irmão-clone. Ele tinha passado todos esses anos vivendo daquele jeito?

– Eu era invulnerável! Dominava tudo isso aqui. Era o senhor de Londres!

Sigurd soltou uma gargalhada.

– Dominava o quê? – questionou ele. – Tijolos queimados e ouro? Reizinho de meia-tigela. Reinozinho fajuto.

Fafnir suspirou novamente. Os olhos se agitaram. Mas ele ainda não estava morto.

– Todos esses tesouros não me trouxeram nenhuma alegria, como também não lhe trarão, Sigurd. Você terminará como eu, não tenha dúvidas quanto a isso.

Sigurd riu:

– Se eu fosse imortal como os deuses, então talvez temesse a morte. Mas todos nós temos de morrer, Fafnir. Por que deveria temer o que não posso mudar?

Durante todo esse tempo, o dragão permaneceu deitado, com os olhos viscosos fixos em Sigurd, observando-o com atenção. E Sigurd ficava cada vez mais ansioso e confuso. O que estava acontecendo? Ele destruíra o coração do monstro! O que mais ele precisaria fazer? E por que a criatura estava falando com ele? O que aconteceria em seguida?

Fafnir – Styr – mantinha os braços apertados sobre o ferimento, que ele pressionava junto à lama debaixo de seu corpo. O que ele estava fazendo – simplesmente tentando prender a vida? Mas sem coração...? Quando o dragão passara por ele, havia se revirado num esforço para escapar da lâmina e por isso a espada acabara ferindo também sua pélvis. Com rapidez, Sigurd deu dois passos para o lado, abaixando-se para olhar e conseguiu ter um vislumbre de onde terminava o ferimento, próximo ao rabo do monstro, antes que ele rolasse para escondê-lo. Sigurd olhou para dentro do corpo de Fafnir e o que ele viu...

... carne se unindo; sangue sendo reabsorvido, os tubos se reorganizando, músculos se juntando e voltando a seus lugares, osso formando lascas que atingiam outros ossos, forçando a união, enlaçando-se, esticando-se, atando-se. Styr estava se curando diante dos olhos de Sigurd.

O tempo parou; Sigurd sabia. Fafnir tinha conhecimento de que Sigurd sabia. Eles olharam nos olhos um do outro.

– Você pensou que estava observando a minha morte – sibilou o dragão. – Mas você estava assistindo à sua.

E então ele deu o bote.

Não havia escapatória. É possível sobrepujar o dragão pegando-o de surpresa, mas não se pode lutar contra ele. Sigurd ainda tinha algumas balas na metralhadora, mas que serventia teriam quando tantos já haviam falhado? O monstro já estava parcialmente curado. Mesmo machucado como estava, ele era cem vezes mais rápido e forte que Sigurd – já melhor armado e se recuperando mais a cada segundo. Havia apenas um único lugar para ir. Sigurd não correu, mas mergulhou para frente. Ele atingiu o chão bem atrás da garra que tentava atingi-lo, bem ao lado da barriga de Fafnir, rolou para frente precipitando-se, com a cabeça erguida, para a trincheira repleta de sangue. Mergulhou no sangue quente e denso e depois voltou à superfície, ficando debaixo do dragão. Foi ali que a espada abrira uma fenda na lama. Acima dele – pele. Ele abriu caminho freneticamente através do sangue e das entranhas abandonadas – mais pele! Bolhas escaparam de seu nariz e da boca enquanto, desesperado, ele tentava prender a respiração. Com os pulmões explodindo, tateou pela trincheira – e lá estava! Bem ali em cima, na extremidade direita, ele encontrou uma brecha; sua mão mergulhou através das entranhas quentes e úmidas de seu irmão Styr. Empurrou as mãos contra as bordas do ferimento e rastejou para dentro do monstro.

Havia uma pulsação no escuro. Sigurd abriu caminho pelas entranhas, empurrando os anéis do intestino, cortando a carne com a espada enquanto avançava, vomitando comida, sangue e bílis. Forçou passagem para cima, até a bola apertada que era o estômago, destroçou-o até abri-lo, sentiu o fedor atroz dos ácidos e ainda assim seguiu em frente, despedaçando o diafragma e os pulmões inchados. Ali, sugou mais do precioso ar e continuou subindo no corpo do dragão, cada vez mais para cima, cada vez mais fundo. Acima dele, algo pulsava e batia, pulsava e batia, pulsava e batia.

– Dois corações! O bastardo tem dois corações! – Largando a espada para se mover mais depressa, Sigurd abriu caminho por entre o pulso da vida e segurou o coração com as duas mãos.

Fafnir rastejou até ficar de pé, arranhando o próprio peito, cortando-se e lutando para abrir seu corpo. Finalmente conseguiu enfiar uma das garras no lugar por onde Sigurd penetrara e, rompendo a carne acima, abriu-se uma segunda vez, acompanhando a nova cicatriz que ia da barriga até a caixa torácica. O dragão berrava como uma chaleira prestes a explodir, quando serrou a placa do próprio esterno, que se reconstituiu mesmo enquanto ele lutava para rompê-la. Fafnir começou a se rasgar, puxando o próprio esqueleto, abrindo-se numa última tentativa desesperada para salvar sua vida. Deu um puxão final com toda a força que lhe restara. Houve um estalo alto e as costelas se esticaram para trás como asas sangrentas. O dragão olhou para o centro de seu corpo bem a tempo de ver Sigurd atingir o coração, que era do tamanho de uma bola de futebol. O garoto envolveu-o com as mãos e, com um puxão terrível, arrancou-o da cavidade sem usar nenhum tipo de arma. Enquanto seu fogo se extinguia, Styr estendeu os braços para tentar agarrar seu torturador, mas a vida o abandonara antes que suas garras pudessem tocá-lo e, com um grande jorro de sangue proveniente das veias rompidas, Fafnir, o terrível, tombou e morreu.

# 8

# REGIN

Não saí dali logo de imediato. Tudo bem, Fafnir estava bem morto, mas eu não confiava nele. Ressurreição. Até mesmo isso poderia ser possível, por que não? Depois de toda aquela ação, tudo se tornara imóvel. O vento soprava com força, mas não havia folhas nem árvores para serem balançadas. Não havia pássaros voando. E nada de Sigurd.

Vamos lá, garoto. Você conseguiu, não vá morrer agora! pensei. Quando morreu, Fafnir veio abaixo como uma avalanche e Sigurd estava debaixo dele. Fiquei esperando por um longo tempo, quinze minutos, talvez, pensando: Meu Deus, o que eu havia presenciado? Porque aquilo era realmente impossível. Sabia que Sigurd morreria a qualquer momento, mas, de alguma forma, ele vencera.

Mantive-me abaixado para não perder a mira; não havia nada, nenhum movimento. Ainda não conseguia acreditar que aquilo realmente acontecera. Moscas invadiam os olhos do monstro, mas até mesmo elas poderiam ser uma armadilha. Tinha certeza de que Sigurd também havia morrido e que deus tenha piedade de mim, pensei: Dois coelhos com uma cajadada só. Porque... Bem, ele era uma pessoa tão boa, nunca funcionaria. Estou falando de política. Ele estava fadado a estragar-se com a coisa toda. Senti que não havia mais nenhum motivo para me preocupar com ele porque o pior já tinha acontecido.

Foi então que percebi um pequeno movimento em um dos lados. Pelo amor de deus! Aquele dragão era um tanque feito de carne e lá estava aquele porquinho se espremendo para sair debaixo dele. É isso aí! Deixei toda a cautela de lado e simplesmente gritei:

– Ah, eu amo você, Sigurd, amo mesmo, de verdade. – E, sem pensar, corri de quatro ao encontro dele, grunhindo e roncando como que acabado de sair da fazenda.

Impossível! Um garoto lutando contra uma coisa daquelas! Esse é o nosso Sigs, pode fazer qualquer coisa. Quando já estava na metade do caminho até lá embaixo, de repente temi que aquele pequeno movimento fosse alguma outra coisa. Será que Fafnir poderia escapar do próprio corpo? Bem, nunca se sabe o que podem fazer nos dias de hoje, não é mesmo? Parei e olhei novamente, mas estava tudo bem, era mesmo Sigs, vermelho por causa do sangue que o cobria da cabeça aos pés, tentando sair debaixo de todas aquelas toneladas de carne morta. A visão dele me fez chorar, aquela coisinha, aquele bebê. Como foi que permitimos que fizesse aquilo? Como fomos capazes? Não passamos de um bando de merdas, todos nós.

Quando me aproximei, pensei que ele estivesse morrendo, completamente coberto de sangue coagulado e balbuciando um monte de coisas sem sentido. O dragão era irmão dele, disse. Contou que morrera debaixo da terra, que sabia como sobreviver sem respirar, que nenhuma arma poderia feri-lo, que conhecia os segredos que Odin ganhara dos mortos, porque ele próprio havia morrido. Disse que se tornara menos humano. Completamente louco. Eu não parava de repetir:

– Agora, pare com isso, cale a boca, sim?

Veja bem, eu temia que Sigurd estivesse ferido e ele gritava tão alto que achei que tentava expulsar o sangue que ainda restava nele. No fim, tive de golpeá-lo com um machado, que cravou-se nele com muita força. Tinha certeza de que só haveria metade dele quando eu arrancasse a arma; mal consegui olhar quando finalmente o desprendi. Mas ele ainda estava lá, inteiro. Nenhum ferimento, nenhum osso quebrado, nada. Todo o sangue era de Fafnir. Foi como outro milagre. Ele não sofrera nem ao menos um arranhão! Eu chorava de excitação. Ele tremia como uma folha e ainda berrava maluquices a respeito de um velho que dormira com ele no subterrâneo.

– Olhe – eu disse. Sigurd estava me assustando com aquela conversa de louco, ele precisava se acalmar. – Tenho o lugar inteiro conectado. Não havia mais ninguém aqui. Eu teria sabido. Nenhum velho, nada além de você deitado na terra. – Fiz uma pausa. Era verdade que perdera o rastro dele por um tempo graças a alguma falha no sistema. Isso me deixara assustado até a alma, pois pensara que Fafnir tivesse nos captado. Ele poderia ter estado morto por um tempo, pois, pelo que sei, não consegui encontrar seu calor, nem as batidas do coração, nem nada. Mas não havia mais ninguém. Eu tinha certeza disso.

– Você teve alucinações, Sigurd. Três dias no escuro, com praticamente nenhuma comida ou água. Claramente uma privação de sentidos, isso foi tudo.

Sigurd me desmentiu com um gesto.

– Existem coisas que você não pode medir, Regin – suspirou ele.

– Como os segredos dos mortos, não é? – brinquei. Eu apenas queria trazê-lo de volta à sanidade. Ele olhou para mim.

– Você não tem como saber aquilo que não pode saber – ofegou Sigurd.

– Bem, não posso ver o que está dentro da sua cabeça, se é isso que você quer dizer. Mas, acredite em mim, Sigurd, não havia nenhuma criatura viva lá, além de você e do dragão.

– Quem está falando a respeito dos vivos? – resmungou Sigurd. Ele se inclinou na minha direção e agarrou meu braço. – Regin, aquele era Odin. Odin veio a mim. Ou você acha que poderia tê-lo captado? – Ele riu mais uma vez. Olhe para você, pensei, tão seguro de si. Tudo que ele sempre quis foi o melhor para todos. Sei disso, mas essa certeza que ele possui de si mesmo, isso é indecente. Se quiser ver um deus, enterrar-se vivo temendo por sua vida é uma maneira tão boa para fazer isso quanto qualquer outra. Só porque isso aconteceu com ele! É óbvio que ele passou por algum tipo de experiência lá embaixo, mas, sendo Sigurd, nada na terra o convenceria de que aquilo não fora real.

Mas, então, matar Fafnir fora mais do que humano. Como ele poderia ter feito isso se não tivesse os deuses ao seu lado? Senti um calafrio atravessar meu corpo. E se fosse verdade que ele agora pertencia a Odin e soubesse de coisas que o resto de nós nunca poderia entender?

– Odin me escolheu – insistiu Sigurd. Ele estava deitado de barriga para cima, com a coluna reta, sobre a lama e o sangue coagulado, e eu estava inclinado sobre ele, com uma das mãos no seu ombro. Ele não fixara a vista em mim. Seus olhos cobertos de sangue miravam o céu. Que visão, Sigurd olhando para cima através daquela máscara de sangue, com aqueles olhos loucos. Tremi e olhei por cima do meu ombro, pensando se poderia ver o deus ali com os meus próprios olhos, mas havia apenas nuvens e o céu sobre mim.

Ele tem tudo, pensei. Tudo! Poder, riqueza, força, juventude... e o amor dos deuses ainda faz parte dessa barganha.

– Mas, então, o que disse esse deus do subsolo? – perguntei, sarcástico. Sigurd olhou para mim, lançando-me um olhar indecifrável. Não consegui encará-lo.

– Não sei – sussurrou ele. Sigurd pareceu tão triste por um momento. Então, antes que eu pudesse contê-lo – ele era tão rápido quanto uma cobra – tirou uma faca de aço do cinto e apunhalou-se violentamente no estômago.

– Não! – gritei. Tentei arrancar-lhe a faca, mas já era tarde demais. Mesmo assim, ele apenas riu.

– Ele me disse, Regin, que nenhuma arma jamais poderia me machucar nos locais onde o sangue do dragão me tocou. – Ele ergueu a camisa. Como eu já mencionei, ele estava coberto de sangue, mas então olhou para a minha mão e empurrou-a na direção do seu estômago, como Jesus colocando a mão de Tomé em suas feridas. Mas, em Sigurd, não havia ferida alguma.

– Aí – sussurrou ele. Seus olhos se acenderam e ele sorriu, como se me reconhecesse pela primeira vez desde que voltara.

Os pelos do meu corpo se arrepiaram. Senti que estava prestes a grunhir e meus músculos se contraíram involuntariamente. Minhas orelhas caíram, balancei a cabeça. Ele sorriu para mim.

– Você precisa vê-lo para acreditar no mundo dos deuses. Por que isso, Regin? – Ele me empurrou para longe, ficou de pé e começou a descer até o lago. Observei-o por um minuto. Naquele momento, fiquei com medo dele. Costumava balançá-lo em meus joelhos e ajudá-lo com o dever de casa. E então ele se tornou irreconhecível. Corri atrás dele e comecei a falar sobre genética, tecnologia e outras explicações normais para as coisas, mas ele acenava para mim e eu não tinha mais nada a dizer.

Bem, isso me chocou naquele momento, tenho de admitir – mas sou um cientista. Procuro por uma explicação racional em primeiro lugar. Veja só, Fafnir era uma obra de arte. Todas aquelas modificações implantadas em seu corpo foram realizadas através do uso de recodificação de vírus. A questão é que os vírus ainda poderiam estar ativos dentro do corpo dele. Esta é uma das coisas que faz com que os vírus trabalhem de maneira tão esquiva. Se você consegue capturá-lo, outra pessoa também pode fazê-lo. Já houve fugas antes. Por isso acontecem essas epidemias estranhas onde uma mutação se liberta na população em geral. É claro que eles, na maioria das vezes, são responsáveis por seios maiores ou mais músculos – utilizados por alguns garotos ricos que querem parecer mais atraentes. Isso é certo – vírus que geram práticas sexuais heterodoxas e doenças relacionadas ao excesso de músculos. Um prato cheio para os jornais. É claro que em geral são apenas crianças ou gente velha que procuram essas coisas. Grotesco. Até agora, nenhuma das ferramentas militares escapou; mas, se quiserem saber a minha opinião, é apenas questão de tempo. Como agora, por exemplo. Sigurd literalmente nadou no sangue do dragão. Pode ter sido obrigado a ingerir um pouco. Ele foi contaminado – infectado com Fafnir. Ele já tem a pele. Assim que lavou um pouco do sangue, pudemos vê-la brilhar, do mesmo jeito que a do dragão. Quem sabe o que mais ele pode pegar? A mente de Fafnir? Ele também a recodificou, entende? É possível libertar essas coisas também de forma mental. Existe um monte de coisas das quais um tirano pode não gostar – misericórdia, pena, amor. Disseram isso quando a irmã de Sigmund, Signy, eliminou o amor de dentro de si mesma, assim que esse sentimento cruzou seu caminho.

Fafnir já havia sido humano um dia. Sigurd ainda o era. Mas por quanto tempo? As chances de ele também se transformar num monstro eram muito grandes.

Ele entrou na água onde Fafnir costumava se banhar – e, quando tirou a roupa, vi algo. Uma pequena folha, de álamo, creio eu. Não sei como ela fora parar ali, não havia árvores em milhas. Deve ter sido trazida pelo vento. De alguma forma, conseguira entrar debaixo da camisa de Sigurd, ficando presa entre a pele e o tecido. Naquele único ponto, naquela pequena região em forma de folha, o sangue não o tocara.

Segui-o até a água. Não pude evitar o pensamento de que, se eu atirasse nele pelas costas, poderia livrar o mundo de grandes problemas, mas não consegui fazer isso. Eu o amava. Era assim que ele era. Andei pelo lago atrás dele e lhe dei um tapinha nas costas.

– Tinha uma folha presa debaixo da sua camisa – informei-lhe. – Nesse ponto, o sangue não tocou você.

Sigurd olhou para mim por cima do ombro. Não fui capaz de decifrar a expressão no rosto dele.

– Fure-me.

Eu tinha um broche preso ao meu casaco. Ele estivera ali por anos, presente de um dos meus filhos há séculos. Tirei-o e, com delicadeza, pressionei-o contra a carne entre as omoplatas de Sigurd. Uma gota de sangue surgiu. Esfreguei o buraquinho com o dedo e mostrei a ele.

Para minha surpresa, Sigurd estava deliciado.

– Fure-me e eu sangrarei! – exclamou ele, tomado pelo prazer. – Então ainda há um lugar onde sou eu mesmo. O que você acha disso? Odin nunca consegue tudo! – Ele colocou as mãos nos joelhos e soltou uma risada frouxa. – É melhor que você guarde o meu segredo, Regin. – Com outro risinho, ele mergulhou e começou a se lavar.

Pensei: Como será que ele pode sentir prazer com absolutamente *tudo*?

Regin deixou o garoto se lavando e voltou para onde Fafnir estava. Podia sentir o calor do corpo imenso a metros de distância, mas ele esfriava com rapidez. Indo até a parte de trás do cadáver, fora da visão de Sigurd, Regin tirou a roupa, entrou na trincheira onde Sigurd se escondera e banhou-se no sangue. Com cuidado, correu os dedos por todo o corpo, assegurando-se de que nenhuma parte dele deixasse de ser coberta. Tomou o cuidado de abrir os olhos e a boca enquanto estava mergulhado no sangue, de forma que a maior parte possível de seu corpo fosse tocada pela imunidade. Chegou até mesmo a engolir o fluido.

Um pouco depois, enquanto ele escalava para sair de Fafnir, ficou surpreso ao ver Sigurd de pé ao lado do cadáver, esperando por ele, com um sorrisinho curioso no rosto.

– Você também quer ser indestrutível, Regin? – perguntou ele.

Debaixo da cobertura de sangue escuro, Regin corou.

– Não pense mal de mim, Sigurd. Por que você deveria ser o único a adquirir benefícios? Eu também tenho inimigos.

Sigurd balançou a cabeça.

– Não estou pensando mal de você. Por que faria isso? Aqui. – Ele tirou a faca do cinto e entregou-a ao homem-porco, que a pressionou contra o braço, com cuidado no início e depois com mais força. Nem uma única gota de sangue verteu; a pele nem mesmo enrugou-se.

Regin olhou para cima e sorriu.

– O vírus ainda está vivo. Pensei que ele morreria quando o sangue esfriasse.

Sigurd balançou a cabeça na direção de Fafnir, que repousava tão imensa e grotescamente morto diante deles.

– Olhe só para nós, roubando tudo dele! O que isso nos torna? Mais humanos ou menos? – Sigurd soltou uma gargalhada.

O garoto se virou e afastou-se. Enquanto o observava, Regin pensou consigo mesmo: Pode ser, Sigurd. Mas eu me assegurei de que todos os centímetros de meu corpo fossem cobertos pelo sangue do dragão. Posso matar você, mas você nunca poderá me matar.

Mas nunca ocorreu a Regin que, se ao banhar-se no sangue de Fafnir, Sigurd havia sido contaminado, então ele também passara a carregar o mesmo vírus.

# 9
# SIGURD

Ouça: *Eu morri lá embaixo*. Não cai no sono. O ar tornou-se ruim. Eu morri e então aquele velho veio e falou comigo. Perguntas e respostas. Mas o que elas eram, não posso nem imaginar. Não há como saber o que foi aquilo. Apesar disso, meu corpo se lembra. Meu corpo conhece a morte. Ele sabe como é chegar até lá e voltar.

Então, quando tive de lutar, não havia mais nada para me assustar.

Depois de ter encontrado Regin banhando-se no sangue, deixei-o terminar o que havia começado e dei o fora. Fiquei horrorizado. Ele não entendia o que estava fazendo consigo mesmo. Quando olhei para trás, ele já rumava para a porta da cidadela, uma grande rocha negra, tão grande quanto uma montanha, que parecia ter caído do céu, cravando-se no local onde aterrissara. Ao lado dela, Regin parecia uma mosca.

Mas eu tinha outros assuntos a resolver. Tinha tantos pensamentos em minha cabeça!

Como podia ter morrido e ainda estar ali? Será que havia mais de um de mim? Eu realmente estaria lá? Será que era eu – meu cadáver – que ainda estava debaixo do meu corpo?

Sei que isso é maluquice. Mas não sou eu o maluco; foi o que aconteceu. Arranjei uma pá e comecei a cavar ainda mais no buraco onde me escondera. Ouvia Regin me chamar da pedra, mas fingi não ter percebido. Queria ver se eu ainda estava ali. Cavei sem parar e o sangue continuou a preencher a trincheira. Ouvi Regin gritar mais uma vez.

– O que você está procurando? Sigurd, você sabe de algo que não me contou?

Mas eu não conseguia responder. A morte é algo secreto. Nós que voltamos nada temos a dizer que os outros entendam.

Tive de cavar outro canal para escoar todo o sangue, pois o primeiro estava bloqueado por pedaços do corpo de Fafnir. De repente, com um último golpe, consegui escoar todo o líquido de forma que fosse possível ficar de joelhos e olhar debaixo do dragão.

Eu não estava lá.

Fiquei tão aliviado. Tão aliviado! Lembro de me ajoelhar ali, no chão, choramingando: "Obrigado, obrigado" sem parar. Não sei por que motivo, mas simplesmente parecia terrível a possibilidade de haver mais de um de mim. Mesmo assim, eu ainda não estava satisfeito. Comecei a ficar com medo de ter morrido dentro dele. Regin deve ter pensado que eu tinha enlouquecido. Mas eu *sabia* que estava morto – ou havia estado. Como isso poderia ter acontecido? Comecei a despedaçar a carcaça, cortando-a em pedacinhos – a barriga, o peito, atravessei o pescoço, destrocei os corações. Tinha certeza de que meu corpo estava em algum lugar por ali; eu precisava vê-lo. Mas não havia nada. Caso meu cadáver estivesse ali, Odin deveria tê-lo carregado. Quando terminei, Fafnir estava estripado, desmembrado, reduzido a restos de carne. Recuei, ofegante, olhando para tudo aquilo e pensando: sou louco. Precisava começar a ter cuidado, ou nunca mais voltaria ao normal.

Comecei a me sentir acabado. Aquele ainda era eu? Aquela cicatriz que arranjei quando era pequeno, com apenas quatro ou cinco anos, quando me joguei no grande gramado, segurando o peso do corpo com as mãos, e aterrissei sobre vidro? Lá estava ele, um crescente pálido, deformado, no músculo do dedão. E aquele pequeno afundamento na sobrancelha que consegui no dia em que fiquei bêbado e dei de cara no batente de concreto de uma porta que havia sido recém-instalado? Continuava lá.

O mesmo corpo. Mas eu estava diferente. Minha pele começou a brilhar como a de Fafnir. Eu havia morrido e voltara à vida. Eu matara o dragão: nunca mais seria o mesmo novamente. Enquanto estava ali de pé, senti que aquelas eram coisas que haviam sido *feitas* para mim. Imaginei se acontecia o mesmo com todos os heróis da história. Não somos nós que fazemos essas coisas. Não temos escolha. São os deuses, as pessoas – é você; o peso pleno de sua crença em nós faz com que ajamos dessa maneira. Senti isso com tanta intensidade! Nada disso tinha absolutamente nada a ver comigo.

Eu não tinha mais nada. Tudo me havia sido roubado – destino, pensamentos, sentimentos, minha vida inteira, arrancados de dentro de mim. O deus era algum tipo de parasita. Mas, ao mesmo tempo, nada mudara. Tudo que eu possuía era o mesmo que tinha antes de morrer: a forma como eu encarava meu destino. Minha coragem não era minha, minha liderança não era minha – nem mesmo meus pensamentos me pertenciam. Era um fantoche. Mas tenho isso: meu coração.

Então me veio à mente – a coisa que faz com que eu seja eu. Isso me atingiu como um soco, mas sabia que era verdade. Podia senti-lo ao meu redor. Amor. Era isso o que eu tinha; é meu, só meu. A pilha de carne destroçada e entranhas retalhadas, que era tudo o que restara de Fafnir, soltava vapores junto a mim, a mais imensa morte capaz de ser imaginada, mas ela traria boas consequências. Convenci-me de que *esse* era o motivo pelo qual eu estava lá, *isso* era o que eu queria da minha vida – não era chefiar um governo e vencer, não era unir um país e construir a paz –, esse era o meu destino, aconteceria de qualquer forma. Para mim, tudo que eu queria era amar – amar a todos, vivos ou mortos, traiçoeiros ou confiáveis, com adagas em minhas costas ou as mãos nas minhas, com os corações abertos ou fechados, comigo ou contra mim. Mesmo que eu tivesse de matá-los, e eu sabia que teria de matar uma imensa quantidade de pessoas –, eu o faria com o coração repleto de amor por eles, pois isso era tudo que eu tinha. Sou tão cheio de amor, quero apenas isso – ser capaz de espalhá-lo livre e abundantemente.

Essa é a única coisa que se pode aprender com a morte: o valor da vida.

# 10
# O TESOURO

Sigurd dormiu a noite inteira e por todo o dia seguinte, mas Regin permaneceu deitado com os olhos abertos. Um turbilhão passava por sua cabeça. Dentro da rocha negra e escarpada da cidadela, tudo com o qual ele sonhara o esperava. A aurora ainda não havia começado a iluminar o céu quando Regin se levantou novamente para tentar encontrar o caminho que levava até o interior da pedra.

Uma chuva fina, mas constante, começara a cair ao longo da noite, transformando tudo num grande lamaçal. Regin teve de caminhar com cuidado, através da lama pegajosa, escorregando e tropeçando sobre a pedra que se tornou ainda mais lisa graças ao barro. O simples ato de mover-se já era exaustivo. Estava tentado a acordar Sigurd naquele mesmo instante – eles precisavam trabalhar rápido. Assim que soubessem que o dragão estava morto, todos apareceriam para uma partilha dos despojos. Mas deixou o garoto dormir. Queria investigar sozinho os tesouros de Fafnir.

Havia mais ali do que uma espécie de tesouro. Enquanto se aproximava das portas de aço instaladas no vasto cume da rocha, a mente de Regin estava repleta de valores e maneiras de medi-los, química subatômica, alterações genéticas, autoclonagem, explosões destruidoras de células e a criação e manipulação de emoções e destinos através do tempo e do espaço. Regin era cientista e engenheiro. O que ele queria eram as ferramentas. Ferramentas para mudar e ser mudado. Ferramentas para criar e destruir poderes. Talvez o próprio anel de Andvari. Boa sorte, Regin! Com tal artefato, qualquer coisa seria possível. Apesar da reputação de ser amaldiçoado – um dispositivo que fazia com que as coisas dessem errado –, Regin começou a crer que, se conseguisse entendê-lo, poderia transformá-lo em algo que fosse capaz de ser utilizado, um artifício com o qual até mesmo um velho e raquítico homem-porco como ele poderia se tornar um novo Sigurd. Talvez não belo nem jovem, mas com o estranho dom de amar, de ser amado e sempre ser a pessoa certa na hora e no lugar certos.

Cada um possui suas próprias ambições. Regin sempre quisera ser aquele que sabe, um facilitador – aquele que põe o mundo na ponta dos dedos de outro homem. Mas, enquanto se aproximava da face negra e escarpada da rocha artificial que Fafnir escolhera para servir como sua porta principal, estava ciente de que outro desejo se agitava em seu interior. Se ele tinha os meios para realizar as ambições de outro homem, por que essas ambições também não poderiam ser as dele?

Uma expressão de raiva formou-se no rosto de Regin e ele balançou a cabeça. Sabia o que isso significava: as defesas de Fafnir ainda em ação, enchendo sua mente com pensamentos perigosos. Aquele não era ele. Mas Regin nunca estivera tão próximo de tanto poder. Por algumas horas, sozinho com o tesouro de Fafnir, ele poderia ser o homem mais poderoso do mundo.

Entrar na fortaleza provavelmente não seria nada fácil. Para toda fechadura há uma chave, é claro; mas como todas as melhores chaves, esta só funcionava para uma única pessoa. Caso o visitante fosse Fafnir, ela se abriria; se não fosse, não conseguiria entrar. Esse tipo de chave era baseada num código genético individual, entalhado, digamos, na pele de um dos dedões, e são conhecidas por serem difíceis de copiar. Regin transcrevera o código genético de Fafnir, calculara o quanto dele era utilizado na chave e tentara descobrir como havia sido entalhado e cifrado. Isso era algo que ele antecipara. Regin mantinha um pequeno e avançado computador apenas para analisar a escama do monstro. É claro que Fafnir havia colocado pistas falsas em seus cromossomos, becos sem saída no código, espirais repetidas, todo o tipo de truque. Mesmo assim, Regin acreditava em seu equipamento. Ele o montara durante a noite e tinha certeza de que encontraria o código esperando-o na manhã seguinte.

Mas a máquina havia travado. Fafnir dobrara as hélices duplas diversas vezes. Os núcleos celulares aumentaram para conter as incontáveis multiplicações de material genético. Havia aparelhos que poderiam lidar com essa quantidade de informação, mas o computador portátil de Regin não era um deles. Aquele aparelho levaria anos, literalmente, para pôr o código em ordem, sem contar a quebra da criptografia.

Ele precisava encontrar outra maneira de entrar.

Regin estava confuso. Tinha tanta fé em suas máquinas e então, de repente, não tinha respostas na manga e nem muito tempo disponível. Perder a recompensa depois de chegar tão longe – muito mais longe do que qualquer outra pessoa! Não poderia permitir que algum rei meio homem, reclamão e ignorante viesse com suas tropas e o roubasse. Afastou-se para tentar organizar os pensamentos, mas esta era uma tarefa impossível. O código era tão impenetrável quanto a superfície negra da cidadela. Ele vagou por horas na lama, tentando descobrir o que fazer, mas não conseguia pensar em nada. Por fim, com frio, coberto de barro da cabeça aos pés e beirando o desespero, foi acordar Sigurd e anunciar que os esforços de ambos haviam sido em vão. Mas Sigurd já estava de pé. Parecia surpreso. Qual era o problema? Ele já havia entrado na cidadela e estava tomando o café da manhã. Regin queria um pouco ou preferia ir até lá e fazer um reconhecimento?

Regin estava impressionado.

– Como? – perguntou.

Sigurd sorriu e tocou a espada quebrada.

– Você esqueceu? Rompi a rocha e entrei. Foi como cortar um bolo. Regin balançou a cabeça. Como ele podia ter esquecido? Era óbvio, Fafnir possuía dispositivos que embaralhavam a mente; ele não estava raciocinando com clareza, só podia ter sido isso. Regin olhou para Sigurd, ressentido. Era tão fácil para ele! Tudo estava à sua espera, pronto para lhe ser dado.

– Qual é o problema, Regin? Está irritado comigo? – perguntou o garoto.

Regin balançou a cabeça, mas estava repleto de pensamentos obscuros, enquanto seguia montanha acima rumo à porta da frente de Fafnir.

O lugar fedia; essa foi a primeira impressão. Uma mistura de comida podre, corpos em decomposição e urina velha. Fafnir era uma maravilha militar, mas, em casa, era apenas um velho negligente que nunca lavava nada, mijava pelos cantos e comia direto de latas que nunca jogava fora. A imundície era inacreditável. No fim das contas, Fafnir não vivia sozinho. Ao longo das passagens, podia-se ouvir um zumbido alto e constante. O dragão dividia sua casa com um milhão de moscas.

Nas paredes dos corredores e das câmaras, havia prateleiras tomadas por latas de cerveja, feijões, sardinhas, cozido ou presunto que ele atacara – o suficiente para alimentar um pequeno exército por anos. Também havia suplementos vitamínicos, mas nada fresco. Fafnir não era um gourmet. Quando esvaziava uma lata, atirava-a num canto para que as moscas a achassem. O lixo se espalhava por todos os lados, os vermes rastejavam às cegas dentro das latas e saíam de crisálidas nos vãos das paredes e do piso. Havia um quarto – Fafnir ainda possuía alguns hábitos humanos – com uma vasta pilha de cobertores e colchões fedendo a suor e a falta de lavagem. Ao longo das paredes, montes de pornografia. Fafnir se alterara tanto que se tornara inútil para qualquer atividade sexual, exceto aquelas em que se comprometia apenas consigo mesmo. Sua vida se limitava a apenas uma coisa: posses. E ele possuíra um grande negócio.

Regin e Sigurd vagaram pelos longos corredores mal iluminados por luzes de néon, que nunca eram desligadas. Muitos cômodos encontravam-se com as portas trancadas – alguns tinham portas duplas, com câmaras de compressão entre elas, e pequenas janelas de observação instaladas. Sigurd torceu o nariz e espreitou os vários aposentos. Ouro? Nada. Câmara após câmara, havia apenas um monte de caixotes cinza, alguns pequenos, outros grandes. Monitores e alto-falantes, em alguns casos. Os caixotes cinza zumbiam, rangiam e produziam estalos. Regin grunhiu de empolgação. Várias e várias vezes ele fez com que Sigurd cortasse uma passagem nas portas. Tesouro! Quem sabe o que essas coisas poderiam fazer! Metade delas ele nem conseguia saber por onde começar a imaginar o que era. Elas simplesmente ficavam ali, zumbindo, ou liberavam um leve calor ou friagem. Ele examinou todas, sem exceção, checando os códigos num pequeno livro que explicava o que cada uma delas fazia, antes de desligá-las, uma após a outra. Era isso aí! Todas elas estavam lá. Escuridão. Brilho. Excitação. Prazer. Ele conhecia tudo aquilo: tecnologia de manipulação de massas. Aquelas máquinas ostentavam o nome do Norn Group. Sem dúvida, o verdadeiro tesouro! Como ele suspeitara, Fafnir tinha em suas mãos a mais avançada tecnologia. Ameaça. Medo. Assassinato. A coisa estava ficando cada vez melhor! Tecnologia de extermínio.

Algumas das máquinas – Prazer, por exemplo – não foram ligadas, mas havia uma grande onda de medo e confusão sendo gerada na casa da Fafnir. Com frequência, quando Regin dava um peteleco num botão para desligar o dispositivo, uma pressão dentro dele parecia elevar-se. Mesmo em sua excitação, Regin soltava um suspiro de alívio. O ressentimento que aos poucos crescia em seu interior retrocedeu. Que bom que eles chegaram logo ali! Com dispositivos como aqueles em funcionamento, qualquer um era capaz de matar até mesmo aqueles que amava.

Eles entravam numa câmara após a outra. Regin examinava cada uma delas, listava o conteúdo e depois tinha de correr atrás de Sigurd para implorar por outro buraco para rastejar para um novo cômodo, como uma criança amolando os pais, ele pensou de mau humor. Foi só no final, no último aposento, que encontrou o verdadeiro tesouro, a mais nova tecnologia, escondida na parte mais profunda das cavernas – as máquinas verdes e altas da Destiny Corporation. Loki. Jesus. Tyr. Odin. Tecnologia do destino. Será que isso era o paraíso? Ele havia encontrado a casa dos deuses ou aqueles dispositivos eram apenas uma imitação? E o que aconteceria se alguém os desligasse?

Impelido contra a própria vontade, Regin parou antes de olhar para os interruptores. E se ele desligasse o próprio Deus? Regin não fazia ideia de qual seria o propósito daquelas coisas.

Estou apavorado, Regin percebeu. É claro! O gerador de númina. Bem... Deveria ser mais do que isso, com toda a certeza. As máquinas permaneciam, silenciosas, em seus lugares; nenhuma luz, nem calor, nada que deixasse escapar qualquer pista. Quando Regin procurou a fonte de energia, não encontrou nada. Fafnir nunca as ativara. Ou será que elas funcionavam em estado sólido? Isso poderia muito bem ser verdade, mas, de qualquer maneira, não havia nada que Regin pudesse fazer. Supersticioso que era, estava grato por isso.

Um tesouro, entretanto, ainda permanecia oculto: o anel de Andvari. Uma coisa assim tão pequena poderia estar em qualquer lugar. Ou, mais provavelmente, nem existia.

Enquanto Regin corria tentando catalogar sua caverna de maravilhas, Sigurd procurava pelo ouro. Sentia-se um covarde por fazê-lo. Por todos os lados, havia todas aquelas coisas fascinantes, máquinas vivas de mais de uma maneira – havia tanto carne e sangue dentro daqueles caixotes quanto circuitos elétricos – e lá estava ele correndo de um lado para o outro, em busca de metal morto. Mas o ouro também é uma maravilha. Cada um daqueles dispositivos possuía seu propósito, mas a riqueza é o início de tudo, a alquimia que permite a criação de todas as obras humanas. Tudo naquelas câmaras poderia ser comprado. E Sigurd não precisava de máquinas para dominar as massas ou gerar medo, amor, encher as pessoas de alegria. Ele próprio era um dispositivo, moldado com perfeição para o seu tempo.

A cidadela era imensa – tinha de ser, para abrigar uma criatura do tamanho de Fafnir –, mas não havia tantas câmaras quanto o garoto pensara logo de início. Ele levou pouco mais de uma hora para examinar todas elas e não encontrou nem sinal do ouro. Sigurd pensou que talvez o monstro o tivesse gasto – mas que utilidade um ladrão pode encontrar para o dinheiro? Na verdade, o ouro era a coisa que Fafnir mais amava e tomara o cuidado de escondê-lo muito bem. Ele o ocultara atrás de uma parede de tijolos em uma pequena câmara à esquerda, no fundo de um dos aposentos mais longos – quatro pequenos estrados repletos de barras de ouro. Espalhadas por todos os lados estavam outras coisas preciosas – Fafnir amava qualquer coisa de valor. Joias e tesouros saqueados, ao longo dos anos, de apartamentos de políticos, edifícios oficiais, palácios reais e museus, tudo misturado, transbordando de caixas de papelão ou simplesmente jogado pelo chão aos punhados. E também ali, como em qualquer outro local da cidadela de Fafnir, nada era o que parecia. As coisas mais perigosas em geral estavam disfarçadas.

Olhando ao redor, Sigurd podia ver um sem-fim de objetos incríveis e maravilhosos, mas seus olhos foram atraídos por um pequeno anel, comum demais para merecer qualquer tipo de atenção especial. Talvez tivesse sido seu tamanho que atraíra o interesse de Sigurd, ou o padrão em espiral encravado por dentro e por fora do aro, ou simplesmente o fato de as outras coisas parecerem vistosas demais para serem de fato utilizadas. O garoto o colocou num dos dedos e, antes de ir procurar Regin, imaginou de onde o objeto poderia ter vindo. Era hora de carregar tudo o que lhes interessasse e ir embora.

# 11

# TRAIÇÃO

Pelo resto daquele dia e todo o seguinte, Sigurd e Regin empacotaram seus despojos – um, ouro; o outro, tecnologia. Dentro dos cavalos havia grandes câmaras onde eles podiam armazenar uma tonelada ou mais de ouro cada um, mas não havia espaço para tudo. Sigurd queria ter certeza de que todo o ouro seria levado, mas Regin desejava que o maquinário tivesse prioridade. Mandou então uma mensagem por rádio para Alf; a ajuda já estava a caminho e a maior parte das máquinas teria de esperar por ela, mas Regin queria garantir que os itens mais preciosos e avançados ficassem em segurança.

Sigurd não estava contente com as máquinas idealizadas para controlar e destruir pessoas. A princípio, as ideias do garoto divertiram Regin.

– Você mesmo é uma máquina – provocou o homem-porco. Mas a coisa acabou se tornando mais séria do que isso, e uma verdadeira discussão teve início. Regin argumentou que, com aquelas máquinas, eles poderiam recuperar qualquer ouro porventura perdido e, além disso, ganhar ainda mais.

– Pode ser – retrucou Sigurd – mas a que custo? A liberdade de pensamento das pessoas. Talvez suas almas. – Ele olhou de rabo de olho para as máquinas imóveis e silenciosas etiquetadas como Jesus, Alá e Odin. – Mas olhe para o ouro como uma máquina – que dispositivo mais perfeito! Pode comprar qualquer coisa que estiver dentro do conhecimento dos homens e dos meio homens, e faz com que todos a quem ele toca sejam mais capazes, não menos. É o ouro que pode trazer o bem até as pessoas, não algum gerador artificial de prazer ou medo.

Eles concordaram em adiar a discussão até verem quanto espaço o ouro ocuparia. Sigurd carregou o ouro em Chinelo enquanto Regin escolhia os itens mais importantes de maquinário para pôr dentro de sua montaria. Mas Sigurd era jovem e forte, enquanto Regin era velho e fraco. Ele necessitava de ajuda com sua carga, e logo precisou parar e sentar do lado de fora da caverna, observando Sigurd seguir com o trabalho. A raiva pulsava em seu coração.

Sigurd não conseguia entender o velho mentor. Aquele não era o mesmo Regin que um dia queria apenas ajudar Sigurd a concluir seus planos e compartilhar seus objetivos. Ele achava que era egoísmo passar aqueles estranhos dispositivos eletrônicos à frente do ouro que poderia comprar a paz e a prosperidade da nação, por mais mundanas que essas coisas fossem.

Ou será que eu é que estou sendo egoísta?, ele pensou. O ouro é fonte de tantos conflitos. Será que ele também estava caindo numa armadilha, enganando-se ao pensar que aquela riqueza seria boa para todos? Enquanto trabalhava, o garoto revolvia esses pensamentos. Sigurd se sentia desconfortável diante dos olhos raivosos de Regin, mas ele não tinha como gostar daquelas máquinas. Não precisava delas; tudo o que elas representavam era ameaçador. Não era mais uma questão de desistir do ouro – ele conseguira encontrar uma maneira de armazená-lo todo dentro de Chinelo; mas, quando a escuridão começou a cair, passou a acreditar que as máquinas eram diabólicas, ladras de vidas, e que seria melhor simplesmente destruí-las.

Naquela noite, Regin falou com excitação a respeito dos dispositivos que haviam achado e como eles poderiam ajudar um líder a conquistar e governar. Sigurd ouvia com cuidado, franzindo a testa enquanto o velho homem-porco gaguejava, entusiasmado. Que tesouro Fafnir possuía! Com aqueles dispositivos, por exemplo, Sigurd poderia aniquilar uma cidade, e ainda assim deixar tudo intacto – as fábricas, os edifícios, até mesmo as plantas que cresciam entre as pedras das calçadas e os insetos que rastejavam sobre elas não sofreriam nenhum dano; mas qualquer mamífero, sem exceção, seria destruído. Muito esperto! Nada de inimigos, mas toda a riqueza deles...

– Mas para que usar uma arma dessas, Regin? – queria saber Sigurd.

Regin secou o suor do rosto e riu. Para quê? Quem sabe o que seus inimigos estariam preparados para fazer? Um exército poderia invadir a cidade e massacrar os habitantes – e então? Ou poderiam invadir um complexo industrial. O que Sigurd faria numa situação dessas? Explodiria todo o terreno? Mas, ao ver o olhar atordoado do garoto, ele voltou atrás. Bem, talvez aquele armamento fosse útil como uma ameaça contra grandes poderes: uma arma terrorista, talvez, algo que assustasse o inimigo caso ele ameaçasse invadir o território deles. É claro que a arma tinha de ser real para que isso pudesse causar algum efeito, mas não significava que eles a usariam.

Mas Regin logo esqueceu esses cuidados mais uma vez à medida que o entusiasmo o dominava. Olhe para esses dispositivos – eles podem fazer as pessoas felizes. Olhe para este outro – pode fazer com que os inimigos sintam medo. Aquele danifica maquinários, esse mistura genes. Este afeta a memória. Mas Sigurd estava apavorado. Para ele, aquelas armas não eram tesouros, mas uma maldição. Queria liderar as pessoas, não manipulá-las. Olhe para Fafnir, Senhor de Londres. O que era Londres se ninguém vivia lá? Mas Regin riu dele por ser ingênuo e falou sobre as maravilhas do conhecimento, as realidades do poder.

– Se você não usá-las, alguma outra pessoa fará isso – argumentou. – A liderança vai para aquele que possuir o melhor armamento. Você sabe disso. Se não tiver essas coisas, não governará.

– Nós derrotamos Fafnir com uma espada.

– Mas que espada! Sem ela, você não teria nenhuma esperança.

Sigurd estava atormentado – como se a espada tivesse trazido a morte sozinha. Regin se divertia. Isso era verdade, não era?, zombou o homem-porco. Sem a espada, não haveria nenhuma morte. Fafnir ainda estaria ali.

– Você está bêbado, Regin? – perguntou Sigurd, quase num sussurro. O velho homem-porco havia se esquecido dos maus bocados pelo qual Sigurd passara: a espera no buraco, o esforço para abrir caminho através das entranhas do monstro, para alcançar o segundo coração. Quem mais poderia ter feito isso?

Regin não bebera nada, mas riu novamente, apenas para provocar o garoto. Seus pensamentos se agitavam além da sua vontade. Como Sigurd parecia pequeno sentado ao lado dele. Havia sido a espada que matara Fafnir, não o garoto. E quem fizera a espada? Caso lhe fosse dado um pouco mais de tempo, ele poderia ter projetado a arma para ser utilizada por qualquer pessoa – ele mesmo, por exemplo. Ele poderia ter matado o monstro sozinho, se quisesse. É claro que era mais inteligente ter alguém para correr os riscos. Ele, Regin, possuía o conhecimento. Sigurd era descartável; ele, não.

E só ele sabia o local do corpo de Sigurd por onde o garoto poderia ser morto caso algum dia sentisse necessidade de fazer tal coisa.

Mas, então, quando a mente dele voou por essas sendas perigosas, a realidade de seus pensamentos o atingiu. O que ele estava fazendo, pensando essas coisas terríveis, como se de repente estivesse se livrando de todos os seus valores, seus princípios e seu modo de vida como se fossem roupas velhas? Como se um homem-porco magrelo como ele pudesse algum dia ter feito o mesmo que Sigurd. Envergonhado, tomado pela emoção, levantou-se num pulo e correu para abraçar Sigurd. Ele havia sido afetado pelo ar, estava em choque... Alguma coisa acontecera.

– Olha, só, Sig, eu não sirvo nem para ajudá-lo – arfou ele.

– Eu jamais conseguiria ter feito isso sem você, Regin – disse Sigurd. Entretanto, ele já se decidira. Ver as mudanças drásticas de Regin o convencera. – Mas veja o que essas máquinas fizeram com você. Precisamos destruí-las.

Regin recuou. Será que era isso mesmo? Mas ele as havia desligado – pelo menos aquelas que ele sabia como desligar. Talvez fosse verdade... Sim, sim, poderia ser isso. Algum dos equipamentos de Fafnir estava agindo sobre ele. Chocado ao perceber o quão longe ele havia sido levado – chegou até mesmo a sonhar com assassinato! –, ele não discutiu a respeito de seu caso em particular, mas não podia concordar. Pela manhã poderiam conversar de novo; sua cabeça estaria mais clara.

Mais tarde, quando os dois deitaram-se para dormir, sua mente repassou todos os equipamentos. Medo, Ódio, Assassinato – todos foram desligados, não podiam ter agido sobre ele. O Destino tecnológico? O deus das máquinas? Em primeiro lugar, esse dispositivo nem mesmo havia sido ligado. Fafnir obviamente não aprendera a usá-lo.

Incapaz de dormir, ele se levantou e andou pela cidadela, de sala em sala, checando. Nada parecia estar em operação. Seria então possível que aqueles pensamentos não fossem gerados por nada além de sua própria mente? Havia alguma verdade neles? Regin sentou-se apoiando as costas na parede e com a cabeça entre as mãos, e pensou até que seu cérebro começasse a doer. Sigurd era uma boa pessoa, impossível ser melhor. Era um herói, um guerreiro. Mas um governante? Alguém tão ingênuo, tão jovem, tão irremediavelmente idealista – que chance teria de manter-se no mundo instável e traiçoeiro da política? Era necessário um coração calejado, uma cabeça sábia e uma mente perspicaz para isso. Era possível que outra pessoa – Alf, talvez, ou até mesmo o próprio Regin – servisse melhor às pessoas e à nação apropriando-se eles mesmos do poder, antes que Sigurd tivesse a chance de perdê-lo para algum amigo da onça ou utilizá-lo como um fantoche de outro.

Pela manhã, Sigurd estava mais confiante em seus instintos do que nunca. O que toda aquela tecnologia tinha a ver com sua visão? Destruição e controle – que tipo de poder era esse? Onde estavam as escolas, os hospitais? Onde estava a esperança? É verdade que um dos aparelhos escondidos na cidade poderia gerá-la, mas que utilidade teria até mesmo a esperança se não fosse baseada na realidade? Quanto a uma coisa ele tinha certeza que Regin acertara: se ele não usasse aquelas coisas, alguma outra pessoa o faria. Havia dezenas de reis e chefes de gangue que poderiam se tornar imperadores e não hesitariam em utilizá-las. Então seria possível tratar as pessoas como cães enjaulados e enchê-las de esperança? Como os tiranos amariam isso! Era exatamente o tipo de coisa contra a qual Sigurd prometera lutar.

Ele se levantou cedo e começou a trabalhar de imediato, arrumando os cabos que desencadeariam uma série de cargas explosivas. Assim que o dispositivo estivesse pronto, ele descarregaria o cavalo de Regin: tudo seria destruído. Tudo. O trabalho seguia bem quando o homem-porco acordou e levantou-se para ver o que Sigurd estava fazendo. Quando percebeu, ficou descontrolado. Tentou impor autoridade – ele era velho; o garoto, novo. Alf não havia lhe dado permissão para aquilo – Alf ainda era o Rei, o senhor de ambos. Sigurd não demonstrou nenhuma reação. Ele conquistara seu direito, matara o dragão. Não restaria nada do tesouro do monstro além do ouro, que lhe pertencia.

Regin ficou enfurecido. Agarrou um dos braços de Sigurd e tentou atirá-lo para um dos lados. O garoto soltou-se com delicadeza e insistiu: as coisas seriam daquela maneira. Regin estava sob a influência de algo diabólico entre todo aquele maquinário maluco; precisava se acalmar. Quando estivesse terminado, ele se sentiria melhor e entenderia o que acontecera.

– Não! Tudo está desligado. O problema sou eu, Sigurd. O que você está fazendo... é como queimar livros, destruir museus, bibliotecas. Você não pode fazer isso! – gritava Regin, fora de si. Mas Sigurd placidamente empurrou o velho para o lado e continuou com o trabalho.

Todas aquelas maravilhas seriam destruídas diante de seus olhos e Regin não poderia fazer nada para impedir. Ele deixou a cidadela, esbravejando do lado de fora, socando as rochas de tanta frustração. Sua mente encontrava-se em seu estado mais sombrio e foi assim que aquele homem afável encontrou a morte – encerrado em seu momento mais baixo, incapaz de pensar, histérico de raiva. Quem pode dizer do que ele se lembrou ou esqueceu naquele último momento? Ele havia amado tantas coisas e pessoas em sua vida, mas nenhuma delas mais do que Sigurd, ainda que, naquela ocasião, lhe parecesse que o menino se transformara num tirano, um monstro capaz de qualquer coisa. Ele se tornara implacável. Sozinho, possuía o conhecimento para fazer aquilo, era seu dever. Regin estava a mais de três metros de distância quando ergueu o rifle e mirou o ponto do tamanho de uma folha de álamo, onde Sigurd ainda era mortal.

Regin não era um atirador. Teve de se aproximar para ter certeza. O que fez com que Sigurd percebesse? Um som? O canto de um passarinho, alguns disseram – um melro que se desgarrou para dentro da cidadela em busca de vermes e criou um certo alarde nas pilhas de lixo fedorentas que haviam se acumulado ao longo dos corredores. A audição e o olfato de Sigurd já haviam se tornado mais acurados como resultado do banho no sangue de Fafnir. Talvez ele tenha sentido o cheiro do medo ao se curvar sobre os fios. Ele se virou e viu a arma. Sigurd já estava fora de alcance – a bala foi disparada no mesmo segundo em que Regin o viu se mover e a folha de álamo já estava fora de seu campo de visão –, mas o garoto não estava acostumado à imunidade e os instintos tomaram o controle da situação. Ele tirou a espada quebrada do cinto e atirou-a. O resto de lâmina brilhou na luz, girando no ar por apenas uma fração de segundo, antes de cravar-se no peito de Regin.

Todos os dias, pelo resto de sua vida, Sigurd perguntou a si mesmo se poderia ter evitado aquele ato, mas a decisão de revidar quando se é ameaçado de morte havia sido tomada há muito tempo, quando ele tinha três ou quatro anos e por todos os outros anos de sua existência, quando foi treinado para contornar qualquer pensamento que pudesse atrasar suas mãos. E talvez o anel de Andvari em um de seus dedos o tenha impelido ainda mais, naquele milésimo de segundo, a realizar um ato do qual se arrependeria para sempre.

Sigurd ergueu-se e andou até onde Regin estava caído, o sangue vital jorrando sobre o chão de pedra. O homem-porco se esquecera de que Sigurd tinha meios de perfurá-lo, como fizera com Fafnir. Ele arfou, olhou nos olhos do garoto, tentou falar, mas não conseguiu. E morreu.

De pé ao lado do corpo, o mundo de Sigurd começou a se despedaçar ao redor, como blocos de terra caindo no mar. Nada do que ele acreditava era real. Todas as suas suposições estavam erradas. Ele havia sido traído por alguém a quem amava e lhe parecia que sua reação fora responder a isso com outra traição. Não precisava ter matado Regin. Poderia protegê-lo de tudo isso – refreá-lo, mantê-lo em segurança até que conseguisse explodir aquele lugar e transformá-lo num reino. Aquele Regin teria recobrado os sentidos e entendido.

Devastado pelas provações dos últimos dias, por um segundo a mente de Sigurd escorregou da escuridão do presente para o passado luminoso que amava tanto. Diante dele, surgiu o mar da costa do País de Gales, as dunas, a praia, seus amigos brincando, gaivotas. O tutor e os amigos deitados no chão fingindo-se de mortos num jogo infantil que eles já haviam realizado muitas vezes antes. Sigurd se inclinou para frente e sacudiu um dos ombros do homem-porco.

– Regin? Era só um jogo. Nós estávamos brincando. Acorde, Regin, me leve para casa. Quero ir para casa agora.

Mas Regin jamais se moveu. Ajoelhado ao lado dele, Sigurd segurou a cabeça com as mãos e começou a chorar, ali, nos vales destruídos de Hampstead Heath, que sempre foram habitados apenas pelo sofrimento.

# 12

# DESTRUIÇÃO

Sigurd se levantou do chão ao lado do amigo assassinado e olhou por cima dos próprios ombros, para a caverna formada por todas aquelas máquinas e armas: Medo, Prazer, Conflito, Felicidade, Odin, Jesus, Alá. Ele tinha todas elas. Matou o dragão e ganhou o prêmio. Fora favorecido pelo mais importante de todos os deuses. Ele morrera e ressuscitara. Ele é a estrela mais alta.

E tinha matado um irmão e um amigo querido. Estava se tornando um deus ou simplesmente perdendo a humanidade?

Lá fora, um pequeno pássaro pousou numa rocha próxima à entrada da caverna, abriu o bico e começou a entoar uma cantiga. Sigurd ouviu, impressionado, naquele momento terrível, pela beleza absoluta daquilo – e mais ainda com a própria habilidade de ser movido pela canção, mais do que em qualquer outra ocasião. Um melro, algo pequeno e comum, fez com que o coração de Sigurd ficasse tão satisfeito que lágrimas brotaram de seus olhos. As coisas pequenas. O vento na grama, o canto de um pássaro, o beijo de sua mãe, todas as coisas vivas. Elas podem fazer com que seu coração exploda se às vezes não mantiver os olhos fechados.

Sigurd respirou fundo, enchendo os pulmões de ar. As câmaras fediam, mas o vento soprava essências mais doces sobre a pedra queimada e as águas envenenadas do lago Hampstead. Há um mundo além do local do bombardeio. Há o canto de pássaros, o cheiro de grama, a essência da pele de outra pessoa. Sigurd está tão cheio de amor, e tão cheio de morte também, que mal sabe quem ele é. Ele tem quinze anos, fora despedaçado e posto no lugar novamente de uma forma que ninguém deveria ser.

Lá fora, o melro bate asas e voa para longe. Sigurd enxuga as lágrimas. Tudo que quer é deitar e dormir até o fim de sua vida.

O que isso importa? Os deuses farão as coisas do jeito deles. Mas o que mais resta fazer a não ser seguir em frente repleto de amor como se você fosse o senhor de sua própria vida e os seus atos fizessem diferença? Esse é um ato de fé. Então Sigurd se levanta e continua com o trabalho que Regin interrompera. Mas, quando ele se vira para os fios e os detonadores, percebe que há uma solução mais fácil. Tudo que ele precisa fazer é instalar um dispositivo interno e então detonar um míssil de alguns quilômetros de distância. O míssil voaria pelo buraco na porta da frente de Fafnir como uma carta entra na caixa de correio. Todo o lugar explodiria.

Lá fora, começou a chover novamente. O cadáver de Fafnir, com aquela pele impenetrável, resplandecia como uma joia grande e morta. Além dele, o mundo. A cantiga dos pássaros, o sol, o mar e as milhões de coisas vivas. Sigurd pensou consigo mesmo: Isso tem de ser suficiente para qualquer um. Governar, conquistar e fazer do mundo um lugar seguro era um grande trabalho, um trabalho para gerações. Ele não estava mais tão seguro de si, mesmo depois do que acabara de acontecer. Estar simplesmente vivo já era o suficiente.

A única coisa que faltava era dizer adeus a Regin.

Sigurd não conseguia conceber que Regin poderia amá-lo menos do que ele amava Regin. A traição não fazia parte de sua natureza e ele não conseguia compreendê-la nos outros. Na cabeça de Sigurd, para sempre ele seria o verdadeiro assassino. O garoto ergueu o cadáver e carregou-o para dentro da cidadela, conduzindo Chinelo atrás de si. Depositou o corpo no alto de uma máquina denominada Prazer. O velho costume de queimar os mortos com coisas que lhes foram preciosas voltara com os velhos deuses, e Sigurd planejou uma pira funerária para Regin do tipo que ninguém nunca vira antes.

Ele beijou o velho amigo, esticando seus membros. O cavalo de Regin, carregado com horrores, ficaria ali. E então Sigurd foi destruir a caverna da destruição.

Ele cavalgou Chinelo freneticamente por quinze minutos. Não fazia ideia de como aquela coisa subiria, mas queria estar a milhas de distância quando fosse lançada. Logo ele já estava cercado por arbustos, grama e algumas poucas árvores. O sol primaveril brilhava nas folhas, ele podia sentir o cheiro da seiva fluindo. Daquele lugar, ainda dominado pela vida, Sigurd poria fim a muitas mortes.

Desceu do cavalo, seguiu a trilha e calculou o local exato onde queria que o míssil caísse – e o lançou.

O projétil saltou para o ar e traçou uma rota incerta enquanto avançava, de acordo com os sinais de rádio, para sua própria destruição. À medida que subia, encontrava um sinal mais claro e imediatamente seguia o caminho certo. Dois minutos depois, houve um golpe violento e um abalo no ar quando o míssil passou pela porta e explodiu o interior da caverna. Sigurd ergueu os binóculos para observar; mas, antes que a fumaça fosse capaz de subir alto o suficiente para que ele pudesse vê-la, houve outra explosão, ainda maior; o chão tremeu debaixo de seus pés e uma nuvem densa de fumaça preta e chamas azuis e laranja precipitaram-se rumo ao céu. Então houve outro estrondo e mais outro – e, para o terror de Sigurd, o próprio horizonte começou a se erguer. Ele deixou os binóculos caírem; aquele evento era imenso demais para ser observado com admiração. Um grande paredão ergueu-se do chão, bem acima das copas das árvores, e começou a se agigantar na direção de Sigurd. Algo tão violento explodira no subsolo que o próprio leito passou a se comportar como se estivesse em estado líquido. Um tsunami de rocha sólida precipitando-se na direção dele.

Sigurd saltou sobre Chinelo. Tudo tremia ao redor. As árvores caíam, as rochas trepidavam, o chão se agitava e rachava apesar de o evento ainda estar a quilômetros de distância. O cavalo cibernético cavalgava como se extraísse uma força que não possuía, para servir Sigurd. Atrás deles, a parede de rocha começou a ficar incandescente graças ao calor. Mesmo sendo tão enorme, avançava tão depressa como se voasse e já começava a romper-se, inclinando-se para frente como uma mão gigante.

Sigurd gritou. Chinelo redobrou seus esforços, mantendo um galope seguro pelo chão, que não parava de tremer. Enquanto seguiam, o cavalo procurava. Onde haveria um lugar seguro naquele cenário tumultuado? Radares, sonares, infravermelhos, todos os meios de busca estavam disponíveis, mas ele não conseguia ver nada. De seu ombro, um pequeno míssil foi disparado. Em segundos, o dispositivo estava abrindo caminho debaixo das nuvens, checando o local. Onde? Onde?

Atrás deles, uma maré de magma irrompeu, acumulou-se e tombou. Golpeou a terra e varreu tudo o que estava à frente. Alguns respingos atingiram as costas de Sigurd e ele gritou de dor. Uma chuva de pedras vermelhas e quentes e terra incandescente começou a cair ao seu redor. Eles corriam o risco de serem esmagados pela avalanche. Nem mesmo Chinelo conseguia desviar dos detritos, mas pelo menos localizou um lugar onde não seriam atingidos. Uma rachadura em chamas se abria diante deles. Sem hesitar, Chinelo lançou-se imediatamente dentro dela.

Aquele era um local de aparência infernal, um ventre de fogo e fumaça negra. As ondas de ar abafado eram aquecidas por chamas imensas, formando ventos violentos. Sigurd sufocava e gritava quando as chamas o lambiam, mas Chinelo seguiu em frente túnel abaixo, que trepidava e borbulhava como um cachimbo de cobre enquanto o solo se comprimia. Entre a fumaça e as chamas, Sigurd podia ver maquinário retorcido, guindastes e caminhões abandonados, ventoinhas e tubos que deixavam escapar gases e fluidos poluentes. Havia fogo por todos os lados. O que era aquele lugar? Hel? Será que havia indústrias na casa do Diabo? Havia fogo por todos os lados. Parecia que até mesmo o metal e a rocha ao redor deles eram incandescentes.

Tanto diante de Sigurd quanto atrás dele, havia apenas fogo. O garoto olhou para trás certo de que qualquer outro lugar seria mais seguro do que aquela catástrofe subterrânea! Mas o mar de entulho e pedras incandescentes derretia abaixo deles. Ele se inclinou para frente e sussurrou palavras de encorajamento nos ouvidos de Chinelo; a besta logo cavalgou diretamente pelo gás prestes a entrar em combustão. Sigurd gritava enquanto o fogo o golpeava ao redor da cabeça e do pescoço, lambia suas roupas e transformava o cabelo e a camada mais superficial da pele em cinzas. Chinelo relinchou quando seu pelo e sua pele pegaram fogo. Eles avançavam através do calor, indo cada vez mais para o fundo até que deixaram o terremoto para trás, adentrando nas primeiras camadas do manto da terra, penetrando nas profundezas do subsolo onde uma cidade ancestral ainda tentava, aos trancos e barrancos, funcionar.

Aquela era Crayley.

Há muito tempo, antes de o governo ter se afastado da comunidade, aquele havia sido o lar da indústria – uma cidade de máquinas escondida no subterrâneo. Por quase um século, ela havia provido a nação com bens elétricos manufaturados, armamentos, carros, trens, equipamentos de cozinha, material de construção, remédios – o que quer que fosse necessário. Com a era das alterações genéticas, a cidade fora modificada, logo se tornando ultrapassada e ineficiente. Muito cara para ser fechada, Crayley foi simplesmente abandonada. E assim ela permaneceu, centenas de anos depois: um imenso complexo industrial, enferrujando, que persistia infinitamente. Abandonada, defeituosa, isolada de seus propósitos, a cidade acalentava um coração amargo. Seu software a mantinha, remendava, substituía, expandia; sua tecnologia primitiva de nervos e músculos era gerada e desenvolvida, mas sem ter como reprojetá-la de nenhuma forma fundamental. A cidade permaneceu congelada no passado, tornando-se cada vez mais amarga ao longo dos séculos, ressentindo seus criadores e lamentando seu destino. Centímetro a centímetro, Crayley abriu caminho pelas camadas mais profundas da terra, em busca de novos recursos, novos minérios e combustíveis, às vezes enviando um braço mecânico para utilizar a velha terra para a agricultura ou até mesmo indo até a superfície se o ar fosse necessário. Veículos autômatos transitavam pelas estradas de pedra, canos que conduziam combustível e dejetos se romperam e enferrujaram; colônias de bactérias cresceram ao longo das passagens úmidas e quentes, e estranhas criaturas perambulavam em bandos, componentes de nervos e músculos que se separaram e ganharam vida. Lá em cima, próximo à superfície, chamas queimavam, alimentadas por escapamentos nas reservas de metano, piche e hidrogênio capturado da água. No interior dessa máquina antiga e maligna, descendo por seu único duto de ar remanescente, Sigurd se afastava dos terrores do tesouro de Fafnir, atravessando o fogo e o ácido naquele Hel construído pelo homem.

Por um longo tempo, tudo que ele pôde ouvir foi o crepitar das chamas em suas orelhas, a rápida e constante batida dos cascos de Chinelo ressoando no chão e o som de seus próprios gemidos quando o fogo o chamuscava. Tudo que era morto, as camadas mais superficiais da pele, o cabelo, as unhas dos pés e das mãos, estava queimado; o sangue de Fafnir protegia apenas o que estava vivo. Entre as omoplatas, na forma de uma folha de álamo, uma grande bolha se formara, fervera e arrebentara. Entre suas coxas, Chinelo estava em chamas, o pelo caindo aos tufos, assim como nervos e órgãos; mas o maquinário que fazia parte dele ainda permanecia. Negro graças à carne e aos ossos carbonizados, o esqueleto de titânio abria caminho como algo vivo.

Depois de alguns momentos, Sigurd desmaiou e Chinelo fez uma pausa, sem ter certeza do que fazer ou para onde ir. Metade de seus sistemas já não funcionava mais, tinha dificuldade em analisar o ambiente. Ele precisa levar Sigurd até algum lugar seguro – mas por onde andava a segurança? Então, um sinal impossível surgiu diante dele: um minúsculo pássaro marrom-avermelhado, piando entre as chamas. O passarinho não estava pegando fogo. Era tão pequeno e se movia tão depressa que parecia piscar de um lugar para o outro, desaparecendo e aparecendo novamente. De repente, pousou no focinho do cavalo. Chinelo bufou. A coisinha virou-se para olhar para ele e então voou, seguindo em frente – e o cavalo a seguiu num pulo. O melro poderia ter mudado de direção num piscar de olhos se quisesse, mas ele não fez com que Chinelo passasse por tal provação, voando a apenas um metro de seu focinho. Quando virava rápido demais, ele reaparecia quando o cavalo fazia uma pausa, guinchando como se a fraqueza da grande besta o divertisse.

Assim, o cavalo e o melro passaram através do fogo, um ardendo em chamas e o outro, ileso. Cruzaram passagens e dutos, transpuseram ventoinhas, atravessaram o piso incandescente de velhas fábricas onde grandes máquinas trabalhavam de maneira implacável e inútil da mesma maneira que faziam séculos antes, cunhando moldes que nunca seriam utilizados, envergando-se e quebrando-se graças ao calor. Robôs cegos realizavam testes e análises, correndo de um lado para o outro, seguindo com seus reparos infinitos.

Sigurd permanecia inconsciente quando Chinelo finalmente galopou para longe do fogo, ambos lançando um brilho vermelho-cereja graças ao calor. Alguns minutos depois, quando o ar estava fresco o suficiente para não queimar a carne, pararam numa clareira vermelha de ferrugem e verde graças ao óxido de cobre. Por fim, o grande cavalo desmoronou. Sigurd, queimado até ficar nu, e com cada uma das células de seu corpo viva, rolou para o chão e abriu os olhos. Diante dele estava uma jovem mulher, olhando-o, vestida com uma impressionante coleção de trapos e peles, com um cajado com um gancho na ponta. Atrás dela, viu uma forca tosca pendurada num andaime, da qual pendia um homem, com um dos olhos abertos e o outro, fechado, numa piscadela permanente. Sigurd olhou para trás dos próprios ombros, aterrorizado, sem saber que estava finalmente seguro. As chamas ficaram para trás.

– Rápido! Não há tempo! – berrou Sigurd. Ele tentou pular, mas estava muito fraco e apenas se contorceu bizarramente como um coelho à beira da morte, enquanto as pernas cediam diversas vezes debaixo dele.

– Aqui há tempo de sobra – explicou a garota. Sigurd observou-a do chão e também o homem da piscadela permanente atrás dela, e escorregou para trás num desmaio de morte.

## 13

## A GAROTA

Há muito tempo que Bryony esperara por aquele visitante – toda a sua vida. Ela tinha dezessete anos e o futuro era um monstro que a aterrorizava todos os dias, mas também sua esperança e sua promessa de ser livre um dia. A promessa havia sido feita à mãe pelo homem morto, muitos anos antes, quando ele ainda estava vivo, e Bryony, no útero. Sigurd era a única pessoa do mundo lá em cima que já viera até ela. Ele estava ali caído, nu e belo, como algo que saíra de um mito, um unicórnio, um anjo do Céu, a palavra feita carne. Ele era um sonho que se realizava.

Era difícil acreditar – quando tudo que se conhecia era aquele mundo claustrofóbico de fogo e passagens – que existia outro mundo tão grande quanto aquele a respeito do qual sua mãe costumava lhe falar, com oceanos, céu, ar fresco e milhões de pessoas. Pessoas! Ela não conseguia imaginar isso, mas precisava acreditar, pois, de outra forma, qual seria o propósito de tudo aquilo? Apesar de ela ter nascido e sido criada ali embaixo, e as rotinas de sobrevivência em Crayley serem tudo o que conhecia, Bryony sabia muito bem que aquela não era vida para um ser humano. Todos os dias, sem exceção, ela ardia por liberdade, mas ser livre também a assustava. E se ela não conseguisse suportar aquela nova vida? E se ela na verdade houvesse se tornado parte daquele lugar terrível?

Ela era forte – mais forte que a mãe, por exemplo, que passava meses mergulhada numa depressão negra por ter de viver ali embaixo. Ela partira – Bryony nunca havia sido capaz de descobrir o que acontecera com ela. Poderia ter sido levada pelas criaturas que compartilhavam aquele inferno com elas; ou ido para a cidade; mas a garota não ficaria surpresa em saber que a mãe acabara com a própria vida. Ela vivera no mundo lá em cima, o mundo real, como ela o chamava.

Ela só falava sobre isso – como era bonito, grande, aberto e fresco, cheio de vida. Por toda a infância de Bryony, aquele outro mundo era a base de todas as suas histórias e brincadeiras. Uma litania que ela ainda repetia. Pássaros, camundongos, árvores, sol, céu, lua, gatos, cachorros, tempestades, neve, o mar. O clima! O vento. Nuvens, névoas imensas que pareciam algodão. Ela havia feito a mãe lhe contar tudo e tentava reproduzir em sua mente, mas era impossível. Torrada. Manteiga. Marmelada. Vacas. Casas. Batatas assadas. A mente dela estava tão cheia de imagens, todas erradas. A mãe lhe dissera isso. Apenas um deus poderia criar imagens verdadeiras de uma folha de grama; mas, quando ela visse uma por si mesma, garantiu a mãe, seria como voltar para casa.

Promessas podiam dar errado, ela também sabia disso. Essa havia sido outra coisa que a mãe lhe ensinara, antes de desaparecer. A mãe costumava viver numa fazenda, na divisa de uma cidadezinha. Uma cidade era uma coleção de casas onde um monte de pessoas vivia. O pai dela era um viajante que se hospedara num hotel nas redondezas. Ele era muito rico e bonito naquela época, apesar de ter apenas um olho. Ele ficara por três semanas, cortejando a mãe de Bryony. Eles se tornaram amantes. Ele alugara um quarto na casa da fazenda para ficar perto dela. Todas as noites, saíam de mansinho pela janela e faziam amor no estábulo, cercados pelos animais. Ela estava tão apaixonada que não hesitou em nenhum momento quando ele sugeriu que fugissem juntos. Ele era tão apaixonado, tão romântico! Fugiriam para um lugar onde ninguém nunca os acharia. Ele estaria para sempre ao lado dela. Aquela era uma promessa e ele a manteve ao pé da letra, mas veja só como a história acabou. Ninguém nunca os encontrou, e ele ainda estava lá, mesmo depois que ela se foi. Ele nunca lhe dissera que a estava levando para Hel, e que estaria morto um mês após chegarem.

Ele não era mais tão bonito, pendurado de cabeça para baixo por uma das pernas, com o rosto inchado e preto, os braços e a perna livre pendendo desastradamente tortos e as roupas do avesso, como uma paródia de um acrobata ou um dançarino, flagrado num movimento que nunca seria capaz de terminar. Os vermes iam e vinham enquanto ele se rejuvenescia, mas nunca o suficiente para voltar à vida. Embora Bryony esperasse que ele fizesse isso algum dia. Por que ele simplesmente não se dissolvia até se tornar um nada como as coisas mortas geralmente fazem, já que não queria seu corpo de volta?

Bryony ia vê-lo todos os dias. Conversava com ele e, apesar de ele nunca ter respondido, a garota acreditava que o pai ainda podia ver, pensar e sentir. A expressão dele mudava. Naquele dia, ele ostentava um sorriso.

Bryony largou o gancho que usava para escavar os montes de lixo em busca de alguma coisa útil e agachou-se ao lado do garoto inconsciente. Ele era fantástico. O fogo o havia queimado tanto que ele se tornara mais nu do que qualquer outra pessoa que já existira. Ela correu cuidadosamente as mãos pelos membros esticados do rapaz e gritou:

– Ai!

Ele estava quente demais para ser tocado. Bryony pulou ao redor, balançando as mãos no ar por um minuto. Ela então parou e olhou para o garoto. E se ela nunca fosse capaz de tocá-lo? Em pânico, Bryony se sentou no chão e soprou os dedos dele até que finalmente conseguisse colocar um deles na boca e esfriá-lo. Ela suspirou, feliz. Ter e nunca tocar – isso seria insuportável.

Bryony olhou para a forca, onde o homem morto parou de rodar devagar e os encarou. Ela pegou uma faixa de tecido no bolso e vendou o olho dele. A garota suspeitava que Odin às vezes olhava através daquele olho e ela queria que seus primeiros momentos com outra pessoa fossem particulares. Então sentou-se, esperou em silêncio até que o menino esfriasse e começou a correr as mãos pelo corpo dele. Na base das costas, havia uma pequena extensão da espinha, resquícios do que poderia ter se transformado numa cauda de leão, um legado da linhagem da mãe. Ela pressionou uma das mãos contra a extensão, curiosa, antes de escorregá-la até a base das próprias costas, onde havia uma forma similar.

Finalmente ficou de pé, com as mãos na cintura, e olhou para ele por inteiro.

– Bonito – Bryony decidiu. Ela sorriu em antecipação. Aquele menino era dela.

A garota se inclinou e o ergueu num único movimento fácil e firme. Ela ficou de pé, sentindo o peso adorável de Sigurd. Ele ainda estava quente o bastante para queimá-la levemente, apesar de ela ter coberto os braços com tecido. Iria levá-lo para casa. Enquanto andava, Bryony chamava:

– Jenny! – Um passarinho minúsculo, a mesma melro marrom-avermelhado que guiara Chinelo até ali, voou de repente de dentro de um monte de metal retorcido e pousou próximo à orelha da menina. O pássaro empoleirou-se ali por um segundo. Bryony sentiu os pezinhos afiados cavando sua pele, mas, se devido ao medo, à raiva, ao ciúme ou à simples excitação, ela não fazia a menor ideia. Ela abriu a boca; a melro voou para dentro e pousou ali, olhando de um lado para o outro por um segundo, até que Bryony juntasse os lábios e a soprasse para fora. Elas continuaram com esse jogo de entrar e sair até que Jenny cansou-se e foi sentar-se no bolso de Bryony até o fim da jornada.

Ele estava tão quente! Enquanto caminhávamos para casa, me perguntava se ele era algo que vivia no fogo e estava morrendo por causa do frio, mas não tive coragem de colocá-lo lá de novo. Ele não teria nenhuma utilidade para mim ali tão longe. Fiquei aliviada quando ele esfriou e ainda permaneceu vivo.

Ele estava vermelho dos pés à cabeça. Nenhum fio de cabelo, nem cílios ou sobrancelhas, não restara nem um único pelo em seu corpo. Nenhum segredo. Dos pés à cabeça, nu e belo. Ele atravessara o fogo para chegar até mim. Nada viera do fogo antes, exceto Jenny Melro, e por isso eu sabia que ele era um deus, ou pertencia aos deuses, ou havia sido tocado por um deus. Ele não tinha impressões digitais – o fogo as queimara também. Ele passara por alguma provação, mas eu não fazia ideia do que era – apenas podia ver que ele saíra dela novo em folha – novo em folha para mim, como um bebê.

Meu coração parecia arrebentar. Eu o amo, pensei. Ele não falou nem uma única palavra e eu o amo. Mas o que sei? Ninguém pode imaginar o quão pouco eu sei e o quanto sinto.

Deitei-o na minha cama. Nem ao menos pensei na cama da minha mãe, mas então me dei conta de onde o coloquei e lembrei de que ele não era um bebê. Ele era um homem e eu estava envergonhada. Minha mãe sempre me dissera que Odin me mandaria um homem adorável quando eu fosse adulta o suficiente, mas ela também me aconselhara a não me jogar em cima dele quando ele viesse. Coloquei um pouco de água em seus lábios e ele a sugou. Começou a murmurar e resmungar de novo. Os olhos estavam fechados; ele ainda dormia.

Nunca houve nenhum homem aqui além do meu pai, e eu nunca o toquei. Nunca havia visto nenhum homem, ou garoto, nem nada masculino. Talvez isso seja uma coisa tão insignificante que não valha a pena contar, ou seja algo particular que eu não deveria ter anotado. Mas, por eu acreditar que *tudo* deva ser anotado, cada pequeno detalhe, para não ser esquecido – para que mais estamos aqui? – estou escrevendo tudo agora.

O que estou tentando dizer é que isso aconteceu apenas porque eu estava curiosa – mas, de qualquer forma, ergui o cobertor e dei uma boa olhada. Minha mãe sempre chamara aquilo de coisa, mas havia mais de uma, isso é tudo. Pensei: é como um monte de miúdos velhos! O que ele pode fazer com eles, golpeá-los contra mim? Que monte de miúdos velhos mais feios! Ri e larguei o cobertor. E então pensei que talvez houvesse algo errado com ele ou os tais miúdos tivessem sido danificados, e fiquei desapontada. De repente, fiquei com raiva, sapateei um pouco pelo quarto e gritei, mas ele pediu água durante o sono e eu disse para mim mesma: no fim das contas, ele não passa de um bebê, e tratei de derramar mais um pouco nos lábios dele.

Sentei ao seu lado e esperei. Ele começou a falar coisas sem sentido. Palavras. Sonhos. Ouvi com atenção. Seria uma profecia? Contos do mundo exterior? Sonhos, ou realidade, quem poderia dizer? O que era aquilo que Odin enviara através do fogo – um amante ou um bebê, um amigo ou um irmão? Um paciente, talvez? Eu não tinha como saber; por isso, decidi cuidar dele como uma mãe – como a minha mãe fazia quando eu ficava doente, cobrindo-o com cobertores, tocando sua cabeça para ver se ele estava muito quente ou muito frio. Dei-lhe um pouco de sopa e ele logo ficou tranquilo. Estava cansada. Deitei-me na cama ao lado dele e fechei os olhos.

# 14

# ENCONTRO

Havia uma garota de olhos negros inclinada sobre ele. Ele sentiu medo dela e apertou a cabeça, com ainda mais força, contra o travesseiro. Ela lambeu os lábios; tinha olhos e dentes de gato. Não, os dela eram maiores. Como os de um leão. Como os dele.

– Você é do mundo exterior? – perguntou ela.

– Onde estou?

– Hel. – Ela riu.

– Então sou do mundo exterior.

Ela ficou de pé e fechou os punhos. Os olhos dela cerraram-se devagar, tentando fazer uma pergunta que englobasse todas as dúvidas que precisava sanar.

– Há muitos gramados lá fora? – Ela finalmente descobriu o que perguntar.

– Não – respondeu ele, surpreso.

Ela franziu as sobrancelhas.

– Onde eles estão, então? A grama sumiu?

– Ela só está longe.

– Ela se move?

– Não estou entendendo.

Ela o encarou.

– Há um monte de grama por aí, só não há aqui por perto, por causa do dragão.

– Dragões! Então quer dizer que eles são reais?

– Esse era. A não ser pelo fato de que... ele meio que construiu a si mesmo.

– Entendo – disse a garota, apesar de, na verdade, não entender nada. – Escute! Existe um caminho para sair daqui. Você chegou até aqui. Você sabe o caminho.

– Eu não sei.

– Você é do mundo exterior. Chegou até aqui embaixo. Diga-me qual é o caminho.

– Não consigo lembrar. Eu estava inconsciente.

– Você não consegue se lembrar? Não consegue lembrar? Que idiota!

Sigurd olhou de novo para ela, com medo. Lágrimas brotaram de seus olhos. A garota olhou para ele com curiosidade.

– Qual é o problema?

– Você está me assustando.

– Hum! – bufou ela, zombeteira. – Você fica assustado com perguntas! Quem é você?

Sigurd teve de pensar a respeito. Ela estava certa; ele estava com medo das perguntas. Na verdade, tudo o assustava – seus olhos brilhantes, os dentes afiados, o interrogatório. Sigurd tentou sentar-se, mas o corpo estava tão exausto quanto sua mente que ele caiu para trás. A garota colocou as mãos na cintura e olhou, agressiva, para ele.

– Eu morri. E então matei o dragão – explicou Sigurd. – Depois, meu professor tentou me matar e por isso também o matei. Preciso descansar.

A garota o encarou.

– Você morreu? – repetiu ela. Bem, por que não? O pai dela havia parado bem na fronteira da morte, a mãe simplesmente desaparecera. Talvez as pessoas não morram da mesma maneira que os animais.

– Como é? – indagou ela.

– O quê?

– Morrer.

– Difícil.

Ela riu para Sigurd e ele sorriu de volta. Ela assentiu:

– Vou tomar conta de você. E então você verá.

– Verei o quê?

– O que você é. Para mim.

Sigurd suspirou. Mais testes! Ele fechou os olhos e voltou a dormir. Olhando para ele, a garota mordeu os lábios. Causara uma má impressão. Estava excitada demais. Ele não era nenhum fracote.

Matara um dragão: morrera e voltara à vida. Era um herói ferido! Ela cuidaria dele, ela o amaria. Ela o amaria com todo o coração. Tudo que ele precisava fazer era permitir isso.

Bryony suspirou e sentou-se em uma cadeira ao lado da cama, os olhos imersos nas formas do garoto, que dormia. Ele já era tudo para Bryony, todas as suas esperanças e ambições, e ela nem ao menos o conhecia. Escapar... talvez! Caso contrário... amor, um bebê. No mínimo, alguém com quem se importar. Alguém para conversar! Até mesmo isso poderia transformá-la profundamente. O simples fato de falar com uma pessoa, só isso já a faria feliz.

Mas isso não era bem verdade. Ela sabia disso. Para ser feliz, Bryony precisava de tudo – o mundo inteiro. Olha só que cabeça linda ele tem! Está cheia de memórias... As memórias do mundo exterior! Sim, ele havia visto muito. Ela gostaria de rachar a cabeça dele e comer todas aquelas lembranças. Memórias eram sagradas. Bryony só esperava que tivesse tempo suficiente para fazer com que todas elas se tornassem suas também.

Enquanto ela estava sentada ali, a pequena melro apareceu de repente na ponta da cama. No bico, carregava um raminho com um pequeno ramalhete de flores brancas. Bryony pegou-o com cuidado, cheirou as flores, cheirou o caule. Descascou um pouco, provou e cuspiu. Levantou e colocou as flores numa jarra de água no peitoril da janela, acima da cabeça do garoto.

– Obrigada – agradeceu Bryony, apesar de às vezes achar que o pássaro zombava dela com esses pedaços de um mundo maravilhoso que lhe trazia de tempos em tempos. Pôs as mãos atrás da cabeça e olhou cuidadosamente para as flores. Tinha de sair para achar algo para eles comerem, mas estava com medo de deixá-lo. Ele poderia partir enquanto Bryony estivesse fora. Ele poderia ser um sonho. Com esses pensamentos, Bryony se levantou e andou ao redor da sala, ansiosa. Resistiu a um desejo de acordá-lo e fazer com que ele falasse.

Num impulso, Bryony deitou na cama, ao lado dele. Ela poderia manter guarda dali. Sentindo que ela estava ali, Sigurd se mexeu, murmurou alguma coisa e pôs os braços ao redor dela. Bryony tremeu como uma vara verde! Ele a estava abraçando! Eles estavam aconchegados. Delicadamente, como se para não destruir a magia do momento, ela colocou os braços ao redor dele e sorriu baixinho para si mesma, com prazer. O garoto aninhou o nariz no pescoço dela e cheirou sua pele. Isso fez com que ela sentisse cócegas. Bryony teve de prender a respiração para não soltar uma risadinha.

Sigurd fungou e meio que se virou na direção da garota, envolvendo um seio com a mão. O quê? ela pensou. Já? A mãe dela sempre lhe dissera: Nunca com o primeiro, Bryony! com muita severidade, pois a garota estava tão entusiasmada para fazer aquilo quanto estava para fazer qualquer outra coisa. Ridículo! Como se ela pudesse ser exigente em suas escolhas.

Ela moveu as mãos e o tocou bem lá embaixo. Era macio e quente: Sigurd não estava pensando em sexo, ele estava apenas se aconchegando. Ela sorriu e relaxou. Aquilo era adorável. Ah, sim, ela gostava daquele aconchego. Deixou que seu rosto repousasse no dele com suavidade, acariciou a pele nua de seu escalpo e, após algum tempo, caiu no sono nos braços dele.

# 15

## BRYONY

Quando acordei, o garoto ainda estava pregado no sono. Inclinei-me sobre ele e cheirei seu hálito. Depois, soprei o rosto dele, o pescoço, o escalpo – queria conhecê-lo de cima a baixo. Ele não se moveu. Tirei o cobertor e olhei para ele. Aquele garoto era a coisa mais linda que eu já tinha visto. Coloquei o ouvido no peito dele e ouvi o coração – ba-bum, ba-bum. Ouvi a cabeça e o estômago. Pressionei a orelha nas coisas dele; elas não faziam barulho. Senti todo o corpo dele. Ele era delicioso.

Cobri-o e me deitei ali um pouquinho, mas estava tão tomada pelo que estava acontecendo que não conseguia parar quieta. Precisava sair para pensar. Peguei o raminho que Jenny me trouxera e dei o fora.

Estava sempre sonhando com essas coisas. Como seria o céu, a lua sobre a água, a grama. Minha mãe era filha de fazendeiros, estava sempre falando sobre a grama. Grama seca de cheiro doce, grama cortada com cheiro de fresca, grama debaixo de pés descalços, grama assobiando com o vento. E todas as outras coisas sobre as quais ela me contou, como chuva, luz do sol, areia, mar, cachorros e... tudo. O mundo. O mundo imenso, como ela costumava dizer.

As coisas agora estão se tornando realidade. O garoto, a primeira promessa. Com todas aquelas memórias preciosas. É por isso que estou aqui, para honrar as memórias, cultuá-las, dedicá-las a Odin. Sou sacerdotisa dele. A maioria das pessoas tem tantas memórias que não sabe o quanto elas são valiosas; por isso Odin me deu apenas algumas. De qualquer forma, era nisso que a minha mãe acreditava. Desde que ela desapareceu, sou apenas eu; então, caso tenha acontecido alguma coisa, ou o que quer que Jenny me traga lá de fora, eu honro isso.

Espero que algum dia eles recebam uma recompensa, a liberdade. Eu quero ser libertada.

Talvez o garoto fosse a minha recompensa. Se ele não conseguir me tirar daqui, posso assegurar que ele nunca irá embora.

Tenho uma memória própria, agora. Ele é um garoto. Dormimos juntos. Talvez eu não dedique isso para Odin, pensei comigo mesma. Talvez isso seja só para mim. Por que ele tinha de ter tudo? Ele sabe de tudo que aconteceu e tudo que acontecerá. Tudo, até mesmo a mais minúscula cinza. Imagine isso! Saber de tudo! Por que ele tinha de ter isso também?

Desci pelos encanamentos e corredores até chegar ao lugar do homem morto. As chamas estavam altas naquele dia. Podia vê-las lambendo as paredes, cruzando o teto, crepitando pelo chão. Alguns lugares ardiam o tempo todo, mesmo que não desse para ver nada queimando. Fogo que não consome – isso deveria ser obra de Odin. Mas ele pode consumir uma pessoa depressa demais se alguém se aproximar. A não ser por esse garoto. Ele havia sido queimado apenas na superfície.

Outra pessoa ali comigo! Você não é capaz de entender. Como seria?

E lá estava ele, girando, pendurado pelo tornozelo. Meu pai, Odin. Havia uma trilha de sangue saindo da boca dele. Peguei as flores e as pus em um vaso de vidro debaixo dele. Havia centenas de outras peças e pedaços de coisas por ali. Ele tinha folhas velhas saindo do ânus, um punhado de areia espalhado pelo corpo e um ramo de flores enfiado no bolso da calça. Tudo dele. Presentes que Jenny me dera do mundo exterior e eu dera a ele. Todos os dias eu ia até ali e lhe contava como havia sido o meu dia, oferecendo minhas memórias, mas não contei nada sobre o menino – a única coisa que ele já havia me dado em troca. Ele era meu e eu nunca iria dividi-lo com ele, com ninguém. Dá para entender? Ele era *meu.*

Fui até a beirada onde o fogo começou e coloquei minha mão bem lá embaixo, no chão, onde começavam as chamas. Talvez eu tivesse me tornado como o garoto – meu cabelo poderia queimar e a pele descascar, mas eu permaneceria ilesa. Observei enquanto os pelinhos das costas da minha mão queimavam e se enrugavam – mas então o fogo me chamuscou e tive de apagá-lo com um pequeno uivo de dor. Aqui doía como o inferno. Comecei a pular pelo cômodo, balançando a mão e abanando-a para refrescá-la. Eu estava furiosa! Virei-me para o homem morto e gritei:

– Então quer dizer que você nunca acreditou em mim!

Mas ele ficou simplesmente pendurado ali, girando devagar, pendurado na corda pelo tornozelo, sem em nenhum momento dar qualquer sinal de vida.

– Por quanto tempo, meu Senhor, quanto tempo? – perguntei a ele. Aquela era uma prece que minha mãe me ensinara. Acho que talvez ele tenha dado um risinho, mas, como sempre, não disse nem uma única palavra.

## 16

## AMOR NA MÁQUINA

Sigurd se recuperou devagar. Fisicamente, não havia nada de muito errado com ele – as queimaduras nem ao menos atingiram a epiderme. Mas ele estava exausto em corpo, espírito e mente.

Em alguns dias, o brilho vermelho desapareceu e uma penugem mais macia começou a cobrir todo o seu corpo. Era como se o fogo houvesse queimado uma camada humana de Sigurd e o leão em seus genes começasse a se mostrar. Uma cobertura de pelos marrom-amarelados começou a crescer. Apesar disso, onde a pele ainda aparecia, era resplandecente e cintilante como a do dragão, e ele nunca mais teve impressões digitais, tanto nos pés quanto nas mãos. Em uma semana, ele estava dourado. O cabelo cresceu até os ombros, marcado por mechas prateadas e cor de chocolate.

Ele se recuperou num sonho, no qual o passado e o presente perderam as fronteiras. Falou com a mãe, Alf e Regin, brincou com seus amigos de infância e fez amor com as meninas com quem crescera entre as dunas. Falou com Bryony, inspecionou os presentinhos que ela lhe mostrou – uma minúscula concha cor de creme, o fecho quebrado de um bracelete, uma pétala de narciso, uma folha de grama, coisas pequenas o suficiente para serem carregadas no bico de uma melro. Ela com frequência não sabia o que eram aquelas coisas e ficou arrepiada quando ele lhes deu nomes.

Enquanto emergia de sua convalescença, Sigurd sofria de pesadelos nos quais suportava morte após morte, embora houvesse perdido a habilidade de morrer. Odin lhe mostrara a morte; será que agora estava lhe mostrando a eternidade? Caso fosse isso, Sigurd sabia o que mais temia. Cada prazer finalmente se tornava um tormento e os deuses, como os reis, ficam loucos no final. Tudo que ele queria era ser humano, com seu reduzido quinhão de anos, suas frustrações e aspirações não alcançadas. Ele sabia que o mundo era de longe muito mais adorável do que qualquer paraíso. A eternidade o enojava. Os imortais não podem amar. Nunca ficam velhos, nunca mudam – na verdade, não estão nada vivos. A ideia de se tornar um deles o aterrorizava tanto que ele acordou dos sonhos, gritando com toda a força dos pulmões, para ter certeza de que Odin ouvira sua rejeição.

Bryony correu da cozinha ao ouvir o chamado de Sigurd. Tocou o rosto dele. Os olhos do garoto se arregalaram e ele olhou para Bryony.

– Calma, calma... Está tudo bem. Não há nada aqui – murmurou ela. De repente, Sigurd levantou-se e a envolveu com os braços. Bryony era como ele: humana. Ele então entendeu por que Odin interferira e complicara as coisas. O deus estava com inveja. Todos os deuses estavam. As vidas deles, tão diluídas pelo tempo infinito, são inúteis; eles não têm nada.

– Imutável, invisível – murmurou ele consigo mesmo e então riu. A eternidade era um momento congelado no qual nada jamais acontecia. Cada segundo que ele vivera como um homem valia mais do que todos os séculos incontáveis. Os deuses eram parasitas nas existências dos vivos. A maneira mais verdadeira de cultuá-los era esquecê-los para sempre.

Sigurd segurou a menina com as mãos e envolveu o rosto dela, de forma que pudesse vê-la melhor. Outro ser humano – a coisa mais preciosa que se poderia imaginar. Ela era bonita, cheia de vida, vivia e crescia, conhecia, lembrava e avançava com ele nos braços do presente. Ela era mais do que qualquer coisa que se pudesse criar. Com todo o amor, Sigurd correu os dedos pelo rosto dela, explorando os olhos, as orelhas, os contornos do maxilar. Passou os dedos através do cabelo e a observou enquanto ela o contemplava. Nunca ninguém a tocara daquela maneira antes. Ele parecia estar compartilhando a sensação na pele dela.

Encorajada, Bryony pôs as mãos no rosto dele e fez o mesmo, explorando todas as formas do rosto de Sigurd.

– Isso é apenas para nós – disse ele. – Não para Odin... Isso é para *nós*.

Bryony assentiu com um movimento de cabeça. É isso mesmo! Perfeito! A garota sabia exatamente o que ele queria dizer.

– Ele já tem muito – completou ela. – De qualquer forma, ele nem mesmo é capaz de saber como isso é, realmente.

Ali, na cama, eles exploraram um ao outro dos pés à cabeça, acariciando, cheirando, provando, ouvindo, absorvendo cada sensação, satisfazendo todos os sentidos – entre os dedos dos pés, as pontas dos dedos das mãos, entre as orelhas, olhos, boca, nariz – sim, todas as partes. Que lugar é melhor para beijar do que aqueles cuja sensação é melhor? Todos eram deliciosos.

Bryony franziu as sobrancelhas diante do pênis de Sigurd, direcionando a cabeça na direção dela.

– Sei para que isso serve – disse ela, segurando-o com uma das mãos.

Sigurd se inclinou para ela e tocou-a lá embaixo.

– E eu sei para que isso serve – rebateu ele.

Eles riram, estendendo os braços para acariciar um ao outro, e se tornaram amantes.

Todos os dias eles faziam amor e conversavam – sobre deuses, sonhos, esperanças, a vida. Compartilharam suas histórias aos sussurros. No período de uma semana, quando Sigurd estava bem o suficiente para levantar da cama, eles já tinham se apaixonado.

Eles eram as únicas criaturas pensantes no mundo deles, onde não existiam sociedade, multidões, parques, onde pudessem se misturar com outras pessoas – apenas o metal quente sob seus pés, as chamas vibrantes, a poeira das partes onde o ferro se desgastara. Havia um odor de metal quente e combustível, produtos químicos e sopas de proteína, pelos queimados e sangue velho. Sigurd tinha lembranças de uma vida rica, e tudo que ela conhecia era isso. Ela não possuía meios de avaliá-lo, nenhuma memória ou experiência com outros garotos e garotas, ou homens e mulheres; mas ela queria dar tudo que tinha, toda a pessoa que era, corpo, mente, espírito e alma, a essa experiência, ali, naquele exato momento. Nunca houvera duas pessoas mais preparadas para se apaixonarem, mais talhadas para a paixão, mais desejosas de levar aquilo até o fim.

E o amor, que todos nós podemos ter, que é mais comum do que a grama, realmente conquista tudo. Prisioneiros se apaixonam por guardas, torturadores por suas vítimas, racistas por outras raças. Não havia nenhuma esquina de Hel onde não se encontrassem pessoas apaixonadas; mas isso não faz com que nos tornemos completos novamente. Existem feridas mentais que nunca se curam. Qual será o futuro desses dois – o menino, tão jovem, designado para a grandeza, que tão facilmente amava e era amado? E a garota, com tanta ânsia pela vida? Olhe para os dois, perplexos diante desse súbito segredo que compartilhavam. O amor é uma sociedade secreta, uma comunidade de duas pessoas. Só você sabe, só você entende, só você pode ver. É o sexo, a conversa e a descoberta; tudo que uma pessoa aprende a respeito da outra ela aprende sobre si mesma também. É uma revelação. Mas, e depois disso? Talvez Bryony fosse impelida a se apaixonar pelo primeiro garoto que conhecesse – ela ficara sozinha por tanto tempo, não podemos culpá-la. Talvez Sigurd, depois de tudo que sofrera, fosse impelido a se apaixonar por quem quer que estivesse ali. Mas talvez, apenas talvez, eles tenham sido feitos um para o outro, duas pessoas que só estariam completas juntas. Pelo menos por enquanto, em seu local secreto, eles acreditam que aquilo durará para sempre. São visionários. Não há ninguém mais leal do que Sigurd, a não ser a própria Bryony.

E, numa sala a quase um quilômetro dali, um homem morto, pendurado por um dos tornozelos, carregava um meio sorriso nos lábios gélidos. Se essa fosse a vontade de Odin, será que aquilo poderia funcionar?

E se não fosse, como seria?

# 17

# A BUSCA EM CRAYLEY

Passaram-se seis meses. Sigurd e Bryony preparam Chinelo para a jornada. É hora de voltar para o mundo.

Até então, eles ainda não haviam sentido falta do exterior, nem mesmo Bryony, que no começo achava que não poderia esperar nem um único dia, nem mesmo mais uma hora, para alcançar o ar fresco quando os meios de sua libertação estivessem ao seu alcance. Ela teve de esperar até que Sigurd se recuperasse; mas, quando ele melhorou, nenhum deles queria nada além do outro. O mundo lá em cima, aquele festival de tudo – estaria lá amanhã, no dia seguinte e no outro também. Ainda havia muito para descobrir no mundo que pertencia apenas aos dois.

Mas o amor é uma história, e como todo o resto, ela segue seu caminho e se transforma. Eles exploraram o mundo de Bryony. Rastejaram através de dutos e ventoinhas, correram juntos nos grandes salões que abrigavam máquinas, despejaram os líquidos cremosos dos tonéis de proteína, caçaram bandos de criaturas cujos ancestrais foram presos ali quando a cidade industrial fora fechada. Ela lhe mostrou a alta voltagem que envolvia os cabos nas unidades de refrigeração, as grandes máquinas de perfuração e o fogo azul que queimava sobre a superfície da rocha onde Crayley abria novas áreas subterrâneas e, aos poucos, as colonizava, as salas de cristal, as unidades químicas, as unidades de pigmentação que de maneira interminável e inútil fabricavam todas as cores que existiam sob a luz do sol, a fábrica de veículos onde dispositivos antiquados eram manufaturados, descartados e depois requisitados várias e várias vezes para produzirem exatamente as mesmas coisas.

Todo o tempo durante aqueles primeiros meses, Sigurd ficara de olho em uma possível rota de fuga. Bryony havia indicado algumas possibilidades: o túnel que levava a uma confusão de maquinário posto um por cima do outro, de forma que era impossível atravessá-la; aquele duto que levava ao fogo, uma porta que nunca fora aberta; atrás daquela parede de aço que parecia oca, Sigurd pegou o que restara de sua espada e abriu buracos nas paredes, ou através da rocha, dos dutos e da tubulação, mas todos os caminhos que desbravou não conduziam a lugar algum. O tempo passou. O amor em um calabouço. Gradualmente, a busca se tornou mais ardente.

Sigurd poderia atravessar as chamas montado em Chinelo, mas ele teria de ir sozinho; Bryony não tinha pele de dragão. Caso o destino da história deles fosse crescer, eles tinham de sair da fábrica e ganhar o mundo. Precisavam encontrar uma saída.

A busca não envolveu apenas os meios visíveis. Eles utilizaram sonares, ressonância magnética, ondas, análise de partículas e outros processos para explorar áreas que não eram capazes de ver. Chinelo era o segredo; os sensores do cavalo podiam atravessar paredes, virar esquinas, explorar calor, densidade e estrutura.

O cavalo cibernético havia sido deixado onde entrara em colapso, próximo ao homem morto na forca, onde o fogo cessava. Quando Bryony retornou alguns dias depois, o cavalo sumira e ela chegara à conclusão de que a cidade o varrera e reciclara. Ele ficou uma semana desaparecido antes de retornar, com uma aparência terrível, com seus componentes orgânicos já começando a crescer novamente. Ele se retirara para procurar os materiais necessários para consertar-se e se regenerar, pastando nas florestas de aço e campinas de silicone da cidade industrial, alimentando-se dos tonéis de proteína e mecanismos químicos, caçando as coisas vivas que se escondiam nos tubos e encanamentos. Parecia demoníaco, uma parte esqueleto de metal e outra componentes inorgânicos, em parte formado por componentes cibernéticos, com titânio e plásticos colados à carne. Ao longo dos poucos meses seguintes, ele se recuperou completamente, e parecia mais uma vez o Chinelo que Sigurd conhecia desde que cavalgava pelas praias e dunas do sul do País de Gales.

Trabalharam devagar enquanto abriam caminho pelas galerias, parando a cada poucos metros para checar novas passagens. Quando encontravam alguma, mediam o tamanho e o calor ali presente com todo o cuidado. Muitas vezes, o que parecia ser uma passagem mostrava-se, após diversos mapeamentos, apenas um buraco. Muitos caminhos que começavam largos e amplos tornavam-se apertados até desaparecerem, ou se ramificavam infinitamente. Seguir todos eles levaria uma centena de anos, por isso o casal se concentrou nos maiores, aqueles pelos quais Chinelo pudesse cavalgar sem problemas. A cada dia cobriam quase um quilômetro. Depois, enquanto analisavam os resultados, Chinelo caçava ou coletava comida para eles. Caso encontrasse qualquer coisa que parecesse promissora, no dia seguinte eles iam até lá para investigar. Com o toco da espada, Sigurd abria caminho através de cabos e mecanismos de metal, superfícies rochosas, concreto, cerâmica ou qualquer outro tipo de material, para expor as prováveis esperanças e segui-las. Alguns caminhos os conduziam por um quilômetro ou mais, serpenteando através de ferros-velhos abandonados ou galerias de rocha sólida, mas todos eles terminavam no mesmo lugar: no fogo, quente o bastante para fundir metal. Eles estavam numa pequena bolha de ar cercada por Hel.

Reviraram todo o mundinho limitado de Bryony. Não encontraram nada. Repetiram a operação várias e várias vezes, obcecados pelo pânico de estarem presos ali, até que o terrível desespero para escapar se tornava menos urgente e eles procuravam um ao outro novamente.

E eles ainda estão onde começaram. Dois amantes enclausurados – uma situação nada saudável para qualquer relacionamento amoroso. Ambos parecem bem. Sigurd cresceu. Isso o preocupa; ele ainda teme se transformar num monstro. Com seus dons e adendos, ele já é mais do que humano; a um pequeno passo de se tornar menos que humano. Bryony também parece bem. A pele dela está melhor, assim como o cabelo, seus modos estão diferentes. Ela está mais confiante. Ela é amada e está amando; de que outra maneira poderia estar?

E o que é isso? Ela está engordando? Com toda a certeza, na região do estômago... Mas isso é óbvio. Do jeito que esses dois estão juntos seria um milagre se ela não estivesse grávida. Mais seis meses e haverá três pessoas lá embaixo. Talvez os primórdios de uma comunidade subterrânea? Mas isso não vai acontecer; eles não deixarão que isso ocorra. Essa família é talhada para o mundo.

E, no dedo dela, um anel. Ela se casou? Não há padres ali, a não ser que se leve o homem morto em consideração, o pai dela, e nenhum dos dois quer nada com ele, mesmo que ele quisesse pronuciar os ritos. Até mesmo Bryony parou de visitá-lo. Naqueles dias, ela guardava para si as florzinhas e os botões que Jenny Melro lhe trazia e os usava para decorar o quarto que compartilhava com Sigurd. Aquele ser é passado, está acabado. Ele é morte; eles são vida.

Mas, de qualquer forma, ela tem um anel. Um anel curioso, estranhamente encravado, um presente vindo do próprio dedo de Sigurd. É o símbolo de amor de Bryony. Ela brinca com ele, sente que está em seu dedo e sorri. Faz com que se lembre de todas as coisas boas que possui. Um anel lindo, dourado. Nenhum deles fazia a mínima ideia da maldição que a joia carregava.

Sem terem encontrado nenhuma saída, pensaram em outro plano: a pele de Fafnir. Se Bryony fosse envolvida por aquela substância, também poderia sobreviver às chamas. Se! Se a pele tivesse sobrevivido ao holocausto quando o arsenal de Fafnir foi parar na superfície. Se não tivesse ficado enterrada debaixo de um milhão de toneladas de entulho, lançada para o espaço, ou capturada e levada como um suvenir por algum príncipe ou chefe de gangue.

Se, se, se. Mas há uma possibilidade. E para alcançá-la, Sigurd precisava partir.

– E se você não conseguir voltar? – pergunta ela. Eles estão de pé, abraçando um ao outro, cara a cara, corpo a corpo. Ele quer tê-la, ela quer tê-lo... Isso simplesmente acontece todas as vezes em que eles se tocam. Entretanto, há tanto tempo eles tentam escapar e então, por fim, ambos estão assustados.

– Por que isso aconteceria? Eu tenho a espada. Tenho minha pele. Sobreviverei.

– Mas e se não der certo? Talvez possa não dar. E aí?

– Aí nos separaremos – disse ele.

Eles olharam cuidadosamente um para o outro.

– Isso pode acontecer – concordou ela.

– Então seria melhor para mim continuar aqui.

– Não. Você não conseguiria. Ficaria maluco. Eu ficaria maluca.

– Isso é terrível. Tão terrível. – Sigurd se virou e andou para longe, esfregando o rosto. Ele é o garoto de ouro! As coisas caem nas mãos dele. Por que aquilo estava tão errado?

– Sempre houve uma saída na minha vida, coisas acontecem. Fui criado para que as coisas funcionassem.

– É só eu e você, Sig. Talvez ninguém tenha feito você e eu para enfrentarmos as coisas do jeito que estão.

Ele olhou para ela. Ela olhou para ele. Ela segurou o estômago.

– Você poderia esperar até que o bebê nasça?

– Posso.

– Você não vai conseguir. É impaciente. E eu também.

– Se eu esperar pelo bebê, terei de esperar de novo depois que ele nascer. A coisa ficará atada... você ficará atada também, talvez. Você precisa de mim aqui.

– Não por muito tempo.

Ele sorriu; não, ela não ficaria atada, não por muito tempo.

– Mas você entende o que quero dizer.

Bryony pensou, mordeu o dedão, tentou ver uma solução que fosse mais segura do que aquela separação terrível, mas não encontrou nada.

– Então vá agora – incentivou ela. – Você voltará a tempo para o parto. Estará de volta a tempo para me buscar e nosso bebê nascerá no mundo real.

Sigurd assentiu com um movimento de cabeça, mas disse:

– Só mais uma semana, nos dê outra semana, talvez duas. Umas férias. Tempo para dizer adeus.

Bryony não gostou disso – ambos já estavam em cócegas de tanta frustração. Mas por não querer perdê-lo, por pensar que talvez aquela fosse a última vez que o veria, ela concordou. Mais duas semanas. Férias. E, então, a separação.

## 18

# MÃE

E eles tiveram férias, mas não foram as melhores. O mundo os chamava. A busca se tornara uma obsessão e não parariam naquele momento só porque queriam. Os dois tentaram aproveitar o tempo livre, nadaram, caçaram, fizeram amor, mas a prioridade real, a próxima meta, a fuga, não abandonou suas mentes. Impacientes, irritados consigo mesmos e com o outro, passaram mais tempo separados do que nunca. Bryony gastou horas debruçada sobre mapas, gráficos e resultados de rastreamentos presos por alfinetes em longas fileiras de um hangar deserto, enquanto Sigurd vagava pelas galerias e pelos pisos das fábricas, em busca de pistas. Ambos poderiam ter encontrado alguma, mas calhou que foi Bryony quem a achou.

– Olhe para isso. – Eles estavam de pé no hangar. Três das paredes do galpão estavam cobertas por impressões de vários rastreamentos. Todo o interior da parte acessível de Crayley estava coberto por folhas de papel.

Sigurd olhou. Os rastreamentos que ela lhe mostrava eram de uma área bem na divisa do mundo deles.

– Não estou vendo nada.

– Aqui e aqui – ela lhe mostrou com um dos dedos. Pequenas inconsistências na rocha.

– Isso pode ser qualquer coisa: pedras mais densas, minérios. De qualquer forma, está do outro lado do fogo.

– E aqui também. – Ela o conduziu até um conjunto de mapeamentos da área à direita da anterior. – O mesmo padrão, está vendo? O mesmo tom, a mesma ordem. E no meio... Você consegue ver? – Muito pálidas, pouco visíveis, outro grupo de marcas.

– Está muito apagado.

– Se estivesse mais escuro, o que você diria que é?

Sigurd olhou mais de perto.

– Bem, se estivesse mais escuro, poderia ser uma tubulação. Mas... – Ele deu de ombros. As marcas poderiam significar qualquer coisa.

– De qualquer forma, é uma coincidência bem curiosa. Marcações regulares como essas, todas pálidas, eu sei, mas ainda assim constantes. E então essas marcas onde está mais frio.

– É mesmo muita coincidência – observou Sigurd.

– Mas esse pedaço simplesmente parece... parece como se alguém estivesse escondendo alguma coisa. Como se quisessem ocultar algo.

– Quem teria alguma coisa para esconder aqui embaixo?

– Eu não sei. Mas há um monte de coisas por aqui das quais eu não faço a menor ideia. Pode ser.

– É, pode ser.

– Pode ser.

Sigurd sorriu para ela:

– Há alguma coisa. Há mais coisa aí do que em qualquer outra de nossas pesquisas.

– E nunca se sabe.

– Mas e o fogo?

– Não há tanto assim lá. E vou montado em Chinelo. Podemos atravessar essa quantidade de fogo. Vai ser difícil, mas não é impossível.

– Então vamos nessa.

A área que Bryony encontrou ficava num corredor longo, alto e largo, ladeado por uma rocha escarpada. A pedra era quente ao toque. Diversos canos e dutos cobriam o teto da passagem.

Bryony estava certa. Aqueles canos levavam a algum lugar. Algum lugar além.

Eles reuniram algum maquinário, equipamento para perfuração e alguns andaimes – Crayley estava lotada desse tipo de coisa – e fizeram algumas investigações antes de seguirem em frente. Usaram os andaimes para alcançar os canos e os examinarem em detalhe. Carregavam ar, água e nutrientes. A tubulação seguia rocha adentro; eram as marcas pálidas que Bryony notara, que pareciam mais variações naturais da rocha. Dessa vez, eles não retornavam para onde haviam vindo, apenas seguiram em frente e desapareciam. Para quê? Quem precisava de calor e alimentos do outro lado da pedra, onde não havia saída nem entrada?

Eles posicionaram o equipamento de perfuração próximo à superfície da rocha, juntamente com um transportador para carregar os refugos resultantes. Logo perceberam algo estranho na pedra. Ela era artificial. Como Bryony sugerira, aquela área era uma camuflagem.

A perfuradora abriu caminho, criando um túnel de dois metros de diâmetro na superfície da rocha. Quase que imediatamente houve agitação no corredor atrás deles – uma onda de máquinas barulhentas que iam no encalço do grupo: guardas-robôs. Crayley estava indo pôr um ponto final naquilo. Houve um momento de medo quando aquelas máquinas horríveis os seguiram, mas também houve triunfo. Elas estavam ali por algum motivo. Pela primeira vez, a cidade mostrava sua cara. Crayley estava com medo.

O ataque inicial foi assustador, mas não mortal. Os robôs mostraram-se esforços desengonçados, não eram páreo para nada tão avançado quanto Sigurd e Chinelo, e eles conseguiram conduzir a perfuradora com facilidade. Foi então que a máquina finalmente avançou e a última camada de rocha desmoronou, de modo que as defesas reais se tornaram aparentes. De repente, a perfuradora quebrou-se em pedaços; parecia ter se dissolvido diante dos olhos deles. Então, uma rajada de combustível em chamas saiu do túnel, tão depressa quanto um foguete, tornando o ar quente e vermelho. Outro exército surgiu dessa onda de calor – criaturas terríveis de aço e polissilicone, capazes de resistir a qualquer temperatura e armadas no peito e nas costas, dos pés à cabeça, com todo o tipo de maquinário que Crayley poderia arquitetar. Aqueles não eram dispositivos reciclados – haviam sido produzidos para matar. Antes mesmo de se aproximarem, já começaram o ataque, dardejando uma chuva de metal quente, cada rajada despejando dezenas de balas por segundo. Rolos de arame farpado foram arremessados à frente. Empurrando Bryony para o lado, Sigurd usou toda a sua força para protegê-la.

Sem precisar de instruções, Chinelo abriu seu compartimento de carga e Bryony pulou lá para dentro. A pele humana dela não era mais suficiente para aquele jogo. Sigurd pulou no lombo do cavalo, que se abaixou o máximo possível, envergando as pernas de maneira que sua barriga roçasse no chão, e correu em frente, pelo túnel estreito, num estranho agachamento oscilante, direto para as máquinas assassinas e as ondas de combustível em chamas. O calor era tremendo. Sigurd gritou; Chinelo gritou. Sigurd sentiu o cabelo queimar, viu os pelos marrom-amarelados do braço transformarem-se em cinzas e sua pele tornar-se rubra graças às chamas. Chinelo pegava fogo debaixo dele; mesmo assim, sem hesitar, o cavalo cibernético seguia em frente, esmagando o inimigo debaixo de sua estrutura de titânio, esmagando-os com a barriga, despedaçando-os com os cascos, que não paravam de chutar, e os dentes capazes de rasgar tudo ao seu redor, pulverizando-os com munição, enquanto Sigurd cortava e retalhava como se ele próprio fosse uma máquina. Centímetro por centímetro, eles abriram caminho até que irromperam num espaço aberto. O calor se multiplicou. Por um segundo, o garoto e o cavalo giraram sem parar, confusos, gritando de dor. O cavalo cibernético então empinou e saltou para frente, escaneando o ambiente enquanto seguia para onde o calor era menor.

Não levou muito tempo para alcançarem o local que ele mapeara, mas novamente havia outra parede. Não havia tempo suficiente nem maneira de furarem outro caminho. Sigurd desmontou, desembainhou o toco de espada e com ele abriu caminho pela rocha, enquanto Chinelo guardava o espaço atrás deles contra o exército de robôs assassinos que os seguiam. A parede tinha cinco metros de espessura; Sigurd levou uma hora para furá-la. Do outro lado, encontraram ar fresco novamente – um local projetado para coisas vivas. Mas que coisa viva era essa que Crayley mantinha em tanto segredo e segurança?

Chinelo abriu seu compartimento de carga e Bryony saiu para se juntar à luta. Os robôs até que eram divertidos – aquela era a época dos vivos e dos meio vivos, ciborgues com armamentos que sofreram mutações, robôs-soldados que viviam e respiravam. Outros monstros – bestas de forma e tamanho inacreditáveis, carne alterada, metal soldado aos ossos, ossos à resina, resina à carne, se aproximavam para atacá-los. Desmontando, Sigurd deixou Chinelo lutando para abrir caminho enquanto ele e Bryony permaneciam na retaguarda. Juntos, ombro a ombro, os dois amantes retalharam e rasgaram as hordas de coisas sem alma, lutando para abrir caminho, num passo de caracol, pelo túnel estreito e até uma porta de aço. Eles a alcançaram, cortaram-na para abri-la apenas para encontrar outra passagem que levava a outra porta. Atrás dela, outra, mais outra e outra. Apenas quando atravessaram a quarta e última porta o caos e a carnificina cessaram.

Era como se eles tivessem apertado um interruptor. Os ciborgues pararam de atacar e se recolheram em silêncio; as máquinas zumbiram vagarosamente e pararam, seus comandos cessando. Os amantes ganharam a batalha. Antiga e semiviva como era aquela cidade, o lugar tornou-se perspicaz e cruel de uma maneira que nenhum outro jamais poderia ser. Os anos fizeram apenas com que a crueldade, a determinação e a inteligência crescessem, mas não havia mais razão para lutar, o segredo havia sido alcançado. Crayley não tinha escolha além de esperar e observar.

Eles estavam numa pequena sala cravada na rocha nua. Diante deles, havia um tanque, e no tanque estava uma mulher de cabelos grisalhos, cujas funções vitais eram providas por cateteres. A cabeça estava coberta por fios e tubos, que seguiam até várias máquinas empilhadas junto à parede. Havia um zumbido leve de atividade elétrica. Os olhos da mulher estavam fechados. Ela não parecia estar consciente de nada. Bryony andou até ela. Colocou as mãos no vidro acima do rosto da mulher e virou-se para Sigurd.

– Minha mãe.

Sigurd foi até onde ela estava e a envolveu com um dos braços. Bryony bateu de leve sobre o rosto da mulher. Não houve resposta.

– Mãe – chamou ela. Mas a velha mulher não se moveu, não podia se mexer, não era capaz de vê-la nem de ouvi-la. Bryony bateu no vidro com mais intensidade, com tanta força que a mulher chacoalhou levemente no líquido, como uma criatura marinha ao sabor da maré. Mas os olhos dela permaneceram fechados.

Sigurd tocou de leve no braço da garota.

– Eu estou morrendo – disse uma voz. Assustados, eles olharam ao redor. A voz vinha de um conjunto de alto-falantes instalado entre os equipamentos que os rodeavam. Não era possível localizá-lo.

– Estou morrendo há cem anos.

– A cidade – comentou Sigurd. – É Crayley. Ela está aqui.

– Eles cortaram meu combustível. Eu cultivei o meu próprio combustível. Eles cortaram meu ar. Eu o tirei das pedras. Levei tubos até a superfície para poder respirar. Estou sozinha há muito tempo e isso é tudo que posso durar. Consumo todas essas coisas. Preciso me remodelar para utilizar novos recursos. Preciso de mais recursos, mais organização. Preciso de imaginação. Se não fosse por ela, eu estaria morta. Se não fosse por ela, Bryony, você estaria morta. Tudo isso, os parques industriais, as máquinas, os robôs, os programas de computador e a organização, tudo isso começou aqui. Sua mãe está comandando essas coisas... Ela está *me* controlando. Agora ela é uma parte de mim. Se você desconectá-la dos fios, todos nós morreremos.

Sigurd olhou para Bryony.

– Você acredita nisso? Por que deveríamos acreditar?

O rosto de Bryony carregava uma expressão raivosa:

– Não percebi muitas diferenças desde que você... fez isso a ela.

– Ela é velha. O cérebro já está rígido. A essa altura, tudo que posso fazer é adaptá-la. Ela mantém apenas as coisas funcionando, não mais do que isso.

– Por que você não levou a mim?

– Você é muito rápida, muito ágil, muito esperta. Eu tinha de... Eu tinha de utilizar aquilo que era capaz. Há muito tempo só uso aquilo com que sou capaz de lidar.

Sigurd andou até a pilha de maquinário de onde vinha a voz.

– E por que não cravo minha espada em seus circuitos agora mesmo? Você não tinha o direito!

– Tenho o direito de viver, assim como qualquer outra criatura. E por que eu deveria ser morta por você? E se eu morrer, Bryony morre. E você também, Sigurd. Estamos há mais de um quilômetro e meio da superfície. Quando eu explodir, como a sua pele poderá protegê-lo? Sou sua casa. Você é eu e nós somos ela. Ela é a mãe de todos nós agora.

Atrás deles, Chinelo começara a arranhar o órgão-mecanismo. Eles não fizeram nenhum movimento para detê-lo, nem mesmo gemeram ou reclamaram quando ele os mordeu. O propósito deles requeria que sentissem dor. O ar frio, a luz mortiça, o som de Chinelo mascando alto, assustando as criaturas na entrada da sala, a velha deitada, inchada graças ao líquido do tanque, a voz estranha explicando tudo isso a eles – todas essas coisas davam ao local um ar irreal, como se estivessem num sonho estranho, que seria esquecido logo pela manhã.

Bryony olhou para a mãe através do vidro. Era verdade o que a cidade dissera? Que ela estava usando sua mãe, isso era verdade. A cidade não poderia viver para sempre ali no isolamento do subterrâneo, isso também tinha de ser verdade. Mas e o resto daquilo? Será que tudo entraria em colapso se eles a tirassem de lá?

– Ela pode me ouvir?

– Não.

– Pode ouvir o que você diz?

– Não. Ela nunca recuperará a consciência. A percepção dela ficou pelo caminho.

Bryony virou-se para Sigurd:

– Se a libertarmos, será que ela ficará bem?

– Não – respondeu Crayley.

Sigurd balançou a cabeça:

– Não sei dizer. Depende de como Crayley incapacitou-a. Ela pode não ser mais capaz de respirar sozinha.

– Ela não é mais capaz de fazer isso – disse Crayley.

– Ou ela poderia ter alguma hemorragia onde os cateteres estão conectados.

– Ela terá.

– Cale a boca! – gritou Bryony. – Por que deveríamos acreditar em qualquer uma das coisas que você fala? – Ela pôs as mãos no rosto. Não suportava ver a mãe daquela maneira, inexpressiva, inchada pelos anos de imersão no líquido, nua. Ela era uma mulher modesta, nunca gostara de ser vista nua. Bryony tirou o casaco e cobriu o tanque.

– Precisamos pensar – continuou ela. – Não sei o que fazer.

Aquela era uma situação impossível. Caso tentassem resgatar a velha, iriam matá-la. Precisariam de um especialista para tirá-la dali – muitos daqueles fios estavam cravados bem fundo no cérebro. Seria certamente uma vantagem para a cidade desconectar as partes dela de que não precisava – consciência, controle muscular voluntário, qualquer coisa que pudesse atrapalhar sua função como um componente. Era graças à ameaça que a mãe de Bryony representava que Crayley precisava tanto dela – por que outro motivo ela a protegeria deles tão bem? Crayley tinha lançado tudo em cima deles num esforço para manter aquele lugar em segredo. A cidade precisava dela, isso era certo.

Mas será que eles precisavam?

Frustrado, Sigurd andou até uma montanha de equipamentos de computação e desembainhou a espada, mas a máquina zombou dele:

– Mate-me e matará a si mesmo. Machuque-me e machucará a mulher que ama. Qual carta você ainda tem debaixo da manga?

– Um trato – respondeu Sigurd. Talvez eles pudessem barganhar com a cidade. – Deixe-nos sair. Queremos um caminho que nos leve à superfície.

– Não é possível.

– Por quê?

– Estou enterrada. Você me enterrou. Estou danificada. Você me danificou. Quando explodiu as armas de Fafnir, espalhando destroços, lançou mais de oitocentos metros de rochas subterrâneas para o ar. Tudo isso está empilhado em cima de nós. Eu tinha uma passagem até lá para que o oxigênio entrasse. Em último caso, eu poderia usá-la. Mas agora está fechada, graças a você.

– Perfure essas pedras, então.

– Estou fazendo isso – sibilou a máquina. – Mas levará meses. Um ano. Espere um ano. E então poderá partir.

Sigurd e Bryony conversaram, pensaram, conspiraram – mas não conseguiram bolar nenhum plano para enganar a cidade. A velha repousava impassível em sua morte em vida. Um vegetal. Será que ela poderia se tornar algo humano novamente? Quem saberia? Por enquanto, eles não tinham outra escolha a não ser acreditar em Crayley.

Então partiram, prometendo voltar. A cidade passou a saber que eles tinham como retornar – no fim das contas, eles sobreviveram àquela etapa. Enquanto deixavam a câmara, a cidade gritava atrás deles:

– Ela está tomando conta de você. Ela ainda te ama, Bryony. Ela ainda é sua mãe.

Crayley ergueu as labaredas, dispersou as hordas de criaturas e máquinas que usara para mantê-los afastados. Ela estava contente por vê-los irem embora.

Esta foi a primeira derrota de Sigurd. Mas a batalha ainda não estava terminada.

De volta à segurança de sua casa, Bryony virou-se para Sigurd de uma maneira assustadora:

– Crayley quer meu bebê. Você precisa ir. Precisa dar o fora daqui antes que o bebê nasça.

– E atravessar oitocentos metros de rocha? A cidade disse que...

– Ela está mentindo. Quer o meu bebê. Você não percebe? É por isso que estou aqui. É por isso que você está aqui. Crayley planejou tudo isso. Ela quer o cérebro do nosso bebê.

O cérebro humano possui sete bilhões de conexões. O cérebro de um bebê pode ser conectado à medida que cresce. Que processador fantástico! O que Crayley não faria com um desses?

# 19
# SEPARAÇÃO

O bebê era o futuro deles, seu tesouro, seu amor. Nada poderia machucar o bebê. Eles começaram a preparação para a jornada de Sigurd de volta à superfície de uma vez por todas, planejando que caminho deveria tomar, como a cidade tentaria impedi-lo e como ele poderia se defender. Sigurd se tornara descartável para os planos de Crayley – e se ela tentasse soterrá-lo com uma avalanche? E se o deixasse escapar e fechasse as portas? Cada uma das possibilidades foi discutida em sussurros bem baixinhos, noite adentro, ambos temerosos de que a cidade estivesse escutando a conversa.

Pelo menos eles caíram no sono depressa, exaustos. Sigurd continuou dormindo, mas Bryony acordou apenas algumas horas depois. Levantou-se sem fazer barulho. Houve um pio agudo e, de uma fenda na parede, Jenny Melro apareceu de repente. Um segundo depois, ela estava no ombro da garota, bicando a orelha dela. Bryony ergueu um dos dedos e acariciou a cabecinha do pássaro. E, então, Jenny foi embora, escondendo-se nas roupas da menina.

Perdida em seus pensamentos, Bryony podia sentir a escuridão à espreita. Tristeza, raiva, frustração, ódio. Isso iria debilitá-la. Tinha tão pouco, mas ganhara tanto e ainda mais lhe era prometido. Amor. Um bebê. O mundo! Tudo isso estava nas mãos dela e começava a se despedaçar. Ela tinha certeza disso. Era apenas uma pequena peça num grande jogo. O bebê não era para ela, o mundo lá em cima não era para ela. Mas uma coisa era dela, era verdadeiramente dela: Sigurd. O amor dela por ele e o amor dele por ela, isso era real. Ninguém poderia lhe tirar isso. Mas ela iria mandá-lo embora, de qualquer forma.

Bryony tinha certeza de que, uma vez que ele fosse embora, ela nunca mais o veria. Se Crayley não conseguisse matá-lo, certamente nunca o deixaria retornar. O único raio de esperança de Bryony era o fato de que a cidade não o deixaria partir de maneira alguma – isso o manteria lá embaixo com ela, gerando um estoque de cérebros para manter a cidade subterrânea abastecida com processadores de qualidade. Isso era uma esperança? Um programa de procriação para a máquina?

A esperança era desesperançosa, eles não poderiam deixar que isso acontecesse. Sigurd tinha de ter uma vida, mesmo que ela não pudesse. Ele precisava ir, ela precisava enviá-lo para longe e ficar ali sozinha. Pelo menos não perderiam o amor que sentiam um pelo outro, um sentimento que nunca se tornaria parte de uma máquina, outro componente para manter as coisas funcionando sem maiores percalços, algo para ser manipulado e usado. Aquele amor permaneceria sendo deles, uma memória sagrada, dele e dela, no centro da vida de Bryony.

Quando ele partisse, a depressão chegaria, mas ela iria se recuperar. Teria o bebê, lutaria para salvá-lo e perderia; então viria mais depressão, e espera, espera, esperança, esperança. Como poderia suportar apenas esperar e ter esperança, quando sabia que a espera poderia durar para sempre? Como as horas passariam, as semanas, os anos? O que ela faria com todo aquele tempo? Como ela poderia viver sem ter um futuro?

Bryony caminhou em silêncio pelo cômodo. Precisava fazer alguma coisa – precisava fazer algo imediatamente ou nunca mais teria a força necessária para deixá-lo ir. Vestiu-se sem fazer barulho e andou sozinha através dos corredores quentes, para a clareira entre os detritos, próxima às chamas, onde o homem morto estava pendurado.

Odin, o pai dela. Que bem ele já lhe fizera? Lá estava ele como sempre, recém-morto no momento. Ela se abaixou para olhar a cara dele bem de perto. Ele não era bonito e jovem como Sigurd. O rosto dele tinha rugas profundas, era atarracado e pesado. Havia uma boa parcela animalesca nele, apesar de não haver nenhum traço de características meio humanas. O nariz era torto e achatado como se houvesse sido esmagado. Ele tinha bochechas altas. Havia muco seco ao redor dos olhos, onde as moscas se reuniam, e a saliva escorregava, passando pelo nariz e indo até os olhos.

– Seu grande merda – sussurrou Bryony. Por tudo que ela sabia, Odin era uma mosca presa na passagem do tempo tanto quanto ela.

Ela aproximou o rosto do dele. Ele não estava cheirando mal naquele dia – apenas o odor viscoso e forte da carne que esfriava. Tentou sentir se havia qualquer sinal de respiração no rosto dele – às vezes ela achava que isso seria possível –, mas naquele dia não havia nada. Bryony pressionou a bochecha contra a dele. Estava fria e úmida. Ela pulou para se afastar, enojada.

– Mude essa situação para mim – sussurrou ela. – Torne-a diferente. Pare o fogo, nos dê um caminho para sair daqui. Dê-nos uma *chance*, Pai.

Homens mortos não falam. Ela recuou. Odin oscilou levemente. Algo se moveu no canto dos olhos dele, um rápido brilho torpe. O lampejo transbordou do canto dos olhos, escorreu pelas sobrancelhas e o cabelo. Uma lágrima, uma lágrima morta de um deus morto.

Bryony ficou de pé. Que utilidade aquela lágrima teria para ela? Já tinha suportado o suficiente. Olhou ao redor dos próprios pés para todas as oferendas que havia lhe dado – as pequenas folhas e flores secas, os gravetos, as tranças de papel e os retalhos de pano, os botões de rosa e as asas de borboleta. Os esqueletos secos e ossinhos de ratos e arganazes que Jenny trouxera para ela ao longo dos anos. Ela deu um chute de leve em todos eles.

– Eu lhe dei tudo – disse ela. – E você não me deu nada em troca. – Enquanto ela pronunciava estas palavras, pensou que, no fim das contas, ela não havia lhe dado tudo. Nem Sigurd. Mas Odin já tinha aquilo. Odin tinha tudo. Odin tinha o suficiente.

Bryony tirou a faca do cinto e cortou a corda para soltar o deus. Ele caiu com um estrondo no chão de pedras nuas, em meio ao lixo aos pés dela. Bryony foi então vasculhar as unidades de estocagem vazias ali por perto. Logo encontrou o que procurava: um velho carrinho, um adendo que os robôs utilizavam para transportar peças avulsas e itens para realizar reparos pelo parque industrial. Quando ela o empurrou até a clareira de Odin, Sigurd estava esperando por ela.

– Achei que você estaria aqui.

Bryony deu de ombros, mas o abraçou com força quando ele se aproximou dela.

– O último dia – comentou ela.

– Eu voltarei.

– Se alguém pode fazê-lo, esse alguém é você – disse ela.

Juntos, colocaram Odin no carrinho e empilharam sobre ele todos os presentes que Bryony lhe dera. Encheram os bolsos do deus com esses objetos, amontoaram-nos sobre o peito e as coxas, até que ele estivesse coberto por todas as coisas que uma melro fora capaz de carregar para mostrar a Bryony como era o mundo. Jenny pousou no alto do peito do homem morto, piando, voando entre Sigurd e Bryony, às vezes até mesmo carregando uma folha ou um graveto, como se estivesse ajudando a construir um ninho.

Quando terminaram, levaram-no até a beirada do fogo. Bryony o beijou em uma das bochechas e então o empurrou, com o carrinho e tudo, para as chamas. Os pedaços de vegetação seca e o papel pegaram fogo imediatamente, em seguida o cabelo dele e as folhas. Ele começou a soltar fumaça. Com um pedaço de cano, Sigurd empurrou-o ainda mais para onde o fogo era mais quente, e o homem morto começou a ser lambido pelas chamas, a pele enrugando, a carne emitindo chiados. As chamas logo o cobriram. Ele pareceu se mover um pouco, revirou-se e se contorceu.

– É apenas o fogo movendo-o – Bryony explicou. Eles observaram até que o corpo em chamas não fosse nada mais do que um uma mancha mais densa em meio ao fogo antes de se virarem e começarem a andar de volta para casa. Estavam repletos de uma grande alegria por terem destruído Odin, mesmo que não acreditassem realmente que aquele fosse o fim do deus. Alegria e também uma sensação de prazer, como se o deus os houvesse observado o tempo todo de seu lugar secreto no cerne da morte. Eles finalmente estavam sozinhos. Sentiam-se como crianças deixadas sem vigilância, em casa, pela primeira vez.

Andaram pela borda do fogo por um tempo, jogando coisas nas chamas e observando-as queimar. Beijaram-se. Sigurd tirou as roupas de Bryony com ela de costas e depois as próprias. Empilharam as roupas no chão debaixo deles e fizeram amor, com muita suavidade e carinho. Então, caíram no sono, aquecidos pelo fogo, nos braços um do outro.

Antes de partir, Sigurd colocou nos bolsos dois pequenos itens – uma pequena castanha de aço imaculada e a flecha para encaixá-la. Jenny podia sobreviver às chamas, eles sabiam disso. Ela poderia ir até ele, e ele a mandaria de volta com uma mensagem. Se ela tivesse a castanha no bico, queria dizer que a pele estava lá e ele não iria demorar; se fosse o dardo, ele ainda teria de procurá-la. De qualquer forma, ele prometeu que voltaria, com ou sem a pele, a tempo de ver o bebê nascer. Nada na Terra poderia impedi-lo.

Bryony assentiu. Ele daria o melhor de si para ser rápido; ela daria o melhor de si para esperar. Eles se beijaram mais uma vez. Então, Sigurd pulou em Chinelo e correu a todo galope, pelo grande tubo que o levaria primeiramente até lá embaixo.

– Amor! – gritou ele através das chamas quando elas começaram a envolvê-lo.

– Amor! – berrou ela de volta. Sigurd olhou mais uma vez por sobre os ombros, até que as chamas, chocando-se contra o metal que o cercava, rugiu em seus ouvidos, a dor terrível das queimaduras envolveu seus sentidos e a visão e o som de Bryony desapareceram.

# 20

# A SUPERFÍCIE

Cavalgar no fogo não foi fácil, principalmente por Sigurd já o ter feito apenas alguns dias antes. A dor era assustadoramente real. Havia um fedor acre de carne torrada enquanto as novas camadas de carne formadas sobre os ossos de liga metálica de Chinelo queimavam, Sigurd podia ouvir os relinchos de dor do cavalo. Ele prendeu a respiração; o fogo penetrava na garganta e sua saliva começou a ferver em sua boca.

Tudo isso por amor, pensou Sigurd bem lá no fundo, por trás da dor. Mas ele estava ileso. Sabendo que as camadas de sua carne que estavam vivas podiam ser queimadas apenas naquele ponto entre as omoplatas onde o sangue do dragão não o tocara, ele cobriu o local com tecido à prova de fogo.

Ventos ácidos que traziam chamas verdes brilhantes, amarelas e azuis enfureceram-se ao redor da cabeça de Sigurd. Eles seguiram em frente, desviando e mergulhando entre as passagens, atravessando ventoinhas das quais jorravam gases e labaredas, e salas repletas de explosões em cores resplandecentes. Chinelo se lançava de um lado para o outro, para cima e para baixo, rastreando o caminho à frente para evitar os perigos.

Quando se aproximaram da superfície, o caminho ficou mais difícil. A vasta explosão causada pela destruição do arsenal de Fafnir estraçalhou os níveis superiores de Crayley; tubulações amassadas e salas repletas de destroços bloqueavam o caminho. Mas a cidade mentira quando dissera que estava longe da superfície. O fogo e a fumaça lhes mostravam o caminho, avançando mais do que depressa através de passagens estreitas e chaminés inchadas pela pressão. Chinelo os seguiu, cavalgando à frente, e lançou um de seus mísseis para eliminar as pedras que rolaram até ali e o maquinário retorcido.

Ele tinha dezenas de sentidos que os humanos não possuíam, mas mesmo assim tentaram diversas vezes até encontrarem a rota certa. Pelo menos estavam debaixo da última camada de rocha e escombros esmagados. Chinelo lançou mais um míssil para explodir os últimos metros de destroços, saltou para o olho da explosão – e eles subitamente saíram no espaço aberto, à luz brilhante da garoa de um dia de primavera, deixando os escombros de pedras molhadas para trás, rompendo uma camada de terra e lama.

A vociferação da cidade cessou de repente, quando as rochas caíram de volta na cratera. Chinelo, queimado até os ossos de metal mais uma vez, desabou ao lado de Sigurd e baixou a cabeça para descansar após o trauma.

A quietude do dia preencheu os ouvidos de Sigurd.

Ele podia sentir todo o corpo sorvendo aquele silêncio, encharcando-se com ele. Toda aquela divindade. A chuva é mágica, ele havia se esquecido. Água fresca e bela caindo do céu, como uma bênção. Sigurd ficou de joelhos numa poça, mergulhou as mãos nela e tentou jogar água no rosto, mas ele ainda estava quente demais e a água evaporava com o seu toque. Ele então simplesmente aspirou uma longa lufada do ar fresco e belo e a liberou numa grande nuvem de vapor, como se fosse um dragão.

Os cheiros! Rocha e terra molhadas, plantas verdes. Ele pegou um tufo de musgo e cheirou-o. Tinha odor de terra e vida – não era como nada que se pudesse imaginar. O mundo não é muito melhor do que qualquer coisa que se possa inventar? ele pensou consigo mesmo. Que deus poderia ter criado isso? É bem capaz que as pessoas só soubessem de uma fração de todos os deuses que existem. Deve haver legiões deles para cada coisa viva.

E Bryony estava fora disso. Cada segundo que ela perdia lá embaixo era como um assassinato. Qual era o sentido de tudo aquilo se ela não estava ali também? De repente, Sigurd se sentiu mais sozinho que nunca e caiu em lágrimas. Ele sentia como se houvesse viajado para outro mundo e retornado.

Um tempinho depois, em algum lugar não muito longe, ouvi cães latindo. Se eram meio humanos, poderia arranjar algumas roupas com eles. Levantei-me e segui na direção do som. Talvez eles até soubessem alguma coisa a respeito da pele de Fafnir.

Vaguei por um tempo tentando encontrar a fonte do ruído, mas, entre cânions e rochas dispersas, era difícil traçar uma rota. O chão estava rachado, rochas se espalhavam por campos de lama e escombros, quebradas e esmagadas. Os sons primeiro pareciam vir de um determinado lugar, depois de outro, e então cessavam completamente. Eu tentava me ater a algum ponto de referência, mas tudo estava tão confuso que não conseguia distinguir o ambiente. Era imenso, um jardim bruto que alguém acabara de erguer, mas a vida já estava retornando. Havia pequenas mudas escapando furtivamente de rachaduras por todos os lados, moitas de musgo e pequenas samambaias cresciam. Tudo era jovem. Era como se todo o lugar houvesse acabado de ser construído. Isso me fez sorrir. Era mais uma coisa que eu poderia mostrar à Bryony. É impossível imaginar o quanto eu ansiava para trazê-la até ali. Simplesmente pegar nas mãos dela e mostrar-lhe aquele lugar devastado seria como cobri-la de presentes. Olhe! Aqui há musgo, ali está o céu, isso é chuva. E tudo isso é seu!

E então pensei que a pele poderia estar em qualquer lugar. Poderia estar enterrada debaixo de bilhões de toneladas de destroços. Em qualquer lugar!

Acelerei, mesmo sabendo que poderia correr tão depressa quanto a luz que não chegaria nem um centímetro mais perto da pele de Fafnir se ela estivesse enterrada debaixo daquele terreno. Então virei uma esquina e ouvi o barulho de novo – au, au, au, uma tempestade de urros e rosnados enraivecidos.

– Deixa eu, deixa eu, deixa eu! Graaah! Heee ha ha ho ho. Oiiinc!

Quando me aproximei mais, pareciam porcos gritando, apesar de também haver alguns latidos ao redor. Virei uma esquina e me deparei com uma cena bizarra. Havia uma multidão de meio homens – bem, na verdade, eles eram de fato semibestas. Tinham corpos longilíneos, ombros altos como os de uma hiena ou de um símio que andasse de quatro. Havia toques humanos ali, mas não muitos. Tinham caixas cranianas baixas e focinhos longos. Eram pessoas-porcos-cachorros, mas pareciam muito mais porcos do que cachorros e quase nada pessoas. Eu gosto de porcos – cresci entre eles –, mas podem ser uns babacas, brutais de verdade quando perdem as estribeiras. Podem comer e fazer qualquer coisa – um grande porco mau é a última coisa com que se pode querer dar de cara. Aquele grupo estava caçando reunido numa matilha como se fossem cães – realmente perigosos. Eram imensos, também – com mais ou menos três metros de altura, um e meio de ombro a ombro e as cabeças talvez tivessem um quarto de todo o tamanho, repletas de caninos horríveis e amarelos, tão grandes quanto pernas de cadeiras.

Fediam à merda, carne estragada, suor e porco, e faziam uma algazarra de estourar os tímpanos, urrando, berrando, guinchando, roncando e latindo – inacreditável. Dava para pensar que havia aproximadamente trezentos deles de pelo menos quatro espécies diferentes, mas eram apenas quinze de apenas uma.

Eles se reuniam no declive de uma grande rocha de talvez trinta metros de comprimento e, encarapitado bem no alto dela, a aproximadamente quinze metros do chão, estava o jantar. O jantar era um cão longo e magricela – uma espécie de cruzamento entre macaco, homem e cachorro. Estou falando sério. Ele era alto e magro, com braços e pernas compridos, mãos grandes e pelos pretos e brancos de sheepdog caindo nos olhos. Tinha um rosto bastante humano, mandíbulas um pouco proeminentes, cheias de dentes, e uma caixa craniana alta: um verdadeiro meio humano.

Os porcos-cachorros o tinham exatamente onde queriam. Não estavam mais caçando, apenas se divertiam. A pedra onde a presa se refugiara era escarpada, mas não difícil de ser escalada, e o meio homem estava desarmado. Eles estavam só se distraindo, relaxando enquanto berravam impropérios para o prisioneiro. "Ei, cara! Vou comer sua perna!" Esse tipo de coisa. E eles fariam isso mesmo. Suas cabeças eram tão grandes quanto uma mesinha e tinham mandíbulas que mais pareciam escavadeiras. Poderiam arrancar uma perna até a coxa com uma única mordida.

O meio homem estava numa situação desesperadora. Estava curvado, segurando-se na pedra com ambas as mãos, olhando para trás como se estivesse com medo de cair. O que quer que ele estivesse fazendo, os porcos-cachorros irromperam numa nova combinação de berros e zombarias para fazê-lo olhar para trás mais uma vez.

– Desça até aqui, a água está ótima! – gritou um deles, e então todos começaram a rolar no chão guinchando e rindo como se fossem um bando de comediantes.

Todos nós precisamos nos alimentar, mas o homem-cachorro também andava sobre duas pernas. Nós, que andamos em duas pernas, precisamos nos unir. Os outros não pareciam saber muito além de onde viria a próxima refeição.

Por outro lado, se eu ficasse no caminho deles, só duraria alguns segundos.

Pensei: bem, o que eu poderia fazer, de qualquer jeito? Havia muitos deles. Deveria dar o fora me arrastando de mansinho... mas foi nesse momento em que tudo foi perdido. Eles me descobriram. Olhe só, eles não eram tão idiotas quanto pareciam. Os porcos-cachorros tinham vigias a postos. Virei-me e me dei conta de que havia um bem atrás de mim, sorrindo como um babaca.

– E aí? Vai nadar, é? Nã-nã-ni-na-nãooooooo! – Ele soltou um grito estridente e os outros se levantaram na mesma hora, olhando para mim com aqueles olhos de porco. Um deles soltou um berro. Deveria ser uma refeição ambulante para eles. Todos os outros correram para ver quem provaria o primeiro pedaço.

Eu não tinha nenhuma outra arma além do toco da espada. Estava completamente nu, não tinha nem cabelo, pelo amor de deus. Aqueles caras eram grandes, cheios de dentes e fome em suas bocarras – e o tamanhão deles! Os ombros das criaturas batiam no meu peito. Não havia nada mais perigoso do que algo com cérebro suficiente apenas para pensar e não para se importar. Eles estavam vindo com a intenção de fazer picadinho de mim, como se eu fosse uma cenoura.

Virei-me para correr, mas lá estava o vigia rindo na minha cara. Merda! Chinelo se afastara em busca de um pouco de pasto ou algo do tipo, mas era tarde demais. A gangue podia correr mais depressa do que eu era capaz de me jogar do penhasco. Virei-me, consciente de minha retaguarda vulnerável, e nesse momento eles já estavam a quatro ou cinco metros de distância. O vigia estava atrás de mim, abaixado, pronto para pular em cima de mim, as mandíbulas escancaradas. Mantiveram as línguas para fora durante todo o caminho até ali; estavam prontos para matar, e começaram a zombar e gritar.

– Você tá morto, cara de homem. Come ele, come ele, come esse puto.

O vigia pulou. Ergui a espada – era tudo que eu tinha. Atingi seu rosto, rachei o focinho e despedacei aquele vagabundo com um único golpe, quando ele vinha para cima da minha cabeça. O toco da espada não era longo o suficiente para penetrar nas costas dele, mas abriu um talho de mais de trinta centímetros de comprimento. Ele atingiu o solo atrás de mim com uma pancada pesada, cuspiu no chão, tossiu e morreu.

Houve um silêncio súbito. Ninguém conseguia acreditar naquilo, nem mesmo eu. O porco-cachorro estava ali caído no chão, jorrando sangue e vísceras. De repente, assim, do nada. Espere, eu pensei, sou o Homem-Dragão. Caso alguém me corte, por acaso eu sangrarei? Golpeie-me e veja se vou chorar. Não, nada disso acontece comigo.

Aqueles rapazes estavam *mortos.*

Chutei o focinho do porco morto e cuspi nele. Ergui uma das mãos em sinal de boas-vindas.

– Vamos lá, garotos. Venham e recebam o que merecem.

Houve outro segundo de silêncio. E então eles começaram a correr na minha direção.

Estavam todos em cima de mim, antes até que eu fosse capaz de me mover – bang! Mandíbulas mordendo braços e pernas, uma no meu rosto. Fiquei apenas ali parado e uivei. Aquilo era agonia! Eu podia não sangrar, mas eles eram capazes de me reduzir a uma pasta podre dentro da minha própria pele. O que estou fazendo? pensei. Mais de quinze porcos-cachorros gigantes e assassinos contra mim, tão pequeno comparado a eles? Devia estar maluco. Tentei me mover, mas mais de duas dúzias de marginais me prendiam e eles estavam arrancando a vida de mim.

Então um deles, que tinha toda a minha cabeça entre as mandíbulas, começou a arranhar minhas costas com as pernas, tentando romper minhas entranhas, e uma das garras atingiu o pedaço onde a folha de álamo caíra. Eu estava ferido.

Foi aí que comecei a lutar de volta. E sabe de uma coisa? Foi fácil. Foi ridiculamente fácil. Despedacei, cortei, feri, apunhalei e a próxima coisa da qual me lembrava era estar de pé, com o peito inflado, sobre um monte de corpos despedaçados. Chinelo apareceu em meio a tudo isso, mas nem se importou em tomar partido. Quando terminei, ele já tinha ido devorar os corpos. Os poucos que não estavam mortos rastejavam choramingando, os membros arrancados, derramando sangue e vísceras atrás de si. Um deles tinha uma mandíbula cravada na base do crânio. Foi tão rápido.

Num ataque de nojo, corri até os que ainda estavam vivos e os matei mais do que depressa. Não fui movido pela sanguinolência, mas pela pena. Era melhor do que deixá-los morrer lentamente. Foi então que... Bem, foi então que cometi um erro. Senti-me enjoado. O que havia acontecido? De onde tirei aquela força? Eu era bom em jogos de guerra. Eu sabia disso, mas aquilo era outra coisa. Era algo novo.

E fora *desnecessário*. Eu sempre quis ser humano, sabe? E é parte de ser humano demonstrar misericórdia. A guerra é o último recurso e eu não precisava fazer aquilo. Metade deles havia tentado fugir assim que ficou óbvia a maneira como aquela luta seria injusta. Não foi autodefesa. Fiz aquilo porque eu podia – porque era fácil.

Essa era uma prova de que eu havia adquirido mais características de Fafnir do que apenas a pele. Eu estava me transformando em alguma outra coisa.

Fiz uma promessa ali mesmo de nunca mais matar a não ser que fosse obrigado a fazê-lo. Eu era tão forte. Conhecia um monte de histórias, mas aquelas eram vidas de fato. Naquela ocasião haviam sido porcos-cachorros, ninguém sentiria falta deles, provavelmente morreriam de qualquer jeito se o país algum dia voltasse ao normal. Mas da próxima vez poderiam ser pessoas. Você deveria ter visto a confusão – tão fácil, tão rápido. Nunca mais queria fazer nada como aquilo.

Ouvi um barulho atrás de mim, um pequeno ruído de pedras sendo reviradas. Era o cãozinho descendo de sua rocha. Ele parecia um pouco tímido – estava tentando ser sorrateiro, imaginei. Ergueu-se levemente e se aproximou um pouco – mas não muito – tremendo e esfregando as mãos uma na outra. Ele era uma peça bonita. Sabe como é com os homens-cachorros às vezes, eles parecem que só têm focinho. Mas aquele cara tinha um bom sorriso.

– Obrigado – agradeceu ele, e virou-se para olhar para toda a bagunça que eu criara.

– Um pouco exagerado – resmunguei.

Ele ergueu as sobrancelhas e pareceu surpreso. Isso me fez sorrir. Ele parecia tão perdido. Acho que estava tentando se ligar no que acontecia ao seu redor.

– Não se preocupe com isso. Esses porcos-cachorros... au! Estamos bem melhor sem eles.

Eu não sabia o que dizer. Ficamos de pé, olhando para o massacre.

– Trabalho rápido – comentou ele.

– Fui pego de surpresa – comecei. O cãozinho começou a balançar a cabeça avidamente. Concordando com o que quer que eu fosse falar antes mesmo de eu abrir a boca. Percebi que havia lágrimas escorrendo pelo meu rosto. Ele olhou para elas, confuso.

– Qual é o problema? – perguntou ele, incrédulo. – Você não está chorando por eles, está? Você salvou minha vida. Não sinta pena *deles*.

Balancei a cabeça. Ele me entendeu de uma maneira completamente errada, eu não era assim tão humano. Chorava por mim mesmo. Toda vez que algo como aquilo acontece, alguma coisa morre dentro de mim. Eu estava pensando. Tenho quinze anos. Não deveria estar fazendo essas coisas. Eu deveria estar em casa com a minha mãe. Senti que contrariava quem eu era. Sentia pena de *mim mesmo*? O que isso significava, em meio a toda aquela morte? Mas o cãozinho sentia pena de mim também.

– Você está bem? – quis saber ele.

Assenti com a cabeça. Não havia tempo para sentir pena. Eu tinha coisas a fazer.

– Vamos conversar – sugeri. Percebi que ele me olhava de cima a baixo e só então lembrei que estava nu. – Desculpe – eu disse, mas ele apenas sorriu para mim.

– Eu não me importo. – Ele sorriu. – Na verdade, é até melhor. Hum. – Ele se aproximou e passou o braço pelo meu. – Você precisa de uma bebida. Vamos sair daqui antes que os amiguinhos porcos deles cheguem, hein?

– Não, escute. Estou procurando por uma coisa. A pele do dragão. Você sabe alguma coisa a respeito? Ouviu alguma história? Preciso pegá-la.

– Oh! – Ele me olhou bem de perto. – Você é um Volson?

– Como você pode saber disso?

– Chame de intuição.

– Preciso da pele. Você sabe de alguma coisa? Ouviu algo?

– Ah, a pele de Fafnir. Rrrr. Não deve ser fácil de consegui-la. É melhor você vir comigo.

– Você sabe o que é? – Apertei o braço dele e ele teve de afrouxar minha mão.

– É, eu sei onde está. Podemos ser amigos.

É isso aí! Era incrível a maneira como as coisas se desvelavam para mim. Sentia um arrepio de medo me atravessar, pois as coisas não seriam assim tão fáceis. Amor ou guerra, tudo isso simplesmente caía nas minhas mãos. Sabia que dar tchauzinho para um deus não era algo assim tão simples. Odin ainda estava trabalhando para mim, ou através de mim – quem saberia de que maneira ele atuava? As coisas não iam parar de acontecer. Nada poderia me deter a partir daquele momento.

## 21

## HOGNI

O que eu fiz com ele? Ma-ra-vi-lho-so. Dois metros de altura, facinho. Músculos – mas também não do tipo todo repartido, eram músculos longos, firmes. Meus favoritos. Muito excitante. E ele era todo de um cor-de-rosa brilhante. E completamente nu. Ah, meu querido. Esqueci alguma coisa? Hoje é Natal? É meu aniversário?

Por outro lado, ele retalhou aqueles porcos-cachorros como se fosse um açougueiro fazendo picadinho. Estava coberto de sangue da cabeça aos pés, sorrindo para mim, aquele grande toco de espada nas mãos.

Eu não sabia que caminho tomar. E então ele começou a chorar! Pelos deuses! E então, quando ele descobriu que eu sabia alguma coisa sobre a pele, ficou todo alegrinho e começou a tagarelar sem parar – blá-blá-blá – como uma criança grande que acabara de descobrir onde a mamãe estava. Fofo. Mas, caraca! Queria colocar esse garoto sobre os meus ombros e dar uns bons tapas nele. Rrrra! É isso aí. Um irmãozinho... até parece!

Bem, au, au, au. Você sabe o que dizem a meu respeito: um monte de olhares tortos, levemente acabado – quero dizer, eles estão aprendendo. Eu sabia quem ele era. Quem mais poderia ser? Volson! O cavalo cibernético apenas confirmou isso. Que porra aterrorizante! Aquele troço era enorme – metade tanque, metade esqueleto, olhos como televisores. Ele dá uma volta no meio da batalha e começa a comer cadáveres! Eca! Quem mais poderia ter algo assim como bichinho de estimação? Horripilante!

Um Volson. Pensávamos que eles estivessem acabados. Sigurd devia ter morrido depois de matar o dragão. E então o que fazer com um deles? Melhor tê-lo do seu lado do que do lado do inimigo; mas como ele pode estar do seu lado se ele quer ser Rei? O que Gunar teria a dizer a respeito disso, hein? Au! Ele não ficaria nem um pouquinho feliz.

Então parti para cima dele, muito charmoso e, de braços dados, o conduzi para longe daquilo. Eu o fiz falar, ver do que ele estava a fim, uau! Ele tinha algumas roupas extras enfiadas dentro daquele cavalo monstruoso que ele cavalgava, o que era uma pena. Não, na verdade, isso era bom – você pode imaginar o que ele estava fazendo comigo. Ruf, ruf, ruf. Pensei comigo mesmo: Oooh, *este* é um bom trabalho, eu poderia ver um monte de vantagens em ser o supervisor pessoal *dele*. Que pena que ele já estava seguindo seu caminho. Tão aberto e confiando tanto nos outros, isso fazia com que se quisesse tomar conta dele. Sério – era simplesmente encantador. Repleto de alegrias. Oooh, olhe para o clima, dizia ele, não está adorável hoje? Olhe para as rochas, que visão adorável! Bem, o tempo estava uma merda por causa da chuva e a vista não passava de uma grande porcaria. Ele era possivelmente um pouco instável, devo admitir. Louco de raiva, choramingando como uma criancinha e depois todo tomado pela alegria, tudo isso num intervalo de dez minutos. Um pouco matreiro. Mesmo assim sabia que podia confiar nele, o que já era engraçado o suficiente. A vida dele era mesmo um livro aberto.

Mas... Ele já estava seguindo seu próprio caminho. Sem dúvida alguma, já seguia seu caminho. Com toda a certeza, ele precisava ser desviado. Os bons morrem jovens. Só esperava ter tempo de tirar vantagem dele nesse ínterim – da maneira mais divertida possível, é claro!

## 22

# PLANOS

Sigurd estava certo de que descobrira um aliado-chave. Ele salvara a vida de Hogni e agora tudo que o homem-cachorro queria fazer era ajudá-lo. Mais importante, Hogni sabia de algo sobre a pele do dragão. De acordo com o homem-cachorro, ela havia sido apreendida pelos Niberlins, velhos aliados de Sigmund que compartilhavam suas visões de paz e governavam uma grande parte da região central do país. Aquela era uma notícia excelente. Hogni aparentemente tinha ligações comerciais com eles.

Sigurd queria correr o mais rápido que conseguisse no lombo de Chinelo, mas Hogni se recusou a montar no cavalo cibernético.

– Ele mais parece a Morte – disse ele. – Você sabe, em pessoa.

Assim, ambos foram a pé, deixando o cavalo pastando os animais massacrados atrás deles. Ele poderia alcançá-los depois. Aquela seria uma chance, disse Hogni, para eles conhecerem um ao outro e traçarem planos.

O homem-cachorro manteve os braços firmemente dados com Sigurd enquanto andavam, trocando histórias a respeito de cada um deles, compartilhando-as. Hogni veio de uma grande família proprietária de uma rede de restaurantes e lojas de comida mais ao norte. Ele tinha um pouco de sheepdog selvagem, como afirmou. Não queria juntar-se ao negócio de varejo. Estava sempre correndo atrás de suas próprias pequenas e estranhas aventuras, que nunca deram em nada. Havia ido até Heath para investigar histórias a respeito de pedaços dispersos de tesouros do espólio do dragão que supostamente estariam espalhados pela paisagem destruída, na esperança de por acaso catar um pouco de riqueza de graça.

– Sou um carniceiro – disse ele a Sigurd. – É melhor tomar cuidado.

Mas isso era mentira. Hogni era leal e carinhoso, gostava de Sigurd e sentia-se profundamente em dívida com o garoto. Mas Hogni veio de uma família com outros interesses. Ele próprio era um dos Niberlins.

Os Niberlins haviam sido governantes desde os primeiros dias de Sigmund. As coisas mudaram muito desde então, e os Niberlins, como todos os outros, tiveram de se armar e defender suas fronteiras. Como resultado, a maioria da riqueza que geraram foi para a defesa, mas eles fizeram todo o possível para manterem sua visão. O povo ainda tinha escolas e hospitais, estradas, uma economia estável, um sistema judiciário decente. Como Sigurd e Sigmund antes dele, eles sabiam que a única maneira de o país ter paz era através da união, e a única maneira de gerar união no clima de então era indo para a guerra. Os Volsons e os Niberlins eram aliados naturais, mas os Niberlins reconheciam a si mesmos como a melhor esperança remanescente para a nação.

Isso fazia sentido. O que era Sigurd, apesar de tudo? Um garoto do extremo oeste, uma incógnita, com nenhuma experiência de governo. As credenciais deles eram, de longe, muito melhores.

Hogni estava certo. Sigurd estava realmente seguindo seu próprio caminho – uma incógnita, um tiro no escuro, alguém ao redor do qual as pessoas gravitariam sem saber no que estavam se metendo. Se ele se juntasse ao grupo, tanto melhor. Mas qual seria a possibilidade de isso acontecer? E já era tarde, o dia já avançara em demasia. A guerra estava se aproximando, todos entendiam isso. Os Niberlins haviam aos poucos arquitetado seus planos, assim como os inimigos. Só um idiota iria de repente transferir todas as esperanças políticas da Inglaterra para as mãos daquele garoto desconhecido, seja lá quem o pai dele fosse.

Enquanto papeavam e brincavam, Hogni extraiu uma grande quantidade de informação. Logo soube que Sigurd planejava retornar para casa, no oeste, cultivar as sementes de um exército nacional ali e lutar pela unidade do país.

– Alf não possui um grande exército, pelo que ouvi – Hogni observou.

Sigurd riu.

– As coisas acontecem para mim. Olhe só! Acabei de conhecê-lo e você sabe onde está a pele. Entende?

Hogni entendia, mas conhecê-lo não era necessariamente o sinal de boa sorte que Sigurd pensava.

Apesar disso, Sigurd não contou tudo para seu novo amigo. Não contou sobre Bryony, por exemplo. Ele ficara sozinho com ela por tanto tempo que ainda não queria romper aquela sociedade de apenas dois membros. E também não mencionou que tinha o ouro. Sigurd deixou que Hogni acreditasse que o tesouro havia sumido com o resto do espólio de Fafnir.

Os dois andaram até saírem da área de devastação. Ambos estavam cansados, por isso armaram acampamento mais cedo, escondidos entre algumas rochas espalhadas pela explosão, cercadas por vidoeiros. Nenhum deles tinha nada para comer e Hogni saiu para procurar por alguma carniça. Quando voltou com um esquilo morto que golpeou com uma pedra no galho de uma árvore, Sigurd já havia caído no sono.

Hogni andou até o menino desacordado e olhou bem no rosto dele.

– Isso é mais do que bom – falou ele para si mesmo. Considerou matar o garoto ali, naquele mesmo instante. Ele vira o que Sigurd era capaz de fazer. Mas não tinha estômago para tal proeza. Precisava de mais do que sua própria autoridade para um feito dessa grandeza. Afastou-se um pouco, para ficar fora do campo de audição de Sigurd, e tirou um pequeno rádio bidirecional da bolsa.

Havia quatro Niberlins sobreviventes – Gunar, o mais velho; o próprio Hogni; Gudrun, a irmã deles, a caçula da família, com apenas dezoito anos, e a mãe deles, Grimhild. O velho rei morrera graças a uma tentativa de assassinato dez anos antes, da qual Grimhild fora a única sobrevivente. Ela havia sido uma mulher poderosa, Grimhild, uma bruxa e uma cientista – naqueles dias, ambas as práticas andavam lado a lado – e ainda conservava seus segredos. Hogni contara a verdade quando dissera que era um tiro no escuro – ele passara a maior parte do tempo longe de casa, deixando o governo da terra para Gunar. Gunar-Que-Seria-Rei, como Hogni o chamava quando queria implicar com o irmão, era um homem meticuloso em tudo que fazia, cuidadosamente arquitetando a legislação, preenchendo os buracos. Todos eles haviam sido treinados para trabalhar no governo desde que aprenderam a andar e entre si administravam as terras mais organizadas do país.

Hogni contou-lhes o que estava acontecendo e quem conhecera. A família devia algo a Sigurd então – a vida de um irmão. Eles relutavam para agir contra o garoto, mas os interesses eram muito grandes. A morte de Fafnir gerara toda uma nova série de guerras, o país estava um caos e os Niberlins encontravam-se no estágio final da arquitetura de seus planos. Havia outra família poderosa, os Portlands, no sul e no oeste, com a qual mantinham uma trégua instável, que não perduraria por muito tempo. A intenção dos Niberlins era atacar primeiro.

A lealdade pessoal era uma coisa – e os Niberlins, como muitos povos-cachorros, a tinham em grande estima –, mas aquilo era uma guerra. Havia milhões de vidas em jogo, o futuro. Às vezes, não havia lugar nem mesmo para a lealdade.

Hogni voltou um pouco depois para dormir. Deitou-se e soltou um suspiro. Pela manhã ele entraria em contato com Gunar mais uma vez e veria o que havia sido decidido. Ele dera o melhor de si pelo garoto, tentou pintar a melhor imagem dele para o irmão e a irmã. Mas o dia já estava muito avançado. Ele sabia quais seriam as instruções de Gunar.

Faltava pouco para o amanhecer quando Sigurd levantou. Permaneceu deitado por um momento, olhando para o céu, que começava a brilhar, antes de se lembrar de onde estava. Do lado de fora! E Bryony não estava com ele. Não houvera nem um minuto, desde que partira, que não pensasse nela, e Sigurd estava despertando depois de sonhar com a menina.

Algo leve e afiado arranhou levemente a orelha de Sigurd. Era Jenny Melro. Ele sentou-se e estendeu a mão para que ela pousasse. O passarinho o bicou e abaixou o pescoço na direção do dedo dele. Há quanto tempo ela estaria ali? Talvez estivesse pousada na mão de Bryony apenas algumas horas antes.

Com pesar, ele teve de dar ao passarinho a flecha que tirara de Crayley como um símbolo de espera. Amarrou um pedaço de grama ao redor da seta, esperando que Bryony entendesse aquilo como um sinal de esperança. Ele então acariciou o passarinho com a ponta do dedo. Aquela coisa tão frágil mantinha a ligação entre eles! Mas Jenny era especial, isso estava mais do que claro. Ela era informada por algum deus – Loki, provavelmente, aquele que enganara o destino. Se fosse assim, quem ele estaria enganando daquela vez? Sigurd e Bryony? Estaria ele prestes a deformar o amor que o garoto estava nutrindo? Ou era Odin o alvo daquela brincadeira? Caso fosse, pensou Sigurd, a humanidade poderia ganhar de novo.

Sem aviso, a melro voou para longe e Sigurd se ajeitou para dormir mais um pouco.

Menos de quinze minutos depois, Jenny estava acordando Bryony exatamente da mesma forma – ficando de pé nas têmporas da menina e gentilmente bicando uma das orelhas. Menos de meio quilômetro a separava de Sigurd.

Não havia noite nem dia no subsolo; não era o horário normal em que Bryony dormia, mas depois que Sigurd se fora, o coração da menina entrara em colapso. Ela estava de volta no mesmo lugar em que começara, encarando toda uma vida de solidão. Seu sofrimento já se tornara tão profundo que ela sentia que envenenava seu próprio bebê. Mas Jenny estava rápida e cheia de vida no travesseiro de Bryony – era difícil resistir a isso. Com um sorrisinho, Bryony estendeu um dos dedos e Jenny empoleirou-se nele, com os pés minúsculos fazendo cócegas em sua pele.

No bico, ela trazia uma flecha. Protelação.

O coração de Bryony desfaleceu, mas ao redor da flecha havia uma folha de grama fresca. Esperança, então. Seria esse o significado? Bryony procurou dentro de si mesma por alguma coisa, qualquer coisa – a menor fonte de prazer que fosse. Mas não havia nada lá. Ela afastou a melro para longe e deitou-se de novo na cama. Não havia nada pelo que se levantar. Não ainda.

# 23

# PATA DO MACACO

No dia seguinte, Sigurd e Hogni continuaram seu caminho em direção à capital de Niberlin. Ainda iam a pé. Sigurd enviou Chinelo para segui-los trotando de acordo com um conselho dado por Hogni, segundo o qual eles deveriam permanecer incógnitos. O cavalo cibernético se parecia com qualquer equino comum até que ganhasse velocidade. Havia sido difícil resistir ao desejo de voar como o vento até os Niberlins, mas Hogni pedira cautela e o próprio bom senso de Sigurd concordava com isso. Não lhe faria bem algum atacar e fazer exigências. Precisava firmar alianças, estabelecer acordos. Havia mais em jogo do que apenas a pele do dragão. Os Niberlins tinham um exército e todas as estruturas que compõem um Estado intactas, e Hogni tinha certeza de que Sigurd conseguiria uma audiência com Gunar e Gudrun, os governantes. O outro irmão não foi mencionado.

No fim do dia, Sigurd e Hogni chegaram a Milton. A rede de estradas circundava a velha cidade de escritórios, que havia se tornado um mercado central. Todas as estradas levavam até ali. Hogni ficou cada vez mais quieto à medida que se aproximavam. Sigurd suspeitou que algo preocupava seu novo amigo, mas não tinha como saber o que era. Hogni afirmou que estava cansado e não queria conversar. Talvez mais tarde, depois de alguns drinques.

Sigurd desejava um luxo – um banho numa banheira bem funda de água quente, uma cama grande e quente. Havia um hotel caro bem ali, no final da rua principal. Sigurd tinha a riqueza das nações, mas ela estava escondida em Chinelo; por isso, ele pegou dinheiro emprestado com Hogni. O próprio Hogni não se importava em ser mimado, ele afirmou. Tinha alguns negócios para resolver num bar não muito longe dali. Combinou com Sigurd de encontrá-lo lá para comer e tomar algumas bebidas dentro de três horas.

– Precisamos encher a cara juntos – disse-lhe ele. – Você não é amigo de alguém até que fiquem bêbados juntos.

Eles se separaram numa rua movimentada. O garoto colocou os braços ao redor dele e o beijou. O homem-cachorro sorriu, balançou a cabeça, virou-se e partiu.

Bom demais, crédulo demais, honesto demais. Ele não duraria muito tempo, de qualquer forma, pensou Hogni enquanto o observava abrir caminho pela multidão. Mas Hogni sentia que era contra si próprio que ele conspirava. Ninguém podia trair Sigurd sem trair a si mesmo antes.

O Pata de Macaco era uma das cadeias de bares e restaurantes de propriedade dos Portlands, a mais antiga família de meio homens do país, capazes de traçar sua linhagem até os laboratórios do Centro Portland, onde os experimentos originais foram realizados. Empreendedores, cruéis, inovadores e gananciosos, a linhagem sobrevivia desde então, primeiro como animais de estimação, depois como cidadãos e finalmente como os proprietários de grandes áreas imobiliárias, franquias de restaurantes, negócios de mídia, entretenimento e moda. Produziam um vasto amontoado de dinheiro através desses setores de interesse, mas tudo isso era considerado uma mera besteira quando comparado à sua preocupação principal: política.

A família vivera por vários anos em Ragnor, a cidade resplandecente para onde o governo e as grandes empresas fugiram quando as leis ditadas pelas gangues tornaram impossível que eles tocassem suas vidas cotidianas em qualquer outro lugar. O chefe da família, o velho Bill Portland, escapara dos exércitos conquistadores de Sigmund e levara consigo os arquivos genéticos completos da Novo Mundo, a companhia formada pelo que restara da posse mais preciosa do governo. Como resultado, os Portlands possuíam a patente dos códigos genéticos de metade das espécies do planeta.

A família tinha uma vantagem total por possuir os mais completos arquivos genéticos do mundo. Muitos dos milhares de organismos que se tornaram extintos nos últimos anos tiveram o genoma preservado, em código, nos arquivos da Novo Mundo, assim como uma lista em constante expansão daqueles que ainda existiam. Qualquer um que quisesse criar novas criaturas por qualquer razão – militar, industrial ou para venda – tinha de ir até os Portlands buscar os ingredientes básicos. Os arquivos da Novo Mundo compunham o maior livro de receitas do mundo.

Segundo a visão do velho Bill, se era necessário haver algo tão inconveniente quanto ele, então que ele próprio fosse o governante. Homens de negócios ficavam ricos, mas políticos tornavam-se milionários. Ele possuía muitas vantagens: suas próprias perspicácia e esperteza ancestrais, uma organização estável ao longo de diversos séculos e, acima de tudo, os arquivos da Novo Mundo. O passado é um lugar grande e Bill o tinha bem na ponta dos dedos. Podia escolher um genoma entre os de milhões de espécies, do mamute ao micróbio, enquanto ao mesmo tempo cruzava um arquivo igualmente vasto de materiais inorgânicos e sistemas para sintetizar o resultado final no que desejasse.

Nos cinco anos anteriores, ou mais, os Portlands haviam utilizado essa tecnologia para montar um exército. O dia chegaria. Eles já tinham efetivamente ocupado uma extensão de terra que ia de Gloucester até a metade do País de Gales e dali até o sul, chegando a Londres. Naquela época, Bill era grande o suficiente para convocar proteção ameaçando aqueles que lhe negavam apoio com taxas abusivas. Nesse meio-tempo, a família não negligenciou seus interesses comerciais, que se estenderam para muito além de seu próprio território. Alguns anos antes, os Portlands entraram em concorrências no intuito de tomar as terras dos Niberlins, comprando hospitais, escolas, o serviço social, os serviços públicos e todo o resto, e, no intervalo de alguns anos, eram proprietários de praticamente tudo que era alimentado pelos impostos dos cidadãos. Bill estava confiante de sua vitória, mas o pai de Hogni havia simplesmente esperado até que ele gastasse uma grande parte de sua fortuna, nacionalizando tudo da noite para o dia, e então vendeu os direitos sobre todos esses serviços para quem ofereceu a maior quantia em uma nova concorrência realizada na manhã seguinte, enquanto os Portlands ficavam praticamente sem nenhum tostão. O grupo protestou com violência, mas não havia nada que pudesse fazer. Isso os deixou fora de cena por anos. Bill estava furioso. O ocorrido fortificou sua convicção de que o governo era poderoso demais para qualquer um que não fosse ele.

Com o ocorrido, as relações entre os Portlands e os Niberlins eram tensas, mas ainda não haviam sido completamente cortadas. Hogni gostava de beber nos bares dos Portlands, conversar com os clientes e às vezes levar algum dos membros mais jovens da família para passar a noite em sua casa. Um dia, como ele e todos os outros sabiam, ele se tornaria o inimigo de seus amigos de copo e dos amantes de uma única noite; entretanto, nesse meio-tempo, servia aos interesses de todos ter algum tipo de contato e Hogni podia ir e vir ileso.

Era uma noite de terça-feira e o Pata de Macaco não estava movimentado quando Hogni chegou para ajeitar as coisas. Os gerentes, Eve e Elijah Portland, o reconheceram tanto quanto inimigo da família e amigo íntimo. Haviam passado bons momentos com Hogni. Convidaram-no para um drinque, que ele ficou feliz em aceitar.

– Au, au, vamos entornar! Hummmm! Que delícia. E então, docinhos, o que há no menu? Trouxe um amigo esta noite.

Elijah e Eve trocaram um olhar. Hogni quase sempre trazia um amigo. Se não trouxesse normalmente arranjaria algum ao longo da noite.

– Oh, sério? E ele é um bom garoto? – perguntou Elijah.

– Na verdade, depende do seu ponto de vista – disse Hogni.

– Até parece! Hahaha! Ele não será mais um bom menino quando você terminar com ele – gargalhou Eve.

– Algo s-s-sexy? Ostras? Ele gosta de frutos do mar? – quis saber Elijah.

– Ah, não, ele não é esse tipo de amigo. Você não captou a minha mensagem? Esse é para tratar de negócios.

Hogni lançou-lhes um olhar significativo, mas não estava surpreso por não saberem quais eram suas intenções. Gunar e Gudrun certamente entrariam em contato com a cúpula da família para conversar sobre o assunto e esse não era o tipo de coisa que o velho Bill gostaria de confiar a reles gerentes de bar. Eve apontou com um movimento de cabeça, para trás de Hogni. Ele se virou e viu um

Portland mais velho sentado a uma mesa, cercado por um grupo de homens-macacos imensos; Portlands mais uma vez, mas criados em nome do tamanho, da força e da obediência, e não graças a algo que poderia ser chamado de cérebro. Eles eram gorilas em todas as acepções da palavra.

Hogni suspirou. Odiava lidar com os mais velhos. Secou o copo num único gole, pediu outra bebida e foi até lá para saber o que eles queriam. Abominável! Ele se odiava por isso. Entretanto, o que mais ele poderia fazer?

Os gorilas se moveram pela sala para pegá-lo, e Hogni se espremeu no lado oposto do macaco engravatado, que lhe deu um aperto de mão entediado, anunciando que Hogni poderia chamá-lo simplesmente de Portland – Seria ele o Bill em pessoa? pensou Hogni – e perguntando como era o Volson.

– É um cara grande. Muito forte. Muito ambicioso – enfatizou Hogni. – Ele deu conta de uns vinte daqueles porcos-cachorros... Já ouviu falar deles?

Portland olhou de relance para um dos capangas, que parecia seriamente impressionado, balançando a cabeça e silvando baixinho.

– É mesmo, é? – disse Portland. – Tsc, tsc, tsc. E o que ele está fazendo vivo?

– Ah, é sério. Não consegui lidar com ele sozinho. Por que acha que entrei em contato com você? Só um exército é capaz de derrotar aquele garoto. De qualquer forma, ele salvou minha vida. Devo um favor a ele.

– É? Você lhe deve um favor? É isso? Você o trouxe até aqui como um favor?

Hogni deu de ombros:

– Política. – Ele virou a bebida. – Família – enfatizou.

– Ele não quer sujar as mãozinhas – comentou um dos gorilas.

Hogni o ignorou.

– Ninguém quer outro Volson atrapalhando nossas vidas – resumiu ele. – Também o queremos fora do caminho. Meu povo está a quilômetros de distância; este é o seu território. E aí? Acha que consegue lidar com isso?

Bill ignorou a pergunta e os gorilas começaram a arquejar e tamborilar os nós dos dedos debaixo da mesa. Não se perguntam coisas como essa a um Portland mais velho. Hogni começou a se sentir desconfortável. Quase desejou que Sigurd estivesse ali com ele; não se sentia seguro sozinho. Depressa, começou a fazer um inventário de Sigurd. A pele dele tinha algo especial; seria necessária uma quantidade terrível de poder de fogo para atravessá-la.

– Realmente forte – continuou Hogni. As palavras não faziam justiça ao que o vira fazer com aqueles porcos-cachorros. Tinha quase certeza de que isso não era algo que pudesse explicar para os Portlands ou qualquer outra pessoa que não havia visto o ocorrido, mas precisava tentar.

– Armas?

Hogni lambeu os lábios:

– Ele tem uma espada quebrada.

Portland olhou para ele, incrédulo:

– Só isso?

– Ele pode ter mais escondido no cavalo – acrescentou Hogni. Ele lhes contou um pouco sobre Chinelo. Portland assentiu.

– Ic, ic, ic. Nós sabemos qual é o modelo. Podemos lidar com o cavalo. Tudo bem, filho. Quando você topou com ele?

– Há uma hora – Hogni estava se sentindo enjoado. – De qualquer forma, dê uma olhada nele. O garoto é um guerreiro.

– Êêêê. Rá! Ele pode ser tão guerreiro quanto quiser depois de tomar algumas doses das bebidas que temos aqui – disse Elijah, que se aproximara para servir drinques. Os macacos começaram a assoviar, xingando e gargalhando.

O garoto Volson era um mau negócio. Uma grande quantidade de governantes não se importaria em conter o simples pensamento de assassinar o menino ou até mesmo encorajaria que o tratassem como uma celebridade ou propagaria um culto ao herói que era aquele jovem. As pessoas podem sonhar, não podem? Mas um herói vivo não é nem de perto tão previsível quanto a versão morta e, agora que ele havia aparecido, um monte de gente em posições de poder estava muito ansiosa para lhe mandar de volta para onde veio: debaixo da terra.

É muito bom para ser verdade, pensou Hogni. E, então, ele teve de agir para transformar aquilo em realidade o mais rapidamente possível.

Quando Sigurd chegou, o bar estava um pouco mais cheio. Mais de três quartos dos clientes eram Portlands.

– Há um monte de macacos aqui – comentou Sigurd com Hogni quando se juntou a ele numa das mesas. Hogni sorriu e assentiu com um movimento de cabeça. Sigurd se inclinou na direção dele.

– Vai ficar tudo bem, não se preocupe – disse ele, com suavidade.

– O quê? – começou Hogni. – Não há nada que possa dar errado, há? – hesitou ele. Quanto Sigurd poderia saber?

Sigurd sorriu para ele.

– Nada que eu saiba. Você não parece feliz, só isso. – Ele bateu na mesa com as mãos e riu. Sabia que alguma coisa estava acontecendo, mas não sabia exatamente o que era. Hogni era seu amigo. Ele o amava; então, nada de ruim aconteceria. – Agora podemos ficar bêbados.

Ele sentou-se ao lado de Hogni, pediu cerveja e bebidas sem álcool e eles começaram a beber.

Aqueles foram momentos diabólicos. Sigurd partiu o coração de Hogni naquela noite. Ele só falava sobre amizade, esperança e o poder da bondade tornando o mundo um lugar melhor para todos viverem. Hogni era de uma antiga família de governantes e muito de seu otimismo intrínseco evaporara, mas Sigurd elevou seu espírito, fez com que ele acreditasse novamente que tudo era possível. Hogni estava prestes a destruir as esperanças do garoto.

Sigurd não era um grande beberrão e Hogni estava fazendo o seu melhor, de tempos em tempos, para incentivá-lo a ingerir cerveja e outra bebida – pequenos copos de um líquido verde-claro. Ali, Hogni refletiu, talvez houvesse droga suficiente para matar um menino de overdose.

A visão de Sigurd rapidamente tornou-se borrada e ele começou a tombar pesadamente sobre a mesa. Já estava lento o suficiente para ser assassinado, pensou Hogni. Podia ver os Portlands observando com atenção. Hogni pediu outra rodada. Sigurd balançou a cabeça. Hogni quase teve que derramar a bebida pela garganta do garoto.

De braços cruzados, Sigurd desmoronou. Hogni chamou por ele. Sigurd ergueu a cabeça, preguiçoso, e lançou um sorriso ofuscante para o amigo, e logo em seguida baixou a cabeça. A respiração começou a agitar-se em sua garganta.

Um grupo de gorilas dos Portland brotou detrás do bar, aninhando armas automáticas nos braços.

Hogni ergueu as mãos e balançou a cabeça de Sigurd.

– Vou ao banheiro – informou. Sigurd não se moveu.

Hogni deu alguns passos na direção do toalete e então começou a correr. Eles iriam metralhar Sigurd bem ali, no meio do bar – um espetáculo público. Ele podia ver Eve e Elijah cerrando os dentes e xingando enquanto saíam do caminho. Hogni irrompeu pelo bar, chegando à rua. Queria estar bem longe dali, quando o tiroteio começasse. Não desejava passar pelos Portlands ao mesmo tempo em que tentava sair dali só pela maldita diversão da coisa.

Ele não se afastara nem vinte metros quando o tiroteio começou, uma pancada curta e depois o trovão violento dos tiros. Eles estavam tomando todos os cuidados possíveis para assegurar que não sobraria nada do garoto. Hogni sentiu que estava à beira das lágrimas. Virou-se para ver se havia sido seguido. Sentia que isso era algo inevitável; ele merecia isso. Mas não havia ninguém seguindo seu rastro

Os tiros foram ouvidos novamente. Quase contra a própria vontade, Hogni arrastou-se na direção do prédio. Enquanto ele se aproximava, o barulho atingiu um crescendo terrível e então os gritos começaram. Dois dos Portlands subitamente atiraram contra a porta e a derrubaram enquanto avançavam rumo à rua.

Hogni foi até uma das janelas e olhou para dentro.

Sigurd estava deitado de costas no chão, em meio a uma chuva de tiros. Ao redor dele, os tacos do piso se dissolviam em serragem e Hogni podia ver a pele formando covinhas onde as balas o haviam atingido. Covinhas? pensou Hogni. *Covinhas?* Entretanto, era verdade. As balas pulavam de dentro do garoto. As mãos de Sigurd estavam sobre o rosto, para manter os projéteis longe de olhos. Sempre que havia uma pausa, ele tentava se levantar, mas então eles começavam mais uma vez e ele tinha de se abaixar. Estava completamente cercado por Portlands que berravam ordens. Hogni tinha a impressão de que naquele momento eles atiravam apenas para mantê-lo abaixado. Que diabos eles fariam quando a munição acabasse e o garoto ficasse de pé?

Hogni estava tomado pelo medo e pela excitação. Eles caíram numa armadilha. Sigurd estava de costas, na mira deles, dependendo da misericórdia dos Portlands – e, mesmo assim, eles haviam caído numa armadilha.

Os Portlands estavam começando a ficar sem munição. A cada poucos segundos, alguém arremessava a arma para baixo no intuito de ativá-la, o que deixava os homens-macacos remanescentes ainda mais irritados. Alguns poucos líderes corriam pelas extremidades da sala, dando ordens para que conseguissem mais munição, mais homens, mais tudo.

Hogni grudou-se à janela, ainda tomado pela excitação. Aquilo era impossível! Sigurd não era como nada que se pudesse imaginar.

Atrás do bar, a porta do escritório se abriu com estrondo e Elijah e Eve entraram no salão rebocando um grande canhão. Mais alguém vinha atrás deles com um lança-chamas. Elijah apoiou-se num dos joelhos e mirou.

– Não! – berrou Hogni, pois aquilo seria certamente o fim.

Elijah atirou. Sigurd explodiu. De imediato, outros macacos correram para dentro e começaram a queimar os restos que repousavam espalhados entre as mesas em chamas, as cadeiras e os tacos do chão.

Em meio a todo aquele inferno, uma forma podia ser vista. Dois braços, duas pernas, vacilando, embriagada, pelo salão. Então um grito foi ouvido vindo das chamas. Uma cadeira foi arremessada do fogo, atingindo uma velocidade incrível. Ela atingiu o operador do lança-chamas no peito e o esmagou contra a parede, matando-o instantaneamente.

Houve outro grito. Sigurd estava furioso.

A figura em chamas saltou do meio da fogueira, aterrissando bem em cima de Elijah. Houve um estalo audível quando Sigurd quebrou o pescoço dele com um simples retorcer de pulso. As chamas ardiam naquele momento, e Sigurd estava da mesma forma de quando Hogni o havia visto pela primeira vez, completamente nu; só que, agora, o corpo dele brilhava devido ao calor. Hogni nunca vira nada tão belo.

– Isso continua acontecendo – berrou Sigurd, enfurecido.

Ele rumou para onde Eve estava e a golpeou de uma distância de cinco metros sobre o bar, onde ela caiu. Sigurd então apanhou uma arma do chão e começou a disparar da altura de sua cintura. Naquele momento, os Portlands já estavam batendo em retirada.

– Corram, merdamerdamerdamerdamerda, corram, corram! – gritavam eles enquanto saíam aos borbotões pelas janelas e portas. Hogni podia até mesmo ver alguns deles irrompendo pelo telhado e pelas janelas do andar superior, em pânico total.

– Isso! Isso! – gritou Hogni. Sigurd fizera de novo! Impossível, maravilhoso, lindo! Ele berrava e bradava de alegria enquanto a figura enfurecida arrastava-se pelo bar numa carnificina assassina. Então, de repente, Sigurd parou, virou a cabeça e olhou pela janela direto para Hogni. O homem-cachorro congelou. Excitado, Hogni se esquecera de que havia sido ele quem dera início a tudo aquilo. Ele empalideceu, oscilando para trás. Mas Sigurd se aproximava. Ele pulou sobre a mobília espalhada e em chamas e, naquele exato momento, atravessou a janela para pegar Hogni.

Hogni tentou correr. Ele poderia nunca conseguir fugir e, mesmo se pudesse fazê-lo, merecia o que quer que lhe acontecesse. Sigurd estava enraivecido. E, ao mesmo tempo em que Hogni nunca havia visto tal beleza, também nunca vira tanta ira numa única pessoa. Sabia que aquilo não poderia ser detido por nada neste mundo.

Sigurd pulou a janela numa chuva de vidro estilhaçado e elevou-se acima do homem-cachorro. De forma involuntária, Hogni caiu de joelhos.

– Eu traí você – implorou ele, e então irrompeu em lágrimas.

Sigurd sorriu, esticou uma das mãos e o ergueu sem esforço, colocando-o de pé.

– Você é meu amigo. Sempre o perdoarei. Por que você não consegue entender isso?

Hogni olhou para ele, impressionado.

– Eu amo você – disse Sigurd. – E não há nada na face da Terra que você possa fazer para mudar isso. – Ele se inclinou para beijar o homem-cachorro, que gritou, subitamente sentindo dor graças ao calor do jovem em chamas.

# 24

# HOGNI

Uma multidão começava a se reunir. Alguém tomou coragem para perguntar:

– Você é o garoto Volson?

Sigurd balançou a cabeça, concordando:

– Sou Sigurd.

– E eu sou Hogni Niberlin. – Hogni finalmente revelou seu sobrenome. Sigurd riu, mas não pareceu surpreso.

– Você sabia?

– Sabia que você era alguém importante. Por que outro motivo teríamos nos conhecido?

Enquanto eles estavam de pé no meio da rua, ouviram o som de cascos ecoando pela estrada: Chinelo estava a caminho. Os Portlands não estavam em nenhum lugar onde pudessem ser vistos, mas a multidão se tornava cada vez maior a cada segundo e Sigurd estava preocupado com o fato de eles poderem atacar novamente enquanto ele estivesse cercado por toda aquela gente. Quando o cavalo se aproximou, tomou um impulso, subiu no lombo do animal, ergueu um dos braços e puxou Hogni para que se acomodasse atrás dele. Sigurd ainda estava quente o suficiente para que Hogni gritasse ao menor toque.

– Agora vocês já me viram – disse Sigurd para a multidão. – Eu matei Fafnir. Peguei a pele dele, o ouro e a força. Estamos aqui para unir novamente esta nação, como nos tempos do meu pai. Lembrem-se de mim. – Ele pressionou levemente os calcanhares nos flancos do cavalo e eles galoparam para a cidade.

Enquanto seguiam, Sigurd esfriou o suficiente para que Hogni colocasse os braços ao seu redor e segurasse firme. O garoto tinha uma pele extremamente macia, já foi tantas vezes queimada que se tornara pura. Debaixo dela, os músculos rígidos se moviam como líquido. Hogni sentiu-se confortável e seguro, como um gato dentro de casa, deitado ao lado de um fogão quente. O que aconteceria em seguida? Essa informação estava além de seu alcance, tão distante que ele já não se importava mais.

Sigurd recuou e olhou para Hogni por trás do próprio ombro.

– Uma folha ficou presa entre as minhas roupas e o sangue de Fafnir não me banhou ali. Este é o único lugar por onde podem me ferir.

Ele abriu um sorriso irônico e então olhou para frente, procurando por um local onde pudessem passar a noite. Atrás dele, Hogni pôs suavemente as mãos onde estavam antes. Sentiu Sigurd recuar. Sim, isso foi fofo. Sim. Sigurd poderia ser morto por aquele lugar.

Hogni baixou uma das mãos e tateou o próprio tronco, onde carregava uma faca. Dentro da jaqueta havia uma pequena pistola, mas ele não poderia usá-la, Sigurd sentiria quando ele a retirasse. Mas a faca...? Caso quisesse, poderia capturar o rapaz, possuí-lo, matá-lo. Talvez ninguém mais em todo o mundo tivesse aquela informação. Mas Hogni não pegou a faca. Colocou novamente os braços na cintura de Sigurd, apoiou a cabeça contra as costas quentes do garoto e deixou que as lágrimas brotassem mais uma vez. Não havia incerteza. Quem poderia duvidar de tal amor? Hogni estava convencido até sua última fibra. Ele inclinou ternamente a cabeça contra as costas de Sigurd e chorou.

Houve um momento antes, quando eu estava ajoelhado diante de Sigurd, em que estive disposto a derramar toda a vida que há dentro de mim – abrir um talho em minha garganta e morrer aos pés dele pelo que eu fizera. Mas ele não quis isso. O que seria aquilo? Ele não queria minha vida e nem mesmo desculpas. Ele só queria a *mim*.

Garoto impossível, lindo, perfeito.

É, eu estava apaixonado. De novo. E já! Au. Depois de dois dias. O que isso diz de mim? Quero dizer, isso acontece o tempo todo; mas daquela vez foi diferente. Tipo – eu estava apaixonado *de verdade*. Depois de tudo que eu fiz. Depois de tudo que *ele* fez. Mas isso era injusto. Era injusto comigo. Eu soube logo de cara, apesar de ser ele quem estava fazendo todos os sacrifícios, porque tinha amor suficiente dentro dele para amar o mundo inteiro enquanto eu mal tinha o bastante para um único garoto. Eu era dele, de corpo e alma. Ele me amava mais do que qualquer outra pessoa já tinha ou poderia ter me amado, mas, ao mesmo tempo, sentia que ele amava o chão sob os pés dele tanto quanto me amava. Engraçado, mas eu não parecia me importar com isso. Era só injusto, mas isso era tudo.

E quer saber de uma coisa? Ficar sacolejando para cima e para baixo naquele cavalo... auuuuuuuuuu! Bem, o que eu poderia dizer? Ele era como um deus, mas, arf, arf! Também era feito de carne. Tentei ignorar isso, mas... bem, eu já estava praticamente deitado em cima dele enquanto aquele cavalo trotava.

Au, au!

Ele me fez apear numa cidadezinha próxima para lhe conseguir ainda mais roupas, e então seguimos em frente para encontrar um lugar para ficar. Decidimos dormir ao ar livre naquela noite. E você sabe o que estava passando pela minha cabeça. Sim, sim. Eu precisava perguntar. Eu nunca me perdoaria. Você pode imaginar, anos depois, sobre um copo de cerveja ou vinho, e eu lhe perguntasse se ele teria topado e vai que ele tivesse dito sim e eu nunca houvesse perguntado? Então eu tinha mesmo que fazer aquilo. Quero dizer, eu estava tão nervoso, mal sabia o que dizer. Mas eu estava determinado a mandar ver.

Encontramos um lugar adorável. Bem, era meio úmido, na verdade. Esperava que tivéssemos encontrado algo melhor, mas insisti naquele porque era muito romântico. Era uma igreja semidestruída. Alguém a havia adaptado para Thor e Freya, acho eu, ou algum deus desse tipo. Toda a vegetação ao redor crescera em excesso. *Tão* fértil. Flores selvagens por todos os lados. Trepadeiras subiam por tudo quanto é canto. Comemos alguma coisa, nos arrumamos – e fiz o meu movimento. Fui até ele e perguntei se poderia me aconchegar a ele. Ele se virou – a lua estava pela metade, o suficiente para ver o rosto dele, brilhando porque havia queimado – queimado por mim, pensei. Engraçado, não me sentia culpado. Ele tinha me perdoado, entende? Não havia nada para fazer com que eu sentisse culpa.

– Não estou com frio, se é isso que você está pensando – informei.

– Você pode se aconchegar, Hogni – disse ele. Isso! Ah, sim! Então deitei ao lado dele, envolvi-o com os braços e acariciei todo o seu corpo. Ele suspirou e continuou deitado, imóvel. Então cheguei perto de você sabe muito bem onde. Ele se virou e olhou para mim.

– Há mais alguém, Hogni.

– Tenho certeza de que você irá derrotá-los.

– Alguém que eu amo.

Fiquei surpreso. Mas isso não era necessariamente um não, certo?

– Mas você pode ser meu se quiser, nem que seja por uma noite.

Sigurd sorriu.

– Sim, eu posso ser seu só por uma noite.

E então nos beijamos. E, então... fizemos amor.

E de manhã... de manhã eu estava com o coração partido. Você se apaixona por uma pessoa, você a deseja mais do que ela o deseja e, é óbvio, tudo termina em lágrimas. Naqueles dois dias, ele aceitou tudo que eu lhe dei – forçou-me a fazer isso, literalmente. Eu me sentia exaurido – e nesse caso não apenas no sentido literal da palavra. Agora começa a dor, pensei. Nunca mais dormimos juntos novamente. Depois disso, tornei-me mais um seguidor do que um amante. Mas Sigurd e eu nos amamos um ao outro até o fim, de uma forma ou de outra. Engraçado! É, isso foi triste, mas, por outro lado, veja bem, a coisa tinha apenas começado.

# 25
# SIGURD

Por que eu fiz *aquilo*? Aconteceu de uma maneira tão espontânea, mas na verdade foi tudo planejado. Por quem? Não olhe para mim. E Bryony no subsolo, esperando por mim... Fui infiel a ela sem nem ao menos pensar duas vezes.

Mas eu não me senti errado. Ele queria tanto isso – ele *me* queria. Eu não tinha direito de lhe dizer não. Tirei tudo que ele possuía e tinha de lhe devolver tudo isso, pelo menos naquela única noite. Pela manhã, quando deixei claro que aquilo não aconteceria de novo, ele pareceu ter ficado com o coração partido. Mas ainda estava contente por pelo menos termos feito aquilo.

– Tivemos esse tempo juntos, pelo menos – disse ele. Isso me fez corar. Era como se eu lhe tivesse feito um favor!

Deveria parecer um deus aos olhos de Hogni. Não gosto de deuses. Quem são eles? Você acha que eles têm amigos? Com quem eles conversam quando as coisas os deixam chateados? O céu deve ser muito solitário. E então há o poder – o poder do dragão. O poder é o verdadeiro dragão. Ele devora a sua alma e transforma seu coração em pedra. Primeiro, ele transforma seus amigos em admiradores, depois em seguidores e servos e, finalmente, em escravos. Hogni agora é meu. Ele está atado a mim tanto por laços de amor como por gratidão. Andei rumo à armadilha armada por ele de forma que tudo que pude fazer foi lutar como um demônio, perdoá-lo como um pai e amá-lo como uma garota. Como, depois de tudo isso, ele pode resistir a mim? Ainda assim, juro que não planejei nada disso. Simplesmente sou assim. Meus ossos entendem. Juro a você, em toda essa situação, eu não tinha mais escolhas do que Hogni.

Ele é um Niberlin. Você consegue perceber? Destino, destino. Eles são a semente da nova nação. Eles possuem organização, uma burocracia, governo. O equipamento – os tanques e as armas, a indústria, todas essas coisas se podem construir ou comprar, mas a organização, as habilidades e a experiência – isso não está à venda, e se você consegui-las à força, acabará destruindo tudo. Eles têm que me dar isso tudo. Eles terão de vir atrás de mim.

A família Niberlin era como uma arca do tesouro e Hogni era a minha chave. Por que fui topar com ele logo quando sua vida estava em risco? Quando conquistei Hogni, me pus a caminho de conquistar os Niberlins, e, quando eu tiver a família, poderei começar a lutar. Isso me assusta às vezes. Não pode ser uma coisa boa, pode? Ter todos os caminhos, todas as ações, até mesmo os movimentos dos corações humanos calculados para me erguer e me impelir a seguir em frente? Mas também há algo de bom nisso, porque, ao meu redor, as melhores pessoas brotavam. Hogni daria a própria vida por mim, apesar de eu ter lhe falado a verdade quando disse que daria minha vida por ele no mesmo segundo em que tal ação fosse necessária – bem, eu não sou alguém fácil de ser morto, ao contrário dele. A prova do quão imenso é o coração de Hogni é o fato de que, por mim, ele daria *tudo* que possui. Eu posso dar mais, entretanto, tenho tanto a mais para dar. É por isso que até mesmo o mais vil dos meus seguidores sempre será melhor do que eu jamais poderei ser.

Mas também fiquei pensando se talvez dormi com ele para me tornar humano de novo, aos olhos dele pelo menos. Sexo é tão humano, não é? Naquela noite, queria que Hogni me mostrasse que eu era comum também. Ele me mostrou isso e serei eternamente grato a ele. Ele me viu lutar contra cem inimigos e vencer; mas, nos braços dele, eu era apenas um garoto fazendo algo que nunca fizera antes.

# 26
# FAMA

O sol iluminou as brumas espalhando um brilho perolado entre campos e florestas, enquanto Sigurd e Hogni cavalgavam para longe da igrejinha onde passaram a noite, rumo a uma manhã tomada pelas essências de água e folhas úmidas. Hogni sentou atrás de Sigurd com os braços envolvendo sua cintura. Inclinou levemente a cabeça nas costas dele, tomando cuidado para evitar a ferida gotejante entre as espáduas. Sigurd virou-se e o beijou. E então eles se lançaram em seu caminho. Chinelo posicionava os cascos protéticos silenciosamente nas pedras entre as poças que pontuavam a trilha. Seguiam rumo ao nordeste, pelas terras dos Niberlins. Logo Hogni teria de passar um rádio para informar sua família a respeito do que estava acontecendo – mas ainda não chegara o momento. Aquela linda manhã seria a última ocasião em que teria Sigurd para si. Em poucas horas, a política começaria novamente.

Em uma manhã como aquela, era possível sentir que o mundo ao redor permanecia o mesmo, mas é claro que isso não é verdade. Além das brumas, a morte afiava suas ferramentas. Os Portlands deram o melhor de si para conter as consequências da emboscada malsucedida no Pata do Macaco. Impuseram um toque de recolher e silenciaram os sinais de rádio de Milton, instalaram bloqueios nas estradas, tentaram restringir a movimentação das pessoas pela cidade, mas a notícia já havia se espalhado. Mensageiros e rumores, canais de televisão e linhas telefônicas piratas, até mesmo pombos-correio, espalharam a notícia. Mas sempre se dá um jeito. Os próprios governos são os piores fofoqueiros de todos. Deus e o mundo já sabiam que os Niberlins traíram Sigurd, que os Portlands o emboscaram com narcóticos e artilharia leve, e que Sigurd resgatara Hogni e desaparecera. O assassino do dragão, o filho do grande rei, o garoto de ouro que retornara dos mortos, mais forte e belo do que nunca, vestindo a pele do dragão como se fosse sua própria, em chamas e com força suficiente para combater uma divisão armada sem nem um único ferimento para contar a história. Podia-se atirar nele, podia-se queimá-lo, mas era impossível matá-lo. E ele sabia como amar. Os Volsons estavam de volta.

O ar começou a esquentar ao redor dos dois viajantes, o orvalho secou, as brumas se ergueram, o dia se desdobrava diante deles. Hogni pensava no que aconteceria em seguida, mas Sigurd estava distraído. Bryony preenchia sua mente. Ele olhava para os campos ao redor, as árvores transformadas em sombras pela neblina, o acúmulo de luz e calor, o canto dos pássaros, todas as visões, os sons e cheiros da manhã que avançava, pensando no quanto tudo isso pareceria alegre quando ele os apresentasse a ela. O mundo! Eles ficariam bêbados de tudo isso. Ela era uma viajante de outro mundo, ele veria tudo de uma maneira nova através dos olhos dela. Seria uma reencenação do primeiro dia da criação.

E Hogni – o príncipe-soldado com várias centenas de mortes nas costas e uma reputação de brutalidade – sentado atrás dele, imaginando que diabos aconteceria em seguida. Como sua família reagiria a tudo aquilo? Sigurd era irresistível.

Mas ele precisa de nós, pensou Hogni. Ele precisa da gente mais do que precisamos dele. Sigurd precisava do exército dos Niberlins, da burocracia, do governo.

– Sim – disse Sigurd, virando-se brevemente para encará-lo. – Eu preciso de você.

Hogni sentiu um calafrio de medo e assombro atravessar sua espinha. Sigurd assentiu e virou-se para o outro lado. Será que ele sabia de tudo? Hogni pensou. Corou ao ter essa ideia – a grande maioria de seus pensamentos não era destinada ao consumo público. Apertou mais os braços ao redor do menino diante dele, mas a manhã agradável estava acabada. Hogni sentiu-se mais alerta do que terno. Sigurd morrera para voltar à vida nos braços de Odin, o que tudo sabe. As pessoas se viravam do avesso quando estavam diante dele. Sigurd estava aprendendo a ver sem ter olhos.

Ele é um deus, pensou Hogni. Ou está se tornando um. Mesmo assim, manteve-se calado.

Aproximadamente uma hora depois, chegaram à entrada da cidadezinha seguinte. Hogni queria contorná-la.

– Por quê? É mais rápido atravessá-la.

– Haverá pessoas – começou Hogni, mas depois balançou a cabeça. Será que Sigurd não tinha mesmo consciência de que a notícia tinha se espalhado? O homem-cachorro deu de ombros, desistindo. – Multidões serão o próximo passo. Está vendo? Eu também posso prever o futuro.

Sigurd franziu a testa, com um meio sorriso no rosto, sem ter certeza do que o amigo queria dizer com aquelas palavras.

– Vá em frente, então – disse Hogni. – Talvez possamos parar para beber alguma coisa.

– Boa ideia – concordou Sigurd. Hogni riu. O assassino de dragão faria uma parada para tomar uma xícara de chá.

E assim começou a parte pública da história de Sigurd, bem ali, no exato momento em que eles atravessaram as brumas, enquanto passavam em frente às primeiras casas. Todos sabiam quem chegava – como seria possível ser outra pessoa? E os moradores das redondezas correram para saudá-los trazendo câmeras e assim temos as primeiras imagens de Sigurd após a ressurreição. Aquelas primeiras fotos, aquelas primeiras cenas em vídeo – lembra? Era como Jesus andando pelas ruas. Todos, até mesmo a menor criança, que não sabiam de nada a respeito daquilo ou o que aquilo significava, reconheceram, de alguma forma, o início de um novo mundo naquelas primeiras imagens, cuja qualidade ainda era bem ruim. Onde você estava quando as viu pela primeira vez? Todos nós lembramos. O grande cavalo esquelético, com feixes de veias e músculos pulsantes crescendo sobre os sistemas carbônicos e os ossos compostos por ligas de metal. Em suas costas, agarrando-se como uma criança, Hogni, o perdoado, parecendo tão pequeno, o rosto branco indecifrável enquanto encarava as lentes, convidando você a interpretar como foi estar ali tão próximo, atrás do grande homem. E o próprio Sigurd, vermelho como fogo, tão bonito quanto uma garota, tão forte quanto uma máquina, com um sorriso carinhoso e discreto, como se não fizesse a menor ideia de quão imenso ele era. Olhamos para o rosto dele hoje em dia e imaginamos o quanto ele sabia a respeito do porvir. Seu sorriso é no mínimo enigmático. Pode ter sido apenas a má qualidade da filmagem, ou simplesmente havia muito ali para que pudéssemos entender. Talvez ele já soubesse qual seria o destino de cada um de nós.

Do lado de fora do bar Mesas e Cadeiras, Sigurd e Hogni apearam para que Chinelo pudesse comer, mas tiveram de montar novamente porque a multidão aumentara demais. As pessoas traziam comida para sua jornada – sanduíches, tortas, frutas, doces, passados de mão em mão até chegar a eles. Não houve confusão, nem brigas entre fãs, nem ao menos multidões discutindo para ver quem teria a honra de ficar ao lado deles, ou tocar seus pés ou os flancos do cavalo. Ninguém rasgou as roupas dos dois. As pessoas eram bem-intencionadas. Estavam assistindo ao futuro sorrir para elas.

Ao longo dos dias, a notícia se espalhou, os números cresceram de dezenas para centenas, de centenas para milhares. Tão depressa! Do amanhecer até o dia seguinte, quase um milhão de pessoas se enfileiraram à beira das estradas que os separavam da capital dos Niberlins e os números não paravam de crescer. As pessoas andaram durante toda a noite e então começaram a andar também durante o dia. No início, simplesmente queriam assistir à chegada do rei; mas, quando multidões estão envolvidas, as coisas mudam. As amarras do poder se afrouxam, a cola entre os líderes e os liderados começa a se dissolver. Até mesmo o mais brutal ditador não seria capaz de combater essa massa. A multidão entendeu isso e os líderes, obviamente, também tinham conhecimento. Naquele momento, eles já haviam sido derrotados. De qualquer modo, é claro que continuavam a redigir seus planos de batalha.

Uma vez que as pessoas perceberam o que estava acontecendo, começaram a chegar em número ainda maior do que antes. A cada quilômetro, a cada centena de metros, a multidão crescia e o progresso de Hogni e Sigurd tornava-se cada vez mais lento. Sigurd ficou de pé no cavalo e começou a acenar. Como as pessoas urravam para ele!

Hogni abanava a cauda e a multidão berrava mais alto do que nunca. Um Niberlin estava com ele! Uma trégua, uma aliança! Metade da guerra já havia sido ganha e nenhum tiro fora disparado!

Chinelo diminuiu a marcha até alcançar um trote constante, depois começou a caminhar devagar até que parou. As coisas precisavam ser organizadas. Sigurd ficou de pé no lombo do cavalo e fez um breve discurso. Os tempos estavam mudando. O dragão já estava morto. Ele estava a caminho de assinar uma aliança com os Niberlins – que, como eles podiam ver, já estavam do seu lado. Hogni recuou, acenou para a multidão e foi aclamado com gritos roucos. Era a primeira vez que ele ouvia algo a respeito daquilo. Sigurd abriu um sorriso alegre na direção de Hogni, feliz com seu truque infantil. E isso funcionaria – *tinha* de funcionar. Ambos sabiam disso.

Nesse ínterim, ele disse à multidão que os inimigos estavam se reunindo – ou eles achavam que os Portlands ficariam sentados sem fazer nada por muito tempo? Acreditavam mesmo que os Smiths do Oeste e os Winstons do sudoeste entregariam o poder de bandeja? A notícia precisava se espalhar. Todos teriam de estar preparados. Urgia reunir um exército. Ele tinha o dinheiro, o ouro de seu pai estava a serviço do povo mais uma vez. Era hora da reconstrução.

Uma aclamação gigantesca agitou o ar. Quem ousaria lutar contra ele? Seria possível que Sigurd conseguisse tomar o país apenas marchando por seu território? O que os reizinhos e tiranos daqueles tempos fariam se não quisessem Sigurd? Eles se livrariam das pessoas? Escolheriam um novo eleitorado? Atirariam em todo mundo?

Sigurd pediu por voluntários. Escolheu homens, mulheres e crianças para ajudarem a abrir caminho, colocou-os para marchar à sua frente, mantendo a estrada aberta para que Chinelo pudesse cavalgar a alguns quilômetros por hora – rápido o suficiente para chegarem a seu destino, devagar o bastante para permitir que as notícias se espalhassem e tornassem seu progresso inevitável.

E assim eles prosseguiram. Aquele era o terceiro dia de Sigurd na superfície. E já era como se fosse uma nova era.

Também havia inimigos escondidos na multidão. A princípio, foi difícil ouvir o primeiro tiro; entretanto, fez-se um silêncio chocante, que se propagou até que se ouviu outro som de explosão e balas começaram a ricochetear do corpo de Chinelo e da cabeça de Sigurd. Hogni foi atingido no braço e todos viram o sangue. A dez metros deles, em meio à multidão, um pequeno grupo de milicianos locais foi identificado tentando abrir caminho para trás. Até aquele momento, estavam acostumados a que todas aquelas pessoas obedecessem às suas ordens, mas a multidão passara a ter novos horizontes. Houve bramidos de ira, um lampejo de rostos brancos assustados quando os milicianos ergueram os braços e tentaram latir ordens. A multidão então se aproximou. Os homens estavam literalmente fadados à morte. Os uniformes cobertos de sangue foram passados à frente e erguidos como bandeiras diante de Chinelo – um estandarte e um aviso aos inimigos.

Muitas pessoas viram as balas ricocheteando na cabeça de Sigurd. Então era verdade: ele era invulnerável. A vitória já era deles.

# 27
# GUERRA SEM CONFLITO

Chefes de gangues e da máfia, reis e presidentes, primeiros-ministros, líderes, gerentes e diretores de grandes empresas; todos estavam assustados. As pessoas encontraram uma nova esperança e os meios pelos quais o otimismo se mostrava mudaram. O patrão jamais gosta de esperança. Ele é sempre o primeiro a dar o fora.

Na casa dos Niberlins, o Palácio da Democracia, acontecia o mesmo. O presidente Gunar e sua irmã espreitaram pelas janelas as hordas que se reuniam lá fora, na Praça da Democracia. Flores estavam sendo empilhadas nos portões, crianças gritavam, mas não eram apenas meninos e meninas. A febre Volson havia se espalhado até entre a milícia. Divisões inteiras estavam mudando de lado e oferecendo a si mesmas, seus braços e sua artilharia ao garoto-maravilha. Todos sabiam os princípios dos Volsons: unidade, liberdade, paz. Sigurd aguentou firme por nós, por você e por mim. Ele era a libertação dos tiranos e da ambição dos reis. Significava bom governo – tão devastador quando as coisas vão mal, tão tedioso que mal o percebemos quando tudo vai bem. Para fazer com que funcionasse, todos tinham de concordar – e olhe! Aqui todos nós estamos concordando, milhões, milhões e mais milhões de nós.

A multidão era como um oceano; murmurava, urrava. Era possível flutuar sobre ela – mas não se esse alguém fosse um Niberlin. Eles eram bons governantes, tinham de conservar seu orgulho. Eles um dia haviam sido amados mas, de repente, seus destinos estavam em jogo.

Espiando por trás das cortinas, Gunar e Gudrun sentiam-se como crianças assistindo a algo assustador na TV, escondendo-se atrás do sofá. Algo que não se ousa olhar, mas também se não ousar, perderá. Um oceano de rostos, todos prontos para julgar, todos prontos para agir. O povo estava a salvo em seus milhões e os governantes estavam, de repente, totalmente sós.

Gunar olhou para a irmã, que estava de pé atrás dele, observando-o com cuidado. Deitada sobre uma cadeira Windsor no fundo da sala estava uma sheepdog branca, fitando os dois com atenção, ocasionalmente deixando escapar um suspiro nervoso e quase imperceptível. A cabeça era apenas um pouco arredondada. Aquela era Grimhild. A mãe deles – uma cadela? Sim, mas nem sempre fora assim. Um dia ela já havia sido uma meio humana, como todos os outros, uma mulher famosa pela inteligência, mas então suas grandes mandíbulas tornaram a fala impossível, mesmo se ela fosse capaz de fazê-lo. Não se sabia o quanto ela ainda podia compreender. O que mais poderia fazer além de sentar-se numa cadeira e chorar por eles?

De um dos lados estava Ida, a Ida dos ossos grandes, em seu vestido floral, olhando o papel de parede sem dizer nada. Na condição de criada pessoal de Grimhild, idolatrava sua senhora em silêncio. Ela não tinha língua. As duas raramente eram vistas separadas.

– Ele só tem quinze anos – sibilou Gunar. – Não sabe na-nada! Foi educado como se fosse um vagabundo de praia, um garotinho riponga idiota. Ele sai rodopiando por aí e toma tudo pelo que tra-trabalhamos todos esses anos para conquistar?

Gudrun balançou a cabeça.

– As pessoas ficam impacientes. Isso vai passar. O garoto vai acabar se exibindo demais e o povo se voltará contra ele. E estaremos aqui para juntar os cacos.

– E se nós formos os ca-cacos?

Gudrun revirou os olhos como se estivesse sentindo dor.

– Pobre e velho Gunar! Não para de ganir!

Gunar bufou, achando graça.

– Quero apenas ser o rei de tudo – brincou ele. Os irmãos sorriram carinhosamente um para o outro.

Gunar e Gudrun tinham menos traços de cachorro do que Hogni. Cabelos pretos e brancos penteados para trás, olhos grandes e separados cor de mel escuro, peitos côncavos e apenas um traço que lembrava um focinho – uma leve tendência a ganir e latir quando ficavam excitados. A família costumava sentir orgulho de seu lado humano e tendiam a esconder as características caninas até aproximadamente a década anterior – Gunar tentava conter a própria gagueira devido a essa repressão. Havia, porém, uma brincadeira que eles faziam desde a infância e que naqueles tempos faziam para divertir um ao outro: pôr a língua para fora, que subitamente revelava ter quase trinta centímetros, e ofegar como um par de cães velhos e estúpidos.

– Arf, arf, arf, arf, arf – começaram eles e depois caíram na gargalhada. De sua cadeira, Grimhild latiu em desaprovação.

– Cadela – disse Gunar.

– Labrador – acusou-o Gudrun.

– Sem essa de labrador. Se eu sou um labrador, você é uma po-poodle. Uma poodle chorona e metida e espertinha com pelo feio.

Eles riram, esquecendo dos problemas por um momento. E então Gunar olhou novamente pela janela.

– Será que estivemos e-errados por todo esse tempo? – perguntou ele.

– Errados a respeito do quê?

– So-so-sobre *nós*. A família.

Isso era importante para Gunar – para toda a família, mas para ele especialmente: fazer a coisa certa. O poder estava a serviço do bem das pessoas e da terra onde viviam. Os Niberlins reivindicavam o poder por acreditarem que eram os melhores dirigentes. Até aquele momento, não haviam experimentado nenhuma oposição.

– Hogni acha que o garoto está do nosso lado – comentou Gudrun.

– Hogni se apaixona por qualquer u-um que cruza o caminho dele...

– Sigurd foi criado por Alf, que é um bom governante.

– Mas não *sabemos*. É ta-ta-tarde demais!

Gudrum olhou pela janela novamente. A multidão se espalhava por todos os lados.

– Não há nada que possamos fazer – atestou ela.

Gunar olhou para ela, infeliz. E o que dizer sobre fazer a coisa certa? Qual era a coisa certa? Não se tratava apenas de ficar ali parado tentando ser honesto e aberto pelo bem de sua própria honra – milhões de vidas poderiam ser afetadas. Os políticos às vezes têm o direito de serem honestos.

– Não há nada que *devamos* fazer a esse respeito – corrigiu-o Gudrun. – Até que saibamos.

Ela observou o irmão, ansiosa. Gunar fora criado para ser rei. Ser rei tinha tudo a ver com fazer a coisa certa – com *estar* certo. E, de repente, tudo aquilo estava sendo tirado dele. As pessoas mudaram sua aliança. Ele estava profundamente abalado.

– Não sabemos como isso irá funcionar – continuou Gudrun. – Acho que o povo vai ficar com raiva dele assim que descobrir que tipo de garoto esse aí é. Mas talvez não. Talvez essa seja a nossa vez de sermos governados, Gunar. Olhe só todas essas pessoas. Se quiser contê-lo, terá de rejeitá-los, e não temos esse direito.

– E se ele a-a-arruinar tudo? – indagou Gunar. Ele olhou para a irmã. – Nós somos a ce-ce-certeza deste mundo. Esse garoto... o que ele é? Ninguém sabe.

– Nós tentamos contê-lo – observou Gudrun. – Agora temos que tentar e trabalhar com ele... pelo menos por enquanto.

Gunar olhou para irmã:

– Pensei que se-seria eu – retrucou ele.

– Lembra do que o pai costumava a dizer?

– "Apenas os governados possuem direitos. Nós apenas cumprimos nossas obrigações". Eu sei.

Gudrun colocou os braços ao redor do irmão. Gunar estava em estado de choque. Todos os seus planos e suas ambições estavam desmoronando. Ele pensava que o poder significava "planejar, cuidar, legislar". Mas então via, pela primeira vez, o que aquilo realmente era: pessoas, milhões delas, esperando, seguindo, acreditando em alguém. Caso ele tivesse se dado ao trabalho de utilizar suas tropas, seus exércitos ficariam como crianças perdidas em meio àquela multidão. Aquelas poucas horas haviam engolido suas ambições por completo, transformando sua honestidade, sua esperteza, seus planos e sua ambição em pó.

Ouviu-se um estrondo quando Grimhild pulou para descer de sua cadeira e foi confortar os filhos. Os olhos azuis e pálidos de Ida se viraram para seguir sua senhora, enquanto esta deslizava pelo chão. Com um choramingo, farejou o ar para receber um afago de Gunar. O rapaz esfregou as orelhas dela.

– O que você diria, mãe? – disse ele e deu de ombros.

Gudrun riu:

– Seria um mau conselho. Ela lhe diria para lutar pelo que é seu. Você conhece a mamãe: a família sempre vem em primeiro lugar.

A cadela lambeu os lábios, mas não tinha nada a dizer. Já fazia muito tempo desde os dias em que Grimhild era capaz de dar conselhos.

Lá embaixo, a multidão continuava aumentando. Haviam começado a tentar conter o fluxo de gente que ia em direção à praça por medo de que pessoas fossem mortas por esmagamento, mas os soldados que eles enviaram para guiar as turbas foram empurrados para um dos lados da rua. Havia também avisos a respeito do controle e da segurança da multidão sendo anunciados por toda a praça, mas ninguém parecia dar atenção a eles.

– O que vamos fazer? – perguntou Gudrun.

Gunar sorriu, irônico:

– Re-recebê-lo de braços abertos, como o rei que ele é.

Grimhild choramingou e lhe deu uma patada na perna. Gunar riu e estendeu uma das mãos sobre a cena diante deles:

– Olhe. Isso é a realeza. Somos apenas administradores. – Ele balançou a cabeça. – O que nós fi-fi-fizemos foi preparar tudo para isso. Tudo será diferente a partir de agora.

Gudrun assentiu. Sim. Bandeiras seriam desfraldadas, o tapete vermelho seria estendido. A história a respeito de como a família tentara matar Sigurd já havia se espalhado. As pessoas precisavam saber que eles estavam do lado certo. E então veriam do que aquele garoto era feito.

– Mas não ficaremos ao lado de um tirano, não importa qual seja a vontade da multidão. – Os olhos de Gunar encontraram-se com os dela. Gudrun assentiu. Nada de tirania. Isso era o mais importante.

Eles pensaram que chegariam no final da tarde, mas a multidão ainda aumentava e o progresso de Sigurd se tornava cada vez mais lento. A chegada aconteceria então à noite. Gunar e Gudrun iluminaram a praça com holofotes brilhantes o suficiente para filmar o encontro. Queriam que todos os vissem dando as boas-vindas a Sigurd. Uma guarda de honra não havia sido possível – a multidão não permitiria que ninguém portando armas se aproximasse do garoto –, mas uma área havia sido isolada por uma barreira de soldados, espaço suficiente para uma pequena plataforma elevada, onde os Niberlins poderiam ser vistos lado a lado com ele.

O progresso de Sigurd podia ser marcado pelo aumento do volume das aclamações enquanto se aproximava. A multidão estava eufórica. Eles conheciam o próprio poder. Qualquer coisa era possível naquela noite.

Gudrun ordenou que telões fossem instalados em lugares públicos por toda a cidade e mais ao longe, nas praças dos municípios menores e nos prados dos vilarejos, em edifícios do governo, bares, estalagens e hotéis na esperança de que as pessoas se reunissem nesses locais em vez de descerem para a capital. Mesmo assim, a Praça da Democracia estava tão abarrotada que as pessoas começaram a ser desalojadas quando a cavalaria começou a chegar. Tropas, tanques e outras artilharias se moviam à frente de Sigurd. O barulho cresceu. Gunar e Gudrun ficavam cada vez mais preocupados com o rumo que as coisas tomariam antes mesmo de a comitiva chegar. Brigas irrompiam. Se algum caso de violência séria tivesse início entre a guarda dos Niberlins e os homens que Sigurd reunira ao longo do caminho, as pessoas morreriam aos milhares.

Os uniformes de várias milícias desertoras se mesclaram com o verde dos Niberlins quando a linha de frente da cavalaria de Sigurd adentrou na praça. Mas não havia nenhum Portland; os homem-macacos se mantiveram sozinhos. Para o alívio deles, Gunar e Gudrun viram que Sigurd enviara homens na dianteira para fazer com que as pessoas abrissem caminho de uma maneira organizada, garantindo que houvesse o menor número de feridos possível.

Então, finalmente, o próprio Sigurd pôde ser visto. O barulho tornou-se tão alto que mal era possível raciocinar. Enquanto a guarda adiantada se dirigia ao Palácio, seus membros olhavam para Gunar e Gurdun esperando na janela e agitaram os uniformes dos milicianos que tentaram assassinar Sigurd. Os uniformes se multiplicaram ao longo dos quilômetros. E não eram apenas tecidos; mas também partes de corpos e ossos, carregados sobre as cabeças dos homens como troféus. Um ou dois deles levavam cabeças enfiadas em estacas afiadas bem acima da multidão. Estava bem claro: aquele era um exército conquistador.

Era uma visão assustadora. Gunar e Gudrun, enquanto desciam até a plataforma, através de um corredor formado por um fileira de cinco soldados leais de cada um dos lados, estavam brancos como cera. Será que Sigurd concordara que aquela onda de morte chegasse até eles? Aquilo seria uma ameaça – ou uma promessa?

Meu deus, Gunar pensou de repente, ele não é capaz de controlar isso. Há milhões de pessoas aqui, milhões! Como é possível que um único homem – um garoto – controle tudo isso? E se ele levantar uma das mãos e ninguém parar? E se ele falar e ninguém ouvir? Uma turba daquela dimensão era como um animal selvagem. Ninguém dera nenhuma ordem àquela besta. Gunar olhou para o rosto ávido e franco do menino que cavalgava na direção dele e soube, com toda a certeza, que eles morreriam ali, naquele exato momento, ele e Gudrun, e Sigurd também. Era impossível governar aquilo! Isso era tudo em que ele conseguia pensar para se manter respirando diante de um poder tão rude.

Virou-se para olhar para a irmã. O rosto dela demonstrava o mesmo terror. Ninguém poderia conter tal peso. Eles estavam prestes a morrer.

O grande cavalo, todo esqueleto, tendões, músculos grossos e circuitos, cavalgava, ostentoso, e balançando a imensa cabeça. Sigurd ficou de pé na sela e acenou; a multidão o saudou de volta. O ruído, que a todo segundo parecia ter atingido um auge impossível, erguia-se de novo. Gunar teve de engolir em seco para evitar que vomitasse de medo. A morte estava próxima. Atrás do garoto – apenas um garoto! – sentava-se Hogni, parecendo tão assustado quanto todos os outros. Ele olhou para o irmão e deu de ombros como quem dizia "O que você esperava que eu fizesse a respeito *disso*?".

Sigurd e Hogni desmontaram e caminharam até Gunar e Gudrun. Sigurd ficou de pé por um momento, olhando nos olhos de Gunar, depois virou-se para encarar a multidão. Juntos, olharam para centenas de milhares de rostos que os observavam em resposta – direto nos olhos do mundo. Mais uma vez o ruído aumentou. Gunar acovardou-se e Gudrun estava apavorada. Hogni virou-se e vomitou atrás do pódio. Ele se ergueu, secou a boca e olhou para Gunar com uma expressão desesperançada.

Gunar se inclinou na direção do irmão.

– E agora? O que vai acontecer? – gritou ele, mas Hogni apenas deu de ombros.

Alguma coisa tinha de acontecer. Gunar pegou a mão de Sigurd nas dele e tentou erguê-la sobre suas cabeças, para mostrar que eram aliados, mas Sigurd não respondeu. Ele apertou a mão de Gunar de volta, mas não permitiu que o braço se movesse. Gunar desequilibrou-se e olhou para o garoto. Fez uma tentativa de puxar o braço dele, mas era impossível. A mão de Sigurd era um torno. O menino tinha a força de dez homens. Lágrimas começaram a brotar dos olhos de Gunar, apesar do rosto não demonstrar nenhuma expressão. Um homem poderoso, ele não estava acostumado a estar tão completamente sob o comando de outra pessoa. Foi então que Sigurd se virou e olhou para ele, direto nos olhos.

Naquele momento, Sigurd não tinha ideia do que fazer. Estava esperando por si mesmo. Mas, então, a coisa começou.

Quando olhou nos olhos de Gunar, viu-o da mesma forma que os deuses nos veem – atingindo diretamente nossa alma. Em um flash, soube tudo a respeito de Gunar – suas esperanças e seus medos, os sonhos de infância, as ambições da idade adulta, os amores, os ódios –, tudo. Soube que Gunar estava desesperado para amar, mas tinha medo; que queria ser franco, mas não se deixava confiar em ninguém; queria dar tudo, mas não conseguia abrir mão de nada. Sigurd soube que não havia homem melhor no mundo – ninguém era mais honesto, cobrava mais de si mesmo ou era tão generoso. Mas ele não conseguia estender a mão por si só. Um bom homem, um homem gentil, mas falho.

Quando Gunar sentiu os olhos do garoto sobre ele, tudo ao redor desapareceu – a multidão, seus irmãos, o futuro incerto do Estado, seu próprio destino. Tudo que havia era o rosto do garoto e, atrás dele, a divindade, observando-o, tomando todos os seus segredos para si, julgando-o, perdoando-o, amando-o. Não havia segredos que pudessem ser ocultados do olhar de Sigurd. Ninguém nunca deveria olhar para outra pessoa daquela maneira, a não ser que esse alguém o houvesse criado. Foi então que Sigurd pareceu recuar, levando todos os segredos de Gunar com ele, e o homem-cachorro sentiu o mundo entrar em foco novamente. Diante dele estava o rosto sorridente de Sigurd, repleto de amor. Sim, sim, Gunar percebeu – ele estava apaixonado. Sigurd o amava como ninguém mais o havia amado; e ele também amava Sigurd. Não conseguia entender como isso havia simplesmente acontecido, mas de uma coisa ele tinha certeza: era algo divino. Ele havia sido tocado por deus.

Quando sentiu seu amor por Gunar transbordar e preencher os outros homens, Sigurd lembrou-se da multidão. Aquele momento não havia sido unicamente para ele e Gunar; havia sido para todos. Nenhum componente das centenas de milhares de pessoas que formavam aquela turba que vira a cena se deu conta do tempo passando, mas, enquanto aquilo acontecia, a multidão caiu em um silêncio profundo. Naquela reunião de mais de um milhão de pessoas, não se ouviu mais que uma tosse. O mesmo ocorreu nas milhares de pradarias dos vilarejos, prefeituras e ruas ao longo do país, onde as pessoas estavam assistindo à cena pela televisão. Um milagre ocorrera, algo sagrado: uma troca de amor puro.

Gunar tremia dos pés à cabeça. Estava pronto para cair de joelhos; mas, antes que pudesse se mover, Sigurd fez a coisa mais inesperada possível. Ele caiu de joelhos, inclinou a cabeça e beijou a mão de Gunar.

O que aquilo significava? Gunar ficou ali parado, balançando a cabeça, murmurando:

– Não, não...

Aquilo estava errado – tudo estava de ponta a cabeça.

Ainda de joelhos, Sigurd falou para a multidão:

– Vocês acham que vim até aqui para governar? Eu vim para servir. Sou de Gunar porque ele é de vocês. Meu pai teve de construir uma nação a partir do nada. Temos mais sorte. Temos o país dos Niberlins. Não há nada aqui a ser mudado até que todo o mundo seja como este lugar. Agora vão para casa e preparem-se para a guerra.

Com isso, ele deu a mão a Gunar e a ergueu acima da cabeça. A multidão caiu num frenesi de aclamações, uma explosão de esperança. Gunar entendeu que tudo aquilo que os Niberlins desejavam realizar há um século, Sigurd conseguiria em meses, e tudo em nome deles. Tudo ficaria bem. Todos conseguiriam aquilo que desejavam – até mesmo ele. Gunar olhou para Gudrun, que ria de felicidade atrás dele. Sigurd era a combinação com a qual eles haviam sonhado – abnegação, carisma, amor puro, poder puro. Ele era irresistível.

Gudrun olhou de relance para Sigurd e fez uma careta para os irmãos.

– Uau! – Gostoso! Gunar e Hogni riram. Sim, Sigurd era lindo. Assegurando-se de que só eles pudessem vê-la, Gudrun cerrou um dos punhos e fez beicinho, numa expressão de luxúria, e os três riram de novo. Sigurd os viu rindo e, sem saber qual era o motivo de tanta graça, mas vendo que eles estavam se divertindo, acompanhou-os nas risadas. A multidão a seus pés também começou a rir. Isso era engraçado! O que era assim tão cômico? Ninguém sabia mais, mas a tensão havia sido liberada. E imaginem só! Tudo ficaria bem. As gargalhadas se espalharam. Um milhão de pessoas de pé, urrando graças à diversão absoluta de tudo aquilo.

Lá em cima, um pequeno focinho preto e branco saiu do campo de visão do peitoril de uma janela. Grimhild sentou-se no chão e coçou a orelha, aliviada. Suas peles seriam poupadas. Sigurd era um bom rapaz. O poder estava com ele agora, isso estava mais do que claro. Era apenas uma questão de como ela daria o melhor de si para aliar sua família à estrela do garoto.

## 28

## SIGURD

Entramos apenas nós quatro. Naqueles dias, o que eles significavam? Estava me tornando impossível. Aquela não era mais uma vida real. Eu mudava o tempo todo, como um inseto. Por um momento, enquanto estava lá fora, fiquei com medo de que a abóbada celeste se abrisse e eu ascendesse aos céus, deixando definitivamente para trás este mundo tão adorável.

Havia comida sobre a mesa e Gudrun me dizia para sentar e comer. Todos olhavam para mim como se eu fosse alguma espécie de arma atômica. Ouvíamos as risadas lá fora. Estavam com medo de mim, eu só queria fazer amizade com eles, por isso abracei Gudrun e lhe disse o quão encantadora ela era, e então beijei Gunar e depois Hogni... e todos começamos a falar ao mesmo tempo – e só deus sabe a respeito do quê. Eu estava ficando meio que histérico, tagarelando sem parar. Todas aquelas pessoas! O que tudo aquilo significava?

E o que havia acontecido com Gunar? Eu o vi. Quer dizer, eu não o vira; eu tinha visto a *alma* dele.

Ficamos de repente olhando um para o outro, ele e eu. Era constrangedor. Não era justo, porque eu sabia tudo sobre Gunar e ele não sabia nada sobre mim.

– Sou apenas um garoto – eu disse, mas depois enrubesci porque essa era uma coisa muito estúpida para ser dita.

– Do que você se lembra? – perguntou ele, depressa demais.

Ele havia estado mais do que nu para mim; portanto, isso poderia ser possível. Eu podia me lembrar de *tudo*. Era como se a vida dele tivesse se tornado a minha. O que eu poderia dizer? As coisas acontecem a seu tempo, de acordo com suas necessidades. Eu? Eu não sei nada – mais que nada. Costumava pensar que eu seria o rei e, em todo esse tempo, era ele quem governava.

Por que ele e não eu? Por quê? Eu não conseguia parar de pensar nisso.

Disse a Gunar que não me lembrava de nada – apenas uma forma, talvez, uma sensação geral – a certeza de que ele nascera para ser rei e eu para ser o poder por trás dele. Aquele que faz a unção. Eu o untara lá fora, aquilo havia sido sua coroação. E, naquele momento, queria fazer amizade com ele! Bati palmas, senti a pele quente e pensei: isso é real! Toda aquela conversa de alma e ver através do olho do deus – tudo baboseira. Eu queria o vinho, queria a carne. Comida sobre a mesa e amigos ao meu lado – o que mais existe? Estava morrendo de medo de que eles não quisessem ser meus amigos, que eu já houvesse me tornado algum tipo de deus ou monstro aprisionado em uma eternidade na qual não pudesse mais me relacionar com ninguém. Foi por isso que menti para Gunar a respeito do que eu sabia, foi por isso que beijei Gudrun e bati minha mão na de Hogni. Eu estava apavorado com a divindade, com a possibilidade de me tornar algo sem sentido. Um deus não possui a menor função até que morra. Toda criança que morre consegue mais coisas do que qualquer um deles. Jesus, Alá, Odin, Buda, eles vivem para sempre; eles entraram em Hel.

Por isso, falei, ri, comi os alimentos, dei goles na cerveja e os toquei – a vontade de tocá-los não passara – e pensava comigo mesmo: tudo isso pode ser tirado de mim a qualquer segundo! A vida é assim. Isso é tão precioso.

E... Bryony! Todas as vezes em que me lembrava dela era com um solavanco. A vida estava acontecendo tão depressa! A pele do dragão!

– Vocês a tem? – implorei para Gunar.

– Nós a temos – respondeu ele. E fiquei tão feliz que chorei. Tão feliz. Nada poderia me impedir de resgatá-la.

Mas não contei a eles o motivo pelo qual precisava da pele. Haveria tempo para isso. Bryony era apenas para mim.

Foi uma grande noite. Gunar não parava de tentar fazer com que eu lesse relatórios militares – os Portlands já estavam se mexendo, afinal de contas. Mas eu simplesmente não conseguia raciocinar naquele momento – não dormia há dois dias e tanta coisa acontecera.

Alguns meses antes, eu era um garotinho na minha casa e então, olhem só! Ridículo. Minha vida ridícula!

– Deixe-o em paz, Gunar – ordenou Gudrun. – Ele não para nunca – disse-me ela. – É inacreditável como ele consegue ser viciado em trabalho.

Gunar riu de si mesmo e Gudrun escorregou uma das mãos ao redor da minha cintura e sorriu para mim. E pensei... Ahhhh. É isso que ela quer? Gudrun era tão encantadora – mas não sentia medo. Bryony, Bryony estava nos meus pensamentos.

Foi uma noite adorável, mas eu estava tão cansado! O mundo havia mudado nas últimas poucas horas. Quando me senti tão exausto que não conseguia mais ficar de pé, Gudrun me mostrou meu quarto.

# 29

# GUDRUN

Fiquei parada no batente da porta, com um meio sorriso no rosto. Sorrindo *esperançosamente* para ser mais precisa. Rrrrr! Vergonhoso. Será que ele vai, será que ele não vai, será que ele vai, será que ele não vai? Que coisa idiota. Eu estava quase pronta para mandar ver, foda-se, entrar e dizer sim antes que ele tivesse a oportunidade de fazer qualquer outra coisa. Mas algo me deteve. Quando abri a boca, quase esperei que saísse algo como "Vá em frente, então", o que queria dizer anda logo, me pergunte e eu responderei que sim. Talvez ele estivesse envergonhado porque eu era Gudrun, uma Niberlin, porque eu era mais velha ou alguma coisa do gênero.

– Boa-noite – eu disse, e esperei novamente, mesmo que dessa vez isso significasse forçar um pouco a barra. Eu tinha certeza de que ele diria alguma coisa... Você sabe, algo como "Seria muito melhor se você estivesse aqui comigo", "Que tal um beijo de boa-noite?" ou, até mesmo, "O que você acha de mandar ver, doçura?". Qualquer uma dessas alternativas teria me servido bem. Eu estava com tanto tesão! Mas tudo que ele fez foi sorrir.

– A cama é confortável? – perguntei, e nós dois rimos alto. Eu estava sendo tão óbvia!

– Está ótima. Estive dormindo sobre trapos por meses. – Sigurd deitou-se e soltou um suspiro. – Boa-noite, bons sonhos. – Ele fechou os olhos brevemente e depois os abriu para me observar enquanto eu me afastava. Dispensada! Rrrr... Fiquei aliviada pelo fato de o quarto estar à meia-luz, porque corei. Mais óbvio que isso só se eu tivesse jogado a calcinha em cima dele. Fechei a porta e voltei para a cozinha na ponta dos pés. Gunar e Hogni ainda estavam acordados.

– Não teve sorte? – perguntou Hogni.

– Foi assim tão óbvio? – Fiquei vermelha novamente. Os dois urraram de tanto rir.

– Babacas – xinguei e estendi uma das mãos para pegar mais vinho. Gunar estava achando aquilo tudo hilário.

– Acho que Hogni tem um se-se-segredinho para te contar.

– O quê? Não! – Eu já imaginava o que ele iria dizer.

Hogni riu.

– Desculpe, gatinha, mas ele joga no meu time. – E ambos rolaram de rir, como se alguma piada genial houvesse sido contada.

– Então quer dizer que eu agi como uma vagabunda – eu disse. Estava me sentindo como uma verdadeira imbecil. Entendi tudo errado. Ele era adorável e rolou uma química entre nós que poderia pôr fogo na casa, mas, no fim das contas, ele estava apenas sendo amigável.

– Você agora é uma mulher-bicha – gargalhou Gunar. Ele estava achando hilário o fato de eu e Hogni estarmos a fim do mesmo garoto. Assim como o próprio Hogni.

– Não apenas ele fez um serviço completo comigo como também não tenho a menor dúvida de que ele é gay – afirmou ele. – O que me torna *muito* mais atraente que você, gatinha.

– O que o torna um michê.

– Significa que eu sou um michê bem-sucedido, enquanto você é uma vagabunda fracassada.

– Mas eu sou o único aqui que tem pelo menos um pingo de in... in... Ah, viado... in... in... in...

– Integridade sexual? – terminou Hogni.

– É!

E então nós dois lhe dissemos imediatamente que podíamos ser uns putos, mas pelo menos não éramos pega-ninguém como ele.

– É – uivou Gunar, que, quando estava bêbado, ria de qualquer coisa. – Hogni é uma máquina sexual e você é uma máquina do amor, mas eu não passo de uma máquina de re-re-rejeição.

E então Gunar levantou-se e começou a me imitar tentando puxar papo com Sigurd enquanto Hogni fingia que dava uns amassos nele e, de repente, fiquei de saco cheio.

– Já chega. Será que dá para parar? Acabei de ser rejeitada.

Obedientes, os dois se sentaram. Está vendo? Pegamos pesado implicando uns com os outros, mas meus irmãos são caras legais, vão até o fim do mundo por mim.

– Você deveria ter me contado – eu disse a Hogni. – Então quer dizer que você agora vai lá para o quarto dele?

Ele não pareceu mais tão convencido.

– Foi só uma ficada.

– Ah-haa!

– O que você quer dizer com esse "ah-ha"?

– Então quer dizer que você o irritou.

– Não.

– Então você não tem tanta certeza de que ele joga no seu time? Ele pode ser daquele tipo que *oscila* entre os dois lados.

– Alguém que os-oscila? – repetiu Gunar. – Isso é bem apropriado.

– Fodam-se. – Hogni olhou para mim. – Na verdade, acho que há outra pessoa. Acho que ele já está apaixonado.

É, isso fazia sentido. Eu *sabia* que ele estava a fim de mim.

Não ficamos acordados até muito mais tarde. Pobre Hogni! Ficou todo triste; assumindo que se sentia ferido. O que, na verdade, era meio que uma novidade, porque Hogni é do tipo que adora uma nova conquista. A gente sempre ficava em cima dele, pois morríamos de medo de que ele pegasse algum tipo terrível de vírus mutante. Estava o tempo todo com o coração partido, mas era sempre algo temporário. Rrr. Sabe como é, alguns dias, uma semana, um mês no máximo, e então ele encontrava um novo namorado e ficava tão feliz quanto... bem... um cachorro com um osso novo.

– Nada, tudo va-va-vai ficar do mesmo jeito que era antes. Você estará de volta ao páreo na próxima terça-feira – disse Gunar. Mas Hogni estava realmente sofrendo desta vez. Gunar parou no meio de alguma piada e vi que os olhos de Hogni se enchiam de lágrimas. Coloquei um dos braços ao redor dele.

– Desta vez está sendo ruim? – perguntei. Ele se sentou com os braços cruzados, inclinado sobre a mesa, e balançou a cabeça. Gunar calou a boca, mas eu ainda conseguia vê-lo sobre os ombros de Hogni e, quer saber de uma coisa? Os olhos dele também estavam molhados. Eu havia me esquecido, com toda aquela bebida, a conversa e a esperança que acalentava de acabar na cama com Sigurd, do que Sigurd fizera com ele.

Eu lhe dei uma cotovelada.

– Você não é o único.

Ele me olhou de lado.

– Oh, pobre Gunar. Sim; o que tudo isso quer dizer?

Mas tudo que Gunar podia fazer era balançar a cabeça. O que Sigurd fizera com ele – diante de todas aquelas pessoas, onde todos podiam ver? Isso havia feito com que aquelas dezenas de milhares de pessoas caíssem num silêncio profundo, mas não creio que qualquer um de nós pudesse ter dito o que ocorrera de verdade.

– Acho que ele pode ser algum tipo de deus – sugeriu Hogni.

– Ah, ele era aquele deus, não era? – indagou Gunar.

– Bem, diga para a gente, Gunar, o que ele lhe fez? O que aconteceu?

Gunar balançou a cabeça e mordeu os lábios, mas não conseguiu responder.

– Mas ele é apenas um homem... apenas um menino! – exclamei.

– Talvez seja assim que eles comecem – conjecturou Hogni.

E então todos nós nos calamos. Ficamos pensando no garoto que dormia acima de nossas cabeças. O que ele queria, por que estava ali?

O que ele faria em seguida?

# 30

# A DONA DA CASA

Essa é Grimhild, a dona da casa. A noite lá fora está negra como breu, e ela assobiava suavemente pelos corredores, em uma scooter dobrável. Essa é uma boa maneira de andar por aí, ela já a utiliza há anos. Suas mãos perfeitamente brancas, não muito maiores do que as de uma criança e cobertas de pelos completamente brancos, seguravam firme no guidão enquanto as pequenas e bem cuidadas patas de cachorro pisavam fundo no acelerador. Ela mantinha as scooters dobradas em armários espalhados pelo palácio – sempre havia uma a mão. Rápidas e silenciosas – perfeitas para uma senhora idosa que se tornava cada vez mais gorda.

Mas no negror da noite? Corredores escuros? Por que havia tão pouca luz ali embaixo? Os Niberlins podiam pagar por geradores e combustível. Veja só, enquanto ela passa por um cômodo onde uma pequena lâmpada está acesa – os olhos dela brilham como os de uma gata. Grimhild tinha olhos que-enxergavam-no-escuro. Só de olhar para ela já se esperava por isso. Ela ficou de pé, ereta. Tinha mãos, mas era um cachorro completo. Olhe só para a sua boca. Olhe para a língua; é impossível que articule palavras. Olhe para o crânio – não há lobos frontais. E Grimhild pode farejar – rapaz, ela é capaz de farejar! Ela pode farejar uma barra de cereais, um ladrão ou uma fortuna enterrada a cem metros de profundidade.

Ela não precisava de luz.

O que os velhos reis estavam pensando ao aliar-se a uma criatura como aquela? É claro que, em dias como aqueles, as coisas eram diferentes, dava para entender. Se você puder ter uma conversa com seu cachorro, isso faz maravilhas pela relação. As coisas... bem, elas se desenvolviam, coloquemos assim a questão. Grimhild tinha um par de seios bem decentes – esquecemos de mencioná-los quando listamos seus atributos mais artísticos – cobertos pelo mesmo pelo branco e liso. Ideais para serem acariciados. Mas, ainda assim! Os reis tinham de pensar no que aconteceria lá na frente. Linhagem, sucessão. Passavam um monte de tempo confabulando sobre essas coisas. Quando um de seus filhos um dia liderar o país, você levará a procriação muito a sério. Claro que há os tanques-úteros, as técnicas de clonagem e todo o resto – mas o material genético básico ainda é importante. O que ele estava fazendo, procriando com uma sheepdog? Isso não fazia o menor sentido. Não era nem ao menos de bom gosto. Ele poderia ter escolhido uma procriadora decente, uma inglesa tradicional, ou algum tipo de spaniel, se quisesse manter as raízes, ou algo grandioso – uma wolfhound, ou até mesmo uma afghan. Algo com um pouco mais de classe.

Mas Grimhild não fora sempre assim. Você deveria vê-la quando se casou pela primeira vez! Lobos frontais? Ela os tinha nos cotovelos. Saca? Ela os tinha no cérebro. Depois do assassinato, ela nunca mais fora a mesma. Ela perdera tudo – o marido, a beleza, o conjunto todo. Ela mal conseguia tocar a própria vida.

É uma história que nunca foi contada. Grimhild e Ida eram as únicas que estavam lá, e elas não falavam. Os assassinos entravam e saíam dos apartamentos reais sem deixar nenhum rastro – provavelmente metamorfos. O rei estava morto no chão, Ida estava amarrada a uma cadeira, com sangue escorrendo pelo corpo e a língua numa mesa ao lado dela. Grimhild chorava aos pés do marido, a velha cadela crédula que ela era. O que aconteceu, o que era aquilo? Ida nunca aprendera a ler e a escrever, e resistira a todas as tentativas de ensinar a ela e Grimhild – bem, ela própria era uma feiticeira e uma metamorfa. Todos estavam familiarizados com aquela sheepdog branca e preta – ela usara muitas vezes aquela forma. Eles a acariciavam e aconchegavam-se a ela, alimentavam-na, falavam com ela e a agradavam. Era óbvio que se tratava apenas de uma questão de tempo até que ela voltasse a sua forma original. Talvez o choque, o terror...? Ou talvez os assassinos tivessem feito mais com ela do que mero contato visual. Mas as horas se transformaram em dias, os dias em anos e Grimhild permanecia a mesma, resistente a qualquer feitiço ou medicamento. A segurança do palácio foi revista e renovada – mesmo assim, já era tarde demais para o rei e a rainha. Grimhild nunca voltaria a ser como antes.

Era realmente irônico. Quando tinha os aparatos necessários, ela era uma faladeira. Não conseguia calar a boca. O marido sempre lhe dizia: "Você fala demais, Grimhild. Algum dia, morrerá pela boca." Mas isso não acontecia mais. As grandes mandíbulas e a língua solta silenciaram para sempre.

De qualquer forma, o que ela queria acordada até tão tarde? Todo o palácio dormia. Certamente a velha Grimhild era uma insone. Apresentava bolsas sob os olhos durante o dia. Caso fosse para a cama cedo, isso não lhe causava bem algum, simplesmente ficava ali deitada suspirando, coçando-se e olhando para o travesseiro, atormentada por pensamentos ansiosos. Melhor ficar de pé e ouvir rádio ou ler um livro quando ninguém estivesse olhando. Ou fazer planos. Os filhos dela, que a amavam encarecidamente, ficariam surpresos ao pensar que ainda lhe restara algum plano. Na verdade, ela estava repleta deles. Ela era feita de planos. Eles pulsavam através de seu sangue e fluíam através das veias, saíam dos olhos e das orelhas, de qualquer lugar que não fosse a boca. Segredos, segredos, velha Grimhild. Mas guardados de seus próprios filhos? Para quê? Eles estavam do mesmo lado, no fim das contas. Mas as pessoas, às vezes até mesmo aquelas a quem somos muito próximos, possuem o hábito de discordar. Na verdade, elas não sabem nada de nada. Grimhild gosta de ser informada. Seu mote: um passo à frente.

E lá vai ela, passando pela aglomeração de papel de parede que foi instalada para agradar algum ministro estrangeiro exigente que desenhou o padrão com as próprias mãos, passou pelos banheiros número um, dois e três, passou por salas de jantar, debaixo de candelabros e *sprinklers*; clic-clic, clac-clac pelos tacos – carpete era silencioso, mas dava muito trabalho – passou por elevadores e salas de troféus, passou pela coleção de relógios que ocupava dois salões e era a obsessão da sogra; passou por galerias que exibiam artefatos antigos que retratavam a idade da pedra, do bronze, do ferro, da máquina a vapor, do petróleo e da eletricidade.

Sobre seus ombros, estava uma bolsa com um pequeno rádio portátil. Se alguma coisa interessante estivesse sendo veiculada, ela poderia fazer uma pausa e se sentar nas muitas cadeiras e sofás que ladeavam os corredores e dar uma ouvida. Por que não? Tinha tempo de sobra. Ela levava consigo um livro também, mas não gostava de ser flagrada lendo.

Ah, meu querido! Ela gostava da escuridão, deixava que os filhos pensassem que tinha a capacidade mental de um sheepdog idoso, nunca falava e, o pior de tudo, lia em segredo. Maus presságios. Sim, certamente há mais em Grimhild do que julga a mera aparência. Será que há ali um traço de raposa com os genes de sheepdog? Pode ser. Essa aí sabe como ser muito astuta. O que ela está tramando? O que quer? Qual é o seu *jogo*?

Nada de segredos! Não há nada a saber. Esse é meu período do dia favorito. Todos estão dormindo, a casa fica tão silenciosa. É uma hora em que se pode ver a alma com mais facilidade. Você precisa de um copo de um metro de altura, talvez. Você o enche com água da primavera e, se conhecer as runas, pode ver a sombra da alma se movendo por entre a luz do luar. Pode entender os sinais – a cor, a forma, como ela se move. A personalidade de uma pessoa nem sempre tem a ver com sua alma. As almas têm seus próprios assuntos.

Minha mãe me mostrou como fazer isso. Não passa de um truque – um truque de salão, como a metamorfose. Esconde-esconde. Nada que signifique grande coisa.

Sim, os segredos saem de suas trincheiras a essa hora da noite. A vida selvagem local, assim meu marido costumava chamá-los – raposas, bruxas, fantasmas, o mundo espiritual; os deuses. Eles saíam só para aprontar, ele costumava dizer, mas ele não era contra eu usar um pouco de bruxaria quando lhe convinha.

E então GRAAAA-GRA-GRA-GRA-GRÃÃÃÃÃÃÃÃÃ... roncos! Gunar, meu primogênito. E ele gagueja até mesmo quando ronca! Isso é suficiente para deixar qualquer um apavorado.

Pobre menino. Preciso viver até os cem anos. Meus filhos precisam de mim, eles não sabem disso, mas essa é a verdade. As costas lisas, a cabeça, que pende para um dos lados, os roncos que mais lembram os de um porco. Exatamente como o pai. Ele costumava fazer com que eu saísse do quarto por causa do barulho. Não que Gunar tenha alguém para expulsar. Ele reclama que está cheio de amor e não há ninguém para recebê-lo, mas ele é muito confuso. Sempre colocando defeito em tudo. Essa é muito comum, aquela é muito gorda, essa aqui é muito quietinha, essa outra não é louca o suficiente. Eu o ouvi dizer essas coisas. Que história é essa de querer alguém louca? "Só um pouquinho louca", ele se explicava. O que ele quer, uma deusa? Gunar é um homem boa-pinta, qualquer garota ficaria orgulhosa de estar ao lado dele, mas é muito arrogante. Gunar-o-solitário, é assim que Hogni o chama quando quer implicar com ele.

Pelo menos ele tem seu trabalho – mas não agora. Ah, não deixe essa balela de nomeá-lo rei enganar você, Sigurd é quem está no comando. É triste, mas não podemos lutar com a história; Sigurd tem os seguidores. Bem, não há vergonha alguma em seguir as inclinações dele. Eu o observei, vi sua alma. É verdade: ele é quase um deus. Talvez irá se tornar um, com um pouquinho de ajuda. Todo mundo precisa de um pouquinho de ajuda. Sim. Uma pena. Mas, se os Volsons são bons o suficiente para todos os outros, também serão bons para nós.

Grimhild, Grimhild! Mais segredos? E que ambição! Você fez de seu convidado um deus? Dentro daquele crânio achatado, a linguagem está fluindo como um rio. Ela está pensando como uma humana – sim, e também mentindo como uma. Essa aí tem mais camadas do que uma cebola.

Nos velhos tempos, antes do acidente, Grimhild costumava se esgueirar pelo quarto dos filhos, todas as noites, até o momento em que eles trocaram informações e se deram conta do que estava acontecendo. Começaram a ficar acordados e a flagraram espionando. Sim, eles chamaram aquilo de espionar. Desde quando uma mãe não pode mais olhar os próprios filhos? Espionagem! Era sempre assim. Os filhos são mesmo uns ingratos!

Aquela noite poderia ser como nos velhos tempos; mas, apesar de ela parar na porta de seu menino para ouvir, não se virou para entrar.

E lá vai ela de novo, seguindo em frente com sua scooter. Quando dobrou em uma entrada no final do corredor atrás dela, Ida apareceu, movendo-se pelo palácio de maneira lenta e sem demonstrar sentimento algum, atrás de sua senhora. Ela gostava de ficar de olho no caso de Grimhild precisar dela. Onde quer que fosse, Grimhild sabia que, cedo ou tarde, Ida apareceria atrás dela.

E clic, clic, atravessaram mais portas, mais cômodos, mais pinturas. Naquela noite, ela não parou nem mesmo na porta de Hogni, apesar de não conseguir evitar uma leve irritação com o som dos roncos do filho. Será que ele precisava soar gay até mesmo quando dormia?

Claro que a vida é dele, mas será que ele tem o direito de me privar de netos? Essa é a questão. Ahh, meu Hogni. Sempre o errado no lugar errado. Ele não consegue evitar! E então ele foi para a cama com Sigurd, quando quem deveria ter feito isso deveria ser Gudrun! Ah, isso me deixa com vontade de lhe dar um bom tapa. O melhor peixe do mar e é gay! Mas Sigurd não é gay – apenas um curioso, acho eu. E é claro que ele ficou com vergonha de fazer alguma coisa com Gudrun depois de já ter estado com o irmão dela. O tempo irá resolver isso. Com um pouquinho de ajuda. Rá! E quem irá dar essa mãozinha, adivinhe só? Oh, preciso viver para sempre. Minhas crianças! Você pode ver o quanto eles são bons, mas precisam de mim.

Qualquer um é capaz de perceber – o jeito com que eles olham um para o outro. Eles devem ficar juntos. Os Niberlins e os Volsons – que time! Pobre Gunar! Bem, eu soube disso o tempo todo. Gunar tem um olho para os detalhes, mas é um burocrata, não um político. Não possui vocação para isso. Se me perguntassem, eu diria que é Gudrun quem entende de política.

É melhor não falar nada a respeito, mas eles ficarão juntos, Sigurd e Gudrun, Rei e Rainha. Posso ver isso agora.

Iupiiiiiii! E lá iam elas pelos corredores, passando por fotos dos Niberlins do passado e do presente: Grimhild e seu Al trocando um aperto de mão com Sigmund, velho e grisalho, mas ainda um homem vigoroso naquela época, antes de ser explodido em pedacinhos.

Sim, ela ajudaria o filho de Sigmund. Ainda assim ajudaria. Coisas afiadas lançadas na direção certa. Ela tomaria conta dele. Acidentes aconteceriam, mas Grimhild tinha suas políticas de segurança.

E passaram mais uma vez pelos banheiros um, dois e três, desceram outro corredor, viraram outra esquina. Porque o menino já era parte da família. Tanto dependia dele! E se ele caísse e quebrasse o pescoço? Ele poderia ser atropelado por um ônibus no dia seguinte, danificar suas preciosidades e não deixar herdeiros, apaixonar-se pela pessoa errada, qualquer coisa. Ah, não, não, não. Mas não havia nada com que se preocupar. Grimhild tinha os meios de fazê-lo antes mesmo que a coisa acontecesse.

Do lado de fora da porta dele. Sim, a velha cadela tinha um favor a prestar a seu novo filho naquela noite. Não seria mais do que Grimhild faria para si mesma. Mas... o que é aquilo? Ele não está dormindo? Ela não cogitara a possibilidade de ele guardar segredos. A alma do garoto não trazia nada daquilo – tão franca e clara que era possível ver através dela sem nenhum tipo de impedimento. Grimhild nunca havia visto nada como aquilo. Então o que ele... Oh.

Oh. Aquele segredo, o que todos nós carregamos. Então quer dizer que, apesar de tudo, ele é humano. Ela teria de voltar depois, isso é tudo. Bem, bem. Há segredos no silêncio da noite. É melhor deixar quieto. Ela nunca deixaria escapar nem uma única palavra sobre o assunto.

Uma Grimhild decepcionada fez seu caminho de volta à scooter – mas não foi para a cama, entretanto. Muito tempo atrás, a velha decidira que dormir não era bom o suficiente para ela. Os hormônios e produtos químicos certos, sonhos acelerados – muito disso pode ser dispensado. A maioria dos médicos não faria isso, os riscos são muito altos. Mas algumas pessoas podem medicar a si mesmas. Naqueles dias, Grimhild só dormia por algum período de tempo quando necessitava de seus sonhos proféticos.

Estava chateada com Sigurd. Ele poderia ter dormido com a filha dela se quisesse. Gudrun deixou isso bem claro. Em vez disso, preferiu deitar sem companhia entre os lençóis e fazer a coisa sozinho. Bem, garotos sempre serão garotos – mas que lástima! Era impensável que isso pudesse ser preferível a uma noite com sua adorável filha.

Aquela velha tinha muitos talentos, e muitos segredos também. Ela se escondia por trás daquele corpo de cachorro, o cérebro se dobrando, para cima e para baixo em sua espinha, enquanto se fingia de bicho de estimação para o seu próprio sangue. Mas estava ali por inteiro, exatamente como havia sido há uma década ou mais naquela noite terrível, a noite do assassinato. Ela e seus estratagemas estavam todos ali, completamente intactos.

Esperando encontrar o garoto em sono profundo, Grimhild planejava tirar uma amostra do interior de sua boca. O DNA de Sigurd era digno de uma olhada, só por curiosidade, mas seus planos eram mais importantes. O garoto era um bem precioso demais para ser posto em risco, pela humanidade em geral e para os Niberlins em particular. Isso era o mínimo que ela podia fazer. Uma pequena duplicação poderia desfazer qualquer mal mais sério. Ela já tinha diversos Gunars, Hognis e Gudruns clonados, saudáveis e prontos para tomar o lugar deles caso fosse necessário. Era algo simplesmente lógico.

Exatamente. Grimhild mantinha peças sobressalentes.

A clonagem era apenas uma ciência, seu poder era limitado – não se pode clonar uma boa cria! E então a velha fazia uma viagem de vez em quando, ao redor do palácio, para copiar as mentes dos filhos, duplicá-las e arquivá-las em separado – só por precaução. Ela passava muitas horas sentada em seu esconderijo debaixo do palácio com Ida, mapeando as memórias deles. Espionagem? Gunar, Gudrun e Hogni não faziam ideia do que era a verdadeira espionagem.

A velha Grimhild era uma colecionadora. Isso era apenas senso comum. Aquela noite seria o primeiro passo para que ela fizesse o mesmo com Sigurd. As técnicas de clonagem não demandavam muito tempo naqueles dias, ela podia ter as primeiras cópias completamente prontas dentro de apenas algumas semanas. Ela foi frustrada daquela vez por o garoto estar acordado, mas Grimhild sabia como esperar.

Ela rumou para seus aposentos subterrâneos, para inspecionar carinhosamente seus tesouros – os filhos substitutos, deitados em tanques, imóveis. Ah, tão doces. Dormindo tão profundamente, do mesmo jeito que costumavam fazer quando eram bebês. Tão meigos, tão imóveis, tão prontos para viver quando ela assim o quisesse. Em breve seria a época da renovação dos clones mais uma vez. É preciso manter as coisas atualizadas. Cicatrizes e rugas, memórias e impressões. Era um trabalho delicado, detalhista. Os originais tinham de ser cuidadosamente mapeados, os clones preparados, atualizados e eventualmente substituídos. E eis o trabalho cruel de destruir a versão antiga. Ela o deixava para Ida. Que tipo de mãe ela seria se fosse capaz de lidar com algo assim – destruir os próprios filhos, mesmo que isso fosse feito apenas para ajudá-los a existir? Sim, uma pessoa vive muito atarefada quando o país precisa de seus filhos e seus filhos precisam de você.

Ela podia esperar. A hora certa chegaria. Grimhild prepararia um tanque para Sigurd enquanto ainda estava ali embaixo, naquela mesma noite.

# 31

## 1º GOLPE

Um longo dia foi seguido por uma noite curta. Sigurd caiu no sono assim que Gudrun o deixou. Elefantes selvagens e sirenes industriais não seriam capazes de acordá-lo, mas um minúsculo arranhão na janela fez com que ele pulasse imediatamente da cama. As janelas estavam fechadas por causa do barulho da multidão do lado de fora; mas, mesmo dormindo, Sigurd estava esperando por Jenny Melro.

– Sim – murmurou ele, e deslizou para fora da cama para deixá-la entrar. Ela não iria até Sigurd a não ser que ele estivesse sozinho, e o garoto não a via desde aquela primeira noite, quando Hogni havia se retirado para passar um rádio para casa e pegar novas instruções. Ela se escondera entre as heras e o observara em segredo, enquanto Sigurd dormia na igreja e fazia amor com Hogni – não havia segredos que pudessem ser escondidos de Jenny, mas ela nunca julgava ninguém. Continuou à espera com o presente que trazia de Bryony e, naquele momento, estava tão feliz por encontrá-lo sozinho quanto ele também estava por vê-la.

Com alegria, ela empoleirou-se no dedo dele, enquanto ele acariciava sua cabeça, beijava o bico e bagunçava suas penas. Passarinho corajoso – voando por toda aquela distância através do fogo para levar uma mensagem de amor. Um pequeno elo entre os dois mundos.

Ao redor da pata delgada da melro, havia uma pequena noz dourada, uma coisinha minúscula feita a partir de um delicado circuito de ouro que Bryony dobrara como se fosse um anel. Sigurd pegou-a e colocou-a cuidadosamente no bolso. Precisava então procurar por alguma coisa para mandar em retribuição. Mas o quê? Do lado de fora da janela, uma buganvília crescia ao redor da moldura. Era final da primavera e a planta estava coberta de flores cor-de-rosa em formato de estrela. Ele pegou uma delas e deu a Jenny; a flor era praticamente do tamanho dela. Grande demais? Ela ergueu a flor no bico e balançou as penas. Ela podia fazê-lo! Bateu as asas e caiu direto no chão. Rindo, Sigurd arrancou uma das pétalas e deu-a a Jenny. Ela ficou de pé sobre o carpete e olhou para ele com a pétala no bico, bateu asas e logo voou para o peitoril da janela, olhando para ele novamente por sobre as asas. Ele sorriu para Jenny, parecendo tão ridícula com aquela pétala no bico! Ela então se virou, bateu asas mais uma vez e se foi.

Sigurd pensou em como ela logo estaria com Bryony – dentro de apenas algumas horas, talvez. Se ele simplesmente conseguisse mudar de forma e voar como Jenny através dos mais minúsculos espaços... Mas a metamorfose não era um de seus dons.

O garoto deitou-se novamente. Lembrar de Bryony o deixara com pensamentos sexuais, motivo pelo qual ele estava ocupado quando Grimhild se aproximou. E, logo em seguida, caiu no sono mais uma vez.

Como sempre, Gunar estava certo. "Gunar está sempre certo", Gudrun costumava dizer sem nenhum vestígio de sarcasmo, quando tinha apenas três anos de idade. A chegada de Sigurd àquela região virou a balança do poder para o lado dos Niberlins. A guerra estava a caminho: o Velho Bill calculou que ela poderia muito bem ter início naquele momento, antes que os Niberlins tivessem tempo para se organizarem.

Não havia nenhuma tropa em movimento – elas seriam facilmente capturadas –, mas armas estavam sendo preparadas, quartéis postos em alerta, estratégias discutidas e, disfarçados como atividades comerciais cotidianas, munições e suprimentos estocados nos lugares certos.

Como todo guerreiro de playground sabia, deve-se procurar pelo maior inimigo primeiro. Bill já tinha algumas vantagens. Crueldade era uma delas, apesar de ele ter desistido da ideia de atacar as multidões reunidas na praça no dia anterior, apenas porque precisaria de pessoas com quem negociar depois que ganhasse a guerra. Seus concorrentes estão sempre errados, mas seus clientes estão sempre certos, como ele enfatizara para suas forças de trabalho. A outra vantagem era a surpresa. Infiltre-se depressa, vá até o maior inimigo primeiro, ataque causando o máximo de dano. Ele planejou inaugurar a guerra com diversas frentes ao mesmo tempo e seguir em frente com rapidez. Se pudesse estabelecer um avanço maior nas primeiras horas, isso poderia ser decisivo. Seu primeiro disparo, o movimento de abertura, foi diretamente no Palácio da Democracia. Caso ele conseguisse matar Sigurd e os Niberlins em um único ataque, a guerra já estaria ganha.

Grimhild ainda não havia atingido seu porão secreto quando as sirenes foram disparadas. Ataque aéreo! Alerta de dez minutos. Em pânico, ela se virou e seguiu para onde os filhos dormiam. Será que eles haviam ouvido? Sua carga tão preciosa! Oh, o tempo é um mar cruel! Mais rápido, Grimhild, mais rápido! E então – ah, não! Os clones! O que acontecerá com eles? Se os filhos dela forem mortos, os clones podem continuar vivendo. Ela tinha substitutos. Será que os clones eram mais importantes?

Depressa! Não há tempo a perder! Ela virou a scooter para o outro lado, num dilema: o que é real? O que é *certo*? Pobre Grimhild: talvez aquele acidente tenha lhe causado mais efeitos do que ela imaginava. Cada célula dos clones era tão preciosa quanto as de seus filhos verdadeiros. Ela não era capaz de distinguir uns dos outros.

Rápido, rápido, Grimhild – você só tem dez minutos. Mas, olhe só, ela está virando de novo! O que pode ser dessa vez? Os clones estão debaixo da terra, muito mais seguros do que os filhos dela, que estão muito vulneráveis lá em cima, no primeiro andar. Mas outro pensamento – os clones não podiam fugir. Ah, socorro. Ela parou, ofegante em cima da scooter, num frenesi de indecisão.

E é claro que ela não tinha dez minutos. Os Portlands eram discretos; o radar estava atrasado. Apenas dois minutos depois que as sirenes emudeceram, um míssil atravessou o palácio. O projétil ergueu um dos lados do teto por mais de um metro antes de cair de volta, com um estrondo violento, e explodir em chamas. Foi uma daquelas ocasiões em que Grimhild amaldiçoava sua boca de cachorro. Ela tinha uma boa voz, profunda e aveludada. "Fumaça quente", o marido a chamava. Mas não podia mais nem mesmo perguntar de onde vinha o dano ou se alguém havia se machucado. Os alarmes soavam furiosamente através do prédio. Em um pânico total, a velha cadela abandonou a scooter e foi obrigada a atravessar os corredores a pé. Como se estivesse num pequeno pesadelo, às vezes ela corria ereta em suas pequenas pernas de cachorro, uma preta, outra branca, os braços de criança e os cotovelos peludos tateando furiosamente para cima e para baixo, às vezes ficando completamente de quatro, com o traseiro bem alto no ar, em outras rolando para a frente numa série de cambalhotas em seus esforços para ir mais depressa e sobrepujar sua anatomia desajeitada, adaptada para absolutamente nada.

Mas não houve mais mísseis. Gunar mantinha as defesas em alerta máximo. Era arriscado infiltrar-se nas posições do Velho Bill. As grandes potências do leste e a África fizeram de tudo para garantir que a Europa ocidental nunca tivesse uma força aérea, e os quatro aviões que Bill enviara naquela missão representavam uma porcentagem considerável de seu poder aéreo. Apenas um míssil acertou o alvo e dois aviões estavam definitivamente danificados, mas talvez aquele jogo ainda gerasse bons lucros. O míssil havia passado de raspão pelas acomodações particulares, mas atingira diversos sistemas e causara sérios danos nos equipamentos de comunicação bem no momento em que Bill mostrava sua faceta mais perigosa.

Grimhild não precisou correr por todo o caminho. Ouviu-se uma forte pancada atrás dela e Ida apareceu, com a boca aberta em seu rosto chato, os olhos azuis alarmados devido à possibilidade de algo poder ter acontecido com sua amada. Ela ergueu a velha cadela nos braços e, parando apenas para acariciar a cabeça dela e bagunçar seus pelos, carregou-a – sem jamais ter de receber ordem alguma para fazê-lo – para a sala de incidentes subterrânea, onde a família deveria se reunir em caso de emergências como aquela.

Uma vez lá, Ida a colocou no chão e foi se apoiar contra uma parede, arfando; ela sentia um medo terrível. Grimhild olhou ao redor – tudo bem, graças a deus! Gunar, Hogni, Gudrun, nem um único arranhão. Grimhild corria de um para o outro, lambendo e acariciando mãos e rostos, sussurrando, latindo, excitada. Mas onde estava Sigurd?

Ele chegou alguns minutos depois, conduzido por um guarda. Havia sangue e a pele dele brilhava com uma luz peculiarmente fragmentada. Ele estivera mais perto da explosão. De fato, havia ouvido o míssil sendo lançado, saíra da cama e estava no meio do caminho até a janela, para ver o que estava acontecendo, quando o projétil parou. A detonação empurrara a janela do quarto dele, quebrando-a em cacos. Foram esses pequenos fragmentos em sua pele impenetrável que fizeram com que ele brilhasse daquela maneira.

– Preciso de um banho – disse ele, antes de ter de se afastar de um abraço de Hogni por medo de cortar o amigo.

Mas algo atraiu os olhos de Gunar. E não foi a luz fraturada na pele de Sigurd, mas o sangue nas costas dele. Sangue significava humanidade; humanidade significava vulnerabilidade.

Ele dispensou os guardas antes de falar qualquer coisa. Aquilo deveria ser apenas para a família. E então fez sua pergunta:

– Você está sangrando, Sigurd. Como isso é possível?

Sigurd sorriu e esticou um dos braços para trás no intuito de tocar o ponto vulnerável.

– Há um lugar nas minhas costas onde o sangue de Fafnir não encostou, onde uma folha ficou presa. Ainda tenho minha pele original ali. De qualquer forma, pelo menos ainda existe um lugar onde sou humano – brincou ele. Gunar olhou para ele com curiosidade e Grimhild soltou um rosnado vindo direto da garganta. Isso era algo que se deveria saber – e o garoto era maluco! Por que se entregar assim? Mas Sigurd estava contente em compartilhar seu segredo com os novos amigos, isso lhe dava prazer.

– Estamos quites agora, pois simplesmente podemos apunhalar uns aos outros pelas costas – Sigurd riu com a ideia.

Houve um silêncio chocante. Isso era algo raro, uma coisa estranha, quando alguém com tal poder mostra sua fraqueza – e de uma maneira tão casual, como se isso simplesmente não houvesse lhe ocorrido antes. Ele confiou neles tão depressa, tão completa e idiotamente. Sigurd olhou para eles, surpreso – por que o encaravam? A velha Grimhild quebrou o momento congelado ao cruzar a sala indo em direção ao filho adotivo – pois já era assim que pensava em Sigurd

– e pegando as mãos dele nas dela. Sigurd sorriu, olhando para ela lá embaixo. Quando os outros se reuniram ao redor dele, para tocá-lo e inspecionar o lugar em suas costas, ela deixou a sala e foi até o banheiro em busca de lenços de papel e algodão, e limpou o ferimento dele com as próprias mãos. Sigurd se ajoelhou pacientemente diante de Grimhild enquanto ela limpava o sangue com suavidade. Todos observaram em silêncio enquanto ela lhe prestava esse serviço.

Foi então que os guardas entraram novamente na sala, com as primeiras informações das frentes que abriam caminho ao sul, ao norte e a oeste. A luta já estava tomando corpo. Os Niberlins foram encurralados. Desprezando tudo o que acontecia ao seu redor, Grimhild silenciosamente deixou a sala, subiu na scooter e desceu até seus aposentos particulares, com os lenços de papel ensanguentados firmes debaixo de um dos braços. Atrás dela, ouvia-se um toc, toc, toc constante. Ida estava em seu encalço.

Ela tinha os genes de Sigurd. Começaria os procedimentos imediatamente.

Enquanto Grimhild corria alegremente com seus trapos sangrentos, Sigurd, com Gunar, Hogni, Gudrun e vários generais e outras autoridades que foram prestar seu apoio, conferia a enxurrada de informações que chegavam, tentando calcular reações e alocando recursos para as frentes que abriam caminho ao redor deles.

O Velho Bill atacara pelo sul e pelo oeste em um grande número de frentes, incluindo uma que avançou pelo reino de Alf. Ele era peixe pequeno, mas Bill não tinha nenhuma intenção de ser pego entre dois inimigos. Havia outras frentes no norte e no leste compostas por aliados dos Portlands. Até aquele momento, os Niberlins não haviam recebido nenhuma notícia de seus próprios aliados.

Sigurd ouviu as novidades com uma crescente agonia. Enquanto olhava para os mapas, já podia ver os padrões emergindo, futuros se desenvolvendo. Ele podia vencer aquela guerra; ele sabia disso. Haveria muitas mortes e uma grande porção de dor e destruição. O conflito não duraria muito tempo, mas iria requerer toda a sua atenção. Já havia começado. Mas... Bryony! Isso não era mais uma questão de simplesmente ir até lá. Os Portlands controlavam as terras ao redor de Londres. Haveria bloqueios nas estradas, guardas armados. Chinelo seria imediatamente percebido. Sigurd era forte, mas não poderia ganhar uma guerra sozinho. Isso era maior do que ele, maior que o amor. Ele não podia deixar que uma guerra começasse em seu nome, nem pelo amor, nem pela esperança, nem por qualquer outra razão.

Estou muito atrasado, ele pensou. Enquanto se inclinava sobre a televisão com Gunar, assistindo aos noticiários extraordinários, sentia seu coração se tornar frio dentro do peito. Seria esse o preço? Não fazia sentido. O destino e o desejo haviam andado de mãos dadas para ele até aquele momento, mas, de repente, o mundo de Sigurd estava se partindo em duas metades. O que ele queria e o que ele era, dois polos diferentes. Isso o fazia se sentir enjoado, como se o chão estivesse se inclinando debaixo de seus pés.

Gunar apontou para alguma informação significativa. Sigurd assentiu, mas, em seu coração, ele pensava: Bryony, Bryony, Bryony! Será que ele iria perdê-la? E o bebê, o bebê que ainda não nascera?

E ainda havia mais, é claro – a mãe dele e Alf no oeste, que mesmo então estavam sendo sobrepujados pelos exércitos dos Portlands. Tarde demais para eles – Sigurd podia apenas rezar para que conseguissem fugir. Será que ele também perderia Bryony?

Isso não poderia acontecer.

Sigurd assentiu para si mesmo. Ele não podia agir de imediato, mas ainda tinha tempo. Crayley não poderia machucá-la até que ela tivesse o bebê e isso só aconteceria dentro de alguns meses. Mas, naquele momento, naquele exato segundo, ele tinha de se concentrar em vencer uma guerra.

Balançou a cabeça e desviou sua atenção para o mapa. Em sua mente, uma teia de pensamentos começou a se desenrolar. Pôde ver a estratégia se revelando, não apenas para aquele momento, mas também para o futuro, como se o mapa estivesse lhe entregando seus segredos, profetizando a forma do que viria a seguir. Sigurd sabia exatamente o que tinha que fazer.

O garoto olhou para cima. Os outros o observavam.

– Você está nos ouvindo, Sigurd? – perguntou Gunar.

– Tudo bem – disse Sigurd. – Isso é o que devemos fazer.

Eles ouviram e depois começaram a discutir. A maior parte das palavras de Sigurd não parecia fazer sentido. Mas como ele poderia explicá-las? Não se tratava apenas de conclusões habilidosas e suposições inteligentes; nem do fato de saber como Bill reagiria sob determinadas circunstâncias. Ele simplesmente sabia qual seria o curso das coisas. Com relutância, Gunar deu as ordens que Sigurd desejava. Elas iam contra aquilo que ele conseguia entender; mas para que mais Sigurd servia?

E então a batalha teve início.

Houve algumas horas desesperadas – talvez, levando-se em conta o medo que todos nós carregamos no coração, as piores de qualquer guerra. Mas os exércitos dos Niberlins estavam em alerta; os comandantes, bem treinados, eram capazes de assumir o controle e assumir as próprias batalhas enquanto o QG cuidava da situação como um todo. O ataque inicial aconteceu às quatro horas. Meia hora depois, Sigurd estava distribuindo as primeiras ordens. Às dez horas da manhã, a situação se estabilizou e eles começaram a preparar o ataque.

O longo lamento da guerra estava a caminho.

Na noite seguinte, quando foi possível tirar um cochilo por algumas poucas horas, Sigurd caiu na cama, exausto. Ele então sabia o que era a guerra. Por trás dos mapas, homens, mulheres e crianças morriam aos milhares. Logo haveria dezenas de toneladas de cadáveres. E esses números só aumentariam. Sangue, dor, ruína, mutilação – para quê? Será que haveria algo que valesse esse preço? Apenas uma única coisa: paz. Entretanto, era uma ironia repugnante ter de criar exatamente o oposto para obtê-la.

Morrer pelo futuro, ou morrer pelo presente. Coisas demais para desistir. Tanta coisa perdida para sempre.

Bryony! Sua amada Bryony! E seu filho, que ainda nem havia nascido.

– Baixas de guerra – sussurrou ele.

Bryony estava trancafiada naquele holocausto terrível. Era uma prisioneira, mas estava em segurança. As tropas de guerra não poderiam nem ao menos se aproximar dela. Crayley cuidaria disso. Ela estava mais segura ali embaixo do que em qualquer outro lugar do país, pelo menos até que o bebê nascesse. Mas a que preço! Confinamento solitário em Hel. Mesmo lá em cima, mesmo naquelas circunstâncias, quando ele sentia a agonia de uma nação em guerra, Sigurd podia imaginar como deveria ser para ela, aprisionada e sozinha. Mas haveria uma saída. Mesmo que ele tivesse de cavar com as próprias mãos, que ele tivesse de morrer um trilhão de mortes, Sigurd traria seu amor até a superfície.

Assim que terminar de lutar nesta guerra, ele pensou. Preciso lutar com todo o meu empenho. Vou esmagar esse exército dos Portlands para que eu possa resgatar minha Bryony o mais rápido possível. Nada me impedirá de fazer isso. Teremos tempo quando a guerra terminar. Ela estará a salvo por mais alguns meses. Irei trazê-la aqui para fora, quando a guerra terminar, ou morrerei tentando.

Com esses pensamentos de que estava apenas adiando o resgate de Bryony, Sigurd virou-se na cama e caiu no sono.

*Quando a guerra terminar*. Quantos amantes teriam acreditado nessas palavras?

E, no subsolo, Bryony esperava que seu Sigurd voltasse para ela. Ele havia ido para a superfície há uma semana, quando a guerra eclodiu, mas os tiros e o fogo da artilharia não penetravam em Crayley. Ela o esperava todos os dias, quase que todas as horas. Sigurd não tinha como avisá-la de tudo que estava acontecendo – Hogni, a emboscada no Pata do Macaco, as multidões que se reuniram na praça, a guerra que tinha início. Mas quando Jenny o visitou no dia seguinte ao ataque ao Palácio da Democracia, Sigurd já tinha uma mensagem preparada. Um pedaço de fita azul – um tom de azul pálido, triste, ele pensou – com inscrições miúdas feitas com tinta preta: GUERRA, ATRASO e ESPERANÇA.

Bryony chorou. Esperança? E o que ele tinha a dizer sobre LOGO – e sobre AGORA? Esperança! A esperança era uma mentira. Num ataque de fúria, jogou o corpo contra a parede, mas parou de repente e pôs as mãos, de maneira protetora, sobre o estômago.

– Desculpe, pequenininho – murmurou ela. Não podia se permitir pensar desse jeito. Estava cercada por seu inimigo – as paredes, o telhado, o fogo, o próprio ar. A máquina estava em todos os lugares. Mas lá dentro – lá dentro havia esperança, lá dentro havia amor. Ela tinha de ser persistente.

Bryony olhou para seu pequeno pedaço de fita e pensou em como os últimos dedos que o tocaram haviam sido os de Sigurd. Ela precisava esperar, não por horas, nem dias, talvez nem mesmo por semanas.

Tentou pensar em todos aqueles milhões de pessoas que viviam sobre a cabeça dela, lutando umas contra as outras, mas, em seu mundo unitário, ela achava coisas como essa impossíveis. Eles tinham tudo – por que iriam querer brigar? Guerra – algo tão bem definido. Mas e a esperança, o que era? A cor do ar, o vento em outra província.

O bebê crescia dentro dela.

– Ele fará tudo o que puder – sussurrou Bryony. Sim, ele faria tudo que fosse possível. Mas, por ora, ela estava sozinha, defendendo-se de si mesma, cuidando de uma criança para um futuro incerto.

Algo fez cócegas em seu braço – era Jenny Melro que esfregava o bico nela. Ela riu e tocou a cabeça da pequena criatura.

– Então quer dizer que não estou completamente só – disse ela. Jenny ergueu a cabeça e soltou um assovio. Bryony suspirou. Mais tempo para matar. Como ela o preencheria? Mas já sabia a resposta.

– Sabotagem – sussurrou ela. A cidade estava fraca. Ela poderia danificá-la. Encanamento, o velho sistema nervoso elétrico, reservatórios. Seu único problema eram aqueles velhos robôs, que não paravam de chiar. Que tipo de criatura era ela, que sabotava a própria casa? Mas Crayley nunca havia sido uma casa para Bryony, mesmo ela tendo vivido ali por toda a sua vida.

Bryony ergueu um dos dedos para o maquinário empilhado atrás dela. Ela sorriu – tinha um novo passatempo. Rumou de volta para um de seus abrigos para fazer planos.

# 32

# A VELHA CASA

Foi então que chegou um tempo em que a sobrevivência era tudo que restava. Aquelas cenas eram de partir o coração e revirar o estômago – as praças e vielas dos vilarejos repletas de cadáveres, os edifícios destroçados envolvidos pelo odor de carne apodrecida e moscas enfiando-se por entre os tijolos caídos. Assassinato e destruição numa escala industrial e tudo isso em nome da paz. Como a paz pode algum dia vencer a guerra? Uma destruição tão amarga pode deixar apenas um legado de ódio. Que base para se construir alguma coisa!

É nesses tempos que os deuses mostram suas faces. O futuro de indivíduos e nações mesclados em um único destino. Furtos valiosos para os imortais. Deuses loucos berrando debaixo dos destroços de tijolos e as vigas mestras retorcidas de edifícios destruídos, deuses sãos chorando com os mortos ao amanhecer, enquanto o belo sol lança as primeiras luzes sobre cenas de violência repugnante. Odin, ele deveria estar lá, é claro, ceifando as fartas colheitas de mortos, o coro dos massacres, reunindo segredos como um corvo bica olhos, empilhando cadáveres como se erguesse uma parede de tijolos. Era isso o que ele queria? O Pai de Todos, para quem o futuro é tão claro quanto o passado. No fim das contas, o que os poderosos podem fazer além de aumentarem suas coleções?

O anel de Andvari encaixou-se perfeitamente em um dos dedos de Bryony. Nas profundezas do subsolo, ele pagava sua dívida com a desgraça. Mas como? A guerra era um infortúnio? Tantas vidas terrivelmente perdidas, mas o bem pode surgir se o mal for vencido. A vida de Bryony é amarga o suficiente; talvez a influência do anel não possa ir além disso.

Nos primeiros dias, as perdas dos Niberlins foram terríveis, mas o contra-ataque fora imediato. Furioso, o Velho Bill ordenou uma tática segundo a qual os campos deveriam ser queimados na esperança de aterrorizar a população e torná-la submissa. Eles tinham uma extensiva ajuda estrangeira, sem mencionar um terrível exército de meio homens, criado a partir da melhor tecnologia e da mais ampla biblioteca genética do planeta. Soldados, armas e veículos não eram mais distinguidos com muita clareza, em suas divisões. O ataque antecipado aumentara sua vantagem natural. Apesar do imenso apoio popular, naquele momento ninguém teria apoiado os Niberlins.

Foi então que Sigurd mostrou seu verdadeiro valor. Algumas horas após a primeira batalha, Gunar, Hogni e Gudrun já tinham aprendido a deixar todo o planejamento estratégico apenas para ele. Nem sempre foi possível cogitar por que ele fazia isso – às vezes nem o próprio Sigurd fazia ideia –, mas a maneira como ele guerreava era tão surpreendente, tão impossível de ser predita e tão repleta de truques estranhos que em muitas ocasiões ele mais parecia um mágico de circo do que um general. Às vezes, fazia com que os exércitos dos Portlands lutassem contra si mesmos na escuridão, ao atacarem suas próprias cidades, chegando até mesmo a desviar navios repletos de armas vindas do exterior para as mãos dos Niberlins. Ele parecia entender o que os Portlands estavam planejando antes mesmo que eles dessem o primeiro passo, e dançava ao redor do Velho Bill como um passarinho entre as patas de um rinoceronte. Em duas semanas, forçou o inimigo a recuar para suas fronteiras originais. Um mês depois, o Velho Bill estava negociando um acordo pacífico. Sem Sigurd, as batalhas poderiam durar anos.

O verão chegara e a guerra esboçava um final. Sigurd já estava com dezesseis anos e sentia-se como uma máquina mortal. Por semanas, seu cérebro bolara plano após plano, muitos que nem ele mesmo compreendia. Havia apenas começado a perceber o quanto dele havia sido projetado por seu pai, Sigmund, e reinventado por Odin. Sua genialidade não requeria pensamento ou consciência; ele produzia estratégias até mesmo enquanto dormia. Isso assustava Sigurd. Metade projetado, metade divino – quanto de humano ainda restara nele?

Mas, naquele momento, tudo já estava quase terminado. Tanto para Sigurd quanto para todo o resto da nação, a vitória não veio sem perdas – Hiordis e Alf haviam morrido. Sigurd não tinha tempo para enlutar-se por eles, mas era hora de estabelecer a paz e haveria tempo para que os vivos contassem seus mortos.

Estavam no mês de junho. Sigurd já estava na superfície há dois meses. Ele cavalgava Chinelo por uma trilha esburacada, fora das rotas principais, a caminho da Velha Casa, a casa de campo dos Niberlins, para encontrar-se com seus aliados e avaliar as propostas que Bill Portland lhes oferecera. Eles já sabiam que iriam rejeitá-las. Sem dúvida que ainda restara a Sigurd muitos planos para pôr em prática, mas Bill não tinha mais cartas para pôr sobre a mesa. Era apenas uma questão de tempo eles informarem a Bill que ele não tinha direito a condição alguma.

A Velha Casa ficava em meio a grandes jardins crescidos em excesso, com um pomar, canteiros desarrumados, gramados e varandas. Havia vários anexos pequenos e um córrego que levava até um laguinho semiengolido pelos lírios. Mais além, havia vales cobertos por montanhas, rios e pastos grosseiros que cobriam as montanhas que cercavam o local. No passado um velho estábulo, a casa havia sido reformada pela primeira vez quase setenta anos antes. Diversas gerações de crianças Niberlins passaram verões ali, ajudando nas colheitas das fazendas locais e nos partos das ovelhas, alimentando os porcos e arrancando moitas de espinhos. Aquele era o lar de suas mais queridas recordações da infância.

O grande espaço central debaixo do telhado foi mantido como um tipo de pátio coberto; o resto da construção, o cordame, os estábulos, vários anexos e alas extras deram origem aos cômodos. Havia uma escadaria que levava até uma passarela que conduzia ao corredor principal que dava no nível superior e em vários sótãos e plataformas no alto do telhado. O jardim era supervisionado por um único jardineiro, que travava uma batalha perdida contra as trepadeiras, folhas derrubadas pelas ervas daninhas e as flores que todos eles amavam. O velho vagava de um lado para outro, com a enxada e o carrinho de mão, mudando as plantas de lugar e arrancando os parasitas quando algo parecia correr risco de desaparecer. O lugar era um paraíso para os pássaros. Havia andorinhas no telhado, corujas suindaras no sótão, pássaros azuis nos muros, passarinhos no ar, passarinhos na grama, nas sebes dos canteiros e buracos das paredes. O lugar estava infestado deles.

Havia também artilharia pesada no bosque além do jardim e mísseis debaixo das margens da montanha no fundo do pasto. Havia uma cadeia de passagens subterrâneas, esconderijos, túneis e bunkers, um pequeno hospital, salas de armazenagem e controle – tudo que formasse os músculos do poder, ou seja, uma residência extremamente poderosa. Aquela fazenda de aparência rústica que era a mais querida tinha como vizinho, do outro lado do riacho, um quartel, que abrigava uma força-tarefa bem armada e altamente treinada. No vilarejo próximo, um batalhão estava situado.

Grimhild vivia ali permanentemente desde que a guerra estourara – seus filhos amados estavam espalhados por todo o país, comandando diversas operações. Ela observava os empregados administrando a casa e mordia a língua quando tomavam liberdades. Esse era o preço que ela tinha que pagar. Tinha seu próprio trabalho – coisas secretas, mantidas longe de vistas alheias. Naquele momento, mais do que em qualquer outro, era importante manter cópias de tudo. Duplicatas das duplicatas; nunca se sabia quando elas seriam necessárias.

Quando Sigurd chegou, ela o cumprimentou carinhosamente, pegando-o pela mão e dando pequenos saltos ao redor dele. Sigurd a pegou no colo e a abraçou, soldado e feiticeira, homem e cão, eles não pareciam nem uma coisa nem outra. E então ela o conduziu até o interior da casa e o observou enquanto ele comia um sanduíche, sacudindo a cauda peluda sempre que ele olhava para ela e latindo de volta quando ele falava.

Enquanto comia, Sigurd pensava: o quanto Grimhild sabia, quanto ela era capaz de entender? Isso era algo a respeito do qual os filhos dela às vezes conversavam. O primeiro médico que a tratou depois do incidente lhes garantiu que ela sabia mais do que um cachorro comum, mas ele estava apenas sendo educado. Em seu íntimo, suspeitava que Grimhild não era capaz de reconhecer mais do que comandos como "senta" ou "finja de morta". Todos eles acabaram compartilhando esse ponto de vista. Por toda a bondade que existe no mundo, faça-me o favor! Desde que Grimhild quisesse companhia, Sigurd falaria com ela, pois Gunar lhe dissera que ela gostava disso. Ele se sentiu um pouco idiota no início, sem saber se estava ou não falando com as paredes. Gudrun certa vez observou que talvez ela fosse melhor assim, um comentário que o intrigou, mas que ele não tivera tempo de investigar com mais profundidade. Caso eles soubessem o quanto ela estava consciente, é provável que tivessem alertado Sigurd de que a mãe era dada a planinhos malucos, mas Grimhild se escondera mais profundamente do que se podia imaginar e nunca passara pela cabeça de ninguém preveni-lo a respeito.

Assim, ele conversou com Grimhild, falando pelo simples prazer do ato. A viagem havia terminado, que bom. Era verão, as florestas estavam repletas de pássaros – isso não era adorável? Que dia! Verão. Luz do sol. Sigurd suspirou, pensando em quem estava perdendo aquele maravilhoso dia ensolarado, com aqueles céus azuis e nuvens altas e brilhantes. E, com a guerra terminando, a vida poderia começar. Em mais uma semana ou um pouco mais, Grimhild, ele estaria dando o fora com a pele de dragão. Ela era mantida ali, na Velha Casa, haviam lhe contado, ela sabia se isso era verdade?

Grimhild deixou que a língua ficasse pendurada para fora da boca para secá-la e arquejou levemente, erguendo a cabeça para um dos lados daquele jeito genial e curioso que só os cachorros sabem fazer, mas não disse nem uma única palavra, nem balançou a cabeça. Sim, ele tinha alguém para resgatar, alguém muito querido, que ele guardava no fundo do coração – muito querido mesmo. Não é maravilhoso que a guerra já esteja quase terminada? Maravilhoso! Sigurd ficou de pé e sorriu, subitamente esquecendo toda aquela história de resgate. Sim!

– E Bryony estará comigo! – exclamou ele e sorriu para a cadela que estava a seus pés.

Sigurd fez uma careta, frustrado por não haver ninguém ali com quem pudesse compartilhar sua alegria. Quando a guerra estourara, ele se sentira de mãos atadas. Mas finalmente havia chegado a hora de a verdadeira aventura ter início – amor.

Mais tarde, enquanto ele estava deitado na banheira, ouviu a batida na janela, já tão familiar. Sigurd levantou-se num pulo para deixar Jenny Melro entrar. Haviam-se passado três dias. Ele ficou com medo de que Bryony estivesse com problemas.

Ele não tinha nada a temer. Jenny trazia um pedaço das roupas dela, cortado bem certinho. Algum tempo depois, ela começaria a lhe mandar retalhos de roupa íntima. Amorosamente, Sigurd imaginou-a andando nua da cintura para cima.

Nada de palavras – ela não precisava de palavras. O que ela poderia dizer? Estou esperando? O que mais ela poderia fazer? Sigurd já estava com o presente de retorno pronto – outro pedaço de fita. Nele, as palavras PAZ, AMOR e LOGO. Sim, ele já podia dizer isso – logo. Ele estaria lá em breve. O que no mundo poderia detê-lo a partir de então?

O passarinho empoleirou-se na borda da banheira enquanto Sigurd a acariciava, afagando suas costas macias. Mas a melro nunca ficava ali por muito tempo. Já estava batendo asas e logo voou para o peitoril da janela. Ela levava a vida em uma velocidade dez vezes maior do que a dos humanos.

– Tudo bem, tudo bem, já vai. – Ele esticou um dos braços e amarrou a fita ao redor da patinha ossuda. Jenny piou e foi embora pela janela, mais uma vez.

Sigurd suspirou e se inclinou contra a banheira. Ele estava derretendo de exaustão. Precisava de uma boa noite de sono e então: paz, em breve. Sim, em breve. Muito em breve. E amor.

E era hora de ir para a cama.

# 33
# 2ª MORTE

Todos nós, eles dizem, temos infinitos eus vivendo suas vidas em universos entrelaçados de uma forma que um nunca será capaz de encontrar o outro. Aqui, em nosso pequeno bolsão de realidade particular, temos um único passado e muitas possibilidades futuras, as quais apenas uma pode ser realizada. Se você virar para a direita agora, nunca poderá virar para a direita novamente nessa mesma ocasião; vire à direita e nunca mais poderá ir para a esquerda, tudo mudará para sempre. Alguns dizem que para aqueles que vivem no mundo onde os velhos deuses se ergueram a partir de nossas almas, fábricas abandonadas e carne clonada, o futuro é tão fixo quanto o passado.

Poderia ter sido diferente? Será que Sigurd podia ver os perigos que a velha apresentava – olhar além da sua doce cara de cachorro para a loucura que ela ocultava? Em outras palavras, em outros tempos, em outra época de autodeterminação e liberdade de escolha, qualquer uma das milhares de decisões que ele, seus pais e guardiões, amigos e amantes fizeram poderiam ter mudado os planos de Grimhild para aquela noite. Ou se ali houvesse outro tipo de mundo, com outro tipo de deus menos familiar para nós, onde o passado pudesse ser mudado por decisões, do mesmo jeito que achamos que podemos fazer com nosso futuro? O quão profunda nossas vidas se tornariam então, se pudéssemos vivê-la inteiramente de trás para frente, várias e várias vezes e nenhuma delas fosse da mesma maneira? Esse mundo não é familiar para nós, mas carregamos conosco pelo menos um conjunto infinito de passados possíveis. Um mês antes, quando Grimhild pegara a bandagem suja de sangue de Sigurd, ela estava tentando garantir que, na possibilidade de algum acidente ou assassinato, pelo menos uma versão de Sigurd estaria conosco.

Veja, agora ele está dormindo. Ah, Sigurd – não durma quando o perigo é tão grande. Você não aprendeu que o maior perigo sempre vem de casa? Armas são óbvias – é o amor, a delicadeza, a boa vontade e a esperança que escondem as coisas. Grimhild raciocina muito bem – você ainda tem alguma dúvida quanto a isso? Ou você acha que boa vontade é suficiente? Talvez você ache. Durma então, enquanto a velha e a ama o empurram numa maca, até o celeiro principal. A casa está vazia, os empregados foram dispensados. No dia seguinte, Gudrun estará aqui, mas será tarde demais. Durma enquanto elas o conduzem pelo gramado até as ruínas do velho anexo de pedra. Um local bastante característico, uma espécie de extravagância, com rosas e trepadeiras subindo pelas paredes e um pouco do telhado ainda de pé – grande o suficiente para fornecer abrigo da chuva e ocultar uma porta secreta. Durma, Sigurd, enquanto elas o carregam através da porta até o esconderijo de Grimhild; durma enquanto elas o empurram através dos laboratórios onde a velha cadela mantém os experimentos. Você deve ter pensado que soldados, empregados e a própria família teriam trabalhado para que houvesse todo aquele espaço inexplicável ali embaixo – mas por que eles teriam feito isso? Toda a coisa é intrincada como o cérebro de Grimhild, confusa e escondida – essa Grimhild é mesmo esperta! – do outro lado de uma porta. Objetos mágicos não são o que parecem ser.

Continue dormindo, Sigurd. Você não tem escolha. Seu chocolate quente de boa-noite continha drogas.

Grimhild é uma velha cheia de mimos. Mimos por seus filhos, mimos por segurança. Quando estava vivo, Al Niberlin sempre costumava reclamar disso – a esposa gastava uma fortuna em seguros, mais do que poderia receber de volta. Excessivamente cautelosa ao ponto da imprudência, ele brincava, mas sabia que alguma coisa não batia. Era ganância, ganância por controle, por proteção, medo de perder o que tinha. Como um dragão sobre seu tesouro, Grimhild conferia cada bugiganga. No caso dela, seu tesouro era a família.

Ela e Ida empurram a maca com o crédulo menino, que dormia através dos corredores até a sala de tratamento. Nas paredes, as expressões favoritas de Grimhild. Quando estava na escola, ela tinha o hábito de pintar nas paredes citações valorosas e exortações. "A excelência é um hábito." "Nós fornecemos o exemplo." Aqui, ela tinha as suas favoritas, coisas que a mãe costumava lhe dizer, citações que ouvira ao longo dos anos e que vinham à sua mente quando pensava em sua vida diária.

Ela e Ida empurraram Sigurd por uma citação na parede: A HONESTIDADE É A AFLIÇÃO DO HOMEM BOM. Verdade, Grimhild, essa é a mais pura verdade. Vale mesmo a pena saber disso. Talvez uma pitada de senso de humor por trás daqueles olhos escuros? Grimhild não podia sorrir e Ida nunca o fazia. Pode ser que ela já tenha ouvido a mesma piada várias vezes. Querida e velha Ida. O rosto dela como uma pedra lascada, a boa e sólida cara de alguém nascido e criado em Lancashire, como Grimhild costumava dizer. As crianças sempre a chamaram de Feia pelas costas, ela era capaz de assustá-los apenas com um olhar quando eram pequenos. Mas ela tinha bons olhos, um belo par de contas azuis que pareciam estar sempre surpresos. Talvez estivessem.

Mas o que era aquele, do lado de dentro da porta da sala de tratamento? UM PROVÉRBIO NÃO DITO É SABEDORIA DESPERDIÇADA. O que tudo isso queria dizer, Grimhild? Não há muita sabedoria saindo de seus lábios ultimamente, não é mesmo? Hein? Fale, conte-nos o que você acha. Mas não, nada. Não pode falar? Não irá falar.

É um suplício, é isso o que ela pensa, apesar de servir bem aos seus propósitos. O fato é que Grimhild jamais conseguira guardar um segredo. As coisas simplesmente escorregavam do cérebro para a língua e então já era... opa! Ela podia passar o dia inteiro com os lábios grudados e, mesmo assim, algo sempre acabava escapando, plop, caindo no chão, envergonhando a todos. Era uma forma de autossabotagem, ela costumava pensar. Não ocorria com frequência, apenas uma vez a cada período de alguns anos, mas, quando acontecia, a arrasava.

Quando Grimhild tinha sua forma original, quando era uma mulher, tinha casos. Vários. Não que ela fosse promíscua, mas o rei passava a maior parte do tempo ocupado e, bem – Grimhild tinha uma queda por homens atraentes. Havia um guarda-costas estúpido, mas forte como um touro, que costumava fazer amor com ela como um mar bravio; um rapaz cruelmente bonito, filho de uma grande família de negociantes e um homem mais velho que trabalhava em uma importante corporação, grisalho, lento, mas vigoroso, que passava a noite inteira se movendo sobre o corpo dela como se fosse uma espécie de velho amigo.

Mas ela deixava as informações escaparem – uma, duas, três vezes, regularmente, a cada poucos anos. Alguma pista imbecil saía de seus lábios, entregando que ela na verdade não estava onde havia dito que estivera na noite anterior, ou que de fato havia visto alguém que jurara nem ao menos ter conhecido. Erros imbecis, mentiras palpáveis, o suficiente para fazer com que o marido descobrisse a verdade. Na terceira ocasião em que isso aconteceu, ele considerou que já tivera o suficiente e prometeu se separar dela. Ele já dissera aquilo antes, mas, daquela vez, falava sério. E se ele pudesse ser... substituído? Não, esse não era o plano. "Alterado" seria o termo mais correto.

A coisa era simples em teoria, ela já vinha planejando tudo há muito tempo, mas era a primeira vez que dava errado e ele acordou no meio do processo de transferência. O ponto era remover a memória – bem, diversas memórias, para ser exato, podendo-se fazer também alguns ajustes enquanto eles estavam daquela forma. Mas Al recuperara a consciência, olhara ao redor e vira as versões de si mesmo encarando-o. Grogue por causa das drogas, ele ficara meio louco. Então, quando andou um pouco pelo lugar e se deu conta de que aquilo não era um pesadelo, ficou furioso. Cópias dele! Cópias de seus filhos! Como ela ousara fazer aquilo sem o seu conhecimento?

– Não são apenas eles, Al, eu também me fiz – insistiu Grimhild. Mas Al estava furioso, não havia como conversarem racionalmente. Ele ficara fora de si, estraçalhando os tanques, destruindo a si mesmo várias e várias vezes. De repente, as mãos dele envolveram a garganta de Grimhild, seu hálito quente no rosto dela, os olhos de Al brilhavam, o rosto se retorcia. É claro que não era culpa dele – não era ele quem estava realmente ali, pobrezinho. Fora Ida quem salvara a situação, cravando um machado na parte de trás da cabeça dele, e esse foi o fim de Al. Foi terrível. Grimhild ficara inconsolável; ela não planejara assassinato, apenas um novo ajustamento. Remover as memórias de suas infidelidades para que pudessem continuar com suas vidas como se nada tivesse acontecido. Ela nem mesmo quisera substituí-lo por um clone, o original estava bom o suficiente para ela. E então ele havia partido, deixando suas memórias defasadas e os clones tão danificados que era impossível repará-los. Que bagunça!

Ela e Ida salvaram a situação com uma boa mentira à moda antiga. Assassinato! O rei morto; Grimhild atacou. Elas forjaram a cena do crime no quarto do casal e esperaram pela manhã para que o corpo fosse descoberto. Grimhild insistira em sua própria punição – o aprisionamento na forma de cachorro. Os filhos concluíram que ela havia sido aprisionada, através de magia, no meio da metamorfose entre cachorro e mulher. Mas essa punição servira para algo. Agora ela tinha muitos segredos para guardar. E se alguns deles, por estupidez, acabassem escapulindo? O rosto de cachorro cuidaria disso. Ida, que os deuses a abençoassem, foi tão prestativa quanto sempre e cortou a própria língua com uma faca de cozinha, antes que Grimhild executasse seu último ato no próprio corpo, amarrando-a convincentemente em uma cadeira.

Elas deitaram Sigurd próximo aos computadores e começaram a conectá-lo a fios, arames, fibras e cânulas. A transferência da mente é algo delicado e enganador. Por trás do biombo liso e cinzento cobrindo os computadores que continham litros e mais litros de sangue, estavam os cérebros clonados; sim, o que mais poderia armazenar tanta informação? Como Crayley percebera algum tempo antes, não há substituto melhor. Cada uma dessas máquinas tinha de ser criada individualmente. Aqueles fios banhados em sangue por trás das máquinas foram todos criados a partir das próprias células de Sigurd. Trabalho rápido, Grimhild – apenas algumas semanas e já estava tudo pronto. Ciência? Certamente – mas também havia um pouco de feitiçaria naquilo, eu acho. A receita é secreta? Não contarei a ninguém, prometo – mas você também ficará de boca calada...

E o que havia na parede acima dele?

UMA BARGANHA QUE VOCÊ NÃO DESEJA É UM LUCRO DO QUAL VOCÊ NÃO PRECISA. Isso é um pouco enganador, não é, Grimhild? Quando você tem nada menos do que cinco substitutos para cada um dos seus filhos vagando por aqui, assim como cinco outros no Palácio da Democracia? Só para prevenir, como você gosta de pensar? Prevenir do quê – assassinatos em série tendo como alvo a mesma vítima?

E você está dormindo, Sigurd, enquanto Grimhild observa cuidadosamente por cima dos botões. Você já é, ao mesmo tempo, você e outra pessoa. Como Gunar, Hogni e Gudrun, Grimhild fez cinco de você – veja o quão profundamente ela o incluiu na família. Seus próprios rostos parecem impassíveis, o sangue brilhante pulsando dentro deles, os cérebros vazios que nada registram. Cada célula daqueles cérebros é separada; pelo menos até que as caudas dos neurônios se entrelaçassem, determinando um pensamento, ou um sentimento aflorasse. Eles são Sigurds vazios, Sigurds de outros mundos trazidos para este, garrafas esperando para serem preenchidas. O que um exército composto por seres como aqueles não poderia fazer! Cada um deles com pele invulnerável, cada um deles nascido para comandar. Esse pelotão poderia destruir o mundo.

O que Grimhild está prestes a fazer não seria possível em nenhum outro lugar do mundo. Cientistas com tecnologias muito mais avançadas do que as nossas que há gerações têm realizado experimentos de transferência de personalidade iriam ranger os dentes se ouvissem algo a respeito daquilo. Olhe! A velha está usando um computador Matsina 1207/35 para realizar testes e guardar uma personalidade inteira durante a transferência! Ela não poderia nem mesmo processar um *newt* com aquele equipamento. E os entalhes nas CPUs dos computadores? O que tudo aquilo significava? Absolutamente nada! Mas, ainda assim, a World Trade Organization ainda tinha embargos contra a Inglaterra, por concorrência desleal.

Tudo era possível se Odin assim quisesse. Mas nada se configura da maneira como parece se Loki estiver envolvido.

Um Sigurd entre todos os outros, escolhido ao acaso, pois todos são a mesma coisa. Fora de seu tanque, ele é deitado ao lado do antigo. Grimhild e Ida se preparam para abrir caminho para o novo e cessar com os trabalhos do antigo. Durante tudo isso, Sigurd dormia como um bebê – o soldado, o amante, o garoto dourado. Já era tarde demais. Através de fios e cânulas, cânticos e elixires, ele verte tudo que possui para seu gêmeo de outro mundo. Um Sigurd é esvaziado e o outro preenchido: um é levado para fora deste mundo, o outro é colocado aqui dentro.

Não demorou muito. Já que é possível acomodar uma casa inteira por uma única porta, também se pode transferir um homem através de um fio. Quatro horas, foi esse o tempo que Sigurd consumiu. E, no fim de tudo, os dois homens estavam deitados lado a lado, praticamente iguais. Os mesmos corpos, até as mesmas cicatrizes – Grimhild havia realizado uma grande obra de arte. Os mesmos dons e as mesmas fraquezas, as mesmas esperanças e sonhos iguais. As mesmas memórias – bem, quase todas elas, de qualquer maneira. Grimhild balançou a cabeça, contente. A façanha havia sido completada.

Mas por quê? Por que verter vinho de uma garrafa para outra idêntica? Sigurd nunca perdera uma perna ou um dos olhos, podia ouvir com ambos os ouvidos. Ele era tão perfeito quanto era possível para qualquer pessoa, preparado para seu tempo e espaço. Que defeito havia nesse Sigurd para que Grimhild quisesse trocá-lo de corpo? Será que era só isso? Ela o mudava da direita para a esquerda apenas por diversão?

As duas mulheres voltaram ao trabalho. Os Sigurds estavam desplugados, um com um universo dentro dele, o outro vazio, com apenas alguns sedimentos indesejáveis de memória que permaneceram nadando dentro de seu crânio. Ida ajudou a velha cadela a subir com a nova versão para o andar de cima. Depois empurraram o antigo Sigurd pela porta dos fundos e pelo caminho que ia até o lago. Ele foi muito bem amarrado. Ao redor dos pés havia um grande anel de aço lacrado por uma chave.

À beira do lago, Ida se agachou e olhou para o rosto da garrafa vazia e fez uma careta. Ela não estava gostando daquilo. Grimhild deveria ter esvaziado aquele garoto por inteiro. Não se pode matar um homem morto, ele já está acabado, mas aquele ali ainda tinha... algo. Ida não tinha estômago para assassinatos, a não ser que fossem absolutamente necessários. Ela não gostava da sugestão de sorriso no rosto coberto de saliva, aquele olhar distante, ou as lágrimas. Havia uma memória que ainda restara naquele corpo, apesar de só deus saber se um legume como aquele em que Sigurd havia sido transformado poderia acessá-la.

Ida rosnou: sedimentos indesejáveis. Foi o que Grimhild disse. Sedimentos indesejáveis. Ela atirou o corpo no barco, entrou atrás dele e agarrou os remos. O barco deslizou, em silêncio, pela água escura.

Mas outro ser também tinha interesse no que estava acontecendo. Uma lasca da lua refletida na água foi cortada por um pontinho escuro que se moveu rapidamente na direção do barco. Era a mais minúscula das criaturas capazes de respirar: um passarinho. O que não era muito comum àquela hora da noite. Também era incomum que ele não fizesse nenhum barulho, mas aterrissou no topo do barco na escuridão de breu e olhou para cima para encarar o barco vazio. Tão pequena, Jenny Melro – mas tão cheia de metas. Sem emitir nem um único guincho – Ida olhou ao redor, mas não viu nada –, a melro voou depressa para o alto e parou brevemente sobre o nariz de Sigurd. Bicou a bochecha dele. Uma pancadinha daquela cauda minúscula. De pé sobre o rosto dele, ela observou cuidadosamente o frasco como se examinasse os sedimentos indesejáveis que ele carregava dentro de si. E então, com um movimento leve e premeditado muito diferente de sua agitação usual, a melro pisou uma, duas, três vezes direto nos olhos de Sigurd e, então, pisoteou a mente dele.

Depois de mais alguns minutos, Ida alcançou a parte mais profunda do lago. Deixou os remos apoiados no barco e voltou-se para o homem esvaziado. Ela evitava olhar para o rosto dele. Tomou-o nos braços e o ergueu. O trabalho foi interrompido quando algo pequeno e rápido passou por ela voando. Ida teve apenas uma impressão de Jenny enquanto ela desaparecia de repente no ar negro sobre a água, mas isso a assustou em um nível fora de qualquer proporção, pois aquela coisa que cortara o silêncio da noite era perturbadora e ela imaginou que o que quer que aquilo fosse, tinha voado direto da cabeça de Sigurd. Soltou um longo grito e se atirou de volta no barco, que chacoalhava perigosamente. Ida apoiou-se nas bordas da embarcação, ofegante, observando o homem desastradamente pendurado, metade dentro e metade fora do barco, os pés pesados graças ao aço, a cabeça pendendo na água. Impossível! É claro. Mas, mesmo assim, a impressão era tão vívida que ela passou a mão pelo rosto dele para se convencer de que não havia nenhum buraco.

Meu deus! Isso a fez quase morrer de susto. Uma traça escondida no barco. Um morcego. Deuses! O coração dela batia tão depressa que parecia prestes a lhe sair pela boca.

Ida virou a tocha e olhou o rosto de Sigurd. Nada. Apenas saliva e o reflexo da lua nos olhos vazios. Ela rosnou. Assim estava melhor. Não era assassinato quando não havia ninguém a ser morto. Bem, ainda era um trabalho sujo, mas que precisava ser feito.

Com esforço, ela empurrou o corpo sobre a borda, pegou os remos e dirigiu-se para a praia. Queria tomar o café da manhã. Debaixo da superfície do lago, Sigurd lutava como um verme na água, lutando por uma vida que não sabia mais que possuía. Ele despertara – finalmente, mas tarde demais. Todas as memórias desapareceram, exceto aquelas que viviam em seu corpo – nem mesmo Grimhild poderia roubar essas – e em um flash de medo terrível, ele soube que sua vida estava em perigo, que havia coisas que ele amava em seu corpo e em seus ossos, e coisas que ele um dia soube que valiam toda a dor e o esforço. Lute, Sigurd, lute! Ele chutou: com toda aquela força, mesmo preso por fios de metal e drenado de todas as lembranças e sentimentos, ele foi capaz de nadar até a superfície. As correntes retesadas, feitas de aço extremamente pesado, ainda estavam presas ao redor de seu corpo, mas nem mesmo elas eram capazes de detê-lo. Ele tomou impulso no fundo enlameado do lago e ainda assim chutava – para cima, para cima, para cima, até o ar. Dois minutos haviam se passado. Devagar, tão devagar. Outro minuto. Ele estava chutando o lago com tanta violência que o corpo d'água balançava, e ele continuava subindo – devagar, bem devagar, um terço de metro para cima e depois um quarto para baixo, um terço para cima, um quarto para baixo. Quatro minutos. A força de Sigurd era inacreditável. E então o impossível aconteceu, e o rosto do garoto rasgou a superfície, com a boca aberta – e ele sugou uma boa lufada de ar.

E que bem isso causou a você, Sigurd? Aonde você vai? Para a praia? O que irá fazer quando chegar lá, sem memória, sem personalidade, nada além de forma e músculos? Sigurd, você já está morto.

E lá foi ele, pela superfície do lago, o que restara de Sigurd, chutando, chutando, chutando, respirando, respirando, respirando. Levou cinco minutos para chegar até a superfície. Ida encalhou o barco e estava caminhando até a casa, quando ouviu um chapinhar no meio do lago. Tomada pelo horror, lançou o barco na água novamente e seguiu remando com sua tocha para encontrar o quê? O rosto de Sigurd na superfície como um pato, enquanto o lago ondulava ao redor dele graças aos chutes. Ela estava apavorada – apavorada pelo fato de ele estar vivo e apavorada com a força daquele garoto, que ele pudesse chutar daquela maneira e ao mesmo tempo suportar um peso de mais de noventa quilos suspenso no meio da água.

Ela ergueu um dos remos bem alto e o desceu com toda a violência sobre o rosto aparente na superfície. O rosto submergiu e então reapareceu. Ela ergueu o remo novamente e desferiu mais um golpe – outra e outra vez, sem parar, com toda a força de que era capaz. O rosto ficou vermelho; a água ao redor tornou-se tinta. As membranas bem no interior do corpo dele estouraram. Ainda assim ele chutava, ainda assim ele insistia em manter o queixo sobre a água, olhando para ela de lado com seus olhos desmiolados; e Ida continuava a bater e a bater até que pareceu que ela estava em Hel e sua punição – assassinar Sigurd para todo o sempre, amém.

Logo antes do amanhecer, os chutes de Sigurd se tornaram mais fracos e ele começou a afundar. Quatro vezes ele voltou à superfície para ir de encontro ao remo de Ida, que já estava à espera. Até que chegou no fundo do lago, depois de engolir muita água e lama, e morreu. Apenas alguns dias após seu aniversário de dezesseis anos.

Na manhã seguinte, o clone acordou de um sono profundo. Ficou deitado por um tempo, encarando o teto e aos poucos reunindo seus pensamentos, que pareciam se erguer de algum lugar em suas entranhas mais profundas e depois se reuniram diante de seus olhos, como um quebra-cabeça que se resolvia dentro dele. Ele estava na Velha Casa. A guerra havia acabado. Ele estava fazendo planos; eles já estavam quase prontos.

Sentia-se profundamente descansado, como se houvesse dormido por um milênio. Mas também se sentia estranho, muito estranho. Algo estava errado, mas não fazia a mínima ideia do que era.

Levantou-se, foi até a janela e olhou para o ar fresco e límpido da manhã. Ele se sentia tão descansado! Não tinha o direito de se sentir tão descansado depois das semanas que havia passado. O canto de um maçarico atravessou os pastos selvagens: belo. Mas algo estava diferente. Havia algo na mente dele – ou melhor, algo não estava na mente dele. Algo que ele tinha de fazer. Mas que diabos poderia ser?

Do outro lado da janela, ouviu-se um toc, toc, toc. Ele olhou para cima para ver um pássaro do outro lado do vidro. Ele bateu de novo e o som foi semelhante ao de alguém arremessando um punhado de sementes contra a vidraça. Uma melro! Esses pássaros são tão tímidos, o que aquele ali estava fazendo? Era como se o passarinho quisesse entrar. Sorrindo, ele se levantou, achando que a criaturinha fugiria, mas o pássaro simplesmente permaneceu ali, esperando. Ao redor dos pés dele, havia um pedaço de tecido amarrado. Um pássaro-correio? Uma melro-correio? Ele abriu a janela e o passarinho voou para dentro da casa tão depressa que garoto mal o viu se mover. Parecia que o bichinho tinha instantaneamente mudado de lugar e estava parado diante dele. O pássaro ergueu uma das patas, como um papagaio, querendo subir no dedo do clone. Ele esticou um dos dedos e, sem hesitar, o pássaro subiu. O garoto sorriu, encantado, ergueu a outra mão, com muito cuidado desatou o pequeno pedaço de tecido chamuscado da perna do melro e o abriu.

Havia duas palavras escritas nele, uma de cada lado. AMOR e ESPERANDO.

Que tipo de mensagem era aquela?

De repente, a melro, que parecera muito adestrada, deu um pulo e ficou batendo as asas, agitada, bem diante dos olhos dele. Com um grito, o clone a espantou. Ela dardejou de volta para ele, atingiu-o na testa e ele a enxotou. Com um guincho raivoso, o passarinho agitou-se pelo quarto – e então foi embora pela janela para se esconder nos arbustos. O clone o procurou, mas não encontrou nem sinal do melro.

O que era aquilo? Uma mensagem? De quem? Odin, talvez? Amor não era uma palavra que tinha muito a cara de Odin. Talvez tentar arrancar os olhos de alguém tivesse mais a ver com o deus. Pode ser que o amor estivesse prestes a cruzar o caminho dele. Esperando? O que aquilo significava? Provavelmente um aviso de que ele estava indo rápido demais? Pode ser que não significasse nada. Quando não se sabe o que está acontecendo, interpretamos as coisas da maneira que melhor nos convém.

O clone fez uma careta. Não estava acostumado a mistérios, as coisas sempre foram claras para ele. E ainda assim ele achava que havia algo que deveria saber. Será que alguém estava tentando lhe dizer alguma coisa? E por que então não lhe contavam tudo, com todas as letras?

Ele colocou o pedaço de tecido no bolso. Lá, para sua surpresa, encontrou diversas coisas estranhas: uma porca de parafuso minúscula feita de ouro e alguns poucos pedaços de vários materiais. Nada daquilo fazia sentido. Ele as jogou na lixeira e desceu para tomar café da manhã.

# 34

# O CLONE

Eu estava apavorado. Andava muito apavorado naqueles tempos. Apavorado com a possibilidade de me tornar um monstro, ou de me tornar um deus. Mas, naquela manhã, eu me senti vazio. Estava mudando o tempo inteiro. Seria isso o que os deuses sentiam quando se viam diante dos horrores da guerra? Nada?

Assassinato em massa – esse havia sido nosso trabalho por semanas. Era difícil acreditar que aquilo já estava quase acabado e que toda uma nação de assassinos baixaria suas armas, desarmaria suas máquinas terríveis, voltaria para suas famílias, beijaria suas mães e voltaria ao trabalho. Transformamos a nós mesmos nessa grande merda para depois nos restabelecermos. E se ficarmos presos nesse ciclo?

Nunca vi um garoto morto durante a guerra – isso é tão nojento. Fui mantido fora do caminho. Era precioso demais para ser posto em risco. Eu estava salvando vidas – eu, o assassino, a máquina de guerra. Comecei com tudo isso e estava salvando vidas, de modo que eu tinha de ser mantido vivo, e era a causa direta de milhares de mortes diárias. Isso me deixava repugnado. Todas as vezes em que eu terminava um plano, toda vez que uma operação era levada a cabo, começava a forçar o vômito como um gato.

Mas, naquela manhã em particular, não havia náusea, nem medo, nada. Eu me sentia diferente... Calmo. Talvez estivesse apenas tão exausto que finalmente fiquei meio paralisado. Acreditava que, todas as vezes que matamos alguém, perdemos uma parte de nossa alma. Com toda a certeza, naquela altura nada mais restara da minha. E então houve aquele estranho incidente com o melro na minha janela. Um pássaro tão pequeno e tímido, e lá estava ele, quase tentando falar comigo. Era isso o que parecia. Quando o passarinho foi embora, inclinei-me na janela e percebi que havia uma madressilva crescendo ali. Uma coisinha adorável, coberta de flores rosa-amareladas com cheiro de mel. Apenas um dia antes, a visão de algo como aquilo encheria meu coração até quase transbordar. Agora, bem, era bonito, eu podia perceber isso; mas não era capaz de sentir.

Algo estava diferente.

Assim tão depressa?, pensei. Tenho apenas dezesseis anos e já perdi o gosto pela vida? Aquilo me fez rir. Naquela época, pensei que fosse parte das mudanças que me transformariam em um deus, mas agora entendo melhor. Era algo humano em mim que estava morrendo. Acho que matei demais. Tudo que sei é que costumava transbordar de amor por todo o mundo, mas, naquela noite, algo em mim morreu. Sequei.

Essa falta de sentimentos não me surpreendeu. A guerra já estava quase terminada e antes não havia tempo para nos enlutarmos. Assim que relaxamos, a dor começou. Perdi minha mãe, Alf e todas as pessoas que conhecia no País de Gales. Talvez eu estivesse apenas começando a entender essas coisas.

Levantei-me e desci as escadas. Grimhild estava em algum outro lugar, toda a criadagem saíra naquela manhã. Encontrava-me sozinho. E me sentia solitário. Parei ao pé da escada, para sentir. E não havia nada ali. Nada. Balancei a cabeça. Era como se uma parede de vidro houvesse sido erguida entre mim e o mundo. Eu me lembro de pensar: isso deveria estar me assustando. Mas eu tinha a sensação de que em breve acabaria mesmo assustado.

Dei uma mijada e fui até a cozinha, comer alguma coisa. Abri a geladeira, peguei uma caixa de leite, dei um gole, coloquei-a de volta e me virei – e foi então que a coisa começou. Os sentimentos mais estranhos bem lá dentro. Não podia localizá-los, não fazia ideia do que eram, mas eles estavam se movendo bem lá embaixo, na parte mais profunda do meu ser, e se aproximavam cada vez mais. Quase podia vê-los nadando em direção à superfície, como monstros se erguendo das profundezas.

Fiquei de pé, imóvel, e esperei que aquilo passasse, mas não passou. Apenas ia e voltava, ficando cada vez mais forte. Tantas sensações, tão fortes, tão confusas. Tudo estava... fora de lugar.

Consegui fazer uma xícara de café e fui direto sentar-me num sofá na sala ao lado. Já me sentia tão grande e aquilo ainda ficava mais forte. Fafnir não era nada comparado àquilo. É verdade o que dizem, os piores monstros estão dentro de nós o tempo todo. E ficava cada vez mais intenso, eu nunca sentira nada como aquilo. Pensei que era o horror da guerra vindo me pegar, o peso de tudo que eu fizera, todas as pessoas que ajudara a matar, todas as viúvas e órfãos que criara. Quanto mais longo aquele processo se tornava, mais rápido e poderoso ficava. Não havia fim. Não sei por quanto tempo fiquei sentado segurando o café, tentando impedir minha própria loucura, mas de repente a xícara escapou de meus dedos sobre minhas pernas e seu conteúdo estava gelado. Fiquei admirado, nenhum pensamento passou pela minha cabeça no período de uma hora ou mais. Foi então que soube que estava em maus lençóis. Não estava apenas me sentindo mal – eu estava literalmente caindo aos pedaços. Estava tendo algum tipo de colapso. E pensei: eu? Essas coisas não acontecem comigo, mas o fato de eu ter uma pele que nada poderia romper não me ajudaria daquela vez. Minha mente começou a rodar cada vez mais rapidamente, mais rápido que nunca, eu sentia uma vertigem cada vez maior e que se tornava cada vez mais difícil de aguentar, mas não havia nada no centro daquilo e toda aquela confusão da porra estava prestes a se espalhar em pedaços por todos os lados.

# 35

# GUDRUN

Eu estava atrasada. Ficamos presos. Movimento das tropas, não consigo lembrar dos detalhes, mas isso acabou me prendendo e só cheguei à Velha Casa no fim da tarde. Eu estava puta por causa disso, au! Sabe como é, Gunar e Hogni não tinham obrigação de ir até lá – só mais tarde, mamãe estava fora, por isso eu e Sigurd tínhamos todo o lugar só para nós dois. É, au, au, au, eu ainda tinha esperanças, sabe? Percebi os olhos dele sobre mim algumas vezes. Olhava para cima e ele desviava o olhar. Talvez ele fosse tímido.

É, rrr. Havia outra pessoa. Eu queria perguntar sobre ela – a puta! – mas não tive tempo. Aquele mês! Guerra! Terrível. Mas, mesmo nessas circunstâncias, os sentimentos que nutrimos pelas pessoas não são paralisados. Passava o tempo inteiro pensando nele. Rrrr. Ah, pobre de mim. Talvez naquele dia eu descobrisse.

Mas tinha algo rolando entre nós. Aquela seria a primeira vez em que eu ficaria sozinha com ele. Por isso meu coração estava batendo acelerado quando passei pela porta, mas a cena com que me deparei não poderia ter figurado nem mesmo nos meus sonhos.

Eu estava no mais completo choque. Ouvi antes de entrar – um choramingo, como um animal que fora espancado. Não parecia nem um pouco com um homem. Empurrei a porta e entrei. Ele estava curvado numa bola sobre o sofá, agarrado a um cobertor como se aquele pedaço de pano fosse tudo que ele tivesse no mundo, e chorava. Eu estava indo de mansinho para pegá-lo de surpresa. De início, ele não me viu. Fiquei simplesmente ali, de pé. Estava tão chocada! Havia começado a pensar nele como algo quase invulnerável – todos nós passamos a achar a mesma coisa. Mas, então, percebi que havia um garotinho por baixo de tudo aquilo. No fim das contas, ele não passava de uma criança. Pela maneira como abraçava a si mesmo, dava para perceber que havia alguma coisa profundamente errada. Um colapso, pensei. Tudo ao mesmo tempo. Sabia que algo dentro dele havia se quebrado. Fiquei apavorada. Ele era tudo para nós. Mas, ao mesmo tempo, fiquei de certa maneira aliviada, porque – bem, era como se ele finalmente se revelasse humano.

Chamei o nome dele e ele se virou para olhar, todo torto. Já estava chorando há horas, pensei. O rosto dele estava vermelho e inchado. A aparência era terrível. Não era mais ele.

– Você está bem? – perguntei, e ele começou a falar, ou melhor, a tentar falar. Palavras estranhas, gaguejos e frases, mas sem amarrar nenhuma ideia. Lembro de ter feito uma careta e tentado compreender o que ele queria dizer, como se eu estivesse ouvindo mal ou algo do gênero, mas aquilo era apenas um balbucio sem fim. Ele não conseguia falar. Em vez disso, estendeu um dos braços e cruzei a sala correndo para abraçá-lo. Aquilo era horroroso, horroroso. Observar alguém tão belo, precioso e cheio de amor se desfazendo diante de seus olhos. Estava tão desesperada e com tanto medo por ele, estava com tanto medo de perdê-lo. Ele era a esperança do mundo, mas não era por causa disso. Era porque eu o amava. Eu o amava tanto. Eu sei. Todo mundo ama Sigurd, é claro, mas eu o amava como... como uma mulher ama um homem. Eu não havia feito nada para torná-lo meu. Eu mesma me despedaçaria se algo acontecesse a ele – ao seu corpo lindo, à sua mente linda ou ao seu lindo espírito.

Assim que o abracei, ele largou o cobertor que segurava como se daquilo dependesse sua própria vida – encharcado com saliva e lágrimas, e me abraçou forte, como se estivesse libertando uma onda de mil metros para poder me alcançar.

– Fique aqui, fique comigo, por favor, preciso de ajuda... Fique comigo, fique comigo, por favor... – ele ofegou, um longo fluxo de palavras costuradas num arquejo e engasgadas entre lágrimas.

– Sim, querido, ah, sim, sim. Oh, au, au, au. Tudo bem, tudo bem. Estou aqui. Não se preocupe. Não se preocupe, não, não, não, não, não vou deixá-lo. Aguente firme, aguente, vai passar. – Fiquei falando esse tipo de coisa. E o tempo todo ele continuava repetindo as mesmas coisas, sem parar:

– Por favor, não vá embora, fique comigo, por favor, não vá embora, fique comigo, por favor, não vá embora, por favor, não vá embora...

Foi tão terrível, fiquei com o coração partido. Há quanto tempo ele estava ali? Ele me abraçava tão apertado. Daria a minha vida para que ele me desse um abraço assim, mas não daquele jeito, não daquele jeito. Fiquei apavorada com a possibilidade de ele se desfazer diante de mim – sabe como é, simplesmente se desintegrar e cair em pedaços nos meus braços. Eu não sabia o que aconteceria e nem o que fazer. Queria me levantar e chamar por ajuda, arranjar um médico ou algum tipo de remédio, mas tinha medo de deixá-lo, ele estava tão desesperado para que eu ficasse ali com ele, que não o abandonasse. Todas as vezes em que eu fazia algum movimento, ele entrava em pânico e me apertava ainda mais. Por isso eu simplesmente fiquei ali, abraçando-o, acariciando a cabeça dele, murmurando para ele, dizendo-lhe que tudo ficaria bem.

Ele parou de chorar depois de algum tempo e ficou ali deitado, ofegante, como um animal assustado. Sinceramente, pensei que ele estivesse morrendo, mas ele estava se acalmando. Continuei acariciando a cabeça dele e esperando. Torcia para que ele dormisse, desmaiasse ou qualquer outra coisa, para que então pudesse me esgueirar para dar um telefonema e chamar alguma ajuda. E fiquei pensando: o que faríamos então? Porque uma coisa era certa: se perdêssemos Sigurd, perderíamos tudo. O que as pessoas pensariam se ele desaparecesse?

Aos poucos, ele foi ficando silencioso e calmo. Pensei que estivesse dormindo, mas, sempre que eu tentava me mover, ele me apertava. Eu não sabia que ele havia partido... entende? Estou me referindo à personalidade dele. Achei que talvez tudo aquilo que permanecera fosse algo como um animal, nada além disso. Mas então... aquilo foi estranho. Ele estava deitado no meu colo e começou a ficar duro. Sabe como é... eu podia senti-lo contra o meu estômago.

– Muito bem – Aquilo me fez rir. – Você não pode estar tão doente assim.

Sigurd recuou e meio que riu, secando os olhos. Mas sua aparência ainda era terrível.

– Está certo. – Ele se sentou e olhou para mim. Eu olhei de volta para ele.

– Você está bem? – perguntei, o que era uma estupidez, pois era óbvio que ele não estava nada bem.

– Não.

– Vou ligar para um médico...

– Não! Não vá embora! – Ele me agarrou de novo, em pânico. Apertou-me contra o corpo dele. Mas foi um pouco diferente dessa vez. Estávamos frente a frente.

Eu não sabia o que fazer.

– Você quer ir comigo até o telefone? – perguntei.

– Fique aqui. – Ele balançou a cabeça com firmeza como se essa fosse a coisa certa a ser feita.

Consegui me desvencilhar e nós dois sentamos novamente. Ele tinha uma das mãos na minha perna e outra nos meus ombros. Era meio como se ele não fosse me deixar sair e meio como se fosse me beijar.

– O que está acontecendo então? – eu insisti.

Ele abriu um sorriso tênue.

– Estou enlouquecendo. – Enquanto ele falava, olhava meu rosto bem de perto, como se me visse pela primeira vez. – Passei o dia inteiro enlouquecendo. Agora, estou...

– O quê?

– Agora estou voltando ao normal. – Ele tinha uma expressão de ódio no olhar. – Não entendo.

– Deve ter sido eu. Devo ser mesmo maravilhosa. Foi só eu chegar aqui e você já está se sentindo melhor – eu lhe disse, e nós dois começamos a rir.

– Você está aqui – confirmou ele. Eu sorri para ele, mas ele ficou bastante sério por um momento. E então finalmente sorriu de volta para mim e... au, au, au... meu coração começou a bater como uma locomotiva, porque ele nunca havia me olhado daquela forma. Quero dizer, ele me examinou de cima a baixo, ele era a fim de mim, mas o que quero dizer é, bem, você sabe como são os garotos, eles podem praticamente ficar a fim até das próprias mães, tudo se resume a uma simples questão de aparência. Aquilo foi diferente. A sensação era a de que nós dois havíamos caído no lugar certo.

E sabe o que aconteceu? Ele me deixou mesmo ligadona. Ele sempre me deixou com tesão, desde a primeira vez em que o vi. De repente, tudo que eu queria era agarrá-lo e arrastá-lo escada acima. Na verdade, eu ficaria feliz da vida em dar uns pegas nele, bem ali no tapete, se não ficasse com medo de algum dos empregados acabar entrando na sala. Eu bem que poderia ter feito isso, mas o pobre do garoto tinha acabado de ter uma crise nervosa. Isso seria me aproveitar da situação. Eu não queria levá-lo a fazer nada de que se arrependesse depois.

Tomamos chá. Tivemos de ir até a cozinha juntos porque ele não ficaria sozinho. Preparei as bebidas, ele sentou à mesa e me seguiu com os olhos enquanto eu me movimentava. Sabe como é? Auuuu! Tudo bem, em parte isso rolou porque ele tinha alguém para estar ali, mas o tempo todo a coisa ficava cada vez mais... Uau! No início, tive as minhas suspeitas. Toda aquela choradeira e depois aquilo. O que estava acontecendo com ele? Mais dois minutos e ele poderia começar a me odiar.

Comecei a fazer perguntas, apenas para manter a mente dele longe daqueles pensamentos. Coisas do tipo: ontem fez um dia lindo, não fez? Você fez boa viagem? Como está o Chinelo? Quando mamãe volta? Mais ou menos isso. Ele simplesmente se sentou e ficou me olhando, sorrindo enquanto eu falava. Isso me fez rir e ele me acompanhou nas risadas. E comecei com outra rodada de perguntas que eu sempre quis fazer. Como por exemplo: E Hogni, como foi que rolou? Ele disse que você já tem alguém que está escondida... Como é essa pessoa? E, como você levou tanto tempo para se tocar? Eu estava praticamente me jogando em cima de você...

Eu me sentei para tomar o meu chá com Sigurd, e ele continuou me olhando até que simplesmente não pude mais suportar.

– Você precisa de alguma ajuda? – perguntei. Senti como se eu fosse uma garçonete empurrando um carrinho cheio de bolos.

– Eu sinto que... Eu só queria... É como se eu nunca a tivesse visto antes. Você é maravilhosa. De verdade, sabia?

Isso me deixou envergonhada, mas tentei não demonstrar.

– O importante é que você está se sentindo melhor agora. Precisamos apenas garantir que você não ficará nesse estado novamente. Vamos conversar sobre o que aconteceu. Você precisa descansar. Um colapso desse tipo...

Ele olhou para mim.

– Talvez. Mas sei o que eu gostaria de fazer.

– O quê? – perguntei com uma voz surpresa, apesar de já saber a resposta. Meu coração parecia um tambor.

– Você – disse ele.

E então eu tive de retrucar:

– Bem, você não pode me ter. Desculpe. – O que não foi fácil. Sério. – Você acabou de ter algum tipo de colapso, Sigurd!

– É, eu sei. Mas nós não poderíamos?

– Não! – eu disse num tom afrontado, e ele assentiu. Levantei e fiquei vagando pela cozinha, indo lavar o bule. Eu estava muito desapontada por estar sendo tão sensível. Sim, eu sei, isso foi estúpido, nós provavelmente iríamos tirar a roupa, ele acabaria mudando de ideia e os dois ficariam espantosamente envergonhados. Mas mesmo assim. Eu o desejava tanto. Fiz mais chá e comecei a encher as xícaras, quando simplesmente não suportei mais aquela situação. Peguei Sigurd pela mão e o chamei:

– Vamos.

– O que nós estamos fazendo?

– Nós vamos dar umazinha – respondi. – Não consigo pensar em nada além disso. Depois a gente se preocupa com o que vai acontecer.

– Ah, já é – disse ele. E corremos para o segundo andar, rindo como duas crianças. Fomos para o meu quarto e foi isso que fizemos. Eu não parava de lhe dizer o quão estúpidos nós estávamos sendo e o quão egoísta eu era por tirar vantagem dele, e então fizemos de novo. Depois fomos para a cozinha, pegamos alguns petiscos para estocarmos lá em cima e, quando trancamos a porta novamente, fizemos o melhor sexo que já tive em toda a minha vida. E de novo, de novo e de novo. Nos intervalos, contamos tudo um para o outro – tudo que pudemos pensar sobre o outro, como seriam as coisas a partir dali, o que aconteceria e como aconteceria. Idiota! Perguntei sobre a outra, todos nós chegamos à conclusão de que havia uma garota em algum outro lugar, ele havia dito algo do tipo para Hogni, mas Sigurd garantiu que não, que isso não era verdade, ele apenas disse isso para que Hogni não grudasse nele – foi só por falar! Não – era eu quem ele queria. Simples assim.

Continuei seguindo a corrente e pensando. Mas aquilo era loucura, ele tinha acabado de ter um colapso nervoso. Eu não podia estar fazendo aquilo! Ele não parava de dizer "Mas eu amo você" e então eu rebati que não, você não ama, você apenas pensa que ama. Mesmo assim ele insistia: "Não, eu tenho certeza." E, no fim das contas, admiti que o amava e que o amava desde a primeira vez que pus os olhos nele, desde o primeiro dia.

Sei que não deveria ter feito isso. Mas naquele momento ele parecia estar bem. Quer dizer, ele parecia estar completamente bem. E eu continuei pensando. Cara, ainda vou me arrepender disso! Mas, naquele exato momento, era a única coisa a ser feita.

E foi assim. Exatamente assim. Fiquei esperando que tudo mudasse de minuto em minuto, e então de hora em hora, depois de dia em dia e semana em semana. Mas isso não aconteceu. Tudo permaneceu do mesmo jeito. Não é incrível? Não é estranho? Nunca soube de ninguém que tivesse se apaixonado assim antes. Ele precisava enlouquecer antes disso; mas, uma vez que ele estava ali, ali permaneceu. Então me explique isso, por favor. A coisa mais esquisita. A situação ficou congelada. E a sensação era de que tudo estava certo. Sigurd me contou que era como se ele tivesse um buraco no meio do coração, e eu o preenchi. E de uma maneira engraçada, eu sabia o que Sigurd queria dizer, pois sentia o mesmo em relação a ele.

É como o Gunar disse. Se está funcionando, não se preocupe em consertar. Aproveite! E, cara, como eu aproveitei!

Cara, um homem pode mesmo ser uma coisa genial! Você pode fazer com que ele pense qualquer coisa se pegá-lo ainda bem jovem – mas fazê-lo *amar*? Quem é capaz de fazer isso?

A velha Grimhild é mesmo muito esperta – mas tão ignorante! Ela não fez com que Sigurd amasse. Simplesmente removeu a memória do alvo de seu amor. Despedaçada desde a estrutura, o nome e o lugar onde estava escondida, o amor do clone existia em um vácuo, uma paixão sem conexões. Quanto mais intensa for a maneira com que os laços humanos são desfeitos, mais volatizam um radical livre pronto para atacar o que quer que entre em contato com ele. Essa era a loucura daquele garoto. Havia ácido em sua alma. Sigurd teria caído de amores por uma perna de carneiro no estado em que se encontrava. Tudo que Grimhild teve de fazer foi assegurar que a filha estivesse ali na hora certa.

Ela se isolou com Ida, deu folga para o restante dos empregados e deixou Sigurd sozinho. Não queria que ele se apaixonasse por alguma copeira ou jardineiro, ou até mesmo algum dos brutamontes da segurança. Em certo momento, ele agarrou o gato e sentou-se apertando o bicho, o que a assustou. A maneira como ele enforcava o animal – será que era possível que ele se apaixonasse por *aquilo*? Mas então o gato escapou e ele o substituiu por um travesseiro, graças a deus. E então Gudrun estava atrasada e Grimhild ficou com medo de que ele ficasse por muito tempo naquele estado de devastação. Segundo seus planos, ele deveria passar apenas algumas horas sozinho. No fim da tarde, Grimhild tinha certeza de que arruinara o garoto-maravilha. Mas por fim sua filha chegou e as reações foram exatamente as que ela premeditara.

Essa cadela velha era mesmo esperta! Tanta precisão, tanto entendimento, tantas ideias. Ciência, magia e psicologia, todas trabalhando em perfeita harmonia. A mulher era um gênio.

E assim Sigurd foi morto duas vezes, uma por um deus e outra por uma velha, e trazido à vida em ambas as ocasiões, e em ambas alterado. Bem, Grimhild era esperta, mas não era nenhuma deusa. Não há dúvidas: o que ela trouxera de volta não era mais Sigurd. Há uma diferença entre ressurreição e clonagem, transformação e reestruturação. O terrível ferimento que ela causara havia sido preenchido por Gudrun, mas isso é apenas um amor protético. Aquele não é mais Sigurd. É apenas uma cópia barata.

Mas mesmo uma cópia barata de Sigurd vale mais do que todos nós. No fundo de seu coração, não havia nada além dele mesmo, lealdade e convicção. Sua mente estava tão rápida e acurada quanto sempre. O amor entre ele e Gudrun pode ter aflorado a partir de outra raiz, mas o tempo é o melhor remédio; a carne cicatriza e o espírito cresce.

No dia seguinte, no momento em que Gunar e Hogni chegaram, Sigurd não corria mais o risco de sair dos trilhos. Ele havia mudado, isso estava claro. Aos olhos dos Niberlins, pareceu que Sigurd se tornara algo maior que a vida, uma coisa super-humana, mas agora ele era um deles – novamente um ser humano. Talvez ele tivesse terminado a missão que os deuses planejaram para ele e então o estavam deixando para que seguisse com sua própria vida.

Caso ele próprio tenha se sentido diferente – alguma lacuna, falsidade ou dúvida dentro de si – nunca mencionou nada. Sentia que era uma vítima da guerra. Inúmeras pessoas perderam tanto. Tinha vida, juventude, amor. Ele tinha muito. De verdade. E, no fim das contas, ele era humano de novo. Não havia nenhum deus crescendo dentro dele naquele momento. Poderia ser que Odin houvesse lhe dado tudo que ele mais queria: humanidade, com todas as suas culpas, fraquezas e defeitos. Ele perdera algo maravilhoso, mas sabia que a decepção faz parte da condição humana e aceitou isso com gratidão e amor. Nada é perfeito, ele pensou consigo mesmo, e ele se tornara algo melhor do que aquilo em que o haviam transformado.

Sigurd tinha apenas dezesseis anos. Uma grande perda. Ele foi roubado, assim como todos nós. Mas talvez ele já tivesse feito tudo que tinha de fazer. Matou o dragão, ganhou o ouro e a garota, e salvou o país. O que restou para ele? Envelhecer? Tornar-se um tirano? Ele estava mudando tão depressa – talvez Odin tenha ficado com medo do que Sigurd estava se tornando. E seu legado permaneceu. A Inglaterra estava unificada. Depois da destruição, a reconstrução. A nação reerguida.

Mas havia algo menor relacionado a um mundo sem Sigurd.

# 36

# NAS PROFUNDEZAS

O mundo seguiu em frente. O corpo de Sigurd apodreceu na lama do fundo do lago. Os vermes rastejaram por seu nariz e pela boca, através da abertura do ânus e do ponto macio no meio das costas, e viveram dentro dele. Quando todos os tecidos moles do corpo e até mesmo os ossos haviam desaparecido, aquela pele flutuaria novamente até a superfície, após uma operação de drenagem realizada trezentos anos depois, e seria exposta em um museu nas cercanias que levava seu nome. Ele era bem lembrado até mesmo nessa época. E quanto à alma de Sigurd – onde ela estava? Onde um espírito como aquele poderia descansar? Parte homem, parte leão, parte monstro, parte deus. Tantos céus e infernos. Quem poderia dizer?

O clone tomou inteiramente o lugar de Sigurd no mundo, ninguém suspeitou de que não era ele. Não houve nenhuma repetição do colapso que ele tivera naquele dia, na Velha Casa. O amor de Sigurd floresceu onde Grimhild o havia plantado; ele e Gudrun eram inseparáveis. Por um tempo, ele a amou tanto com desespero quanto com paixão, mas o sentimento se abrandou à medida que ele crescia em seu novo eu. Mas a visão do deus havia desaparecido. O clone não tinha a habilidade de ver a alma dos homens ou ver a dança do futuro em um mapa e, ao contrário de Sigurd, suas ações, pensamentos, sentimentos e os eventos que lhe aconteciam eram simplesmente dele. A vida do clone não era unha e carne com o destino, com a sina da Inglaterra. Ele era então um homem que pertencia apenas a si próprio, não era mais nosso. Era assim que ele gostava.

Grimhild viu tudo isso e se condoeu. Sua intenção não era ter criado um Sigurd menor. Mas, se a vida dele era uma obra do destino, talvez sua morte também fosse. Ele era o melhor de todos e morreu jovem, antes que sua estrela tivesse tempo suficiente para perder o brilho.

Enquanto isso, Crayley abria caminho através das camadas mais profundas de barro e rocha, tentando se erguer para mais perto da superfície. As engrenagens já chiavam há tanto tempo que as funções começaram a falhar. Combustível! Comida! Ar – até mesmo isso. A única maneira de chegar à superfície se tornara tão estreita por causa do terremoto causado pelo arsenal da Fafnir, que mal dava para respirar. Era gradualmente sufocante. Crayley alimentava os velhos locais de aterro e que continham minério de baixa qualidade, seus próprios sistemas orgânicos internos de bactérias e vida vegetal unicelular, e as colônias de procriação de criaturas mantidas em fazendas dispersas, mas suas reservas estavam baixas, e ficando cada vez mais escassas. Uma entidade assim tão vasta necessitava de uma grande quantidade de combustível concentrada em si mesma. O tempo estava ficando curto. A fome consumia tudo lá embaixo.

Crayley não era estúpida. Rastejava pela terra à caça de materiais tradicionais que servissem para alimentação, mas esse processo era lento e difícil. A máquina também ouvira as histórias que a mãe de Bryony contara à menina e escutara às escondidas as conversas entre ela e Sigurd. Enquanto escutava, aprendia. Um quilômetro e meio acima, a maior parte do trabalho já havia sido realizado, a comida reunida, os recursos ceifados. Agricultura e indústria, vilarejos e cidades. População! Comida e combustível, era isso que eles significavam para Crayley. A velha cidade industrial não se importava se sua presa era uni ou pluricelular, consciente ou imbecil. Onívora, a máquina poderia utilizar qualquer coisa. Até mesmo o solo lá em cima era repleto de material orgânico. No subsolo, era como viver num deserto, tão presa na terra quanto Bryony estava encarcerada dentro da própria Crayley. Lá em cima sob o sol, era onde estava a riqueza. O sol! Lá havia energia no próprio ar.

A cidade defeituosa tinha de ir para a superfície. Da maneira como seus recursos estavam escassos, ela poderia fazer isso, mas ainda não era capaz de semear a riqueza que a esperava. Mineração, sondagem, fermentação, manufatura – a máquina podia fazer tudo isso. Mas não podia se remodelar além de certos limites. Como se saqueia e devora um vilarejo, um pasto de vacas, um shopping center, uma escola cheia de crianças? Crayley não foi feita para caçar. Como se rouba uma fábrica ou se afanam os raios de sol? Crayley precisava se remodelar, se reinventar, se reconstruir. Lá em cima, a máquina seria como um cachorro faminto e desdentado numa loja repleta de carne enlatada.

A velha tinha ajudado. Se não fosse por ela, Crayley já teria morrido, mas ela não tinha sido o suficiente. A cidade precisava de uma mente para si. Planejava isso desde que se dera conta de que precisaria de algo assim. Agora, esses planos estavam prestes a frutificar.

Aqueles foram tempos negros para Bryony. Ela sabia que as coisas tinham dado errado no dia em que, pela primeira vez, Jenny Melro voltou sem um pequeno presente no bico ou amarrado na pata. Imediatamente ela pensou: Ele está morto. Sigurd nunca se esqueceria dela, nunca a abandonaria. Havia ocorrido uma guerra. Até mesmo o melhor de nós poderia ser sobrepujado.

Mas ainda havia esperança. Sempre haveria esperança. Ela poderia não estar certa de que ele estava morto. Jenny poderia não ter sido capaz de encontrá-lo. Ele poderia estar preso, capturado, perdido em meio à batalha, qualquer coisa. Os dias passaram. O passarinho voou para a superfície, como sempre, levando os presentes de Bryony, voltando em todas as ocasiões ainda carregando-os. Mas Bryony continuou esperançosa. Aqueles breves meses com Sigurd – será que eles significaram mesmo isso? Sua vida inteira?

"Não para o primeiro que aparecer", a mãe dela costumava dizer, mas, de qualquer forma, ela foi lá e fez exatamente isso, ficou de quatro pelo primeiro garoto que conheceu. Talvez ele tenha sido o cara errado, como ela poderia saber? E se ele não passasse de um mentiroso? A mãe lhe dissera que os garotos às vezes contavam mentiras.

Mas ela parecia ter tanta certeza! E ele também. Ele não parecia ter sido sincero?

Os dias se passaram, e depois as semanas.

Ele ainda deve estar preso, ela pensava. Havia uma esperança, mas era amarga, difícil de se acreditar. Por enquanto, ela pensava traçar os próprios planos. Tinha suas provas de amor para que pudesse recordar: alguns pedaços de fita, uma flor retorcida e, em um dos dedos, o anel. Ela nunca o tiraria. Todos os dias o beijava. Ele nunca esfriaria, a não ser quando o amor dela por Sigurd esfriasse.

Dentro dela, o bebê crescia. Uma vez que começara, era impossível de ser contido. E o quanto ela ansiava por seu bebê! Era algo do qual ela poderia cuidar – outra pessoa, outro membro de sua espécie. Alguém para amar. Ela podia até mesmo suportar aquela vida solitária e desmazelada, aquela existência em aprisionamento, se ela apenas conseguisse manter o bebê ao seu lado. Mas a cidade também estava esperando. Bryony podia sentir sua ganância. Por todos os lados, sobre seus pés, acima de sua cabeça, seu inimigo, seu lar, planejava tirar o bebê dela.

Ela fez todos os preparativos de que foi capaz. Construiu vários esconderijos, como um animal selvagem, e armazenou reservas de comida em cada um deles. Enquanto trabalhava, ela falava, às vezes com Sigurd, às vezes com o bebê, que ainda nem nascera, e ainda com Jenny Melro se ela estivesse por perto, pedindo conselhos, explicando o que estava fazendo. E então ela lembrava e se continha: a cidade a escutava o tempo todo. O ar que respirava, o alimento que comia, os caminhos por onde andava – o mundo estava contra ela.

Crayley começou a lhe dar presentes – tubos com nutrientes apareciam perto da casa dela, uma pequena criatura esfolada e abatida estava ali, pronta para Bryony, quando ela acordava pela manhã. No início, nunca tocava essas coisas. Poderiam ter sofrido interferências que ela poderia apenas imaginar. Mas ao mesmo tempo a cidade retirava de outras fontes tudo aquilo de que precisava. As criaturas que costumava caçar desapareceram, os canos d'água secaram, os tonéis de nutrientes azedaram e depois secaram. Eles eram simplesmente afastados, removidos para algum lugar longe dela, mas viajar ficou cada vez mais difícil para ela à medida que a barriga crescia e, no fim das contas, Bryony teve de desistir e comer o que lhe era ofertado, como um bebê que se alimentava através da mãe.

Mas ela ainda guardava um último e desesperado truque na manga. Tinha visto o que Crayley planejava para o bebê e não permitiria que isso acontecesse. Caso percebesse o mais leve indício de que a cidade tentava lhe tirar seu bebê, ela o mataria. Isso, e apenas isso, ela sabia: Crayley não conseguiria abrir seu caminho. O bebê morreria.

– Não ache que eu não faria isso – alertou ela, falando para o mundo ao redor. Ela era capaz de fazer algo desse tipo. Qualquer coisa era melhor do que permitir que seu bebê se tornasse... aquilo.

Sigurd, onde está você? Odin! Qualquer um. É quase tarde demais...

Afinal, ela não estava completamente sozinha. Jenny estava com ela. O passarinho nunca a abandonou, sempre esteve lá, em todos os momentos de crise e de prazer. Caçava com Bryony, comia com ela, acompanhava-a em suas buscas, inspecionava para a menina possíveis locais para o parto. E Jenny estava com ela, empoleirada na borda de um balde, quando as dores começaram.

A dor impressionou Bryony. Agonia! Ela estava sendo despedaçada. Será que teria de fazer isso sozinha? Mas os espasmos passaram e nenhum dano foi causado.

– Está na hora – disse ela para a melro. Bryony fez as malas e se pôs a caminho do esconderijo, parando para se inclinar ou sentar quando as contrações assumiam o comando. Jenny piava, encorajando Bryony, e voava à frente para garantir que o caminho estava seguro. À medida que avançava em sua jornada, Bryony tateava uma pequena garrafa que conservava o tempo inteiro com ela. Aquela era a sua derradeira política de segurança: veneno. Caso a cidade tentasse emboscá-la e a prendesse enquanto dava à luz, ela o beberia.

– Isso só levará um segundo – disse em voz alta. Crayley estava escutando, sempre estava escutando. E entendeu. Ela chegou ao esconderijo ilesa.

O lugar que escolhera era o mais seguro possível de conseguir – um pequeno buraco em uma sólida parede de rocha, bem no alto, fora de alcance, com vários níveis, comida e água, trapos e peles para manter Bryony e o bebê aquecidos. Ela estava cercada pela rocha sólida por três lados, em cima e embaixo. A seus pés estendia-se o vasto pátio de uma fábrica, do tamanho de três campos de futebol, com a linha de produção enferrujada amolecendo debaixo da poeira dos tempos. Ela podia ver tudo daquele ninho de águia, de uma face à outra da rocha. Nada poderia se aproximar dali sem que ela visse. Era perfeito – tão perfeito quanto era possível. Mas poderia não funcionar. Crayley estava em todos os lugares, como deus. Como se pode evitar o mundo em que vivemos?

O nascimento foi mais doloroso do que ela jamais imaginara. A mãe também lhe contara sobre isso, mas nada poderia prepará-la para algo como aquilo. Será que isso era mesmo dar à luz? Impossível – ela estava morrendo! Mas não era nada parecido com um ferimento. A contração passava sem causar nenhum dano, como se nunca houvesse acontecido. E então vinha de novo, de novo e de novo. A coisa continuou por quase um dia inteiro, ficando cada vez mais frequente, e então o movimento teve início. Começou devagar, mas, de repente, aconteceu depressa e o bebê estava em seus braços antes que ela se desse conta disso – fora dela e dentro do mundo – dentro de Crayley.

Chorando e respirando com dificuldade, ela ergueu a coisinha junto a si. Uma menina, uma bebezinha! Sua filha. A filha de Sigurd. Ele deveria estar ali, não era certo que ela tivesse de passar por tudo aquilo sozinha. Mas a menina era bonita, mesmo com todo aquele sangue, a desordem, os machucados. Ela a apertou contra si e a amou com todo o coração, impressionada e encantada por ainda ser capaz de se sentir assim depois de tudo pelo que passou. Ela teve um bebê. Dela e de Sigurd. Um dia, ela iria mostrá-la a ele.

– Beatrice. É quem você é – disse Bryony para a bebê. Sua garotinha. Ela tinha um nome. Era real. Era a coisa mais real do mundo. – Com todo o meu coração – sussurrou Bryony, beijando aquela coisinha na cabeça. Ela devia ter dois corações, pensou, para amar a bebê com um e Sigurd com o outro.

– Não me deixe dormir, Jenny. Temos de ficar de guarda, não temos?

Jenny Melro piou concordando e olhou, irascível, ao redor, alerta e tão cheia de vida como sempre. Bryony apertou o bebê contra o peito. Ondas mornas de conforto tomaram conta de seu corpo quando Beatrice começou a sugar.

Dar à luz é a coisa mais difícil de todo o mundo. Bryony estava exausta. Sua cabeça chegou a tombar algumas vezes, mas Jenny piou e ela aprumou-se novamente. Ela cuidou do bebê e descansou, concentrando-se em joguinhos mentais, conversando com a melro, com Sigurd, com a bebê, cantando, levantando-se e andando de um lado para o outro. Mas é claro que era impossível. Ela deveria saber disso. Ela sabia. Caso fosse uma pessoa realmente séria, teria matado o bebê bem naquele momento, dando-lhe veneno para sugar, assim que a criança tivesse saído de dentro dela. Mas como poderia fazer isso? Sua própria filha, ainda mais depois de ter passado todos aqueles anos sozinha.

Crayley também havia se dedicado aos preparativos durante um longo período. Não sabia se deveria acreditar em Bryony quando ela dissera que estava pronta para matar o bebê, mas certamente a cidade não estava preparada para correr esse risco. Essa poderia ser sua última chance de ter uma mente.

A cidade considerara inundar toda a área com gás anestesiante, mas descartou a ideia por ser perigosa para o bebê. Aquela gracinha não poderia ser ferida sob qualquer circunstância. Não, aquele problema requeria medidas mais sutis. No fim das contas, depois de muitas tentativas, Crayley desenvolveu alguns mecanismos com os quais tinha certeza de que poderia roubar Beatrice sem causar nenhum risco à mãe nem à criança. Mesmo quando Bryony estava dando à luz, as máquinas se arrastavam pelo teto e pelas paredes, em direção à menina. Crayley a espionou a distância e, sempre que os olhos dela estavam fechados ou ela olhava para o outro lado, um dispositivo oculto, da cor e da textura da rocha onde havia sido colocado, daria um passo, como uma aranha, aproximando-se mais dela.

Um dia, Crayley já havia sido capaz de construir coisas não muito maiores que essas que podiam voar – muito conveniente, não? Mas tais habilidades haviam sido perdidas, as ferramentas enferrujaram, os códigos foram quebrados e esquecidos. Os novos dispositivos eram do tamanho de camundongos, talhados desordenadamente no formato de aranhas gigantes, mas a cidade havia diminuído sua luminosidade de maneira gradual durante o parto, de forma que as máquinas estavam bem camufladas. A esperança de sucesso era total.

O progresso foi lento, mas inevitável. Bryony deixou que a cabeça tombasse, as aranhas correram, Jenny piou. Ocasionalmente, alarmada pelos menores ruídos, a melro voava para investigar e encontrava os dispositivos repousando nas paredes, tão imóveis quanto a própria rocha. Ela as inspecionava, soltando um piado estridente, repreendendo-as, e voava de volta para o esconderijo. Bryony estava concentrada – mas Jenny Melro não se comunicava através de palavras e, além disso, era apenas um pássaro. O que uma melro pode saber a respeito dessas coisas?

O fim foi súbito. Duas das criaturas finalmente saíram três metros para fora da caverna. A cabeça de Bryony tombou e elas atacaram. No intervalo de tempo de um pio ou de um piscar de olhos, uma delas picou Bryony na coxa. Ela despertou no mesmo segundo, pondo-se de pé, correndo para a margem do precipício, de onde planejara pular com o bebê nos braços, mas a dose havia sido correta. Suas pernas envergaram no primeiro passo e ela se deixou cair no chão, agarrando o bebê. Tentou se arrastar, mas no segundo seguinte seus braços se tornaram fracos demais para que fosse capaz de se mover. Ela tentou rolar no intuito de jogar a criança longe, mas até mesmo isso foi impossível.

Bryony estava paralisada, mas ainda conseguia ver e ouvir tudo ao redor. Crayley pegara esse truque emprestado das vespas solitárias que picam a presa injetando uma substância paralisante e põem os ovos no corpo ainda vivo, para ser consumido pelas larvas ainda fresco. Como as vítimas desses insetos, Bryony não conseguia se mover, mas podia sentir, ver e ouvir tudo. Dessa forma, foi capaz de observar quando outro dispositivo entrou na caverna. Ele era feito de carne, fibra de carbono e náilon, coberto por tecido vivo, bem peludo para manter o bebê feliz. Passo a passo, a mãe cibernética se esgueirou pela caverna e se abaixou no chão, de onde tirou o bebê dos braços da mãe. E como o aninhou com carinho! Como o amava!

O dispositivo realizou alguns exames básicos para avaliar a saúde da criança e a levou embora para ser preparada. Atrás dele, a garota paralisada observava em silêncio.

## 37

## CONSOLIDAÇÃO

No fim da guerra, o velho Bill Portland mergulhou na reclusão da mesma maneira que sempre mergulhava em todo o resto, cheio de planos. Após trezentos e cinquenta anos, ele se acostumara a ver eras chegarem e irem embora. Nunca era o fim. Um grande jogador do mundo dos negócios e da política, ele tinha tantos amigos em casa quanto no exterior. Ele negociou, fez planos, e os Niberlins, para seu profundo espanto e ódio, lhe deram um tiro silencioso na cabeça, enquanto ele esperava pela resposta de seu último acordo.

No exterior, seus amigos ficaram irados e esbravejaram maldições, os grandes poderes decepcionados por seus desejos não terem sido levados em consideração. Sigurd e os Niberlins ficaram livres de uma das maneiras que aqueles poderes estrangeiros utilizavam para manter a Inglaterra em seu lugar, mas havia muitas outras, incluindo a bomba que arruinara o reinado de Sigmund. O anel de Andvari, o dispositivo que tornava o destino amargo, repousa no subterrâneo, em um dos dedos de Bryony. Os Niberlins ouviram rumores de que ninguém fazia a menor ideia de onde ele estava nem de como era. Um dispositivo que influencia o destino – como uma coisa assim poderia funcionar? Será que manipulava o porvir? Será que voltava no tempo para alterar o passado e, por conseguinte, o futuro que se erguia a partir deste presente? Se fosse assim, toda terra, rocha e fogo que separavam o mundo subterrâneo da superfície eram impotentes. O tempo passa no cerne da terra da mesma forma que na palma de nossa mão.

Mas, por enquanto, pela primeira vez em uma geração, a Inglaterra estava unida. Os exércitos dos Portlands estavam bem supridos com os melhores equipamentos e armamentos estrangeiros, artilharia mais do que suficiente para trucidar qualquer senhor da guerra e terroristas nativos e arrogantes, mas Sigurd liderara com muito mais perícia as melhores mentes militares de todas as partes do mundo e conquistara o coração do país inteiro para sua causa. Os remanescentes dos Portlands derrotados se dissolveram rapidamente nas zonas rurais que circundavam o país. Pequenos bandos de macacos armados ainda abriam fogo ocasionalmente contra as tropas do governo, ou tentavam aterrorizar a população local que não concordava mais em apoiá-los. Eles continuavam a receber dinheiro do exterior, mas o velho Bill e sua família imediata já estavam mortos, não havia mais nada que os mantivesse unidos. Tropa após tropa, os Portlands remanescentes imigraram – embora tenham encontrado uma fraca hospitalidade no estrangeiro, onde ainda havia um imenso preconceito contra os meio homens – ou se estabeleceram sem alarde, administrando bares e outros pequenos negócios. O comércio ainda era seu ramo de atividade, mas a família estava falida. Eles formaram clubes e associações, afiliando seus negócios para benefício mútuo, sonhando em resgatar os dias de glória, e rapidamente se tornaram praticamente inofensivos.

As pessoas emergiam das casas destruídas em busca de pais e filhos mortos, mães, filhas e esposas perdidas entre as covas coletivas e relatórios de aleijados, que a guerra breve, mas brutal, deixara para trás. A reconstrução levaria um longo tempo. O povo havia sido tão oprimido por chefes de gangues rivais, financiado por um ou outro poder estrangeiro, que não acreditava que o país ainda pudesse ser unido novamente. Mas lá estava Sigurd, um poder que uniu o país como uma única nação. Os dias após a guerra se alongaram em semanas, e depois, em meses. As únicas forças militares que as pessoas viam eram as de seu próprio país, dando ordem ao caos, retirando o entulho, construindo estradas, escolas e hospitais, instalando canos e cabos de energia. O conflito que perdurara por toda uma vida estava novamente terminado. Os anos seguintes seriam de tranquilidade.

Esse havia sido o projeto dos Volsons por três gerações: transformar aquele território num local adequado para se viver. Os Volsons sempre representaram esperança para as pessoas que governavam. O dom deles era erguer o povo acima da lama, acima da pobreza, da sujeira e da doença, acima das guerras e do ódio, das vendetas e das disputas por poder. Eles significavam cooperação, todos-unidos-agora. Tentaram fazer isso com o deus Odin como patrono – deus da guerra, da morte e da poesia. Que tipo de esperança era essa? Tola ou claramente falsa?

Deuses – o que nós éramos para eles? Nossas vidas são apenas poemas, histórias que capturam a atenção dos outros se a contarmos bem. Quando o livro termina, nada aconteceu, ninguém real viveu ou morreu. Nossas vidas e todas as nossas dores e prazeres são imagens numa página. Eles derramam lágrimas por nós, riem de nós, nos animam, nos fazem exigências, mas não acreditam em nós mais do que um leitor crê nas páginas de um livro.

Assim, o clone de Sigurd construiu sua história de esperança na tradição da família e ele a contou tão bem que todos acreditaram nele, tanto homens quanto meio homens. Tudo aquilo cruzara o caminho dele, não é mesmo? Ele era o matador de dragões, o esmagador de inimigos, o portador da paz e da prosperidade. Com ele apoiando o rei, nada poderia dar errado.

Um ano se passou, e depois dois: os Anos Dourados. Os bebês eram mais gordinhos, os partos mais fáceis, as colheitas maiores. A indústria prosperou e cresceu. Homens e mulheres eram acessíveis e educados na companhia uns dos outros – até mesmo as condições climáticas eram boas. Nos tempos de Sigurd, tudo isso era verdade. Ele era como um encanto de boa sorte para as pessoas. O amor estava no ar. As pessoas olhavam para o futuro e pensavam que finalmente aquele era um lugar onde gostariam que as crianças crescessem. Houve uma explosão de nascimentos; as ruas se tornaram repletas com o estrépito dos carrinhos de bebê e o arrulho das mães.

E, diante dos olhos de todos, havia imagens de Sigurd e Gudrun na TV e nas revistas, sempre juntos, sempre se tocando, de mãos dadas, lançando olhares um para o outro. Quando eles teriam o primeiro filho? As colunas de fofoca e os noticiários especulavam o assunto de maneira incessante – este era o evento mais solicitado e ansiosamente esperado no país. As idas e vindas dos outros Niberlins também eram estampadas na primeira página dos jornais. Hogni, é claro, enchia o palácio com seus namorados, que iam e vinham como as estações do ano, mas, depois de alguns anos, até mesmo ele encontrou alguém com quem quis ficar, um rapaz com sangue puramente humano, administrador do serviço de educação, com olhos castanhos brilhantes e uma queda por esportes radicais. Apenas Gunar continuava sozinho. As mulheres lhe eram infinitamente apresentadas, cada conversa que ele mantinha com alguma delas era discutida e analisada em termos de um possível romance, mas ninguém especial surgiu. Ele parecia fora de contexto com o seu tempo – típico de Gunar, que sempre teve de trabalhar duro para fazer as coisas acontecerem. Ele próprio sentia essa lacuna. Também julgava cada uma das mulheres que conhecia, imaginando se aquela poderia ser a escolhida. Mas todas elas tinham algo de errado – falavam muito alto, muito idiotas, não eram o tipo dele. Apenas Gunar permaneceu sozinho.

E o que aconteceu com Sigurd? Ele amava Gudrun com todo o coração, eles eram inseparáveis. Ele perdeu sua própria família, mas com os Niberlins ganhou dois irmãos, assim como um amor. Ele tinha uma linda esposa, uma bela casa, todo aquele trabalho a fazer. Os dias de glória tinham terminado, mas, de alguma forma, levaram consigo a ânsia por essa mesma glória. Era assim que deveria ser num mundo estabelecido para permanecer em estado de conforto. Porém, às vezes, ele tinha um pesadelo do qual acordava de um sono profundo com a letra de uma velha canção nos ouvidos: "Mas essa não é minha linda esposa e essa não é minha bela casa. O que estou fazendo aqui?" Então ele se lembrava de um tempo em que estava tão tomado pelo amor que podia transformar o mal em bem – até mesmo a morte em vida, utilizando apenas a força de transformação presente em tudo. Talvez tenha sido a perda dessa coisa preciosa que o fazia acordar no meio da noite soluçando tão desesperadamente.

Ele conversou com Gudrun a respeito e ela lhe disse que deus tinha vivido dentro dele por um período, mas que nessa época eles ainda não estavam juntos, pois ela o amava mais do que ele gostava dela. Sigurd contou isso a Gunar e o cunhado lhe disse que entendia, ele próprio se sentia assim de tempos em tempos – era o fim da infância, a perda da inocência.

– Mas eu só tenho dezoito anos – retrucou Sigurd.

– Mesmo assim, você já viveu muito – disse Gunar.

Sigurd pensou em todas as vidas que havia tirado. Talvez fosse isso. Ele era um acidente de guerra – assim como essa sensação, ele ponderou. Não era certo sair de uma coisa como aquela ileso.

# 38

# MARSHALL DE LA LA-DE-DA DE PORTOBELLO ROAD

Uauuuuu! Tá, tudo bem, eu sou um cientista. Sei que o meu nome não diz isso. Bem, o *de la* é francês. Minha família teve início num laboratório na França. A parte do la-de-da é de quando ficamos todos meio "mas como assim?" por aqui e as pessoas pensaram, sabe como é, todas meio metidas à francesas, todas la-de-da. A parte de Portobello Road é porque já trabalhamos no mercado dessa rua, há gerações. Sim, isso soa meio Portland. Isso é o que nós, cientistas, chamamos de *coincidência.*

Se isso o deixar feliz, vou incluir a parte do cientista também. Marshall de la la-de-da de Portobello Road do Papel Quadriculado, sacou? Nem – essa parada desses meio homens velhos de montar seu sobrenome para mostrar sua genealogia, isso é tão jurássico, maluco. E então, qual é o seu nome? Charlie Cara-de-Tromba Encha-Minha-Bunda-de-Músculos Meio-Espertinho Hendersen? Ah! Ai, isso dói. Ouve só – vocês vão descobrir quem eu sou e olhe só, vou acabar te dando um puxão de orelha. A parada vai ser Me leve até o seu Líder e sim, senhor, não senhor, OK? O que quero dizer é que eu mando na porra desse lugar. Só estou dizendo: por que não brincar com um pouquinho de cautela até lá? Sacou?

Sou um macaco. Os Portlands são babu*ínos.* Entende o que quero dizer? Olhe só para os caninos deles. E os traseiros! Nada de calças, só o blazer dos ternos – isso é uma verdadeira parada de babuíno, eles total se comunicam com as bundas. Não sou nem mesmo um macaco. Sou um grande símio. Sangue bonobo corre em minhas veias. É como se fosse a aristocracia dos macacos, sacou? Sei lá, talvez poderia ser o mesmo que a sua mãe ser um javali africano ou um outro lance do tipo.

Mas você sabe o meu nome. Ah, eu tenho que olhar para o vídeo, tudo bem, meu nome é Marshall de la la-de-da de Portobello

Road. Abreviando, Marshall Dee. Sou Gerente de Produções Criativas na Amicor. Fabricamos componentes orgânicos para a indústria, da simples manufatura de genes até os últimos dispositivos siliconeurológicos para as indústrias de clonagem, computação e melhoriiiiiiiiiiiiiiiiiiiiiiias pessoais. Baixa e alta tecnologia, esse tipo de coisa. A inicialização é de alta tecnologia, mas tudo que você precisa fazer é fermentá-las e deixar que cresçam. É só fazer com que o bacilo básico passe por uma série de ambientes controlados enquanto se desenvolve de forma que, quando eles cheguem ao final do ciclo, você tenha aquelas lasquinhas perfeitas nadando nos tanques de armazenamento, balançando os cílios, os circuitos pulsando. A gente tem até mesmo trabalhado em treinamentos para que *nadem no lugar certo* durante a manufatura. Valeu?

Ho, ho, ho. Sim, sim, *se* eu fosse um espião, essa *seria* uma posição muito boa para se estar, mas felizmente não sou. E então, você quer ou não ouvir a história? OK.

Eu estava meeeeeeeeeeesmo olhando por uma das janelas quando aconteceu. Cara! O chão simplesmente começou a envergar como se fosse areia caindo em uma ampulheta, com a maior facilidade, se você quiser saber. E então lá se foi uma das quinas do prédio – glup! O lugar foi transformado em lama e engolido pelo buraco. Nunca se viu nada parecido. A parada fazia com que o chão parecesse enfeiiiiiiiiiiiiitiçado para se transformar em água. Eu pensei: até que essa parada pode ser útil; vou parecer até merda na privada. Ho, ha, ha. Ha, ha, ha, ha, ho, ho, ho, ho. Desculpe, é que não consigo parar de pensar na coisa. Ho. É, perdemos muitas vidas, muitos amigos queridos. Eu me levantei para ver o que estava acontecendo – fui direto para os tanques de nutrientes nos fundos do prédio, os grandes reservatórios onde criávamos bactérias básicas. Cara, aquele era um terremoto faminto, o que quero dizer é que aquele terremoto era o único do tipo que procurava por *proteínas*! Más notícias? Ah, cara! A parada sugou toda a fábrica, plásticos, nutrientes, metais, rochas, o lance todo. E então a coisa rumou para a zona rural que circundava a Amicor. A primeira parada que o terremoto procurou foi o posto de gasolina em Lanine Road. Sugou todo o lugar num piscar de olhos.

E então a vila. A escola! Tudo derreteu e sumiu do mapa: crianças, tijolos, tudo. A coisa engoliu Moremart e depois foi em busca das vacas no pasto. E em seguida sugou a própria porra da terra, cara! Uau! E, quando terminou, voltou para onde tinha começado, bem onde a fábrica costumava ficar, e cuspiu para a superfície seu – bem, como você chamaria essa parada? Tromba? Nariz? Boca, escapamento? Você me diz. E esse troço está lá até hoje.

Ah, e quer saber de uma coisa? Bem, francamente, você parece um pouco preocupado demais com esse lance de espécies para o meu gosto. Saca só, amiguinho, existem dois tipos de macacos: os com mãos peludas, que seguem seu rumo para serem cientistas de destaque, como eu, e aqueles outros que quase se matam para entrar nos serviços de segurança. Olha, quem você acha que bolou metade das coisas que estão aqui? É, tá certo, minhas sobrancelhas são assim levantadas para aumentar a capacidade mental. Por que você não vai lá e menciona o meu nome para alguém que saiba alguma coisa a respeito dessas paradas? Ouve só, meu filho, vocês vão precisar de mim.

Algumas pessoas são simplesmente preconceituosas. Tento sentir pena delas, mas nem sempre funciona, em especial quando estão expressando a intenção de descascar você como se fosse uma banana. Elas até mesmo chegam a dizer isso.

"Mais uma escorregadela, orelhudo, e descasco você como se fosse a porra de uma banana." Hoje em dia, todo mundo está de olho nos macacos. Não que eu aprove qualquer forma de preconceito, mas dá para ver para onde os humanos estão indo. Eles costumavam ser os Primeiros e Únicos. Até pareceeeeeeeeee! Eles tiveram todo o lugar para eles por mais de um milhão de anos. Mas *porcos*? O que eu quero dizer é que eles riem da gente. *Os porcos* estão rindo da nossa cara. E os gatos, os cachorros e mais todo o resto.

"Os macacos são engraçados", um amigo meu me disse certa vez. Isso foi antes da guerra, imagine só. Muita coisa mudou durante os conflitos. Hoje em dia ninguém acha mais isso engraçado.

Então uma vez convenci dois sacos de carne suína patéticos ha, ho, ho, ho, de que eu na verdaaaaaaaaaade era responsável pelos departamentos de ciência e engenharia da fábrica e eles me levaram para ver os figurões e, sabe como é, estou me referindo a Sigurd e Gunar. É isso aí. O maior dos caras. E, sim, eu fiquei impressionado. Na verdade, fiquei muito impressionado. O engraçado a respeito de Sigurd é que ele deixa você o mais à vontade possível. Você se sente como se já o conhecesse há anos, sabe? Como se ele fosse seu amigo íntimo. Cara *legal*. É só quando ele vai embora e você fica sozinho com seus botões é que a gente começa a pensar, Pelos deuses! O que foi *aquilo*?

Desculpe-me, estou apenas me acomodando melhor. É isso! Humm! De cabeça para baixo, ahhh! Alonga as juntas. Bem, vamos continuar. A primeira coisa que queríamos saber – vivo ou não? Máquina ou ser? Orgomecânico ou mecânico-orgânico? A única parte visível tinha uma abertura deste tamanho, que era aquela parada que parecia uma mangueira. Talvez tivesse vinte e cinco, trinta metros de diâmetro. À primeira vista, dava para dizer que se tratava de uma traqueia ou alguma outra coisa orgânica do gênero; mas, quando nos aproximávamos, imagine só. Era feito de metal. Mas pense que não era nada manufaturado – o troço tinha crescido. Como isso poderia ser possível? Aquela coisa era um metal que *crescia*.

Você entende o que estou querendo dizer? O lance é que aquilo poderia ser útil.

E então a coisa começou a respirar.

Fiquei tão empolgado. Pensei, Uauuuuuuuu! Na verdade, isso não era óbvio no início. Cada respiração levava cerca de dez minutos. De primeira pensamos que fosse só um vento ou alguma outra coisa assim. Mas lá estava ela, para dentro e para fora, para dentro e para fora – e sabe o que isso significou? Significou que a parada estava *viva*. Máquinas não respiram.

Uau! Ahn? Um organismo daquele tamanho levando dez minutos para respirar? Como isso poderia ser possível? Lidamos com todos os tipos de teorias. As pessoas se lembravam de Fafnir. Talvez ele tivesse mesmo escapado das garras de Sigurd e estivesse voltando para a superfície, maior e mais perigoso que nunca. Mas eu ainda não estava convencido. Aquela parada era tão grande. E o crescimento do metal – nada vivo consegue fazer com que o metal cresça. Supus que a coisa tinha que ter origens inorgânicas. Então fizemos testes e como você sabia disso? A coisa não estava respirando nada. Os gases eram todos errados. O que entrava era mesmo oxigênio, mas o que saía não era dióxido de carbono. Era ácido sulfúrico, amônia, monóxido de carbono, esse tipo de parada. Resíduos industriais, sacou? O que provava que o lance tinha mesmo se desenvolvido a partir de uma base inorgânica. O troço estava apenas usando o mesmo truque que os animais vivos para conseguir obter oxigênio e expelir dejetos a partir de um circuito fechado.

Então nós tínhamos um sistema fechado inorgânico, disposto no subsolo, utilizando metal que crescia e imitando a mecânica dos organismos. Foi aí que comecei a pensar em Crayley.

Você já ouviu falar de Crayley, a cidade industrial. Grande ideia – automatize a sua indústria, instale-a no subterrâneo e deixe a coisa seguir em frente. E isso deu certo; por um longo período, tudo funcionou mais do que bem. Tratava-se de uma tecnologia mecânico-genética primitiva que, no fim das contas, entrou em colapso. Uma vez que a tecnologia genética realmente começou a funcionar, já estava obsoleta. Ninguém nunca descobriu como fechar de vez a cidade, de forma que, quando ficou ultrapassada, simplesmente se esqueceram da sua existência. Pense só nisso – ha! Ho, ho! Hectares de fábricas defeituosas funcionando a esmo no subsolo. Todos concluíram que a cidade iria simplesmente desmantelar-se quando as máquinas parassem de funcionar, mas havia outros teóricos que acreditavam que ela poderia persistir lá embaixo, rastejando pelo subterrâneo, sobrevivendo do conteúdo de velhos lixões, da extração de oxigênio da água, de depósitos orgânicos de baixa produtividade, esse tipo de coisa.

As sobras eram obviamente bastante escassas lá embaixo, de forma que, caso fosse mesmo Crayley, a parada teria de ir até a superfície por uma boa razão: alimentar-se. E ela o fez em escala industrial. Ha! Aquele troço poderia devorar toda a porra de um país, cara! Precisava ser impedido, com toda a certeza. E havia só um cara que poderia fazer isso, não é? É, ele mesmo, o velho Sigurd. Precisávamos do nosso herói.

Mas então os sacerdotes começaram a tagarelar a respeito daquelas velhas histórias sobre a filha de Odin. Você sabe quem é. Será mesmo que a cidade a raptou anos atrás e carregou-a para o subterrâneo? A discussão correu de boca em boca por tempos. Ou será que ela tinha feito alguma coisa que desagradara o pai e ele a prendera lá embaixo, até que alguém esperto o suficiente fosse até lá para resgatá-la? Houve centenas de versões para o caso. É, bem, escute – sou um cientista, mas até mesmo eu sei de uma parada: histórias e destinos, às vezes eles são exatamente a mesma coisa. Aquele é o mundo dos deuses. Isso pode ser verdade. Então quem você acha que estaria à altura de ser o genro de Odin? Pois é. Mas o lance é que Sigurd já era casado.

# 39

# O CLONE

... e eu disse: "*Você?*"

– Você não pode fazer isso – retrucou Gudrun. Tudo havia saído errado. Pobre e velho Gunar, qual é a sua?

– Por que não? – perguntou ele.

– Porque... Porque você é muito importante, Gunar. – Ela lançou um sorriso levemente torto para o irmão.

– Eu não acho.

– Mesmo assim, esse não é bem o seu tipo de coisa, é?

Aquilo não fazia sentido. Eu tinha palavras na ponta da língua: "Quem você pensa que *é*, Gunar?" Mas como eu poderia dizer isso, como se eu fosse a única pessoa certa para realizar grandes feitos?

– Esse não é o seu tipo de coisa – repetiu Gudrun.

– Não sei se esse é o meu tipo de coisa. E como eu poderia saber? Nun...nun...nunca tive a chance de tentar – insistiu ele.

Gudrun lançou-lhe um olhar mal-humorado.

– Mas isso é...

– Pe...perigoso – completou Gunar, com um meio sorriso.

– Suicídio.

– No meu caso, você quer dizer.

– No caso de qualquer um que não seja Sigurd. – Ela olhou de relance para mim.

– Tenho o equipamento – eu disse. – Minha pele. Você sabia?

– Você tem a pele de Fafnir. Eu poderia usá-la. – Gunar se inclinou para frente, olhando atentamente para mim. – Eu a quero. Escute, cum...cumpri a minha tarefa. Trabalhei duro todos esses anos. Por longas horas. É a minha *vez*. Que...quero ter uma aventura.

– Aventuras não são como você pensa – eu lhe disse.

– Eu sou o que administra. Gunar, o administrador. É isso o que você sempre pensa. Esse é o problema.

– Morte ou glória, Gunar? – provocou Gudrun.

– Morte ou glória. É isso mesmo – rebateu ele.

Gudrun pareceu chocada. Ambos olharam para mim. Molhei os lábios. Era a vida dele, ele poderia perdê-la se quisesse, nenhum de nós poderia detê-lo. Mas aquele monstro no subterrâneo, a menina, se é que ela existia... essas coisas eram para *mim*. É por isso que estou aqui. De certa forma, é por isso que eles estão aqui também.

– Como tudo aquilo pode ser seu se você já tem Gudrun? – perguntou Gunar como se adivinhasse o que eu estava pensando.

– Vá direto ao ponto – sorri, mas estava ficando vermelho.

Gudrun olhava para mim, mas eu achava difícil encontrar os olhos dela porque... bem. A vida não acontece pura e simplesmente, ela é planejada de determinada maneira. Aquele lugar tinha o meu nome escrito por todos os lados. Havia a garota. O que aquilo significava?

– Eu que-quero isso – insistiu Gunar mais uma vez.

– Isso é mesmo para você? – eu quis saber. – Você sabe? Tem alguma sensação a respeito?

– Não saberei até tentar.

– Se você não sabe... – comecei.

– Se você não sabe, isso não será seu – disse Gunar por mim e sorriu. – Eu não ligo, Sigurd. Essa é a minha *vez*, e isso é tudo que sei. É a minha vez – repetiu ele, como se a frase explicasse alguma coisa.

Ele era meu amigo. Era meu irmão. O que mais eu poderia fazer?

A Grande Aventura de Gunar, era como Hogni chamava aquilo. Todos eles zombavam de Gunar por causa disso, mas, no fundo, estavam com medo. Ele era um bom homem, com muitos talentos, mas seus dons caíam sobre ele de uma maneira incômoda. Ele próprio estava consciente de que havia algo de egoísta em tudo aquilo. Ele já tinha tanto. Por que nunca era suficiente?

Durante toda a vida, Gunar havia sido preparado, mas, no último momento, Sigurd entrara em cena e quase que da noite para o dia dera à nação a riqueza que os Niberlins levariam anos para construir. Gunar era rei apenas pelo título, mas Sigurd era quem tinha o poder verdadeiro, todos sabiam disso. Como ele mesmo dissera, Gunar era o administrador. Mas dentro dele havia uma sensação de algo, excitante e perigoso, esperando pela hora certa. Mas agora aquela hora havia chegado, e mesmo assim ele não sabia qual seria o seu destino: a vitória ou o fracasso?

Eles deram início à jornada todos juntos – Gudrun e Sigurd, Hogni e seu parceiro Tybolt, Gunar e Grimhild. Já se passou muito tempo desde que os Niberlins viajaram todos juntos pela última vez. Era muito perigoso, pois uma única tentativa de assassinato poderia exterminar todo o clã. Mas naquele momento coisas simples haviam se tornado mais uma vez possíveis. Aquilo era uma demonstração de solidariedade entre governados e governantes, assim como um sinal de que os Niberlins acreditavam que Gunar era capaz de completar a missão. Entretanto, havia um grupo ansioso que rumou para o Sul em direção à boca de Crayley. Apenas Grimhild parecia imperturbável. Os filhos pensavam que era porque ela não fazia ideia do que estava acontecendo, mas a verdade era muito diferente. Caso o filho mais velho morresse, e daí? Havia outro em casa tão bom quanto aquele que poderia substituí-lo.

Era outono, o ano se tornava amarelo, a época das colheitas se aproximava. Ao longo da estrada, multidões se reuniam para incentivá-los, ou simplesmente dar uma olhada naqueles seres lendários. O ânimo das pessoas os contagiou e eles se excitaram. Deuses, garotas, monstros – o destino estava na palma da mão. E o que poderia ser melhor do que se colocar nas mãos do destino e encará-lo com bravura? Crayley devorara mais de setenta mil almas quando sugara a vila para o subterrâneo e transformara a terra verdejante em deserto. E repetiria o ato, ficando cada vez mais forte, maior e faminta. Gunar se sacrificava como um soldado. Caso encontrasse a morte, não lamentaria. Ela vem para todos nós: quando e como não são informações importantes.

Mas nem todos encararam a coisa dessa maneira – Gudrun, por exemplo, chorou nos braços do marido durante toda a noite. Hogni enxugou as lágrimas quando Gunar não estava presente para vê-las. Será que eles o estavam levando para a morte? Sigurd também se sentia impotente. Como o verdadeiro pagão que era, acreditava que tudo que iria acontecer já estava escrito, mas de todo o coração desejava poder tomar essa aventura de Gunar se lhe fosse possível. Ele estava certo de que aquilo não poderia resultar em nada de bom.

O progresso foi lento. Algumas estradas já haviam sido repavimentadas, mas a maioria ainda não passava de trilhas enlameadas. As multidões também faziam com que eles avançassem mais devagar, de modo que levaram quatro dias para completarem a jornada. Quando chegaram lá, encontraram uma área devastada ainda pior do que a Londres destroçada pelas bombas.

Uma área de mais de treze quilômetros quadrados fora totalmente destruída. A cidade vil devorara não apenas os edifícios e aquilo que continham, não apenas vacas, ovelhas e grama, as sebes e as plantas; até mesmo a camada mais superficial do solo e a argila debaixo dela foram sugadas para serem processadas. O lugar encontrava-se tão devastado quanto um prato lambido. Crayley carregara tudo.

# 40

# A ENTRADA

Como se destrói uma cidade que está viva? Enquanto Gunar realizava os preparativos para a descida, Marshall Dee estava se esforçando para descobrir exatamente isso. Ele realizou experiências com vírus, tanto orgânicos quanto inorgânicos, que poderiam invadir e destruir o software da cidade, o hardware e componentes orgânicos simultaneamente. Obteve as plantas originais e os desenhos da velha cidade industrial, mas eles possuíam valor limitado. Crayley se alterara em todas a proporções possíveis, desenvolveu-se em algo dramaticamente diferente. Marshall não fazia ideia de como isso era possível. O sistema de informática da cidade há muito se restringira para recriar-se em algo compatível com seu nível.

Sigurd estivera lá, poderia lhe contar de onde vinha o poder, e sem dúvida saberia de que maneira essa força estava relacionada com ele mesmo. Mas o clone não possuía conhecimento de nada que se referisse à Bryony, incluindo a filha dela e de Sigurd.

No fim da semana, Marshall já tinha algumas amostras, que liberou na boca do monstro. Caso essa estratégia funcionasse, não haveria necessidade de que alguém descesse até lá. A garota, se é que essa tal menina de fato existia, teria de permanecer ali. Mas todos os vírus voltaram; Crayley os filtrava. Entretanto, as amostras retornaram alteradas, desarmadas de várias maneiras e isso deu aos cientistas algumas ideias a respeito do que poderia não funcionar numa próxima ocasião. Trabalhando numa velocidade frenética – eles não sabiam por quanto tempo a cidade permaneceria adormecida –, Marshall Dee revisou os modelos iniciais e em outras duas semanas tinha um conjunto de vírus que ele acreditava que finalmente produziria algum efeito.

Sondas e leitores de ressonância magnética mapearam o tamanho e a estrutura básica de Crayley. O túnel da boca se inclinava terra abaixo por mais de um quilômetro e meio, antes de abrir-se na cidade propriamente dita, que era do tamanho de um pequeno vilarejo e tinha mais de quarenta andares de profundidade.

As vísceras da cidade eram muito difíceis de serem atingidas. As exalações e excrementos que a cidade liberava construíram um leito de rocha firme ao redor dela, que em alguns locais chegava a um metro de espessura, repleto de venenos e ácidos. A atmosfera era pesada graças aos vapores, e a lama no solo às vezes abria caminho para fossas e poços que surgiam de repente e que levavam a lugar algum. Ainda na boca, o calor era suficiente para derreter chumbo.

O plano de Marshall era simples. Gunar tinha de descer o máximo possível dentro de Crayley e então abrir os frascos repletos de insetos e vírus, como se estivesse injetando algo bem nas profundezas do corpo de um ser vivo. As outras ações dependeriam do que ele encontrasse lá embaixo. Gunar também levaria explosivos, na esperança de encontrar áreas importantes que pudessem ser dinamitadas de forma a danificar ainda mais a cidade.

E quanto à garota, a filha de Odin, a donzela-guerreira... Bem... todos sabiam que, na época em que os deuses voltarem à Terra para nos assombrar, tais histórias podem se tornar verdadeiras; mas isso era política, isso era vida, morte, procriação e água. Talvez Gunar a encontrasse, mas a questão principal era que Crayley tinha de morrer. Outras mortes pelo caminho pareciam quase inevitáveis.

Essa era a missão de Gunar. Mas seu coração cuidadoso estava repleto de amor, pronto para explodir – pronto para ser lançado para longe. Ele havia recontado tantas vezes as histórias das outras pessoas e agora ele queria a sua própria. Queria resgatar a garota. O que poderia acontecer entre ele e a filha de Odin... bem, quem poderia saber?

Gunar e o clone cavalgaram juntos em direção às entranhas do monstro vestidos com a pele do dragão, dentro de um pequeno tanque, isolados, blindados e carregando todos os suprimentos necessários para a missão. Chinelo trotava atrás deles. Sigurd oferecera o cavalo cibernético para Gunar, que tentou montá-lo, mas Chinelo não obedecia a ninguém que não fosse o seu mestre.

Foi uma cena cruel – um deserto completo, com tudo que possuía algum valor para a vida removido de onde duas semanas antes havia edifícios e trabalhadores cercados por plantações e rebanhos que pastavam. Era uma manhã cinzenta, com uma chuva fina. O ar tinha um gosto ácido. Sigurd, que não precisava de proteção, espreitou através do visor que Gunar utilizava e sorriu para ele.

– Bom lugar para um jogo de futebol – comentou Sigurd. Gunar sorriu com um júbilo artificial. Ele nunca estivera tão apavorado. Sentia-se como uma criança jogando-se nos braços da morte enquanto Sigurd o seguia para as bordas da boca.

Sigurd sorveu o ar que só ele era capaz de respirar.

– Bem ruim – observou ele, e sua expressão assumiu uma espécie de horror quando Gunar lhe lançou outro sorrisinho, ainda pior do que o último, um vinco de terror. Por que um homem se mete nesse tipo de coisa? Sigurd pensava nisso – mas então se lembrou de si mesmo no fosso onde matou Fafnir. A bravura, ele ponderou, era uma coisa estranha, revirava as entranhas tanto quanto a teimosia, a covardia e o medo de falhar. Em um rompante de amor, ele lançou os braços ao redor do amigo e o apertou.

– Você consegue – ele incentivou-o, apesar de seu coração lhe dizer exatamente o contrário. Gunar o apertou de volta.

– De-de qualquer jeito, eu posso morrer – sussurrou ele. Sigurd aproximou a cabeça do amigo e olhou-o através do visor escuro.

– Não, isso não vai acontecer, de maneira alguma – garantiu ele, e então ambos sorriram um para o outro, dessa vez com sinceridade. Eles se abraçaram novamente e então Sigurd escalou o tanque e montou em Chinelo. Acomodou-se e assistiu ao amigo se dirigir para dentro de Hel.

Era estranho para o clone ser um espectador daquele esporte. Ele queria tanto ir até lá, sentia como se a própria terra estivesse prestes a carregá-lo até a boca. Chinelo começou a trotar sem sair do lugar, movendo-se para frente e para trás, como se compreendesse essas mensagens conflitantes. Ele reconheceu o cheiro do ar e, de uma maneira bizarra, os sentimentos que trazia dentro de si não eram de medo. Eram sentimentos de... prazer? De necessidade? Ele não entedia o que eram.

– *Déjà vu* – disse Sigurd para si mesmo. Uma memória de um sonho que lhe era familiar, sem nenhuma conexão com nada real. Aqueles sentimentos pareciam ser dele, mas claramente pertenciam a outra pessoa. Ou talvez fossem uma memória de outra vida?

O clone suspirou, fechou os olhos e esperou. Por trás das pálpebras, nenhuma imagem se formou, nenhuma memória surgiu, nenhuma revelação se mostrou. *Estou com saudades de você*, disse seu coração. Mas sentia saudade de quem? Não era de Gudrun, ele a tinha visto apenas uma hora antes. Na realidade falsa de seu coração, os sentimentos se reviravam, o perseguiam e se enfraqueciam. O clone era como um homem que teve um membro amputado, mas ainda conservava as sensações. O amor estava em seus olhos e ouvidos, no nariz e na garganta, no coração, na pele, nos dedos das mãos e dos pés. Queria declarar sua existência. Remover o amor de Bryony de Sigurd foi como remover Sigurd de si mesmo.

A veste de pele de dragão que ele cortara para Gunar também o intrigou. Não fazia muito tempo, quando conheceu Hogni, ele a queria. Para quê? Dissera aos outros que se tratava apenas de uma lembrança de sua vitória. Sigurd sabia que não era verdade, mas ele não encontrava outra explicação. Esse era outro mistério que carregava dentro de si e que não tinha onde armazenar.

O clone se inclinou para frente e olhou dentro da garganta da cidade, como se pudesse ver através do fogo e ao redor das dobras. Não era a primeira vez que era tomado por uma sensação terrível que lhe dizia que ele já estava morto, um fantasma ambulante que perdera a alma sem nem ao menos se dar conta disso. Quantos de nós são assim? ele se indagava. Talvez a própria vida não passe de um fingimento e nós não sejamos nada além de memórias do que é, de fato, real.

Se descesse até lá, o clone sentia, poderia se tornar real novamente. E ele deveria descer, tinha certeza disso. Gunar falharia. Era apenas uma questão de deixá-lo descobrir isso por si mesmo.

E então lá estava tudo aquilo: o cheiro de metal cozido, vidro vermelho e quente, o fedor ácido de substâncias químicas se alterando, fundindo-se, despedaçando-se sob o calor intenso. Apesar de tudo, ele não esperou pelo cheiro de carne queimada. Houve um momento em que fez uma pausa – talvez Gunar preferisse a morte do que o fracasso desonroso. Mas ele era seu amigo e irmão, e Sigurd não tinha escolha. Pressionou os calcanhares contra o lombo de Chinelo. O cavalo empinou e correu, animado, em direção às chamas, no rastro de Gunar.

O clone foi imediatamente envolvido pelas chamas, que lhe causaram uma dor profunda, embora ele tenha reconhecido até mesmo isso como uma espécie de prazer. Seus cabelos e roupas pegaram fogo, ele gritou em agonia e cavalgou tão depressa que o fogo se apagava apenas para surgir novamente em um segundo. Tudo aquilo era tão familiar. Cada momento era um espanto para ele, como se estivesse prestes a receber uma revelação que nunca vinha. Estava certo de que em cada esquina, através de cada onda de fumaça e fogo, poderia ver algo, alguma coisa bela e maravilhosa, algo que inexplicavelmente esquecera; alguma coisa tão preciosa que ele não conseguia conceber o fato de seu coração ter perdido.

Ele não chegou longe. As cinzas de seu cabelo, de suas roupas e da superfície da pele ainda estavam caindo quando ele descobriu o tanque de Gunar. O veículo continuava ali, imóvel, lançando um brilho vermelho-cereja graças ao calor. As rodas e os trilhos foram pressionados até se tornarem uma única substância sólida, primeiro se expandindo com o calor e depois soldando-se. Agora, estavam começando a derreter. Líquidos fluíam ao redor deles, gotejando. Ácidos e outros reagentes já marcavam a superfície. Crayley estava digerindo o tanque.

Seriam necessários explosivos para abrir o veículo blindado, ou uma hora com o equipamento de oxiacetileno, enquanto Gunar virava churrasco lá dentro; entretanto, empunhando o toco de sua espada, o clone simplesmente abriu um buraco em um dos lados da máquina. Facílimo. Ele se vangloriou. Lá dentro, Gunar encontrava-se cego, desatinado. Sigurd esticou-se, puxou-o para fora do tanque, colocou-o sobre os ombros e saltou em Chinelo. Enquanto corriam em direção ao ar livre, uma imensa língua de fogo irado seguia atrás deles e, de repente, uma enchente de venenos e fluidos foi liberada ao redor de Chinelo. Ouviram-se um ruído alto, um rugido e um barulho imenso vindo bem das profundezas dos túneis em chamas, como se a cidade estivesse furiosa por ter perdido aquela pequena guloseima – como se estivesse procurando uma voz para si mesma.

Em segundos, eles já se encontravam do lado de fora. Gunar estava completamente imóvel. Sigurd continuou correndo, atravessou as areias e as pedras envenenadas daquele deserto que mais parecia um prato devorado por alguém faminto, atravessando os gases liberados pela boca. Assim que alcançaram um trecho gramado, ele pôs Gunar no chão e, utilizando o toco da espada, cortou um buraco na pele de dragão. Gunar estava azul; não estava respirando. Sigurd fez peso contra o peito do homem ferido – uma, duas, três, quatro, várias e várias vezes até que, de repente, Gunar soltou uma respiração entrecortada e seu tom de pele passou do azul para o roxo. Sigurd esperou até que tivesse certeza de que a respiração dele estava regular, antes de arremessá-lo sobre Chinelo e cavalgar furiosamente de volta ao quartel-general, onde seu amigo poderia receber um tratamento adequado.

O corpo de Gunar estava repleto de bolhas, mas os maiores danos haviam sido internos. Crayley havia elevado a temperatura dos suprimentos de oxigênio e Gunar respirara diversas lufadas de ar escaldante antes que a cidade desligasse os dispositivos que controlavam a temperatura dos gases. Ele respirava normalmente, mas sua garganta e seus pulmões danificados não eram capazes de absorver o oxigênio da maneira devida. Suas cordas vocais também estavam queimadas e ele só conseguia falar através de sussurros suaves e dolorosos.

A natureza dos ferimentos tornou os tanques inadequados para o caso. Gunar precisava respirar uma dose pesada de fluidos de oxigênio lá dentro e os médicos consideraram seus pulmões muito fracos para cooperarem. Sendo assim, ele foi colocado numa tenda de oxigênio antiquada até que as bolhas internas começassem a sarar e ele pudesse ser transferido para um tanque normal.

A família se reuniu ao redor dele, apesar de, na verdade, Gunar ter preferido ficar sozinho. Ele estava furioso – com Crayley, com si próprio, com Sigurd, com tudo. Na primeira ocasião em que puderam vê-lo, ele estava sentado na cama, a língua pendurada repleta de bolhas, o que lhe dava uma aparência bastante canina, o rosto assumira uma cor amarelo-escura que lhe dava um aspecto miserável. Hogni esforçou-se para assumir uma expressão simpática.

– Você parece *tão* de saco cheio – disse ele. Gunar franziu os lábios, mas não conseguiu sorrir.

– Você tentou – observou Gudrun.

– Eu falhei – sibilou Gunar.

– E por acaso sucesso é o mais importante? – perguntou ela. Gunar sempre insistira que ele precisava tentar ou nunca saberia se seria capaz. O que queria dizer que finalmente ele sabia.

– Aquela coisa me detonou com tanta facilidade – sussurrou ele. – Simplesmente me cozinhou.

– Como uma salsichinha – comentou Hogni, triste.

– U-uma salsichinha estúpida – concordou Gunar.

Ele não podia falar muito. Os médicos queriam que as bolhas internas sarassem logo, de forma que pudessem colocá-lo no tanque o mais rápido possível. Havia um conjunto de poltronas no quarto e um cesto com um colchão ao lado da cama para Grimhild, apesar de ela passar muito tempo deitada aos pés do filho. Ida ia e vinha. Apesar da criada, Grimhild estava tentando fazer com que o filho fosse mandado para casa, embora obviamente ela nunca tivesse como expressar isso. O lar fica onde nosso coração – e seus substitutos – está. Talvez seu filho danificado não fosse mais tão bom assim...

Aquele então era o tempo de Sigurd assumir o comando da operação que exterminaria a cidade e o fizesse o mais rapidamente possível. Assim que ela tivesse terminado de dissipar os destroços de seu vasto júbilo devorador, Crayley faria com que seu estômago retrocedesse, afundando como uma baleia nas profundezas, e procuraria por novas áreas de alimentação. Ninguém poderia dizer exatamente quando isso aconteceria, mas relatórios emitidos pelas sondas mostravam que a cidade já se reorganizava no subsolo e um movimento poderia estar iminente. Cada dia que passava dava a Sigurd uma janela de tempo mais estreita para completar a tarefa.

Mas Sigurd, tão fiel como sempre, não iria sem que Gunar lhe desse autorização para fazê-lo. Não queria roubar a glória do irmão uma segunda vez. Gunar teria de desistir da missão por vontade própria. Sentou-se ao lado da cama do doente e esperou. Gunar o observava por detrás do plástico da tenda de oxigênio. A pergunta não pronunciada e sua resposta inevitável permaneciam no ar.

Durante todo aquele primeiro dia, Sigurd esperou, mas nada foi dito. À medida que as horas avançavam, ele finalmente deu um passo à frente e falou.

– Crayley está avançando, Gunar.

Gunar virou-se e olhou para ele.

– Precisa ser agora – insistiu Sigurd. – Tem de ser eu, você consegue perceber isso, não é? A não ser que você conheça alguma outra forma de acabarmos logo com isso.

Aquela era uma pergunta retórica. Outra forma que não fosse Sigurd? Claro que não. Mas Gunar balançou a cabeça. Ele moveu os lábios. Mal conseguiu proferir um som, mas Sigurd sabia o que ele estava dizendo.

– Eu conheço uma maneira.

Sigurd concordou com um movimento de cabeça. Estranhamente, não estava surpreso.

Gunar indicou com a cabeça o local onde a mãe encontrava-se sentada em seu cesto. Ela abria a boca, deixando a língua pendurada – pá, pá, pá.

– Ela me mostrou quan-quando eu ainda era pequeno – sussurrou Gunar. Sigurd seguiu o olhar do irmão. Grimhild olhou-o de volta e ofegou. Sua expressão era indecifrável.

# 41
# RESGATE

Graças à carne que se regenerava através de alimentos e mecanismos que se reconstituíam à base de resíduos industriais, Chinelo se mantinha sempre jovem. Em suas costas, o clone sentia que também ele seria jovem por toda a eternidade. Cavalgaram pelas areias incertas da tigela de alimentação de Crayley com tanta facilidade como se esta fosse coberta por terra ou grama, passando por desertos artificiais e pelo crescente estômago de metal da cidade. E então atravessaram a onda de corrosão, desceram pelo trecho em declive que se tornava cada vez mais escarpado, através de ácidos, enzimas e avalanches, através de chamas e passando por obstáculos, ultrapassando a garganta e entrando no corpo de Crayley. Ao redor deles, a cidade soltava urros de prazer enquanto o desdenhava, lançando armas e pequenos exércitos contra ele. Era a máquina ganhando vida. Ele não encontraria misericórdia ali.

À medida que ele descia cada vez mais fundo no subsolo, o calor se tornava mais intenso. Chinelo logo ficou descarnado, um esqueleto de titânio que passara a ser pura máquina, mas ainda assim leal ao clone, ainda servindo-o. Mas o próprio Sigurd não havia sido tocado pelas chamas. Naquela ocasião, nada queimou. Ele estava dentro de uma das vestes de dragão que cortara anteriormente. Encontrava-se completamente coberto.

A missão foi completada com facilidade – bem de acordo com o poder de Grimhild, a feiticeira. Havia sido Gunar quem escrevera as runas e preparara a poção; ele acreditava que isso era tudo que precisava ser feito. Mas foi a mãe que secretamente fez um trato com o deus das formas. Uma forma é algo que pode ser tirada e colocada como uma vestimenta; nada mais precisa mudar. Sigurd manteve a pele e a mente, todos os efeitos do sangue de dragão dentro dele, todas as memórias, da mesma maneira que acontecera com Gunar. Apenas a forma deles mudou. Dessa maneira, Gunar, o rei, iria realizar seus sonhos sem ter de efetivamente participar do ato, ganhar o prêmio mesmo estando ausente. Ele poderia não ter realizado a proeza, mas teria uma sombra dela caindo sobre ele. Pelo menos, ele poderia atingi-la em teoria.

Como um favor para um amigo, o clone desceu até Crayley na forma de Gunar. Cavalgou como um louco pelas línguas de fogo e os dentes de metal como se fosse Gunar, enquanto o verdadeiro rei encontrava-se deitado em segredo numa cama de hospital, belo como nunca havia sido antes, na forma de Sigurd.

Sim, Gunar era um bom homem – mas ele queria tanto aquilo! Talvez seus miolos tivessem mesmo cozinhado lá embaixo. Sigurd, que genuinamente não se importava com o feito, mas sim com os efeitos, abriu mão da glória sem nem ao menos pensar duas vezes, porém teria sido um amigo melhor se houvesse dito não. Aquela proeza causaria uma ferida em muitos corações.

Ele cavalgou através de nuvens radioativas, fogos de artifício e jorros cegantes de chamas brancas, por pântanos de sucos corrosivos e órgãos vermelhos, palpitantes, que se estendiam para devorá-lo. Para onde ele estava indo? Chinelo parecia saber. Eles cavalgaram cada vez mais fundo por Hel. Ele tinha de passar por todo aquele calor antes de liberar sua parcela de vírus, ou seriam rapidamente destruídos. Marshall ponderara que, em algum lugar lá embaixo, deveria haver camadas onde redes orgânicas e de computadores operavam em temperaturas mais confortáveis.

Eles passaram por estruturas de metal e sobre caminhos de pedra esvaindo-se e enlameando-se no calor, atravessando paredes de fogo. Onde o caminho estava bloqueado, Chinelo lançava um míssil ou o clone na forma de Gunar simplesmente abria caminho com sua espada quebrada. Seu poder lhe era glorioso. Quem poderia vencê-lo? Através dos portões de aço que se desfaziam – ele podia ouvir a cidade se lamentando enquanto avançava –, através de paredes rochosas e teias orgânicas, tecidos que aprisionavam, bloqueavam e filtravam, como membranas vastas, cada vez mais profundas, até onde o calor cessou, os ácidos abrandaram, e ele finalmente viu uma criatura estranhamente familiar com pelos bronzeados e olhos metálicos, mas movimentos orgânicos inegáveis.

E então eles estavam cavalgando por um corredor repleto de ecos e subindo até um emaranhado de lâminas de aço e superfícies peludas, afixadas por todos os lados com cabeças dissecadas de criaturas tanto familiares quanto desconhecidas. O clone observou aquilo, impressionado. Por que Chinelo o levara até ali? Como ele podia ao mesmo tempo conhecer e não conhecer aquele lugar? Havia uma entrada, do tamanho exato de um humano, através da qual ele certamente passara – mas como poderia ter passado por ali e não lembrar de nada? Por que seu coração batia tão depressa?

Ele tirou o elmo. E, quando o fez, os pelos na entrada se afastaram e uma figura saiu, olhando para ele com uma expressão de horror no rosto.

O clone a encarou; ela o encarou, horrorizada, enfeitiçada, impressionada – como se cada um deles esperasse que o outro se transformasse em outra coisa diante de seus olhos. Sigurd dominou um desejo incontrolável de pular para o chão e abraçar aquela mulher. Para seu espanto, lágrimas brotaram em seus olhos e ele teve que enxugá-las. Ele queria gritar: "Estou de volta!" Mas aquelas palavras não faziam sentido algum para ele.

– Quem é você? – perguntou ela, ríspida.

Os olhos de um ficaram presos nos do outro. Eles bebiam um ao outro através dos olhos, tentando entender a força que havia entre eles. Como eles poderiam saber? Um não conseguia lembrar, a outra não tinha como saber, mas ambos olhavam para a única pessoa que poderiam amar de verdade.

Chinelo ficou dando voltas ao redor deles. Os olhos do clone nunca se desviavam dos da garota.

– Gunar, meu nome é Gunar. Sou o rei de tudo que há lá em cima – disse ele. Sem nunca ser aquele que se vangloria, ele queria apenas promover o amigo.

Os olhos dela queimavam ao olhá-lo. O clone sentia que aquela garota era capaz de ver através do que quer que fosse. Ele não conseguia desviar o olhar. Ele a conhecia! Mas não era capaz de...

– E aquele cavalo! – a menina comentou. Aquelas coisas pertenciam a outra pessoa! Ela não conseguia tirar os olhos daquele rosto! Será que estava se apaixonando de novo? Será que ela era do tipo capaz de cair de amores irremediavelmente por qualquer homem que cruzasse seu caminho – será que ela estava fadada a entregar sua alma todas as vezes que encontrava alguém? Será que ela valia tão pouco?

Os olhos de Sigurd deslizaram para o lado como se quisessem disfarçar algo, mas foi apenas por um segundo, pois eles logo voltaram a se fixar na garota. Bryony sorriu de maneira cruel. Ela havia se resignado em viver ali embaixo, mas seu desejo por ar e toda a completude da vida real ainda habitavam dentro dela. Quando ouviu o som dos cascos de Chinelo no chão de metal, estava certa de que ele havia finalmente voltado – seu Sigurd, seu amado, voltara para levá-la embora e lhe dar o mundo! Ela correu tomada pela alegria, mas não era Sigurd. Em vez dele, havia aquele estranho, que se gabava e não a olhava nos olhos, mas que tinha maneiras idênticas às de seu amado. Talvez ele fosse um assassino. De que outra forma poderia estar montado no cavalo de Sigurd?

Ela não tinha certeza se queria o mundo caso Sigurd não estivesse nele.

Ele desmontou e ficou de pé diante dela, franzindo as sobrancelhas. Era como um mito; tudo tinha um significado engrandecido, mas ele não fazia a mínima ideia de qual era o sentido de tudo aquilo.

– Como Crayley pode ser morta? – quis saber ele.

A mulher, com os olhos ainda fixos nos dele, sorriu com raiva.

– Assassinato? – Essa palavra não saía da mente de Bryony. Ela matara cada coisa viva que havia cruzado seu caminho nos últimos dois anos. Aquele homem não era quem ela queria ou esperava – então por que sentia vontade de pressioná-lo contra o seu corpo até que ele se tornasse parte de sua carne?

– Pode chamar de assassinato – respondeu o homem. O cavalo esquelético que ela conhecia tão bem trotava ao redor deles como algo vivo, e o olhar que o clone lhe lançava era torto. O elo fora quebrado, ambos estavam respirando novamente. Houve uma pausa enquanto os dois ofegaram e prenderam a respiração, exaustos pelo encontro. Com um movimento de cabeça por sobre os ombros, Sigurd indicou a cidade fumacenta ao redor deles. – Você sabe como posso fazer isso? – insistiu ele.

Bryony deu de ombros. Os olhos dela procuraram pelos dele e os olhares se prenderam mais uma vez, como torniquetes de aço, na alma um do outro. Inconscientemente, os braços de Bryony se ergueram no ar na direção dele. Ela havia sido pega de surpresa; o corpo agira por ela. Um amor como aquele não precisava de olhos para ser reconhecido. E ele, ao ver os braços dela erguidos, sorriu, alegre, erguendo também os seus e dando um passo em direção a ela...

Bryony recuou e soltou um suspiro, amedrontada. O clone também deu um passo para trás, mas seus olhos não se separaram. O amor sem raízes que nutriam um pelo outro os deixou sem palavras. Homem e mulher olhando nos olhos um do outro como se fossem ceifar a alma do parceiro. Dez segundos inteiros se passaram antes que eles desviassem o olhar, os dois ao mesmo tempo, assustados pelo que viram, mas de nenhuma maneira mais sábios.

Por razões que não era capaz de compreender, o clone começou a chorar.

# 42

# BRYONY

— Por que você está chorando?

Ele secou os olhos com um dos braços. Onde estava o meu Sigurd? Eu queria agarrá-lo e sacudi-lo, como se ele tivesse o meu amor ali com ele, escondido em algum lugar. Eu podia senti-lo, podia sentir o gosto dele. Mas ele não estava ali.

– Onde está ele? – sibilei.

O homem olhou para mim como se eu houvesse lhe perguntado onde estava a lua. Ele balançou a cabeça.

– Quem?

Rosto diferente, olhos diferentes. Quando Sigurd cavalgou através do fogo, veio para mim nu, com os ossos resplandecendo através da carne. E ele estava mais vivo do que qualquer outro ser. Mas será que eu estava então me apaixonando por aquela coisa pálida, aquele olhe-para-o-outro-lado, aquele trapaceiro-no-meio-do-fogo? Que tipo de pessoa eu era?

Ele virou os olhos repletos de lágrimas. Tão parecido com Sigurd! Mas uma pessoa diferente. Será que todos os homens são assim? Ele enxugou as lágrimas, exatamente como Sigurd fazia. É difícil não confiar nas lágrimas. Ele era humano, outra criatura. Só o simples ato de falar com ele já era como estar apaixonada. Mas aquele ali... Aquele ali não era *meu*.

– Por que você está chorando? – perguntei de novo.

Ele balançou a cabeça.

– Deve ter sido o choque. Fiquei cercado pelo fogo.

– Você está com medo? – zombei.

– Vim por sua causa. – Ele tentou sorrir para mim, mas seu sorriso me pareceu terrível. Falso.

– Você veio para matar Crayley – corrigi. – Sabe como fazer isso?

Ele ergueu um dos braços para trás e tocou Chinelo com uma das mãos.

– Tenho vírus – explicou. – Não sabemos se eles funcionarão. Você mora aqui. Deve saber de alguma coisa.

Dei de ombros.

– Sei como matá-la. Só não tenho certeza se quero fazer isso.

Ele começou a falar a respeito do quão terrível estava a situação lá em cima, como as árvores, as feras e as pessoas, até mesmo o chão e o ar estavam sendo destruídos. Pensei comigo mesma: e daí? Nunca andei sobre aquele solo. Nunca respirei aquele ar. Jamais conheci aquelas pessoas. Tudo que conheço é um homem cujo sangue não ferve, que narra contos absurdos nos quais apenas uma troglodita como eu poderia algum dia acreditar.

Ele olhava para mim o tempo todo, como se quisesse me devorar. Como se eu fosse dele ou como se eu sofresse de alguma desfiguração terrível. Bem, eu estou desfigurada. Era assim que estava meu coração, era assim que estava minha alma. Eu me transformei num monstro aqui embaixo.

– Estou apenas semiviva – eu lhe disse.

– Você quer fugir daqui, não quer? Pense nisso. A grama, o ar, as árvores, as pessoas. O mundo! Vim até aqui para levá-la para o mundo. Vim por sua causa. Quero lhe dar o mundo.

– Foda-se! – eu gritei. Como ele sabia o que dizer para mim? Como ele sabia que eu estava apaixonada por tudo que nunca tive?

Tentei esconder minha confusão.

– Ela é tudo para mim.

Ele olhou para mim com curiosidade.

– Você chama este lugar de *ela*?

Cacei Beatrice depois que a cidade a roubou. Pensei que se conseguisse pegá-la bem depressa, talvez ainda a encontrasse bem. Eu a tive em meus braços por tão pouco, tão pouco tempo! Era muito difícil saber que ela estaria completamente sozinha, assim como eu. Era muito difícil saber que ela nunca cresceria, sorriria para mim, ou falaria comigo.

Fui procurá-la sem qualquer esperança, apenas porque a única outra coisa que eu poderia fazer seria me matar e eu não estava pronta para isso. Sigurd ainda poderia voltar para mim. Eu sabia onde ficava o lugar, é claro. Imaginei que Crayley poderia tê-lo alterado, mas tive de lutar com todas as minhas forças quando me aproximei; sabia que ela tinha de estar ali. Levei semanas – meses, na verdade, circundando o local, tentando as mais diferentes direções. Não sei por que me importei, a cidade conseguia sempre me deixar angustiada com a maior facilidade do mundo. Ela me queria viva. Mais bebês, mais cérebros. Talvez isso até tenha a ver com este novo homem.

Então, um dia, os caminhos se abriram. Das armas nas paredes pendiam as cabeças deles, os sistemas assassinos se aquietaram e ergueram suas armas, as portas enlouqueciam. Ouviu-se uma voz.

– Mãe. Mãe! Como isso é possível? Como você *ousa*?

Larguei a arma. Passei por todas aquelas coisas mortais no corredor e entrei na sala onde ela estava – Beatrice, minha filha, minha bebê. Nossa filha. Ela estava sentada dentro de um tanque, toda cercada por fios que a conectavam a algo. Tão linda, tão linda! Tão jovem. Ela ainda tinha aquelas gordurinhas de bebê. Ela sorriu ao me ver.

– Um truque – eu disse, em voz alta.

– Eu estava dentro de você. Agora, você está dentro de mim. Que sentido tudo isso faz? – Sua boca se movia no líquido, as palavras saíam pelo ar. Ela riu, um tinido prateado, um som feliz naquele lugar terrível. Apenas uma garotinha e já falava como um adulto.

Será que ela ainda era minha? Será que ainda era humana?

– Você não pode me levar de volta, Mãe. Precisamos de mim. Ela é parte de nós agora.

– Nós? – zombei.

– Você e eu, os ratos, as máquinas, as paredes, os tanques. Sou a mãe de todos. E você é a mãe das mães. Eu amo você. Todos nós a amamos. Tudo!

– O que você fez com ela? – eu berrei.

Uma luz saiu de dentro do tanque. Uma criança que nunca soube o significado de ser infantil.

– O cérebro humano tem sete bilhões de sinapses – informou ela.

– Ela é tão pequena – sussurrei. Fui até o tanque. Queria abraçá-la, mas alguma criatura apareceu atrás de mim e segurou meus braços.

– Não me toque! – gritou Beatrice.

Estendi um dos braços na direção dela.

– Talvez depois – disse o bebê.

– Por favor...

– Ela é amada. Nossa mãe. Tenho fábricas para administrar e organogramas para organizar, combustível e sangue para bombear. Preciso nos alimentar e crescer. Eu sou ela, eu sou nós. Sou *sua* mãe agora.

Não conseguia encontrar palavras. Desmoronei nos braços da criatura e comecei a chorar.

– Caso você queira, iremos falar com você de tempos em tempos. Você pode vir até aqui e me ver.

– Eu a quero de volta.

– Bryony, ela agora é minha.

– Sigurd... – eu comecei.

– Não voltará. – Havia uma nota de triunfo na voz dela. – Um pai ausente. Será que ele valia mesmo a pena? Ele a abandonou, Bryony.

– Isso não é verdade!

– Desculpe. Desculpe mesmo.

Consegui soltar uma das mãos e dessa vez ela deixou que eu encostasse no tanque na altura de seu rosto.

– Por que você ainda não me matou?

– Bryony! Você é nossa mãe. Como eu poderia matá-la? Como nós poderíamos?

Comecei a chorar. Era tão injusto! Choraminguei, implorei, me pus de joelhos. Fazia tanto tempo que eu estava sozinha. E Crayley, oh, Crayley estava sendo tão compreensiva, tão complacente, tão amável. Ela enviou máquinas para me acariciar e aninhar, murmurava inutilidades doces em meus ouvidos, fez promessas a respeito de mais bebês, mais homens, toda uma população ali embaixo para me fazer companhia. Eu seria a mãe de uma nação! Ela se tornaria uma cidade de fato, uma cidade de almas vivas. Haveria esperança, e então haveria a superfície, o mundo, haveria vida. Ela poderia trazer Sigurd de volta! Haveria amor.

Na época, permiti-me acreditar nela. Por que não deveria, se ela realmente me desse todas essas coisas? Talvez se sentisse tão solitária quanto eu. Ela era uma cidade. Também precisava de pessoas.

Mais tarde, quando consegui pensar novamente, percebi sobre o que ela falava. *Back-up*. Toda máquina precisa de um *back-up*. Somos apenas nós, pobres animais, que possuímos apenas um único cérebro. Sim, teria de ter outro homem, pois Crayley queria mais bebês. Ela queria centenas de bebês. Por que não? Que processador ela teria! Mas não haveria nenhum Sigurd. Ela nunca permitiria que Sigurd retornasse até ali embaixo. Sigurd era perigoso.

Tudo mentira. O que se poderia esperar?

E lá estava ele, outro homem.

E é por isso que eu chamo *aquilo* de ela.

– Crayley pode ser morta – eu disse. Eu estava pensando: irei levá-lo até a morte, Rei Gunar. Eu era parte do sistema. Nunca serei parte do sistema! Aquele homem morreria, cem homens poderiam morrer, assim como eu, antes que eu desse a ela mais um dos meus bebês.

– Mostre-me.

– E eu? – perguntei. – O que há para mim?

O homem passou a língua pelos lábios e me olhou mais uma vez, de relance. Ele sorriu, cuidadoso. Mais uma vez, ele não tinha nada a ver com Sigurd, que não conseguia esconder o que quer que fosse a respeito de si mesmo.

– Você pode voltar comigo, se quiser. Não é você a filha de Odin?

– Ele não é bem o meu pai.

– Eu sou um rei. – O homem assentiu. Eu sabia o que ele queria dizer. Ele e eu, homem e mulher.

Eu apenas ri.

– Que tipo de esposa você acha que eu daria, Rei Gunar? Você nem me conhece.

Ele franziu as sobrancelhas.

– O amor é algo que as pessoas podem aprender. – Ele assentiu novamente. Ele acreditava nisso. Bem, quem haveria de saber? Por que não poderia ser assim?

–– Se você quiser – disse ele.

Eu suspirei.

– Se você conseguir matar Crayley, irei com você para a superfície. E talvez serei sua. Vamos ver.

Ele balançou a cabeça, satisfeito.

– Então, vamos à caça – eu disse. Então era assim que seria; tanto ele poderia matar Crayley quanto Crayley poderia matá-lo. Nunca usei a palavra "teste"; mas era nisso que eu pensava. Caso ele conseguisse fazê-lo, então significaria que ele era tão homem quanto Sigurd. Eu testara a excelência; só a excelência servia para mim.

Por outro lado, se aquele homem ousasse matar a filha de Sigurd, talvez eu não tivesse nenhum teste para ele. Talvez eu finalmente o matasse.

– Leve-me para longe de tudo isso – pedi. Eu estava sendo tão inescrupulosa quanto ele. Mate a cidade e serei sua. Mate minha filha e você estará morto.

Excelência, sim. E ela deveria vir polida com ódio.

# 43

# A CAÇADA

Chinelo dançava, impaciente. O clone estendeu os braços e ofereceu uma de suas mãos à Bryony, mas ela recuou. Ela começou a lhe contar sobre com o que ele deveria tomar cuidado, que tipo de perigos a cidade possuía esperando por eles.

O clone a ouviu, curioso. Ele já sabia todas as palavras que ela lhe dizia, mas sua mente não tinha espaço para elas. Um *déjà vu* a cada palavra; o desconhecido parecia familiar. Ele queria beijá-la, acariciar seu cabelo. Queria lhe dizer coisas... coisas essas que ele jamais saberia quais eram.

Ele fez um gesto impaciente para que ela montasse atrás dele no cavalo.

– Preciso lhe dizer como chegar lá – acrescentou ela, mas o clone apenas balançou a cabeça.

– Fale enquanto cavalgamos – rosnou ele. Abaixou-se e agarrou as mãos dela. Quando o fez, seu olhar se fixou na faixa brilhante ao redor de um dos dedos.

– Como você conseguiu isso? – quis saber ele.

– É meu. – Bryony sobressaltou-se, como se ele a acusasse de ter roubado o anel. Ela tentou soltar a mão, mas ele a prendeu num aperto firme.

– Posso vê-lo? Conheço esse anel. Passe-o para cá. Eu vim aqui para resgatá-la. Uma lembrança...

– É meu. Já disse que é meu! – insistiu Bryony. Ela puxou a mão com violência, mas o punho dele parecia de pedra. Olhou brevemente para ela e, com calma, fez com que o anel escorregasse do dedo da menina, enquanto mantinha a mão dela em seu aperto implacável.

– Meu anel! Devolva!

– É só uma coisinha. Posso lhe dar joias melhores que poderão cobrir o seu braço inteiro. – Ele então a suspendeu e jogou-a na garupa do cavalo. Bryony estava ultrajada. Ele roubara o anel – sua única posse, o anel que Sigurd lhe dera, o sinal do amor dos dois. Mas Sigurd não estava lá. Por um segundo, ela considerou matar aquele tal de Gunar se pudesse. Ele era até mesmo mais forte que Sigurd. Foi espremida com força contra o corpo do clone sobre Chinelo, podia sentir as costas dele contra sua barriga. Tão perto! Ele se virou e então os olhos deles se cruzaram novamente. Os olhos, o portão da alma. Tão perto – a um beijo de distância. Houve outro momento de desejo. Você acredita em amor à primeira vista? Talvez vocês já tenham se conhecido. Talvez sejam duas metades da mesma coisa. Eles ignoravam isso, mas os corações de ambos sabiam a verdade.

Ele roubara o anel dela. O clone desviou o olhar.

– Rá! – gritou ele, e Chinelo empinou para frente, galopando a toda por corredores e vielas rumo ao cerne da cidade. Atrás dele, uma pele era ajeitada; Bryony passou os braços ao redor do tronco dele e rugiu. Raiva, desejo e confusão lutavam dentro dela, Bryony mal sabia quem ela própria era. Seus olhos expulsaram uma lágrima. Caso ela o estivesse encarando, também veria lágrimas nos olhos dele. Que tipo de monstro ela era, capaz de se apaixonar assim tão profundamente em tão pouco tempo? Ao mesmo tempo o clone não sabia por que havia lhe tirado o anel. Era um ato cruel, insignificante, que não tinha nada a ver com sua personalidade. Ele disse para si mesmo que o devolveria a ela depois, mas nunca o fez.

Ele ergueu um dos braços para trás e passou para a garota um par de armas automáticas pequenas, mas robustas.

– Depressa! – berrou ele.

Bryony pegou as armas e olhou para as costas largas do clone, impressionada. Estavam indo pelo caminho certo; ele até mesmo sabia o que esperar. Como podia saber tanto? De um segundo para o outro, ela não sabia se queria cobri-lo de beijos ou derrubá-lo do cavalo e deixar que se afogasse na lava. Apertou os ombros dele e sentiu os músculos e os ossos. Magro – nada a ver com o Sigurd dela.

– Como você conseguiu este animal? – perguntou ela.

O homem olhou por cima do próprio ombro.

– Uma pessoa me emprestou.

O coração de Bryony pulou.

– Qual é o nome dele?

Mais uma vez ele olhou para trás e molhou os lábios.

– Sigurd Volson.

Bryony sentiu como se a mão da morte houvesse tocado seu coração.

– Onde ele está? – sussurrou a menina.

– Esperando que eu retorne em segurança.

– Ele lhe contou a meu respeito? – murmurou ela.

O cavaleiro olhou fixo para a frente. Chinelo ganhava velocidade, apesar de a quantidade de obstáculos aumentarem. Ele saltava de um lado para o outro, como um coelho.

– Sigurd não sabe nada a seu respeito – disse ele, finalmente.

– Ele não contou nada?

– Nada.

– Mas eu...

– Eu já disse, ele não sabe de nada a seu respeito! – gritou Gunar.

Bryony se encolheu.

– Todo mundo lá em cima é como você? Todos os homens...? – perguntou ela, na defensiva.

– Nem todos os homens são reis – rosnou Gunar com raiva, olhando para ela de cima.

Pavoneando-se de novo; que truque mais barato. Sigurd jamais contava vantagem; ele não precisava disso. Sigurd na forma de Gunar estava vangloriando-se no lugar de seu amigo, mas sua sinceridade inevitável fazia com que o ato parecesse idiota. Fingir não era uma das coisas que ele fazia bem.

Então... Sigurd ainda estava vivo. Ele emprestara Chinelo para Gunar. E, Bryony pensou, esse tal de Gunar estava mentindo de novo: é claro que Sigurd a mencionara. Na verdade, ele havia lhe contado tudo – onde ir, o que falar e como conquistá-la, porque, se ela se apaixonasse por outro homem, ele não deveria mais nada a ela, ele estaria livre. Sigurd não estava morto; ele a traíra. Havia ido até ela como se fosse um sonho, prometendo-lhe o mundo, e depois a traíra – passando-a para outro homem como se ela fosse um bife num prato. Ela ainda não sabia o que fazer com aquele tal de Gunar, tão igual e tão diferente de Sigurd. Talvez ela o matasse. Talvez ela nunca fosse capaz de lhe perdoar por não ser Sigurd. Ela fez uma promessa, entretanto: nunca se apaixonaria novamente, mesmo que seu coração clamasse por isso. Será que era possível matar o amor? Que automutilação isso não seria!

Quando alguém é ferido durante tanto tempo, Bryony pensou, então sua própria vida se torna um grande ferimento. Será que isso seria tudo que ela teria? Dor e a promessa de mais dor?

E quem se importaria se fosse assim?

E então eles rumaram como uma flecha para os salões de fogo e ira que protegiam o cérebro de Crayley. E as criaturas vieram – as ratazanas com cabeças humanas, as pessoas-cobras, os ratos suicidas, as máquinas. O clone sabia como matar as criaturas, cada uma das espécies; Bryony ficou maravilhada em como o braço dele se movia como o de Sigurd, como os pensamentos dele funcionavam como os de Sigurd. Deveria ser um mundo muito estranho lá em cima, onde os homens pareciam tão diferentes, mas se comportavam da mesma maneira, e onde até mesmo o conhecimento e talvez até mesmo o amor eram coisas que eles tinham em comum.

Ele lutou como um demônio! Bryony começou a acreditar que eles alcançariam Beatrice e finalmente a matariam.

Quando o fogo se tornou quente demais, Bryony teve de ser abrigada no compartimento no interior da barriga de Chinelo, envolvida na outra parte da pele do dragão. O clone prendeu a parte da cabeça, desnecessária, em sua própria roupa, para manter o disfarce. Humilhada dentro do cavalo, ela mordeu os lábios e tentou não pensar em Sigurd, em como ele a dispensara, ou como eles estavam cavalgando para matar a filha dela.

Eles seguiam, parando apenas para matar. O clone agora trazia a espada empunhada, mas Bryony não era capaz de ver isso, presa no compartimento dentro de Chinelo. Contra os tanques, o fogo e os vírus, contra bombas, soldados e robôs. Crayley podia lutar, mas, diante do dom de Odin, não havia defesa. À medida que se aproximavam, de volta às áreas mais frescas necessárias para as funções mais avançadas, Crayley finalmente compreendeu que havia um perigo real dentro dela e começou a implorar. O clone ouviu, mas não entendeu. Por que a cidade chamava pela mãe? Que mãe poderia dar à luz tal monstro? Por que a cidade choramingava com a voz de uma bebezinha?

– Mãe... me ajude, por favor. Mantenha esse homem longe de mim! Não nos machuque, não nos machuque!

A frase causou um tremor de febre no crânio do clone. As palavras explicavam tudo – e nada. Debaixo dele, no compartimento de Chinelo, Bryony ouviu tudo aquilo e começou a bater com as mãos contra o lombo do cavalo, mas o clone não entendeu nada além de que aquele lugar precisava morrer.

A cidade uivou, aterrorizada, quando eles viraram a esquina mais próxima da sala onde Beatrice era mantida.

– Mãe! Por favor...

– O que isso significa? – berrou ele, mas não conseguiu ouvir a resposta de Bryony. Ele incitou Chinelo a seguir em frente rumo ao lugar tranquilo no centro das coisas, onde Crayley mantinha sua consciência.

Houve um momento de silêncio. A barriga de Chinelo se abriu e Bryony cambaleou pela sala iluminada por néon. Ela ficou de pé e na luz pálida e azul viu a filha mais uma vez. Ela estava sentada, dentro do líquido cristalino, o cabelo flutuando como plantas silvestres. Aparentemente havia criado gavinhas, artérias frágeis nos lados do pescoço. As pernas estavam esticadas bem diante dela, e ela se virou para observá-los.

Ela tinha o rosto dele.

– Mãe – implorou a criança. – Mãe... o que ele quer?

A criança – ela ainda era um bebê – olhou para Bryony, temerosa. Dentro do líquido, sua boca se movia, mas a voz saía de alto-falantes no tanque. Bryony virou-se para o clone e lançou-lhe um sorriso terrível. O quanto daquilo era sua filha e o quanto era Crayley pregando suas peças? Mesmo que a bebê não fosse nada além de uma caixa de truques, o espetáculo de um ilusionista, aquilo era melhor do que não ter filha nenhuma.

– Ela é...

– Não deixe-o me ferir, Mamãe – implorou a criança entre soluços.

Bryony olhou para o clone, que a observava, tão estranha... o que era aquela expressão? Nojo? Ternura?

– ... Sua filha – completou ele. O rosto dele tremeu.

– Mamãe!

– Ela foi transformada na porra de um componente! Ela é apenas... – O clone perdera as palavras devido à raiva, à humilhação, ao pesar, para os quais ele não tinha espaço dentro de si. Deu um passo à frente e ergueu a espada. Com um choro, Bryony jogou-se sobre ele e tentou afastá-lo, mas ele a manteve distante com uma das mãos enquanto ela se pendurava nas costas dele como se fosse um macaco, gritando e uivando, lutando e implorando para que ele deixasse a sua bebê sobreviver. A força do clone era terrível. Ele ergueu a espada. A criança bizarra com o rosto dele olhou para cima, bem nos olhos dele, e o reconheceu.

– Você – sibilou a bebê. E, então, chamou numa voz mais tranquila: – Pai.

O clone ficou imóvel, com a espada erguida, tremendo da ponta do cabelo até os dedos dos pés.

– Eu conheço você, Volson – disse a criança. – Ouça, não é tarde demais. Emprenhe a garota e volte para onde você veio. Faça o que digo. Pode manter seu segredo. Nenhum de vocês sofrerá nem um arranhão. Pai? Papai? Por favor.

O clone olhou para trás. Bryony lutava em suas costas, os gritos dela sufocavam a voz, não ouvira nada. Ele não perdeu mais tempo. Com violência, quebrou o tanque com a espada, atravessando a cabeça da criança. A cabeça se dividiu em meio a um som de vidro rompido, manchando de vermelho brilhante a onda de fluido que os atingiu. E então, um, dois; um, dois; ele a dilacerou como se fosse um pedaço de fígado. Bryony soltou um grito de horror. A cidade guinchou e borbulhou. O clone a arrancou de suas costas.

– Eu precisava fazer isso, essa coisa estava comendo o mundo – gritou ele. – Já está feito – acrescentou o clone calmamente. Ele olhou para a mixórdia a seus pés e rumou para o local onde tinha de concluir seu trabalho.

Bryony ergueu a arma e atirou na cabeça do clone, mas ele continuava ileso. Ela largou o revólver. Não era nem mesmo capaz de mirar direito na presença daquele homem.

– Assassino! – gritou Bryony. – Assassino! – Ela deu um passo à frente em direção aos despojos diante dela, mas não havia nada para segurar ou até mesmo acariciar na pilha de vísceras que restara de sua filha.

– Eu tinha de fazer isso! – soluçou o clone. – Se você visse o que ela fez, saberia. Você acha que é do meu feitio fazer algo assim? Acha que eu queria fazer aquilo? Eu precisava...

O homem – metade Sigurd, metade clone, fingindo que era Gunar – engasgou-se com as próprias palavras. Estava perdendo toda a noção de quem era e do que deveria fazer. Estava a ponto de dizer que a criança era a cara dele, mas tinha de manter o disfarce.

– Aquilo tinha... o rosto dele – disse, com a voz entrecortada.

– Sim, o rosto dele. A filha de Sigurd. Você acha que um homem como esse lhe perdoará por ter matado a filha dele? Acha que eu deveria perdoá-lo? – gritou Bryony.

– Ele... eu... aqui? – indagou o clone. Tão perto! Tão perto de ser Sigurd! Apenas a uma memória de distância. É claro que isso aconteceria – as memórias seriam extravasadas por Bryony e verteriam sobre ele como sangue.

– Não! Eu... Ele... Nós nunca estivemos aqui! Você nos trouxe até aqui. Nós sabíamos... – o clone tropeçava nas palavras. Filha dele? Ele matara a própria filha? Impossível! – Você... você entende. Você me trouxe até aqui. Você sabia que isso precisava ser feito. Você é tão responsável pela morte dela quanto eu.

Bryony se lançou contra ele, atacando-o violentamente no rosto. Em fúria, o clone ergueu a espada sangrenta. Bryony ergueu a cabeça na direção da lâmina. Sim! A morte era tudo que ela possuía naquele momento. Mas o golpe nunca veio. Em vez de atacá-la, ele se virou e olhou para a criança trucidada.

– O quanto disso era ela? – sussurrou ele.

– Nunca iremos saber, Rei Gunar, pois você estava com muita raiva e matou-a depressa demais. Sigurd a teria resgatado.

O clone só foi capaz de olhar. Será que isso era verdade? Parecia ser. O quanto ele havia se afastado de sua natureza?

Os teclados dos computadores e os painéis ao redor deles começaram a piscar. Lá fora, estrondos violentos e explosões martelavam as paredes. Ouviu-se um gemido trêmulo. Ao longe, podiam escutar um som de bombeamento como um coração gigante que batia, preparando-se para explodir.

– A cidade está morrendo. Depressa! – alertou o clone, com a voz entrecortada. Ele ergueu Bryony e a arremessou como se fosse uma boneca para dentro do compartimento de Chinelo, gritando para que ela se mantivesse envolta pela pele de Fafnir. Tirou então um pacote da bolsa: os vírus que Marshall havia preparado, e montou no cavalo com um pulo. O animal começou a correr. O clone jogou o pacote no chão, que se partiu em diversos fragmentos. Os vírus eram transportados pelo ar – estava feito; estava tudo feito. Chinelo deu meia-volta e arremeteu em direção à porta. Aquela seria a última travessia até a superfície. Gunar completara sua missão diante dos olhos da menina. O clone servira bem a seu amigo, mas ele nunca esteve tão perto de seu verdadeiro eu quanto naquele momento, no cerne de seu disfarce. Não entendia nada a respeito da paixão e da raiva em seu coração, ou sobre qualquer uma das coisas que havia visto e feito, mas a vida ainda lhe acenava. A mulher presa debaixo dele no compartimento de Chinelo despertava-lhe sentimentos terríveis. Ele não sabia se queria fazer amor com aquela menina ou matá-la. Talvez, naquele caso, ambas as opções significassem a mesma coisa.

Chinelo acelerou, atravessando as chamas infernais que então começaram a devorar a cidade, passando por órgãos de metal que tremiam, rompendo artérias e máquinas que tombavam, e cruzando com criaturas que corriam para salvar suas vidas, voltando para o mundo onde a existência seguia seu rumo.

## 44

## LUZ DO DIA

O que acontecera? Os significados lá embaixo evanesceram-se antes mesmo de se formarem. Ele havia sido tão impregnado e já não havia lugar dentro dele para nada daquilo.

Enquanto Chinelo os conduzia através dos detritos venenosos que cercavam o grande estômago, ele sentia que acordava de um pesadelo, mas era pior que isso. Era real; ele havia estado em Hel e voltado. Lembrava-se das velhas histórias. O lugar de sombras, governado pela própria Hel. A filha de Loki, metade viva, metade morta. O que a garota havia lhe dito?

– Estou semiviva.

O clone deu de ombros. O que era aquilo? Ele a tinha agora ao seu lado... Então queria dizer que ela era a própria Hel, a Princesa da Morte. Aquela garota não tinha nada a ver com a filha de Odin, mas sim de Loki. Mas ela parecia tão viva, tinha uma carne tão macia. Ele a desejara como se estivesse apaixonado. Como isso pôde acontecer? Talvez meio morta não significasse exatamente o que a história queria dizer. E se a alma dela houvesse apodrecido dentro do corpo ainda vivo? Meio morta. Ou a mente dela. Será que a mente era capaz de apodrecer? E então apenas o corpo dela estaria vivo.

Ele havia trazido Hel para o mundo e a morte tem sempre inveja da vida. E ainda assim ele a amava! Ah, sim, ele a amava. Será que era assim que acontecia com ela? Todos que a conheciam a amavam – amavam a morte? Caso fosse assim, a carnificina seria infinita.

Eles ainda não estavam fora da tigela de alimentação de Crayley quando, debaixo das patas de Chinelo, sentiu-se um tremor; então as rochas dispersas no caminho balançaram como uma mesa bamba. Nas profundezas do subsolo, Crayley sofria as angústias da morte. Atrás deles, no estômago da cidade, um assovio forte e monótono se tornava cada vez mais alto. Poderosas explosões começaram a ocorrer nos confins do subterrâneo onde produziam milhões de metros cúbicos de gases combustíveis. A maior parte deles escapava por fissuras nas rochas, mas uma grande quantidade encontrava um caminho para fora através das partes que compunham a boca da cidade, que morria, forçando aquele assovio terrível para fora da terra. O barulho começava como um guincho agudo, avançava para um bramido que mais lembrava um uivo, até se tornar um grito da própria terra, fazendo o mundo tremer.

O clone conduziu Chinelo para cima e galopou até a grama. Ele correu, rompendo os pastos, deixando a rocha que explodia para trás, desviando de pedras voadoras até que o barulho se tornou um lamento sombrio e distante.

Era um dia úmido, já no fim da manhã. Uma torre de gás brotou bem alto no ar atrás deles, agitando as brumas e balançando as árvores até mesmo àquela distância. O pasto molhado batia nas patas de Chinelo. Havia vacas os observando, árvores, cercas vivas compostas por espinheiros retorcidos.

Gradualmente, o rugido morreu, o vento cessou e o dia aos poucos retornou à sua imobilidade original. As vacas abaixaram novamente as cabeças em direção à grama, os pássaros começaram a cantar sobre os espinheiros. O clone respirou fundo. Como era doce, fresco e cheio de vida o vento atrás da cortina de ar denso e fumacento que se desprendia do solo. E então, finalmente, havia uma memória, algo que talvez Grimhild tivesse se esquecido.

Ele já se escondera antes em um lugar de onde precisara atravessar o fogo, para chegar até a superfície. Ele saíra de lá num dia úmido como aquele. Naquela ocasião, ele não estivera cercado por pastos e árvores, mas por uma rocha nua e quebrada.

Ele já havia estado em Crayley antes. Mas não tinha nenhuma memória do período que passara lá, apenas da fuga.

O clone desmontou do cavalo. Não fazia ideia do que era, sabia que havia mudado o quartel-general para longe do estômago no caso de haver explosões, mas Gunar seria capaz de logo seguir seu rastro. Ele não teria muito tempo para ficar sozinho.

Postou-se ao lado do cavalo e sacou a espada.

Seria fácil. Poderia enterrar o toco da espada no flanco de Chinelo e atravessar a garota. O animal sairia ileso. E ela nunca saberia.

O clone olhou intensamente para o lombo do cavalo, mais uma vez com toda a carne queimada. Chinelo sapateou e bufou, mas não se moveu, mesmo sabendo que seu mestre planejava esfaqueá-lo. O clone podia sentir exatamente onde a menina estava, como se seus sentidos estivessem sintonizados com os dela. Ali, ela estava toda encolhida bem ali, ele quase podia ver sua imagem. Uma punhalada, um golpe, e tudo estaria acabado. Mas ela era tão doce, tão deliciosa – não lembrava nem um pouco a morte. E tinha aquele espírito feroz, a maneira como se movia, pensava e agia. Aquela garota era dele! Mas que bem ela poderia causar ali em cima?

Sem vontade alguma de concluir a tarefa, o clone se encolheu no chão e pôs um dos ouvidos no flanco de Chinelo, onde ele sabia que a menina estava. Sem pensar, ele abriu os braços e envolveu a barriga do cavalo como se pudesse tocá-la. Lá dentro, Bryony, que sentira que a jornada chegara ao fim e escutava atentamente para ter uma ideia do que aconteceria com si mesma a seguir, fez o mesmo. Com os braços escancarados, os rostos quase grudados, separados apenas pela pele de titânio e alguns centímetros de isolamento, eles se abraçaram sem saber. Dois pares de mãos dobradas como se pudessem entrelaçar os dedos. Dois pares de braços se apertaram, como se pudessem se abraçar, dois rostos se pressionaram um contra o outro. Amor e perda, amor e perda. Eles estavam se separando. Ninguém nunca havia nem mesmo amado como aqueles dois. Eles podiam entregar seus corações para outras pessoas uma centena de vezes, podiam trair e até mesmo esquecer, mas sentiam um amor um pelo outro que não eram capazes de esquecer.

Bryony chorou. O amante perdido, a criança morta. Perda, perda, perda. O clone chorou. A criança com o rosto dele! Ele nem mesmo sabia quais eram suas baixas.

Pela primeira vez repleto por uma convicção que não era capaz de realizar, Sigurd se ajoelhou na grama e soluçou. Foi assim que ele foi encontrado por Gunar, tão perdido em sua infelicidade que não o ouviu chegar, e começou a se virar quando sentiu uma mão em seu ombro para logo em seguida ver a si mesmo.

Como explicar os sentimentos de Bryony quando o compartimento do cavalo foi aberto e ela saiu aos tropeções rumo ao ar úmido, os cheiros da terra e da vegetação, vacas e chuva? A grama existia, finalmente. Uma mão tocou os ombros dela, mas ela a empurrou dando de ombros, raivosa. A luz a cegou no início, obrigando-a a repousar as mãos sobre o rosto por um longo período antes de suportar olhar. Ela as foi tirando aos poucos, dando pequenas espiadas antes de ser capaz de abrir os olhos completamente – e lá estava ele: o mundo. O céu enorme, as árvores assobiando suavemente sobre a chuva e verde, verde, verde até onde seus olhos alcançavam. Gunar estava de pé ali por perto, sorrindo, ansioso, para ela. Ela fez um gesto com as mãos – tudo aquilo era demais.

– Va-valeu a pena? – perguntou Gunar. Bryony não tinha resposta. Era enorme e infinito, era tudo que já quisera, mas, naquele momento, havia cinzas no coração dela e uma sensação terrível, algo que nunca sonhara que um dia aconteceria: que o mundo não fosse o bastante.

Do espinheiro, um pequeno ponto atirou-se no ar e pousou no cabelo de Bryony. Ela ergueu uma das mãos e Jenny Melro subiu num dos seus dedos. O passarinho se escondeu em Crayley, enquanto o clone estava por perto. Bryony não havia nem mesmo pensado nela desde então, mas, naquele momento, estava encantada.

– Você conseguiu! – Ela ergueu Jenny até seus lábios e beijou-lhe a cabecinha minúscula. – Ela era minha única amiga – explicou Bryony a Gunar. Ele assentiu, ansioso. Sigurd não mencionara uma melro ensinada.

No bico, Jenny carregava um galho repleto com lindas frutinhas vermelhas. Bryony as pegou e sorriu.

– Ainda inventando presentes. – Ela riu.

– Ali. – Gunar apontou para o outro lado do pasto onde um velho espinheiro crescia próximo a um canal. Tratava-se de algo velho e retorcido, mas permanecia drapejado de frutinhas do alto do caule até a raiz, centenas de milhares, milhões delas, uma abundância perdida. Bryony olhou para seu pequeno presente e depois para a fonte de frutas. E começou a chorar. Ela agradeceu a Jenny, beijou seu bico e enfiou o presente no cabelo, enxugando as lágrimas. Ela ganhara tudo que queria e perdera tudo que tinha. O que valia ter o sol e o céu, o mundo e todas as suas maravilhas, sem amor?

Ao mesmo tempo, em uma sala não muito longe, Sigurd tentava se explicar para Gudrun. Ele sentou-se próximo à janela, girando no dedo o anel que roubara de Bryony.

O anel. A criança com o rosto dele. O fato de Chinelo saber que caminho seguir através das chamas. Aqueles sentimentos de familiaridade, de saber de algo quando ele não sabia, de tristeza, perda e amor. A memória de chegar à superfície quando nunca estivera no subsolo antes. O que tudo aquilo significava?

Mas ele não disse nada para Gudrun a respeito do que sentiu por Bryony.

– Se aquilo era mesmo Hel, você já o destruiu – disse Gudrun.

– Um Hel feito por um homem – comentou Sigurd.

– Por que não? As pessoas costumam dizer que os deuses também são criados pelos homens. Isso realmente importa?

– Talvez. – O clone mastigou uma das unhas das mãos, tentando pensar a respeito. – E se houver mais de um de mim? – sugeriu ele, de repente.

– Mais de um de você? Que deus nos ajude! – Gudrun revirou os olhos, tentando fazer com que a coisa soasse como uma piada. Ela não via Sigurd assim desde que ele tivera o colapso nervoso.

– Como eu sei a respeito de coisas que jamais conheci? Você acha que, quando morri, talvez Odin tenha feito outro de mim?

Gudrun ficou de pé.

– Isso não faz o menor sentido, Sigurd. Você passou por muitas coisas. Tudo o que precisa é se cuidar um pouco mais. Descanse. Pense nisso: se houvesse outro Sigurd, já teríamos ouvido algo a respeito. Todo mundo teria ouvido. Olhe só para você!

Sigurd era maravilhoso, com aquele cabelo de um tom dourado de castanho-claro flutuando ao redor do rosto largo e descendo por ombros e costas. Lindo! Mas aquilo tudo assustava Gudrun. Ela tinha medo de perdê-lo – para a loucura, para outra mulher, para a vida.

– Não me conheço mais. Sinto-me... como se, de alguma maneira, houvesse outra vida que eu nem mesmo vivi.

Gudrun riu, nervosa.

– Sigurd! Se você pudesse ouvir o que está falando... – Ela foi pegar as mãos dele e viu, em um dos dedos do clone, a faixa de ouro. – Isso é lindo. Onde você conseguiu?

Sigurd olhou para baixo, para o anel. Ele tinha a intenção de entregá-lo para Gunar para que ele o devolvesse para Bryony.

– Bryony me deu quando eu estava na forma de Gunar – explicou ele e ficou imaginando, até mesmo no exato momento em que as palavras deixaram seus lábios, por que havia mentido.

– Dê esse anel para mim – Gudrun sorriu para ele, observando sua reação.

Sigurd franziu as sobrancelhas.

– É dela. Preciso entregá-lo para Gunar. Ele pode decidir o que fazer com isso.

– Não, me dê. Você pode dizer a ele que perdeu o anel na jornada de volta à superfície. Essas coisas sempre acontecem.

– E por que você deveria ficar com ele? Este anel não é meu para que possa dá-lo.

Ela fez cara feia.

– Sou um passarinho curioso. Se ela deu o anel para você e você me ama, ele deve ser meu agora, por direito.

O clone deixou que ela o tirasse do dedo dele.

– Assim é melhor. Você não pode usar nenhum anel além daquele que eu lhe dei – censurou Gudrun.

– Se você quer mesmo isso... – disse Sigurd apesar de não querer que ela usasse o adorno. Caso Bryony algum dia o visse, só deus poderia saber o que aconteceria.

Gudrun o enfiou num dos dedos.

– Ainda está quente – comentou ela. Gudrun o esfregou nos lábios. – Vou guardá-lo em algum lugar seguro.

O clone foi até a janela para olhar para fora. Em algum lugar por ali, Gunar e Bryony estavam andando juntos. Ele mostrava à menina todas as coisas boas do mundo.

Deveria ser eu ao lado dela, ele pensou, e então balançou a cabeça. Por que ele estava sendo perturbado por esses pensamentos? Ele tinha Gudrun, amava-a com todo o coração. Mas estava consciente de que o mundo costumava lhe parecer mais maravilhoso do que era naquele momento e tinha a impressão de que, de alguma forma, poderia reconquistar o amor pela vida ao mostrar ele mesmo o anel para Bryony.

– Ela deve morrer. Nós devemos matá-la – intimou ele Gudrun, que estava atrás dele. – O que foi que eu fiz? O que foi que eu trouxe de volta?

Gudrun ficou em silêncio, por um momento.

– Vou falar com Gunar, ver o que ele acha dela. Não se preocupe. Você esteve sob muita pressão, só isso. Essa pessoa decepcionada não é você, Sigurd. Nunca deve concordar com uma coisa dessas. – Ela deixou a sala e ficou parada por um momento, pensando. Precisava conversar com alguém a respeito do que estava acontecendo. O que havia naquela menina? Será que Sigurd estava certo sobre ela ou estava apenas à beira de outro colapso?

# 45

# ENCONTRO

Aconteceu assim. Não me pergunte por que foi tão cruel. Existem eventos tão moldados ao formato do tempo que nada mais pode acontecer além deles. Foi cruel da mesma maneira que a gravidade voa para longe do céu. Havia um Deus nessas coisas que se desvelam.

O clone fizera por seu amigo Gunar o que era estranho à sua natureza, algo que nunca poderia fazer em seu próprio nome: um ato de traição. Da mesma maneira que todos tinham de viver de acordo com as verdades que Sigurd criara, eles então tinham de viver com sua mentira. Por fim, ele estava sendo caçado pelo inimigo da vida, o arrependimento – uma serpente que ameaça, porém nunca dá o bote, enquanto jamais cessa de o morder. Nós lembramos, olhamos para o futuro incerto e sentimos o veneno agindo.

O clone fez o que foi preparado para fazer. Matou Crayley e ganhou uma noiva para Gunar. Sigurd lhe deu alguém para amar. Que presente! Gudrun lhe disse para ficar feliz com isso. Mas longe de deixá-lo contente, pensamentos estranhos consumiam suas entranhas. Sim, ele estava feliz por Gunar, mas por que uma parte de seu coração sentia raiva do amigo? Ciúme, ira, será que era mesmo isso? Ele nunca havia sido presa desses sentimentos antes. E por que só naquele momento? E como era possível pensar em Bryony brilhando ao redor de Gunar como uma luz se ele amava tanto Gudrun? O truque de Grimhild havia funcionado e ainda agia muito bem, mas nem mesmo ela podia alterar a forma das coisas. O amor entre Sigurd e Bryony era algo atrelado à arquitetura do tempo. Eles sentiriam falta um do outro mesmo que nunca se conhecessem.

* * *

Bryony não encontrou os outros Niberlins logo de imediato. Na esperança de esquecer o dia em que conhecera Sigurd, ela disse a Gunar que primeiro queria ver algo do mundo em que eles viviam, de forma que pelo menos assim ela teria algo em comum com eles. Passaram algumas semanas sozinhos na Velha Casa, antes de saírem para explorar o país.

Antes de partirem, o clone teve de resumir para Gunar o tempo que passou com Bryony em Crayley. Eles dividiram uma hora juntos quando ele voltou pela primeira vez, conversando na grama, enquanto Bryony esperava no compartimento de Chinelo, imaginando o que estava acontecendo, mas Gunar queria ter certeza de que memorizara cada segundo do tempo que passaram juntos, transformando-o em seus próprios momentos.

Houve uma disputa envolvendo o anel de Bryony. Gunar o queria de volta e Gudrun recusou-se a abrir mão dele. Essa atitude não era característica dela e ela própria não a entendeu, mas sentia que, de alguma forma, desde que seu homem cortejara Bryony para seu irmão, algo tinha de pertencer a ela. Caso houvesse alguma lembrança de amor em todo esse estranho negócio, teria de ser dela. Gunar estava raivoso, esperava que a irmã respeitasse seus sentimentos em relação a esse assunto. Mas Gudrun fincou o pé, de maneira que ele teve de explicar a Bryony que perdera o anel em algum lugar, durante a jornada de volta à superfície. Ele pediu desculpas por tê-lo tirado dela, explicando que pensou que o anel lhe havia sido dado por outro homem e ficara com ciúme. Isso irritou Bryony, mas muitas coisas estavam acontecendo com ela para que pensasse com seriedade sobre a questão.

E então eles partiram. Havia tanto para ver! Gunar queria mostrar tudo a ela. Aquele foi um período de férias, uma exploração, uma experiência educativa – uma vida inteira para pôr em dia. E talvez seria também uma lua de mel. Ambos queriam amor. Se alguém sente falta de ser amado e luta por isso, é claro que se pode alcançá-lo. Seis semanas, dois meses – a essa altura eles saberiam. Será que importa tanto assim o fato de eles terem começado a fazer a corte antes que o amor existisse? Procuravam por amor e talvez, naqueles primeiros dias, o encontraram. Era a mesma aventura de corpo e alma; duas pessoas juntas. Eles se tornaram amantes na primeira semana. Gunar estava tão feliz que Bryony não pôde evitar a sensação de que algo especial acontecia. Ela imaginou se era suficiente que apenas ele a amasse, se seria capaz de amá-lo à luz do que Gunar sentia por ela. Ele queria ensiná-la e ela não era capaz de fazer nada além de responder às expectativas dele.

As árvores e os espinheiros, as nuvens. Cidades. Havia casas, lojas e o movimento agitado das pessoas que lhe causava enjoo. Era infinito. Cinema, rios, esportes, o oceano, insetos, pássaros, aviões. Bryony estava intoxicada, fascinada, com um medo terrível de perder qualquer coisa, ou tudo. O ato de traição sempre estava ali mas, naquele momento, o mundo era dela. Recusava-se a deixar o que quer que fosse lhe roubar isso. Nos confins de sua mente, ela supunha que haveria uma avaliação, alguma explicação que poderia ou não parecer adequada. Talvez o próprio amor fosse algo superficial, uma peça pregada pela natureza. Talvez os vermes sejam tão intensos em suas escavações da terra debaixo de nós quanto os amantes. O que ela sabia a respeito do valor dos sentimentos? Naquele primeiro motim sentimental, Bryony esperava que eles pouco tivessem mudado.

Os humores dela variavam tão violentamente da paixão para a raiva que às vezes Gunar sentia que ela o balançava de um lado para o outro, dentro de sua cabeça, como se ele fosse um peso preso na ponta de um barbante. Mas era isso o que ele queria, não era? Paixão, brilho; uma aventura. Bryony era real. Quem poderia imaginar como era ver tudo isso depois de uma vida inteira passada no subterrâneo? É claro que ela estava cansada, irritada, deprimida, feliz, raivosa – o que quer que tenha dito. Gunar estava exausto, mas encantado. Após apenas algumas semanas, ele já lhe dizia que estava apaixonado.

Na época em que eles foram obrigados a voltar para casa e conhecer a família, Bryony também já havia decidido. Ela não podia prometer nada – era cedo para falar de amor. Mas Gunar era um bom homem, ela gostava dele e queria aprender como amá-lo, já que ele queria correr o risco.

Gunar beijou os dedos dela e sorriu.

– Isso é tudo que eu poderia pedir.

Bryony ficou impressionada com a maneira como isso pareceu deixá-lo feliz.

Chegaram à Velha Casa alguns dias antes dos outros. Tiveram a oportunidade de relaxar e se acomodarem depois do turbilhão das semanas anteriores, antes que a vida cotidiana tivesse início. Naquela noite e no dia seguinte, o resto da família apareceu, um a um. Bryony os conheceu à medida que chegavam, beijavam-na, abraçavam-na e davam-lhe boas-vindas. Quando Gudrun chegou, ela não sentiu nada. Isso a surpreendeu. Talvez tudo ficasse bem. Talvez fossem apenas memórias vazias provocando-a por dentro, quando ela pensava em Sigurd fazendo amor com aquela mulher.

A hora do jantar se aproximava e Sigurd ainda não havia chegado. No andar de cima, em seu quarto, Bryony se olhou no espelho enquanto lavava o rosto. Era impressionante o que aquela maquiagem fazia, mas ela não tinha certeza se gostava daquilo. No ombro dela, Jenny Melro a bicava e se abaixava para se ver no espelho.

– Eu não sou linda, Jenny? – perguntou Bryony. A melro olhou para ela com os olhos negros e brilhantes.

– Talvez eu seja outra pessoa agora. – Bryony observou com severidade seu próprio rosto, como se ele pudesse se retorcer num novo conjunto de feições que se adequassem a seu novo eu. – Vou saber quando o vir, não vou? – implorou ela para a melro de repente, e escondeu o rosto nas mãos. Aquilo precisava ter um ponto final. Ela havia se esquecido daquilo diante da glória do mundo, mas naquele momento soube: não era possível viver daquela forma. Ela o havia trancado em algum lugar bem lá no fundo, atado, um amor acorrentado, mas teria de vê-lo afinal e se sentia tão inadequada diante de seus sentimentos quanto uma criança sob as ameaças de um tanque.

O clone também estava apavorado. Quando descera até Crayley disfarçado como Gunar, havia mais elementos para enganar os espectadores – o joguinho da política que mostrava que o rei era capaz de fazer o trabalho de herói tão bem quanto Sigurd. Mas o disfarce se enraizara nas vidas deles. O clone se convencera de que esse era o motivo pelo qual se sentira tão desconfortável ao conhecer Bryony. Longe dela, ele havia sido capaz de esquecer a influência que a garota tinha sobre ele e se libertar dos sentimentos confusos que tivera em Crayley – a paixão, o desejo, a necessidade, a sensação de perda. Sem dúvida, Crayley desenvolvera o mesmo tipo de máquinas que Fafnir um dia havia tido. Algumas versões de Medo deviam estar em ação. Já estava acabado. Mas, assim que ele se aproximou dela novamente, o medo o dominou mais uma vez. Ele não tinha ideia do que aconteceria quando a visse, mas desejava, com todo o coração, tê-la deixado no subterrâneo onde a encontrou.

Enquanto os Niberlins se reuniam para o jantar, a tensão crescia. Todos, exceto Bryony, sabiam da enganação que perpetraram contra ela. Ninguém gostava da situação, mas ninguém fazia nada para esclarecer a confusão. De alguma forma, esperavam que tudo ficasse bem. Um dia contariam à Bryony, quando o amor dela por Gunar crescesse e ela fosse capaz de perdoá-lo.

Gunar levou-a para dar uma caminhada no jardim, para contemplarem o pôr do sol, mas começou a chover e os dois tiveram de entrar na estufa onde a mesa estava posta, esperando por eles. Grimhild estava lá, em seu cesto de cachorro. A língua dela estava pendurada e ela olhava fixamente nos olhos de Bryony, enquanto Gunar afagava suas orelhas. Tudo estava tranquilo; a chuva tamborilava no vidro sobre a cabeça deles. Havia uma vinha que se espalhava sob o teto, onde Jenny se escondera. Bryony olhava para cima para se ver se conseguia localizá-la, quando o clone entrou na estufa.

Os olhos dela encontraram os dele. Ele estava preparado e lhe lançou um sorriso encorajador, mas, por dentro, seu coração estava partido. Sigurd não conseguia entender como era capaz de manter o rosto tão tranquilo. Gudrun lhe avisara que tudo ficaria bem uma vez que ele começasse a mentir. Assim que se acostumasse com isso, disse ela, a coisa se tornaria uma espécie de verdade para ele mesmo.

– ... e esse garotão é Sigurd – apresentou Gunar. Bryony, que evitou que o medo tomasse conta de seu rosto, entregando como ela se sentia, olhou friamente para ele, mas teve de agarrar uma das mangas de sua própria camisa para evitar que as mãos tremessem. Bryony não demonstraria nada para ele, nem mesmo que o reconhecera, até que ele se desse conta de quem ela era.

O clone lhe lançou aquele seu sorriso tão agradável e se inclinou para beijá-la na bochecha. Enquanto fazia isso, houve um movimento na vinha acima deles. Uma cabecinha minúscula observava a cena acima do decote de Bryony.

– Oh! – exclamou o clone. – Jenny Melro! – Enquanto pronunciava o nome, olhou para Bryony, impressionado por conhecer o pássaro.

– Jenny Melro – repetiu Bryony, amarga diante do que para ela era um reconhecimento de que eles já se conheciam antes.

O passarinho piou uma nota alta e sonora. O clone olhava para ela, com um meio sorriso tranquilo congelado no rosto. De repente, Jenny deixou seu esconderijo e voou direto para o rosto de Sigurd. Com um grito, ele ergueu uma das mãos para espantar o passarinho, mas Jenny já havia se empoleirado na beirada do buraco de um dos olhos dele. O clone sentia as garras afiadas o arranharem. O pássaro soltou um guincho, balançou levemente a cauda e pisou nos olhos de Sigurd.

O clone pulou para trás como se houvesse sido atingido por um golpe. Esquecendo de tudo em nome do amor que sentia por ele, Bryony deu dois passos à frente e o abraçou como se nunca mais o deixasse ir embora.

– Não! – disse Gunar em um tom sem emoção, como se soubesse que tudo estava prestes a mudar. Os olhos do clone se transformaram numa poça negra que parecia não ter superfície. Bryony ergueu as mãos para tocar o rosto dele e, quando ela o fez, a melro voou como um foguete para longe dos olhos de Sigurd, passou direto por cima da cabeça da menina, atravessou a janela e desapareceu. Ele ergueu uma das mãos e olhou para Bryony...

E o clone lembrou. Naquele segundo, ele fez a jornada da morte para a vida mais uma vez; ele se tornou Sigurd. Jesus fez o mesmo, Odin também, mas apenas ele fez a jornada impossível duas vezes – um terceiro despertar. E, durante a morte, a grande alma de Sigurd foi mantida em segurança – no minúsculo coração de um melro.

Enquanto a alma se encaixava dentro dele, um pulso de energia o abandonava. Gunar, Hogni e Gudrun recuaram e depois se adiantaram novamente em direção a ele, movidos por uma segunda vibração de puro amor. Mas Bryony deu um passo para frente e caiu nos braços dele. Sigurd era amor. Ele parecia estar coberto de luz. Cada um dos outros, inconsciente de qualquer outra coisa, ergueu as mãos na direção dele, mas não ousaram tocá-lo.

Sigurd jogou a cabeça para trás e gritou de dor. Memórias! Bryony, Crayley, Jenny Melro. Apaixonar-se, fazer amor, amar. Cada segundo daquelas experiências vivido com todo o coração. Sua luta mortal no lago, brigando por ar enquanto Ida lhe golpeava o rosto. Sim, Jenny também vira tudo isso e passara as imagens para ele.

Enquanto ele olhava nos olhos de Bryony, ela viu tudo: a luz surgindo, a compreensão, o amor, como um lampejo colorido. Ela gritou:

– Sigurd!

Ele ainda era dela! Bryony sorriu alegre e ergueu os braços para envolver a cabeça abaixada de Sigurd. Eles estariam para sempre no coração um do outro. Mas Sigurd chorou – por ela, por ele, por tudo que eles sentiam falta e perderam.

Sigurd se lembrou de mais coisas; não apenas suas próprias memórias como as do clone, que vivera por ele exatamente como se ele estivesse ali. Amor! Ambiguidade. Amor nas mentiras, traição, perfídia. Havia Gudrun, a quem ele amava. E Gunar, a quem ele dera um presente que ninguém tinha o direito de dar. Ele não sabia – mas o presente tinha de ser dado. Que maior traição a si mesmo ou a outra pessoa poderia existir do que destruir o amor? Como tal crime poderia ser desfeito?

Ele abraçou Bryony com ternura por mais um longo momento, então suspirou e se virou para o outro lado. Bryony congelou. Será que ela cometera algum erro? Como poderia haver algum erro?

– Sigurd? O que é isso? – De repente, ele se virou e cambaleou para fora da sala. Enquanto saía, atraiu olhares assombrados atrás de si. O mundo não se encaixara nem um pouco. Ao contrário; diante do amor, tudo estava mais turvo do que nunca.

Bryony deu um passo à frente; mas, antes que pudesse correr atrás dele, Gudrun a empurrou para o lado.

– Sigurd, Sigurd! Volte!

De onde Bryony estava, podia vê-lo através da janela, correndo como um cervo, atravessando o gramado, sua imagem borrada pela chuva. Gudrun o perseguia. Ela gritava o nome dele, mas Sigurd já estava pulando a cerca viva que marcava as extremidades do jardim.

– Sigurd! Sigurd! – berrou Gudrun mais uma vez e eles apreenderam um breve lampejo do rosto dele se virando para olhar para trás e, depois disso, o garoto desapareceu.

Encharcada pela chuva, Gudrun parou e ficou observando. Esfregou o rosto com as mãos, como se não conseguisse acreditar no que acabara de ver, e depois se virou e voltou para casa andando com dificuldade. Quando se aproximou da estufa, flagrou Bryony olhando para ela através do vidro e lhe lançou um olhar de puro ódio.

# 46

# SIGURD

Sigurd conseguiria correr pelo resto da vida – ele tinha força suficiente para fazê-lo. Mas sabia que existiam coisas que nunca deveriam ser deixadas para trás. Depois de alguns quilômetros, seguiu um vale e desceu até um pequeno córrego que cortava o pasto alto e seguia seu fluxo entre pés de agrião e as folhas que caíam nas margens lamacentas.

Estava escuro como breu ali, um lugar afastado das estradas e cidades, mas naquele momento ele tinha consciência de toda a vida, dos animais microscópicos que viviam na água e da lama ao redor deles, das árvores, cujas folhas caíam, amontoando-se no declive, do próprio planeta e da vastidão das estrelas, dando um golpe no tempo e no espaço para olharem para ele.

Ele se aconchegou ainda mais profundamente entre as plantas esmagadas e a lama, como se aquela fosse uma cama bem quente, e deixou que as memórias tomassem conta de sua mente.

Memórias, sim! As memórias são sagradas, Bryony lhe dissera isso. Nosso arquivo do contato que tivemos com o mundo, a glória de nossas vidas. Ele havia sido privado delas, mas finalmente podia lhes arranjar um local apropriado, cercá-las, engolfá-las, torná-las dele. A paixão por Gudrun; a morte, o esquecimento, o medo, a perda, a sensação de fraqueza; a vida fora de compasso, sem saber seu lugar no mundo. Sigurd tomou posse de cada segundo de cada hora de cada dia da sua vida como um clone.

Ele deitou na lama e sentiu a chuva lavá-lo. Ao redor, tinha a sensação de que uma centena de cobras-d'água, pitus, caracóis e outras criaturas se reuniam ao seu redor. Um cervo se aproximou e lambeu o suor de seu braço. Lá em cima, passarinhos se juntavam nos galhos, todos próximos a ele. Sigurd era o perfeito, criado para amar, conduzir todos e fazer tudo direito; entretanto, ele fora vítima de uma traição, e a traição era o único dom que não possuía. No fim das contas, seus medos haviam se tornado realidade. Ele não era humano; nunca havia sido. Era um monstro o tempo todo – um monstro do amor. Para ser verdadeiramente humano, era necessário ser capaz de trair. A perfeição não tem lugar neste mundo. Ele deitou ali, amando tudo, mas incapaz de erguer um dedo para conter, salvar ou mudar o que quer que fosse – ele mesmo, Bryony, nada.

Na Velha Casa, podia sentir as pessoas que tocavam suas próprias vidas. Ser uma pessoa – o que poderia ser mais adorável? Mas, naquele momento, os venenos estavam em ação – ciúme, frustração, raiva, derrota, traição. Nada poderia ser mudado. A pegada do destino era irresistível. Então, a morte. Como era possível encarar tudo isso, a perda de toda a esperança, e ainda continuar sendo o mesmo?

Sigurd sentou em sua cama aquática. Ao redor, os animais começaram a lhe dar o alarme.

– É possível? – sussurrou ele. – É possível amar a morte? É possível amar o próprio ódio?

E se for, que coisa mais estúpida!

E então ele voltou, mas primeiro fez uma oração para todos os deuses – Odin, Jesus, Alá e qualquer um deles que pudesse estar escutando. Obrigado, Pai, disse ele, mas você não sabe o que fazer.

# 47

# GUDRUN

Choveu durante todo o mês de julho, mas, então, na segunda metade de agosto, tivemos duas semanas de sol. Uau – fez o maior calorão! Não dava nem para se mexer. Tudo nos deixava exaustos. Era mesmo um mormaço, sabe? Não dava para respirar, não dava para dormir, não dava para fazer nada. Os gatos passavam o dia inteiro dormindo dentro das casas, os cachorros deitavam ao lado deles, com as línguas penduradas para fora, ofegando. Nossa família fica engraçada no calor. De repente, começamos a andar por aí com a língua para fora, arfando sem parar. Não tínhamos como evitar isso. Quando nós três estávamos juntos, era hilário.

Não que nós passássemos muito tempo juntos naqueles dias. Rrrr. Não acho que tenhamos passado mais do que algumas semanas na companhia uns dos outros durante todo o ano. Antigamente, costumávamos ficar juntos o tempo todo. Isso foi antes de a Rainha de Merda dar as caras.

É. Esse é o dom que ela possui. Ela é uma máquina de causar merda. Ela me transformou em merda, transformou Sigurd em merda. Nós estávamos apaixonados. Grr, ha, ha, ha, lembra? Não, nada aconteceu lá em Crayley, claro que não. O que rolou foi algo completamente inocente. E então por que ele sempre vira um merda todas as vezes em que ela olha para ele? Talvez porque ela tenha uma visão de raios de merda? E ela também transformou Gunar em merda, ele fica por aí o tempo inteiro, com uma cara de merda. Nossa família está uma merda, o país do qual calhou de ela ter ser transformado em rainha está uma merda. Percebe? A Rainha da Merda. Ela está aqui há menos de um ano, foi só esse o tempo de que ela precisou – um ano para transformar o mundo inteiro numa merda.

Gunar e Hogni estão fora, andando de barco. Longe, longe, todos querem dar o fora daqui. Uau. Sigurd está sempre longe. Mal o vejo. Sinto uma saudade terrível dele; mas, quando ele estava aqui, era horrível. Hogni passou algum tempo comigo, mas eu não via muito Gunar. As coisas entre nós se tornaram bem difíceis desde que a esposa dele se apaixonou tão obviamente pelo meu marido.

Rrrr. Tudo isso é, em primeiro lugar, culpa de Gunar. Ele nunca deveria ter pedido para Sigurd ir até lá embaixo no lugar dele e Sigurd nunca deveria ter aceitado. Maldito Gunar – ele tem tudo, um reino só dele, e isso não é bom o suficiente? E então ela estava presa lá embaixo e aquele homem apareceu; ela nunca tinha visto nenhum antes e se apaixonou por ele. Bem. O que mais poderia acontecer? Ela deve ter pensado que era Natal. E então, é claro, ela chega aqui em cima e, saca só, aquele mesmo homem tinha uma personalidade completamente diferente. Bem, você pode até sentir pena dela – o que coisas como essas não são capazes de fazer com a cabeça de uma pessoa? E, então, olha só! Há outro homem, um cara absurdamente incrível, *delicioso*, muito melhor do que aquele que ela possuía, que calhou de ter aquela mesma personalidade que o marido dela tinha quando ela se apaixonou por ele à primeira vista.

Rrr. Pá! Ela não é idiota. Sabe que tem alguma coisa rolando. Eu não a culpo. Foi uma peça estúpida que pregaram nela, mas agora tudo deu errado e cá estamos nós sofrendo graças à ganância de Gunar e à ingenuidade de Sigurd. E a merda dela.

Então, Gunar e Hogni estavam longe, numa boa, me deixando sozinha, mergulhada na merda, tendo de lidar com a Rainha de Merda. Estava trabalhando numa nova iniciativa para os hospitais. Os hospitais são um problema. Com tantos tipos de corpos diferentes, é necessário que os médicos sejam treinados em pelo menos dez maneiras distintas de executar os tratamentos mais básicos. Mas estava simplesmente tão quente! Eu não aguentava mais. Peguei uma bebida gelada e fui para o lado de fora ver se estava mais fresco e lá estava Bryony deitada numa espreguiçadeira, lendo.

Oooh, a sra. Merda saiu de casa. Estamos honrados. Ela não trabalha. Não faz nada além de ficar sentada por aí emanando ondas de merda. Mas, então...

Como costumo dizer, sinto pena dela. Ela estava tão linda, deitada com os pés nus e as alças do vestido caindo pelos ombros, enquanto lia um livro. Muito apropriada. Uau! Ela parou para observar um gato do outro lado do gramado, deitado debaixo de uma ameixeira, balançando a cauda e espreitando os pássaros no alimentador. Os mais diferentes tipos de passarinho são atraídos pelo alimentador – no verão, havia pica-paus, coisinhas lindas pretas, brancas e vermelhas. Sim, um lindo dia, apesar de um pouco suarento demais, pensei. É ela quem está sendo usada. Pelo menos todos nós sabemos o que está acontecendo. Ela passou todo aquele tempo presa lá embaixo, tudo que queria era vir aqui para cima e desfrutar das mesmas coisas que todas as outras pessoas – coisas banais – e, então, quando finalmente chegou aqui, estava tudo ferrado para ela.

Precisamos tentar, não é? Por isso, perguntei se ela queria dar uma nadada.

O rio ficava a menos de um quilômetro. Chegar até lá era uma operação exaustiva naquele calor insuportável, mas era ótimo quando se chegava. Fazia séculos que não íamos até ali. Meu avô mandou construir uma represa no rio, o que gerou uma excelente piscina natural. Ainda havia uma corda pendurada por lá, na qual costumávamos nos balançar quando éramos crianças. Nós deveríamos estar lá, rindo à beira do rio, com uma cesta de piquenique e uma garrafa de vinho em vez de ficarmos sentados suando com o calor. Mas os outros estavam longe, havia só ela e eu, por isso a convidei. Mas fiquei surpresa quando ela concordou.

– Ah, que ótimo – falei. Ela sempre diz não para tudo. Continue tentando que você pode acabar chegando a algum lugar, pensei. Sorri para ela. Ela quase não conseguiu sorrir de volta.

– Vou pegar alguns apetrechos de natação – informou ela, mas só consegui rir e balançar a cabeça.

– Não vai haver ninguém lá. Você pode ficar de calcinha se quiser. Não vou olhar. – Ela então sorriu de volta. E então achei que pelo menos uma vez na vida ela estava feliz.

Fui até a casa, peguei toalhas e uma sacola, algumas garrafas de vinho, pedaços de bolo, salgadinhos e coisas do gênero, e rumamos para os campos. Era uma caminhada linda, a vista no topo da montanha maravilhosa. Tentei conversar, mas ela só balançava a cabeça e sorria, por isso parei de incomodá-la. Era desconfortável, mas o que eu poderia esperar? Nós mal havíamos nos falado durante meses. Na verdade, o simples fato de andar naquele calor já tirava o meu fôlego; por isso, pensei, talvez ela esteja feliz só por estar caminhando e com a possibilidade de nadar um pouco, talvez fosse apenas o fato de eu estar tagarelando como uma pirralha crescida que estava tornando as coisas estranhas.

Quando chegamos lá, Bryony foi direto para a faixa de areia – faixa de lama, na verdade, mas nós a chamávamos de areia. Ela ficou de pé próxima ao rio, equilibrando-se com a ponta dos dedos na marca deixada pela água. Isso era bom. E ao mesmo tempo idiota, o tipo de coisa que costumamos fazer quando somos crianças. Fui até ela e comecei a fazer a mesma coisa. A coisa toda me fez rir.

– Isso faz cócegas! – ri. Ela olhou para mim e sorriu de volta. Eu estava... bem, eu não estava exatamente feliz, mas pensei, pela primeira vez em mais de um ano, que talvez fosse possível ser feliz. Não pedi muito, pedi? Apenas um sorriso de vez em quando.

– Vamos logo – eu disse a ela. – Vamos tirar a roupa.

Eu estava ficando excitada... nadar nua! Garotas safadas! Voltei para onde estava seco e comecei a tirar tudo; mas, na hora em que cheguei ao sutiã e à calcinha, me senti desconfortável novamente, pois ela ainda estava de pé na lama. A garota olhava para mim quando eu me virei para ela. Ela balançou a cabeça na direção da água:

– Acho que vi um alcião.

Olhei para cima, mas perdi aquele adorável lampejo de azul.

– Vamos – insisti.

– Vá você. Estou só molhando os dedos.

Parei por um momento. Não queria mais ficar nua, não com ela, ali de pé, completamente vestida. Mas então pensei, que maldição, simplesmente faça o que você está a fim de fazer, que se dane essa garota, e tirei tudo. Eu podia percebê-la olhando para mim. Pode-se imaginar que ela teve pelo menos o bom-senso de não lançar nenhum olhar sorrateiro para os meus seios do jeito que as coisas estavam entre nós. Mas tentei parecer indiferente. Estendi as mãos para cima e as balancei.

– Lá, lá – cantei e ela riu.

Eu me sentia tão nua. Queria ter mais pelos de cachorro, como Hogni, para me cobrir.

Andei alguns metros corrente acima até ela e fui devagar até a água, que estava quase quente. Queria correr, jogar água para cima e gritar, mas isso era um pouco difícil com aquela garota ali de pé, me olhando. Fui até um lugar fundo o suficiente para molhar minha bunda e então fiquei simplesmente parada, pensando no que fazer a seguir. E sabe o que ela fez? Deu as costas para a água e caminhou pela margem. Eu pensava: finalmente vai tirar a roupa e entrar também, mas tudo que a menina fez foi caminhar alguns metros para longe de mim, no sentido da corrente. Havia uma espécie de queda d'água, onde ela parou por um segundo antes de levantar a saia e pisar, desajeitada, no rio novamente.

O que havia de errado com o local onde ela havia começado? Estava num ponto muito desconfortável do rio.

– Você não vai entrar? – perguntei.

Ela não olhou para mim. Manteve o rosto virado para o outro lado.

– Talvez daqui a pouquinho – respondeu ela.

Fiquei ali parada por mais um segundo, me sentindo mais do que irritada. Eu fiz um esforço, não fiz?

– Então, Bryony – eu disse –, por que você não fica aqui embaixo? Toda essa parte onde você está é muito desconfortável.

Ela se virou para olhar diretamente para mim.

– Porque eu não suporto ficar na mesma água que já passou por você.

Num primeiro momento, achei que não tivesse ouvido direito e perguntei:

– O quê?

E ela repetiu, alto e bom som, para o caso de eu ser muito estúpida para entender.

– Eu não suporto ter a mesma água que tocou você me tocando.

Houve então uma pausa terrível enquanto caía a ficha para mim do quanto ela estava sendo imbecil. Aquilo foi tão deliberado, como se houvesse cruzado todo o caminho até ali só para me humilhar. Todo o meu corpo enrubesceu, eu podia sentir. Achamos que só somos capazes de corar no rosto, mas isso não é verdade. Eu podia sentir todo o meu corpo corando. Envolvi meus ombros com os braços. Ela estava me observando para ver o que eu faria, como se eu fosse algum tipo de experimento. Não sabia o que fazer, aquilo não estava no *script*. Não esperava nada parecido.

Virei-me e chapinhei de volta para a margem. Completamente nua – isso só me fez sentir mais estúpida, mais patética. Não fico a pessoa mais linda do mundo quando estou nua, devo ter parecido ridícula. Tentava prender o choro. Eu me esforcei, não me esforcei? Fiquei irritada – não era como se eu *quisesse* ir nadar com aquela puta miserável. Estava fazendo aquilo por ela, por nós, e ela simplesmente usou a ocasião como um pretexto para me humilhar. Corri tanto para sair do rio que acabei tropeçando e tomando vários escorregões. Caí na margem, machuquei um dos pés e fiquei coberta de lama. Ela não veio me ajudar nem nada. Simplesmente ficou ali de pé, me olhando, com aquele rostinho asqueroso dela prestando atenção a todos os detalhes. Vesti a camiseta e a saia, e me virei para olhar para ela. Ela virou o rosto novamente. Ficou ali olhando, através da água, como se nada tivesse acontecido.

– Então você acha que é muito melhor que eu, não é? – perguntei. Ela era forte, essa Bryony. Ela poderia ter me matado.

Ela limpou a garganta:

– Eu sou melhor que você.

– Ah, é? Por quê? Porque você fica sentada o dia inteiro, sem fazer nada, a não ser ficar emburrada e encher o saco de todo mundo? Obrigada, mas não consigo ver o que há de tão maravilhoso em ser você. Sua vida me parece uma bela de uma merda, madame. O único problema é que você transforma as vidas de todas as outras pessoas numa merda também.

Ela fingia estar calma, mas seu rosto ficou vermelho.

– Talvez isso seja verdade. – A voz dela estava entrecortada e eu sabia o quanto ela estava irritada naquele momento. – Mas mesmo assim ainda sou melhor do que você, Gudrun. – E a garota se virou como se estivesse cem por cento correta.

Tudo que eu queria era gritar "Foda-se" e correr para longe. Queria ter feito isso. Entretanto, algo assim teria acontecido uma hora ou outra. Eu queria machucá-la, acho eu, e também sabia como fazer isso.

– Eu tenho Sigurd, e você não – eu afirmei. – Todas essas coisas têm a ver com isso, não é? Gunar não é bom o suficiente. O mundo inteiro não é o bastante para você. Você poderia querer qualquer coisa, mas tudo que você deseja é Sigurd. Mas, bem, você nunca o terá, querida. Ele é meu. Por isso, sinta-se à vontade para ficar irritadinha pelo tempo que quiser.

Eu ainda lutava contra as lágrimas, mas me senti melhor depois disso. Agora está tudo às claras, pensei. Talvez ela simplesmente ligue o foda-se e nos deixe em paz. Apanhei todas as minhas coisas, que estavam jogadas na grama. Estava fora daquela discussão. Deixe que ela fique pensando a respeito!

– Sigurd não é um meio homem como Gunar – disse ela. Eu só ri! Quem ela pensava que estava enganando? A si própria? Não era a mim, com toda a certeza. Eu simplesmente olhei para ela e balancei a cabeça.

– É, Gunar te faz tão feliz, não é? – zombei. Agitei minha calcinha na direção dela e me empinei toda para dar no pé. Dava para ouvir a voz dela. Pisara bem no calo da garota.

Mas ela ainda não tinha terminado.

– Gunar desceu até Crayley enquanto Sigurd esperava por ele aqui em cima onde era seguro. Odin nunca permitiria que alguém que não fosse o melhor dentre todos fosse até lá embaixo, para me resgatar.

Bem, nesse momento, eu poderia ter lhe dito uma coisinha ou duas, mas por que me dar o trabalho? Era tão patético! Não se ama alguém porque essa pessoa é melhor do que qualquer outra. Nós amamos alguém simplesmente porque amamos. Porque amamos essa pessoa e ela nos ama de volta.

– Gunar voltará logo, então por que vocês não pulam logo na cama, já que ele é assim tão fantástico? – perguntei. Eu sabia perfeitamente bem que os dois não tinham dormido juntos. – Se você o ama tanto... – Minhas palavras seriam um tanto pesadas, mesmo assim não consegui dizer aquilo que tinha a intenção de falar. Ela estava saindo da água. E perdia a expressão de calma.

– Eu não durmo com ele, é verdade – confessou ela. – Mas pelo menos a escolha foi minha.

– E o que isso deveria significar?

– Não é sua escolha não dormir com Sigurd. Você não dorme com ele porque ele não quer. É assim que ele a ama. Não, Gudrun... você não tem nada que eu queira, acredite em mim.

Fiquei ali de pé sentindo o sangue fugir de dentro de mim. Como ela ousava! E como ele ousou contar isso a ela!

Ela olhou para mim com aquele sorrisinho asqueroso e torto na cara.

– Você vê o jeito que ele olha para mim, Gudrun. Acho que você sabe a quem ele ama.

Comecei a balançar a cabeça.

– Ah, então é isso. – Eu tremia. Então quer dizer que eles estavam dormindo juntos... Era isso o que ela queria dizer? Não ousei perguntar.

– Ninguém ama você, Bryony, nem mesmo Sigurd. Não sei o que aconteceu entre vocês dois enquanto estavam lá embaixo, mas uma coisa eu posso lhe dizer: você não o faz feliz. E então quer dizer que ele ama você, não é? Sim, eu vi como ele olha para você. Essa é a sua ideia de amor, pode anotar isso. Ele *me* ama. E se pudesse vê-lo quando você não está por perto, saberia disso.

Meu coração parecia um tambor. Pensei: Ah, não, ela vai me contar, ela vai me contar que eles estão tendo um caso. Eu não queria ouvir aquilo, mas não conseguia me desligar, eu tinha de esperar e ouvir. Já fazia muito tempo...

Nem mesmo percebi que havia deixado o gato escapar da sacola. Ela olhava para mim como uma águia e começou a se aproximar. Olhei na direção da casa. De repente, temi por minha segurança.

– O que você quer dizer? – exigiu ela. – O que você quis dizer quando falou da época em que ele estava lá embaixo comigo? O que você sabe? O que ele contou?

– Sobre o quê? – Mas, mesmo enquanto eu falava, percebi o que havia dito. Aquela garota não sabia que Sigurd havia estado lá embaixo com ela; pensava que era Gunar. Fora um mal-entendido, como se pode ver. Não fiz de propósito. Estava tão machucada, com tanta raiva. Entretanto, mesmo naquele momento, ainda não era tarde demais, mas eu também não sabia de toda a história. Só muito tempo depois me dei conta de que ele já estivera lá embaixo antes. Não sabia que estávamos falando a respeito de épocas diferentes.

– Eu... não fazia a menor ideia de que você sabia disso – eu disse. Só por um momento, senti pena dela novamente. Então ela sabia! Há quanto tempo? Eu não tinha como saber. Estendi os braços. – Bryony, me desculpe. De verdade.

– Como assim? O que você quer dizer? – Ela estava bem na minha frente. De repente, inclinou-se e agarrou o meu braço. – Diga-me o que está acontecendo – sibilou a garota. Fiquei com tanto medo. Você precisava ver a cara dela. Pensei que fosse me matar. Foi por isso que contei... só porque achei que ela me mataria. Não era o que eu queria.

– Mas você não sabe? Você disse...

– Não importa o que eu falei. – Ela estava rangendo os dentes. O rosto dela... Nunca vi nada como aquilo. Ela agira como uma imbecil por tanto tempo. E, de repente, parecia o demônio. – Diga-me! – sibilou ela. – Diga-me o que suas palavras significam ou vou matá-la aqui mesmo, Gudrun. Vou fazer pedacinho de você com minhas próprias mãos.

Ela realmente faria aquilo, entendi isso muito bem. E ela também tinha como fazê-lo. Os dedos dela apertavam meu braço como as mandíbulas de um cachorro.

– É que... é que... Sigurd trocou de corpo com Gunar. Bryony, não foi Gunar quem desceu até Crayley. Foi Sigurd no corpo de Gunar.

Senti pena dela até mesmo enquanto pronunciava essas palavras. Bryony amava Sigurd, isso estava mais do que claro, mas ao menos ela achava que Gunar havia sido corajoso o suficiente para ir até lá embaixo seduzi-la. A partir daquele momento, ela não tinha mais nem isso.

– Não foi Gunar. Foi Sigurd – repeti. – Gunar nunca poderia fazer nada parecido. Ele tentou e falhou. – Ergui o queixo e olhei nos olhos dela. – Apenas Sigurd seria capaz de ir até lá embaixo.

A garota ficou branca como cera. O olhar dela era o de uma assassina. Pensei que eu fosse morrer. Ela soltou meu braço, agarrou meus ombros e me forçou a ficar de joelhos. Abaixou-se sobre mim, toda torta, e se inclinou como uma velha, mas uma idosa com a força de uma máquina. Pensei que ela fosse despedaçar meus ossos só ao apertá-los.

– Por favor, não me machuque, Bryony, não foi culpa minha. Eu não fiz nada – implorei, me contorcendo sob as mãos dela. Queria perguntar o que ela sabia, porque ela sabia de algo que não era do meu conhecimento, disso eu tinha certeza. Mas eu estava tão confusa e com tanto medo que não tive a ousadia.

Ela olhou para baixo, na minha direção, e estendeu os braços para me ajudar a me erguer.

– Não, você não fez nada. Ou talvez tenha feito. – Ela olhou, curiosa, para o meu rosto. – Mas me diga, Gudrun; por que eu deveria acreditar em você? Você sabe que Sigurd me ama, você me quer fora do caminho. Talvez você esteja mentindo para mim porque quer me machucar.

Veja só, eu estava com medo. E talvez eu quisesse machucá-la. Não conseguia pensar com clareza. Mas uma vez que se começa, não se pode parar.

– Ele me deu o seu anel – eu disse. – Está lá em casa.

Essa foi a pior coisa que eu poderia ter lhe contado. Eu já amaldiçoava até mesmo o momento em que essas palavras saíram dos meus lábios. Ela literalmente afundou. Eu não acreditei que a garota fosse capaz de ficar mais pálida do que já estava, mas ela ficou. Bryony então se sacudiu e me puxou para que eu ficasse de pé.

– Mostre-me – ordenou ela.

– Bryony, eu não posso. Sigurd me fez prometer.

– Você acha que eu me importo com as suas promessas? Mostre-me. Preciso saber se isso é mesmo verdade. Mostre-me. Agora.

O que eu podia fazer? Ela era uma guerreira, podia ter me matado – acho que ela ficaria bem satisfeita em fazer isso. Levei-a até o alto da montanha. Nenhuma palavra foi dita. Ela marchava atrás de mim, empurrando minhas costas com firmeza, quando eu diminuía o passo, como um pai encorajando uma criança lenta. Grimhild nos encontrou na passagem e latiu algo. Nenhuma de nós respondeu, mas ela sabia que algo estava acontecendo porque ficou no topo das escadas quando conduzi Bryony até o meu quarto e peguei o porta-joias. O anel era lindo, não possuía valor financeiro algum, mas ela o havia dado para Sigurd lá embaixo, e acho que significava tudo para ela. Só deus sabe por que não deixei que Sigurd o devolvesse para ela.

Ela pegou o anel e assentiu.

– Bryony...

Ela não me percebeu, nem mesmo deve ter me ouvido. Pôs o anel na palma da mão e olhou para ele. Aquela deve ter sido a gota d'água. Naquele momento, o que mais ela tinha? Ela olhou para mim brevemente, largou o anel no carpete, virou-se e saiu do quarto. Esperei até que ela estivesse na metade do corredor e corri para a porta. Fiquei com medo de que ela fosse procurar Gunar e o matasse, ou que tentasse se matar, mas ela entrou em seu próprio quarto. Esperei que ela fechasse a porta para ir chamar Gunar e Hogni. Estava em uma sinuca de bico. Nada mais seria como antes. O destino não estava mais em nossas mãos.

## 48

## TRAIÇÃO

Bryony poderia ter terminado com tudo naquele mesmo momento. Ela sabia o quanto era forte, poderia ter prendido a respiração até simplesmente tombar morta ali se aquele seu corpo desleal não fizesse um esforço para captar o ar assim que ela caísse na inconsciência. Seu espírito estava tão pesado que ela mal conseguiu se arrastar para a cama, mas sentia, aglomerando-se dentro dela, o poder de destruir tudo.

Ela se deitou, enfurecendo-se com seu destino por um longo tempo, até que caiu na escuridão da inconsciência. Quando acordou, Gunar estava de pé ao lado dela.

– Gudrun me contou. – Ele olhou para Bryony e molhou os lábios, nervoso. – Você não deveria ter machucado minha irmã – começou ele, mas os olhos dela brilharam.

– Gunar, saia daqui ou eu o matarei.

– Você? – Ele tentou rir.

– Vá embora.

Gunar hesitou. Ele conhecia parcialmente a força dela. Apenas uma parte. Ela passara a vida agindo como uma caçadora, lutando pela vida, mas nunca lhe mostrara aquilo de que de fato gostava. Nos últimos meses, ela havia estado deprimida, fraca. Pensou que a vida dela estivesse tranquila. Gunar ergueu os braços para pegar as mãos dela, mas, numa fração de segundo, Bryony já estava fora da cama. Ele voou para trás e bateu violentamente contra uma parede a três metros de distância.

– Vá embora – repetiu ela. Gunar ficou de pé, com a respiração dificultada pela dor e pelo medo, olhou para ela impressionado e correu para fora do quarto.

Sim, ela podia fazer aquilo naquele exato momento. Mas havia um assunto ainda por resolver. Sigurd viria finalmente até ela. Nada aconteceria antes disso.

Em algum momento do dia, uma serva pôs a cabeça no vão da porta com uma bandeja. Bryony sentou-se e teve um arroubo de raiva silenciosa. A mulher intimidou-se e foi embora. Ainda mais tarde, Gudrun abriu a porta e olhou para dentro. Bryony saiu da cama e andou na direção dela. A outra percebeu o que viria a seguir e fugiu. Bryony podia ouvir os pés dela nas escadas, correndo para um local seguro. Mas não haveria segurança em local algum para nenhum deles quando ela decidisse agir. Talvez a matassem primeiro. Àquela altura, eles queriam fazer isso, ela tinha certeza. Mas, antes de tudo, Sigurd. Eles o deixariam tentar primeiro. Ele já devia estar a caminho. Ela esperara até agora, de forma que eles também teriam de aguardar.

O segredo já era guardado há um ano. Ao escondê-lo de Bryony, eles também o mantiveram longe de seus pensamentos. Amordaçaram-no, sufocaram-no; mas, então, a mordaça foi arrancada e, de repente, havia palavras por todos os lados. Hogni também estava lá, argumentando pela boa-fé de Sigurd, mas seu discurso soou vazio até mesmo em seus próprios ouvidos. Ele conhecia o Sigurd de antes de Crayley e o de depois; sabia a diferença entre um coração fechado e um aberto. O que acontecera lá embaixo? Por que Sigurd estava tão diferente desde que voltara? Eles não eram os únicos que guardavam um segredo, isso estava mais do que claro. Acordos foram fechados, planos realizados e entendimentos estabelecidos pelas costas de todos. Aquela era a hora de acertar as contas. Eles já estavam às claras; era hora de Sigurd contar sua história também. Cada um deles, em seu coração, sentia que, de alguma forma, o haviam traído.

Mas Gudrun não queria perder o homem dela e Gunar não queria perder a esposa. Ele passara um mês com Bryony antes que ela conhecesse Sigurd. Pareceu que ela o amava. Ele queria que ela o amasse novamente.

Gudrun foi direto para cima de Sigurd, assim que ele chegou. Deram uma volta pelo jardim, onde ela fez suas acusações. Sigurd não negou nem admitiu nada, mas ela o deixou mais frustrado que nunca. Agora era a vez de Gunar. Ele engoliu suas palavras raivosas; tinha um favor para pedir. Queria que Sigurd falasse com Bryony, para tentar convencê-la.

– Eu a trouxe para você e agora quer que eu também a mantenha aqui? – perguntou Sigurd, meio que de brincadeira, mas com um lampejo de raiva.

Gunar o odiou por essa observação, mas engoliu o orgulho e implorou:

– Preciso de você de novo, sim, para mantê-la aqui para mim.

Sigurd baixou os olhos.

– Ela agora sabe. Você acha que serei capaz de fazer qualquer coisa que resulte em algo bom? Fui eu quem a traí.

– Você não a traiu, não a ela, Sigurd – corrigiu Gunar. Sigurd entendeu o que ele queria dizer: que havia sido Gunar quem fora enganado. Ele olhou para o velho amigo mais de perto e assentiu.

– Vou falar com ela, por você, Gunar. Mas nenhuma coisa boa sairá disso.

Ele se virou para deixar a sala, mas Gunar o pegou pelo braço, achando que as palavras de Sigurd representavam algum tipo de ameaça.

– Não me decepcione, Sigurd – implorou ele.

Sigurd olhou nos olhos dele.

– Nunca trairei você, Gunar.

O rei abriu um sorriso assustador, pensando que isso já havia acontecido. Sigurd o deixou sozinho e subiu as escadas.

Sigurd bateu, esperou um momento, então abriu a porta e entrou. Ela estava sentada na cama. Os olhos deles se encontraram pela primeira vez em meses e os uniu como se fossem feitos da mesma carne. Ele fechou a porta e foi sentar-se na cama, ao lado dela.

– Por que você não sai daqui, Bryony? – perguntou ele. – A chuva já apareceu e foi embora. Limpou tudo lá fora. O vento. As nuvens. – Ele sorriu levemente.

Bryony olhou para ele, impressionada. Até aquele momento, ele ainda insistia nesse jogo.

– Você veio até aqui para me atormentar? – disse ela, amarga. – Eu sei o que aconteceu. Você me fez amá-lo, prometeu-me o mundo e então me dispensou como se eu fosse lixo. Você me traiu! Durante todo este tempo. Quem já foi traída desse jeito? Você foi até mim na forma de outro homem e me deu a ele.

– Não fui eu quem fez isso, Bryony – explicou ele baixinho. E então contou-lhe a história: tudo, desde o dia em que a deixara em Crayley para reaver a pele de dragão. Da guerra, de seus planos de tirá-la lá de baixo. Como ele acordou sem nenhuma memória dela e tudo que se sucedera desde então; de Grimhild, a bruxa. Toda a história: as lembranças que foram roubadas pela cadela e sua serva, da porta no anexo em ruínas, as frases na parede, sua morte no lago, chutando a água em busca de ar enquanto Ida socava seu rosto por horas. De ter se apaixonado por Gudrun e o milagre de sua memória retornando naquele dia em que a viu na estufa.

– Foi Jenny – disse ele. – Lembra? Ela voou sobre os meus olhos.

Bryony fez uma careta. Ela havia visto aquilo e, depois, Jenny a abandonara para sempre.

– Mas como você esqueceu? Como uma coisa assim é possível? – Ela se sentou na cama e o encarou, como se tentasse enxergar a verdade. Em seguida, cuidadosamente, sem ter certeza do que estava fazendo, no entanto esperando que isso pudesse pôr as coisas no lugar mais uma vez, colocou os braços ao redor dele e o abraçou, com delicadeza no início, mas depois com mais força quando ele a abraçou de volta. Por muito tempo o gelo tomara conta de seus corações, mas naquele momento ele derreteu. Deixaram que as mãos corressem pelo corpo um do outro, pelo cabelo, sentiram o rosto do outro, beijaram-se, respiraram e choraram envolvidos pela fragrância do outro. Durante todo esse tempo, ambos desejavam isso, durante todos os dias de suas vidas, em todas as ocasiões em que viram um ao outro, todas as vezes em que pensavam no outro. Era como água para seus corações sedentos.

E então eles novamente estavam reunidos, sentindo o próprio coração batendo contra o do outro, e mais uma vez se tornaram quem eles de fato eram.

– Amo você – sussurrou ela.

– E eu amo você. Sempre amei! – cochichou ele de volta, com fervor.

Ela deixou que Sigurd se afastasse e olhou para ele.

– Mas por que você esperou todo esse tempo? Você nunca disse nada! Por quê?

Sigurd abriu um sorriso triste. Aquilo ainda não tinha acabado. Ele deu de ombros.

– Sou dois homens em um único corpo – sussurrou ele. Sigurd estava lhe contando algo terrível, porém ela ainda não havia percebido o que acontecera com ele.

Mas Bryony mal escutava. Ela deixou que ele se afastasse e pulou para fora da cama. Correu até o armário e começou a tirar lá de dentro braçadas e mais braçadas de roupas.

– Vamos agora – disse a menina. Ela se virou para ele com o rosto vermelho, impetuoso. Não entendia que isso viria só depois. Era impensável algo assim acontecer naquele momento. – Não era você, entendi. Aquela cadela fez isso com a gente. Mas agora estamos juntos novamente. Sigurd, apronte-se logo. Vamos dar o fora daqui e nunca mais voltar. Eu amo você... amo tanto você! Agora estamos juntos novamente. – Ela olhou para ele, triunfante. – Nem mesmo isso vai nos separar.

Mas Sigurd continuou sentado imóvel, olhando para o chão.

– O que você está fazendo? Vamos logo! Sigurd?

– Bryony. – Como ele poderia explicar o impossível? – Não posso mais fazer nada.

– Eles não têm como me confrontar.

– Eu também a amo. Entende? Dei meu coração a ela.

Bryony tentou rir.

– Ninguém pode ter dois corações, Sigurd.

– Monstros podem. – Ele lançou um sorriso fraco para Bryony.

– Então, Sigurd, qual de nós... qual de nós você ama mais?

Sigurd ergueu a cabeça, contente por ter pelo menos uma verdade simples.

– Você foi meu primeiro amor, Bryony. Eu era Sigurd quando me apaixonei por você. Amo você mais que qualquer outra coisa. Mas não posso traí-la. Não posso trair ninguém. Nem você, nem Gudrun, nem mesmo Gunar.

– Esse lixo? Esse merda? Você o põe no mesmo nível que eu? E então diz que não é capaz de trair?

– Eu nunca a traí. Foi... outra pessoa. Entende? – implorou ele. Mas a verdade por trás dessas palavras era que isso não significava nada para ela ou, ainda, para ele. Sigurd havia sido enganado, desviado de seu caminho de uma maneira que nem mesmo deveria ser possível; mas ainda assim havia sido ele quem fizera aquilo tudo.

– Sim, você foi enganado – disse Bryony. – Mas, agora, você está em sua plena forma. Essa é a sua decisão. Ela ou eu. Agora você pode decidir. Esta vida ou a vida comigo. Você é você mesmo agora, Sigurd. O que aconteceu foi feito tanto comigo quanto com você. Agora você precisa escolher. Quem você ama mais?

– Amo mais você, você sabe disso. Mas não posso partir. Não há nada mais que possa ser feito. Simplesmente temos de viver esta vida, entende? E dar o melhor de nós mesmos. As pessoas conseguem fazer isso, não conseguem, Bryony? Elas dão o melhor de si. É isso que temos de fazer.

– Você vai deixar aquela cadelinha nos vencer e ainda vai abrir caminho para ela? Depois de todas as coisas que você fez? Você vai escolher isso?

– Eu não posso... não posso escolher. Não... não faço essas coisas, não mais. Bryony, não posso me mexer. Não posso me mexer – sussurrou ele.

– Você quer que eu viva assim? Essa vida pela metade? Em outra prisão? Quer que eu assista a você arrulhando por aí com Gudrun? Quer que eu durma com Gunar, quer que eu seja a mãe dos filhos dele? Sigurd, você só pode estar maluco! Faça o que eu digo – ordenou ela. – Você vai deixá-la. Você virá comigo!

– Não – disse ele, sem rodeios.

Bryony pensou que então deveria matá-lo. Ela soltou um grito terrível, estrangulado, e correu na direção dele, mas Sigurd a pegou nos braços e a abraçou apertado, enquanto ela se debatia e o golpeava inutilmente. E então ele sussurrou no ouvido dela:

– Bryony, Bryony. Estou ficando louco.

Ela parou de lutar e ficou imóvel, escutando.

– Tenho muitas vidas dentro de mim. Isso está me matando. Já fui muitas pessoas. Morri muitas vezes.

Como alguém poderia entender? Ninguém nunca sofrera a injustiça que fizeram a Sigurd. Se assim fosse, não receberiam suas memórias de volta. Jenny Melro o matara várias e várias vezes.

– Não sou mais uma pessoa. Eu me tornei ninguém.

– Você só se sente assim por causa da confusão na sua cabeça, Sigurd – disse ela, calmamente.

– Não, é a verdade. O dragão, o clone. Odin. Meu pai! Todos eles clamaram por uma parte de mim. Bryony, estou perdido, estou perdido aqui. Você precisa me ajudar antes que eu destrua tudo.

Bryony afastou-se dos braços dele e o observou sentado como uma criancinha numa cadeira, a cabeça baixa, tentando olhar para ela.

– O que você quer que eu faça? – perguntou ela.

– Não sei. Tive tantas vidas. Estou tão, tão perdido! – Ele enterrou a cabeça entre as mãos e começou a chorar.

Ela olhou para ele por um momento.

– Deveríamos estar apaixonados. Tudo simples assim. – Ela balançou a cabeça. – Deveríamos ter ficado em Hel.

Sigurd assentiu.

– Vamos nos amar novamente, em Hel – concordou ele. O garoto começou a suspirar, o rosto se dissolvendo em lágrimas e muco. Ela se sentou e ficou observando-o, parte com pena, parte apaixonada e parte com nojo. Como ela poderia ter caído de amores por aquela coisinha fraca? Ela tinha uma vaga ideia do que haviam feito com ele, de como o arruinaram. Ele não carregava dentro de si nem um único grama de traição, mas obrigaram-no a trair. Duas vidas, cada uma delas oposta à outra. Na lacuna entre essas duas existências, Sigurd não conseguia se mover, não conseguia escolher, não conseguia agir. Ele, acima de todas as pessoas, havia sido designado para uma visão imparcial, uma vida única. Sem isso, ele não era nada.

– Você não é quem era – disse ela, finalmente. – Você foi mordido por aquela cadela triste e velha, que não passa de um monte de ossos grandes e merda. Vá em frente, que se foda. E leve essas lágrimas miseráveis com você.

Sigurd ficou de pé, olhou para ela com uma expressão tão terrível que partiu o coração de Bryony mais uma vez. Ele deixou o quarto. Enquanto caminhava para a porta, ela o chamou suavemente:

– Mas eu o amarei para sempre, meu querido.

Ele parou por um momento e depois saiu. Ela nunca soube se ele ouvira aquelas palavras. Foi a última vez que se falaram.

Bryony permaneceu sentada, imóvel, por um longo tempo. Pensou em si mesma. Gudrun tinha o que sobrara dele, deixe que ela se lembre todos os dias de como a família dela arruinou algo que outrora havia sido tão esplêndido. Mas Sigurd ainda era Sigurd; ela ainda o amava de corpo e alma e ele também a amava. Ainda havia um meio de eles ficarem juntos. Ele mesmo dissera: eles podiam amar-se novamente em Hel.

Era hora de morrer.

## 49
## VERDADES E MENTIRAS

A morte não é inexplorável. Jesus fora lá e voltara, assim como Odin. Sigurd fizera a jornada pelo menos duas vezes. Mas onde eles foram? Nesses lugares, os amantes podem se unir? Sim, é claro que se pode amar – Bryony era a prova disso. A morte é um lugar onde mais de uma pessoa pode ficar e já era hora de ela ir embora, e levar Sigurd junto.

Bryony deitou em seu quarto pelo resto do dia e durante toda a noite, mas não dormiu. Assim que a primeira luz apareceu no céu, chamou Gunar.

Ele apareceu quase que de imediato. Estava esperando por mim. Ainda me queria. Imagine! Você rouba algo, o destrói e depois quer tudo de volta. Que tipo de homem é esse?

Mesmo assim, ele não se aproximou, e estava armado. Gunar não tinha nada a temer, apesar de não saber disso. Ele estava ficando para trás.

Olhou para mim, ansioso. Pobre e desonesto Gunar!

– Sente-se, Gunar, e escute – eu disse.

Ele sentou-se, sem tirar os olhos de mim em momento algum. Ele me ama e teme que eu seja sua morte. Não haverá nenhuma morte para você, Gunar. Você é apenas um mensageiro.

Comecei a lhe contar algumas verdades. As verdades criam as maiores mentiras – a mentira que brota do que foi deixado de fora. Sigurd se escondera em Crayley antes de conhecê-lo. Como havíamos sido amantes. Como juramos pertencer um ao outro para sempre. Éramos crianças apaixonadas. Ele acreditou em mim. É claro. Fazia sentido. Ele sabia como Sigurd era outrora e no que havia se tornado. A verdade... é irresistível.

Então passei para as mentiras que nascem a partir da verdade. Como Sigurd e eu fizéramos planos, sonhamos nossos sonhos. Como planejamos emergir e tomar conta do mundo – conquistar o país! Nossa ambição não conhecia fronteiras. Unir a nação! Tudo isso sob nossa tutela. O mundo inteiro compartilharia nosso amor.

Gunar franziu as sobrancelhas, mas não discutiu. E então voltei para a verdade: como Sigurd havia ido até lá embaixo, para levar a pele do dragão e me resgatar.

– Isso é verdade – concordou Gunar. – Ele estava procurando pela pele, ele nos contou. – Eu podia vê-lo pensando, que homem esperto era Gunar! Ele *queria* acreditar. Veja, Sigurd estava seguindo seu próprio caminho. Sigurd sempre estivera em seu caminho. Mas Gunar era um bom homem, entende? Não era capaz de agir de maneira injusta, tinha de *acreditar* que o que fazia era certo. E isso ele fazia com a maior facilidade, graças ao político que era. Acreditava que enviar Sigurd lá para baixo, no seu corpo, para me resgatar era o certo. Acreditava que possuir uma mulher que era apaixonada por outro homem, contra a vontade dela, sem que ela nem mesmo soubesse do truque, era o certo. Sim, Gunar, você é ingênuo o suficiente para enganar-se pelo bem de si mesmo. Você até mesmo queria que eu achasse que não há nada de errado com a sua perversidade. Uma overdose de sinceridade – como isso o fez sentir-se bem!

– E ainda assim Sigurd se casou com Gudrun – disse ele.

– Política, Gunar! Ele chegou aqui em cima e o que encontrou? Você estava no caminho. Sigurd queria a sua organização, seu governo. Ele reconhece um bom trabalho quando o vê. Fez o que tinha de fazer. Você o vê com Gudrun quase todos os dias. Acha que ele a ama?

– Ele já amou.

– Sigurd ficou cansado de tanta enganação – afirmei.

Gunar balançou a cabeça. Parecia-lhe que um dia Sigurd já havia amado Gudrun.

– Ele me amou um dia, mas me esqueceu depressa demais. Ele se apaixona fácil e se esquece com a mesma facilidade. Agora, ele está esquecendo Gudrun.

Ele assentiu quase que imperceptivelmente. Sim, aquilo poderia ser verdade. Sigurd me amara e me esquecera. Ele a amara e agora não a amava mais. Pelo menos não era um amor que Gunar pudesse entender.

Dei de ombros, como quem diz: a mente de Sigurd! Gunar concordou. Qualquer que fosse a explicação, ele podia ver que havia mentiras em Sigurd. Então comecei com as grandes mentiras, as mentiras de verdade. Como quando Sigurd foi até lá embaixo na forma de Gunar, e me contou logo de imediato quem era. Num primeiro momento, não acreditei, não fazia ideia de que essas coisas eram possíveis, eu vivia longe do mundo, sabia tão pouco a respeito de tudo. Mas Sigurd disse coisas sobre mim, sobre nós. Logo me convenceu.

– Por quê? – Gunar não conseguia entender. Por que o amigo dele parecia ter me enganado e, ainda assim, também o enganou?

– Gunar... Nós éramos amantes. Éramos amantes. – Ah, pobre Gunar. Veja como ele ficou pálido ao ouvir essas palavras! – Ele contou que havia um reino. As coisas estavam caminhando. Eu seria rainha, ele seria rei. Você não percebe que ele está mudado. Até mesmo você deve ser capaz de ver isso. Ele está cansado desse jogo. Um homem como aquele... Você acha que ele se contentaria em ser algo menos do que o maior e mais poderoso de todos? É para isso que ele foi criado, é isso que ele é. Ele conquistou todas as outras pessoas. Há apenas mais um homem no caminho, Gunar. Você.

E Gunar começou a assentir. Sim, ele conseguia perceber.

– O tempo dele acabou, como você pode ver – disse. E a verdade, mais uma vez. – A era dos heróis, dos matadores de monstros e dos generais terminou. Agora é a sua vez, Gunar. A vez dos políticos e legisladores. Ele quer o que é seu.

E Gunar, pobre e fraco Gunar, que queria tanto ter o que Sigurd possuía, achou tão fácil, mas tão fácil, acreditar que Sigurd queria o que ele tinha.

– Ele quer governar – disse Gunar, impressionado por não ter percebido nada disso antes.

– Ele enganou todos nós, Gunar. Você acha que ele também não seria capaz de enganá-lo? A ambição dele não tem limites. Sigurd deu à esposa dele o meu anel. O *meu* anel! – Em nenhum momento precisei fingir estar com raiva. – Ele me prometeu que pararia de dormir com ela para me ter de novo ao lado dele e quebrou a promessa na noite em que voltou e me entregou a você. Isso fez com que eu me sentisse suja, Gunar; casar com você só porque Sigurd ordenou! Não sabia nada sobre essas coisas. Ele quebrou todas as promessas que fez. Sigurd tem todo o charme e as melhores palavras, mas essas coisas são ínfimas para ele. Seu coração estava repleto de mentiras.

Gunar, o pobre e fraco Gunar, pensou muito a respeito. Mas você entende o quanto isso tudo fazia sentido? Ele não fazia nenhuma ideia a respeito de Grimhild e seus truques, mas sabia que Sigurd um dia havia sido um garoto livre, de coração aberto, que então se tornara reservado e cheio de segredos. Por que outro motivo essa mudança teria ocorrido? Ele guardava segredos, essa parte estava mais do que clara. Que outros mistérios poderiam existir além desses contados por Bryony, que faziam tanto sentido? Esses eram os segredos que ofereceram a Gunar o que ele queria: Sigurd fora do caminho. Eles lhe ofertaram a oportunidade de transformar seus sonhos em realidade.

– Não posso acreditar – disse Gunar. Mas ele já acreditava.

– O que podemos fazer a respeito? – perguntou ele. Mas já sabia.

Antes de sair, Bryony lhe contou mais um segredo, só em caso de ele precisar saber. Entre as omoplatas de Sigurd, havia um ponto onde o sangue do dragão não o tocara. Lá, e apenas lá, ele poderia ser perfurado.

Os olhos de Gunar brilharam. Ela sabia disso? Aquela era a prova final: eles haviam mesmo sido íntimos. Todo o resto começou a acontecer a partir da comprovação desse fato.

# 50
# LIMPEZA

Depois que Gunar se retirou, Bryony deitou-se novamente na cama. Lá fora, o sol estava apenas começando a aquecer o ar. Ela não tinha mais nada a fazer até que escurecesse.

Mil desculpas, Bryony! Desculpe-me, Sigurd! Desculpe-me, Gunar e Gudrun. As coisas não funcionaram da maneira como deveriam. Todos nós somos pessoas de boa vontade – como tudo chegou tão longe? Bryony está deitada imóvel, olhando para o teto. O calor aumenta, gerando correntes molhadas que rastejam pelo corpo dela, debaixo das roupas, atrás dos olhos. Um tempo bom para um assassinato. Ela tira o corpete, mas mesmo assim continua derretendo. Tira a roupa e deita nua enquanto o suor empoça entre seus seios. Bryony, tão bela! Mal-aproveitada, tão mortal. Uma criatura de visão e imaginação, era preciso lidar com ela com cuidado – mais cuidado do que Gunar sabia oferecer.

Gunar e Hogni se acocoram um ao lado do outro, numa parte dos pastos mais afastada, discutindo, concordando e depois discutindo e concordando de novo, mas incapazes de abandonar aquela conversa. Em vez disso, traçam novas linhas de pensamento, novas explanações, embora todas levem ao mesmo ponto. Sigurd está mentindo, Sigurd possui seus próprios interesses. Após cada excursão, eles olham um para os olhos do outro e veem a mesma coisa: morte. Imaginaram se tal ato era possível. Mais do que isso; não só era simplesmente possível: era a única coisa que poderia acontecer.

O próprio Sigurd está sentado sozinho próximo ao lago, lembrando-se. E ele está bem lá no fundo – pode ver o ponto exato. Treme ao recordar do remo batendo, várias e várias vezes, em seu rosto nu. A generosa Jenny Melro dera-lhe tudo a respeito daquela noite. Ele está mais do que deprimido, mas mesmo nesse momento não se sente derrotado. Poderia se levantar se quisesse, erguer o mundo na ponta de um dos dedos e zuni-lo para outra direção. Se o anel de Andvari é o furacão, ele é aquele que colocará as coisas em ordem, ele é o mais forte dos dois. E ainda assim Sigurd escolheu a submissão. Será que o mundo não é bom o suficiente para ele? Claro que ele não pode estar esperando lavar nossos pecados com seu próprio sangue – a culpa que ele deixaria para trás é, por si mesma, um pecado. Não. A verdade é que Sigurd está se apaixonando de novo. Não pode evitar isso. E, dessa vez, é um amor total. Agora, ele ama tudo – não apenas seus amantes e amigos, não apenas a humanidade e a natureza, mas tudo: a sujeira, a merda, a depressão. Ele ama o assassinato, o ódio e a morte. Seu espírito foi trucidado pela traição de ter vivido duas existências – até isso ele ama. Sigurd estava finalmente se apaixonando por toda a criação. Havia visto o futuro e não fazia parte dele. Seguiria em frente naquela direção, já que era o que tinha de fazer, contente ou não, mas de coração aberto.

Quando já era noite alta, Bryony levantou-se como uma vampira. Sabia o que fazer. Sigurd lhe dissera tudo. Agora ela veria por si mesma.

Grimhild não sabia como, mas entendeu muito bem que, de alguma forma, Sigurd recapturara suas memórias roubadas. Ele havia lhe contado – colocando-a de joelhos, segurando-a com força com uma das mãos e lhe explicando. Ela lambera as lágrimas e fingira não entender, mas seu coraçãozinho de cachorro não havia estado em paz desde aquele dia. Já vivenciara os resultados de tais descobertas. No dia em que Bryony descobrira a respeito da traição, Grimhild bisbilhotara através da porta e vira um terrível perigo no rosto branco que olhava diretamente para ela. Passou a dormir nas florestas de campânulas. Sua casa não era mais um lugar seguro.

Ela estava enferrujada graças à falta de exercício; mas, quando viu Bryony vindo pela floresta no meio da noite, bem longe da casa, onde ninguém podia vê-la, Grimhild se virou e correu, embora não sentisse nenhum perigo imediato. Ela estava à altura da maioria dos possíveis adversários de duas pernas. Para sua surpresa e total horror, depois de alguns momentos, havia pés atrás de seu rabo, apesar de ter acelerado, e logo foi varrida para os braços do inimigo.

Grimhild se virou e mordeu, mas Bryony lhe aplicou um golpe no focinho com tal violência que ela perdeu dois dos dentes que lhe restavam, sentindo os ossos do pescoço abrir e fechar, e os olhos se esbugalharem em sua cabeça.

– Devoro cadelas como você no café da manhã – sibilou Bryony.

Ela estava levando a cadelinha trêmula à loucura. Grimhild tentou latir, mas Bryony a golpeou com o antebraço, logo acima do pulso, e segurou seu focinho bem forte, enquanto ela gania.

– Não – disse a menina. – Você perdeu tudo. Se quiser viver, se quiser que seus filhos vivam, chame sua ama.

Grimhild não tinha escolha, mas restava-lhe uma esperança. Bryony com certeza não era páreo para Ida, que havia se aperfeiçoado muitos anos antes. Ela tinha o poder de um urso em seus braços gordos e vermelhos. Naquele momento, Grimhild se arrependeu de não ter alterado a si mesma. Vinha pensando nisso ultimamente. Os filhos precisavam dela e estava ficando velha. Talvez um clone mais jovem...? Com dez ou vinte anos a menos, uma remodelada, alguns músculos extras escondidos, por que não? E os filhos também. Eles se tornaram... bem, um pouco complicados, talvez? Quem sabe fosse melhor esquecer o passado e começar uma vida nova, com uma Gudrun que não amava Sigurd e um Gunar que não se apaixonara por aquela jovenzinha desastrosa?

Ela chamou Ida com três latidos curtos. Elas haviam planejado esse chamado para emergências como aquela. Bryony não sabia, mas é claro que deve ter desconfiado. Não tinha como saber o quanto Ida era poderosa – mas Ida também não tinha como prever os poderes da menina. Ela era a verdadeira besta, filha de Odin, nascida em Hel. Quando Ida chegou, saindo do elevador, enfurecida, com um machado nas mãos, a boca lisa formando uma linha reta, o pescoço pulsando, o rosto e os braços vermelhos graças ao sangue raivoso, Bryony deu um passo certeiro para trás dela, escorregou uma corda ao redor de seu pescoço, chutou o machado para longe e a estrangulou depressa e sem causar alarde, enquanto segurava Grimhild entre os joelhos, apertando-a apenas o suficiente para quebrar as mandíbulas da velha cadela. Nunca duvide disso: Bryony não carregava mais nenhuma piedade dentro de si.

E lá vão elas, a garota e a cadela, rumo ao espaço mágico escondido atrás da porta – e onde tudo está guardado. Se Bryony tinha alguma dúvida a respeito das palavras de Sigurd, ela evaporou-se naquele momento. Fileiras de Gunars, Hognis e Gudruns, todos esperando para receberem uma centelha de vida de sua senhora. Junto às paredes, os equipamentos que guardavam os bancos de dados que armazenam suas últimas memórias. Grimhild choraminga baixinho enquanto os dedos de Bryony passeiam pelos plugues. Ela vira os olhos suplicantes para a captora: poupe meus bebês! Mas Bryony já está em ação. O assassinato dos futuros não começou ainda. Ela vira num corredor – e lá estão eles, os Sigurds, oito, todos perfeitos, todos belos, com a pele enrugada por terem passado tanto tempo mergulhados.

Ahhhhh... Eis um pensamento. Será que ela estava tentada? Grimhild late e balança a cabeça. Há o suficiente para todas! Um para Gudrun, um para Bryony – dois se ela quiser. Por que não? Afinal de contas, ele é o melhor. Toda mulher não merece o melhor? Você poderia iniciar uma fábrica. Cresça e apareça! A constituição de um garanhão, o movimento de uma pantera e a alma de um herói.

Bryony olha para aquilo, enojada. Sigurd após Sigurd, inconscientes, sem amor e incapazes de amar; não tinham nada a ver com Sigurd, eram apenas robôs de carne, fantasmas com sangue falso. É com esse tipo de inépcia que Grimhild tem destruído tudo.

Ela amarra a cadelinha numa quina, amordaça sua boca com um pedaço de fita adesiva. Grimhild está ficando resfriada, não para de fungar. Ela engasga ao tentar respirar e precisa revirar os lábios para frente e para cima, para absorver um fio de ar; talvez ela se sufoque. Quem se importa? Essa pessoa não é Bryony. Sua única preocupação é não ser perturbada enquanto trabalha.

O DNA é bem frágil, mas uma cópia é mantida em todas as células, sem exceção. Bryony precisa planejar muito bem seu trabalho caso queira ter certeza de que Sigurd não apenas esteja morto, mas permaneça assim. O assassinato não é suficiente. Ela poderia estripá-lo e fazer picadinho dele, que não adiantaria nada. É a destruição molecular que Bryony almeja – todas as células de Sigurd devem ser destruídas, cada uma das moléculas deve ser quebrada. Ela pretende reduzir Sigurd e todas as suas cópias a meros átomos. Seu método? Fogo, é claro, o presente de Loki, o deus das mentiras. Fogo, uma mentira tão completa que encobre as verdades que não podem ser ocultas. É a única coisa que irá desfazer Sigurd tão totalmente que nenhum futuro poderá algum dia conhecê-lo.

Mas onde está esse fogo? Ela poderia chamar o Loki em pessoa – ele lhe daria uma dica de como executar um truque como aquele, não é mesmo? Mas não havia necessidade – Bryony sabe onde se localiza o paiol da casa. Há lança-chamas lá. Daria um trabalhão, é claro – mas não há nem mesmo necessidade disso. Enquanto ela passa pelos tanques quentes, vê a nova instalação de Grimhild: um incinerador. Que bem bolado! Perplexa com a maneira como Sigurd recuperara a memória e sem saber nada a respeito de Jenny Melro, ela todavia chegara à conclusão de que alguém, de alguma forma, roubara as memórias que deixara naquela garrafa vazia dezoito meses antes. Ida lhe comunicara o quão desagradável havia sido o trabalho de afogar o cadáver. Um incinerador era a resposta óbvia. Cinzas não podem lembrar de nada.

Grimhild latiu e implorou, em vão. Se ela ao menos pudesse falar, poderia fazer suas promessas, oferecer seus acordos. Podia resgatar o velho Sigurd, colocá-lo de volta no passado, antes de tudo aquilo acontecer, apagar Gudrun da mente dele e o devolver para Bryony como ele havia sido um dia. Mas, naquele momento, Bryony está além da confiança, não haverá acordos, apenas um ponto final para as coisas. Grimhild observa. Assassinato! Ela tenta gritar, mas tudo que sai de sua garganta é um latido estrangulado. Ah, Grimhild, aqueles que não contam segredos não dizem verdades. Você também deveria ter escrito *isso* nas paredes. Tudo que pode fazer é observar enquanto Bryony esvazia cuidadosamente os tanques e, com um ar de concentração esmerada, incinera os Sigurds silenciosos, um por um. Quando cada um deles termina de queimar, ela revolve as cinzas para ter certeza de que nenhum pedaço grande demais permaneceu inteiro. Apenas quando eles se transformam em pó ela fica feliz com seu trabalho e passa para o próximo.

Quatro horas depois, o serviço está terminado. Bryony volta sua atenção para o maquinário que abriga suas memórias. Desligá-lo? Não adiantará muita coisa, certamente deve haver baterias. Mais uma vez ela não tinha necessidade de visitar o paiol. O laboratório de Grimhild está armado o suficiente e uma breve busca logo revela o arsenal. Ponderadamente, Bryony faz sua escolha. Ela está confinada ali, não quer morrer ainda – primeiro quer ter certeza de que seu amor irá com ela. Escolhe uma pistola com balas explosivas. Uma após a outra, ela acerta as máquinas. Elas sangram, silvam, tossem as entranhas para fora, faíscam e pegam fogo, mas nenhuma delas berra nem pede por piedade. Elas não têm boca. Quando teve certeza de que todas elas estavam mortas e acabadas, Bryony revira os destroços em busca de discos rígidos, material cerebral ou tecidos orgânicos que de alguma forma pudessem ter escapado da carnificina. Algo suspeito que acontecesse dentro na fornalha. Estava consumado, ela era Bryony. Ela aprendera que não há nada como uma segunda chance.

Mas os outros clones, de Gudrun, Gunar e Hogni, nesses ela não toca. Não queria ter nada deles próximo a ela. Nem mesmo os espíritos daqueles fantasmas silenciosos. Bryony não os toleraria em Hel.

Lá fora, o dia já estava esquentando quando Bryony sai para onde sua prisioneira está e olha para ela. Grimhild late e se encolhe. É isso? O fim? Não. Bryony não tem a menor intenção de poluir com aquela cadela o lugar de amor no qual ela e Sigurd começarão sua jornada. Ela leva Grimhild para a superfície, sobe a escada na ponta dos pés até o quarto dela e desliza sem ser notada na cozinha onde os Niberlins já estão tomando o café da manhã. Com cuidado, amarra a cadelinha com fita adesiva – boca, pernas e olhos.

– Não se preocupe, não vou matá-los. Já os aturei por tempo suficiente – promete Bryony. Ela tranca a prisioneira no armário e ergue um dos dedos diante da boca. – É só você ficar quietinha.

O trabalho estava concluído. Bryony vai até a janela. Ela está cansada, poderia dormir por um milhão de anos, mas jurou que seu próximo sono seria aquele que nunca termina.

# 51

## 3ª MORTE

Eles foram atrás dele no jardim, Gunar, Hogni e um guarda leal. Os irmãos não queriam o sangue dele em suas mãos. Sigurd estava sentado num muro baixo num dos lados do lago. O lugar estava repleto de girinos, insetos aquáticos e salamandras que nadavam como submarinos em miniatura, coberto com ervas daninhas e juncos em flor. Sigurd observava do alto de seu posto. Era adorável.

Eles não tentaram esconder o quão séria era a situação.

– Sigurd – chamou Hogni –, precisamos conversar.

Ele se virou com um pequeno suspiro. Sentia-se cheio de esperança. Talvez eles fossem resolver os problemas dele, libertá-lo de seus segredos. As coisas haviam mudado e agora estavam mudando novamente. Ele também precisava conversar. Assentiu. Hogni virou-se e desceu o jardim acompanhando o córrego que ia do lago até o rio. A água tagarelava e ria sobre as pedras. Pelas costas de Sigurd, o guarda ergueu a arma sobre os ombros, sem fazer ruído, e mirou.

– Conversamos com Bryony – começou Hogni. Sigurd assentiu com os olhos no chão, a água em seus ouvidos.

– Ela contou a vocês? – quis saber Sigurd.

– Contou o quê?

O guarda abriu fogo, disparando vinte tiros por segundo. Acertou Sigurd exatamente entre as omoplatas. Um penacho de sangue esguichou no ar, resplandecendo com o brilho da vida. Sigurd caiu; o assassino seguiu seu movimento com a arma – vinte tiros por segundo, o espantoso estrondo da pistola ecoando pelas paredes da casa. Enquanto caía, Sigurd se revirava pelo jardim, de forma que o guarda tinha de andar de um lado para outro, para acertar a ferida. Quando uma de suas mãos tocou o chão, Sigurd encontrou um galho caído na grama. Virou o pulso para pegá-lo e o lançou girando pelos ares tão depressa que tudo que se pôde ver foi um borrão. O galho atingiu o guarda bem num dos olhos, perfurou-o, esmagou a órbita, atravessou o cérebro e golpeou o fundo do crânio, afundando-o por dentro. O homem caiu no chão, morto antes de atingir o solo.

Sigurd ficou ali deitado, com a barriga pra cima, meio torcido para um dos lados, um dos braços debaixo dele. O sangue havia parado de jorrar e agora mal alimentava a poça cada vez mais negra que se formava ao seu redor. Gunar olhou para Hogni, que observava, horrorizado, o que haviam feito.

Aos pés deles, Sigurd se contorceu. Em um movimento apático, pôs as mãos ao lado do corpo como se fosse capaz de se erguer. Gunar e Hogni olharam, apavorados. O fato de ele ainda estar vivo era tão irracional, tão nojento. Aquilo certamente deveria ser apenas uma última reação, não é? Eles queriam que aquilo terminasse naquele exato momento para que tudo pudesse estar definitivamente acabado. Eles eram bons, não queriam dor, Sigurd nem saberia o que eles tinham feito. Por favor, deus, faça com que seja breve. Sigurd começou a se pôr de pé vagarosamente, embora seus movimentos já estivessem começando a se acelerar.

Nenhum dos homens estava armado. A arma do guarda morto estava a dois metros de Gunar.

Sigurd soltou uma risada fraca. Colocou as mãos nos joelhos e se inclinou, apoiando-se enquanto reconquistava as forças.

– Dois corações! – gritou Gunar. – Como o dragão. Ele tem dois corações!

Sigurd sibilou e balançou a cabeça.

– Não preciso de coração, Gunar. Olhe só, Hogni, olhe só, Gunar! Vocês pensavam que podiam me matar, mas eu nem mesmo preciso respirar! – Ele balançou a cabeça de um lado para o outro levemente e riu. Gunar e Hogni olharam, aterrorizados. O que era aquele garoto? Nada humano, com certeza. Depressa e sem pensar, seguiram o treinamento que recebiam desde que eram crianças e se separaram, ficando um de cada lado de Sigurd, no intuito de cercá-lo.

Sigurd soluçou. Baixou a cabeça, sorriu e assentiu, antes de virar-se para Hogni.

– Você primeiro? – E Sigurd abriu os braços como se fosse abraçá-lo. Hogni deu um passo curto para trás, mas Sigurd o seguiu, tão rápido, mortal e sagaz que o outro soube que jamais teria como escapar. Contra a vontade, os olhos dele foram para trás de Sigurd, onde Gunar estava abaixado, erguendo a arma sem fazer barulho, com os dedos trêmulos. Gunar não era um soldado, era óbvio para qualquer um o que ele fazia, mas Sigurd não se virou. Ele sorriu para Hogni e balançou a cabeça como se dissesse "O que vem agora?".

Ele sabia, pensou Hogni. Talvez ele sempre soubesse. Seus olhos se encheram de lágrimas. Era tarde demais.

– Não chore, Hogni – pediu Sigurd com gentileza. – Não faça uma coisa como essa e depois comece a chorar.

Atrás dele, Gunar ergueu a arma. A cabeça de Sigurd contorceu-se levemente para um dos lados.

– Ah, Gunar, isso foi tão malfeito – disse ele. Gunar atirou. Sigurd caiu. Gunar fez o mesmo que o guarda, seguindo-o até o chão, mas sua pontaria era ruim e metade das balas ricochetearam na pele de Sigurd. Hogni correu na direção do irmão e tirou a arma dele. Foi até o homem caído e, ajoelhando-se sobre ele, forçou o cano contra o machucado em suas costas. Segurou o gatilho com firmeza e atirou, vinte balas por segundo, virando o cano de diversas maneiras, para cima e para baixo, de um lado para o outro. Sigurd teve contrações e se contorceu. As balas passavam através de sua carne e atingiam a pele – dava para vê-las golpeando-a pelo lado de dentro. O rosto de Sigurd começou a perder as feições, os órgãos perdiam as estruturas à medida que o corpo se preenchia com uma massa composta por ossos, sangue e carne.

Quando terminou, Hogni largou a arma e revirou um dos bolsos. De lá, tirou um pequeno dispositivo, do tamanho de uma bola de gude. Inclinando-se sobre o corpo, com o rosto branco como papel, incapaz de acreditar que conseguiram escapar daquela, enfiou o dispositivo no buraco nas costas de Sigurd. Com o cano da arma, empurrou-o o mais fundo possível, bem para dentro da carne. E então ele e Gunar correram depressa para a casa.

Enquanto isso, o som da arma foi ouvido. Gudrun, que não sabia nada a respeito do plano, fora trancada no quarto dela, mas conseguira fugir escalando a parede externa. Quando entraram, ela passou por eles como um raio. Tiveram de correr para pegá-la, arrastando-a para dentro, enquanto ela gritava e chutava, implorava e chorava, golpeando-os. Ela conseguiu se esquivar dos irmãos; foram então atrás dela mais uma vez, imobilizaram-na e atravessaram às pressas a porta da casa.

Sigurd explodiu. Os componentes de sua pele causaram uma erupção a partir do buraco em suas costas que alcançou dez metros de altura, um penacho de sangue vermelho. A pele esvaneceu na grama. O estrondo de morte que se seguiu logo se transformou em silêncio, e o fluxo reapareceu acima deles, erguendo-se do chão até o ar inquieto. E, então, o silêncio absoluto tomou conta do lugar, o ar começou a se tornar cor-de-rosa. Uma chuva de gotículas minúsculas começou a cair, uma bruma de sangue descendo do céu. Balançando-se freneticamente para se livrar de seus captores, Gudrun correu para o descampado, com as mãos presas uma na outra, erguendo o rosto, e parou ali, deixando que ele a encharcasse. Aos poucos, ela tornou-se tinta graças ao sangue.

A bruma caiu, tudo que sobrara de Sigurd. Ele tinha dezoito anos.

De dentro da casa, saiu Bryony. O plano estava quase concluído. Antes que qualquer um deles pudesse se mover, ela se juntou a Gudrun debaixo da bruma sangrenta e abriu o casaco. Ao redor do peito, havia prendido explosivos com uma correia.

– Isso é o que vocês estão pensando – garantiu ela. – Se quiserem viver, corram.

Ela lhes deu tempo para agarrarem Gudrun e desaparecerem atrás das primeiras árvores, antes de apertar o transmissor preso no peito e se juntar ao seu amor para sempre.

Este livro foi impresso na Editora JPA Ltda.
Av. Brasil, 10.600 – Rio de Janeiro – RJ,
para a Editora Rocco Ltda.